GEORGES

CLÁSSICOS ZAHAR
em EDIÇÃO COMENTADA E ILUSTRADA

Mulherzinhas*
Louisa May Alcott

Persuasão*
Jane Austen

Jane Eyre*
Charlotte Brontë

O morro dos ventos uivantes*
Emily Brontë

O conde de Monte Cristo*
Os três mosqueteiros*
Vinte anos depois
O visconde de Bragelonne
Alexandre Dumas

O corcunda de Notre Dame*
Victor Hugo

Moby Dick
Herman Melville

Aventuras de Huckleberry Finn*
As aventuras de Tom Sawyer
Mark Twain

* Títulos disponíveis também em edição bolso de luxo
Veja a lista completa da coleção no site zahar.com.br/classicoszahar

ALEXANDRE
DUMAS

GEORGES

EDIÇÃO COMENTADA

Tradução e notas:
Jorge Bastos

Apresentação:
Eric Martone

ZAHAR

Grafia atualizada segundo o Acordo Ortográfico da Língua Portuguesa de 1990, que entrou em vigor no Brasil em 2009.

Título original
Georges

Capa e ilustração
Rafael Nobre

Projeto gráfico
Mari Taboada

Preparação
Natalie Lima

Tradução da apresentação
Daniel Turela Rodrigues

Revisão
Huendel Viana
Gabriele Fernandes

Dados Internacionais de Catalogação na Publicação (CIP)
(Câmara Brasileira do Livro, SP, Brasil)

Dumas, Alexandre, 1802-1870
Georges : Edição comentada / Alexandre Dumas ; tradução e notas Jorge Bastos ; apresentação Eric Martone. — 1ª ed. — Rio de Janeiro : Clássicos Zahar, 2025.

Título original : Georges.
ISBN 978-65-84952-29-4

1. Romance francês I. Bastos, Jorge II. Martone, Eric III. Título.

25-259854 CDD-843

Índice para catálogo sistemático:
1. Romances : Literatura francesa 843

Aline Graziele Benitez — Bibliotecária — CRB-1/3129

EDITORA SCHWARCZ S.A.
Praça Floriano, 19, sala 3001 — Cinelândia
20031-050 — Rio de Janeiro — RJ
Telefone: (21) 3993-7510
www.companhiadasletras.com.br
www.blogdacompanhia.com.br
facebook.com/editorazahar
instagram.com/editorazahar
x.com/editorazahar

Sumário

APRESENTAÇÃO

Alexandre Dumas como escritor francófono[1]

Alexandre Dumas, autor de *Os três mosqueteiros*, *O conde de Monte Cristo* e *O homem da máscara de ferro*, é o escritor francês mais famoso do século XIX.[2] Em 2002, seus restos mortais foram transferidos para o Panthéon, mausoléu reservado aos mais ilustres cidadãos franceses, por ocasião do muito festejado bicentenário de seu nascimento. A França contemporânea, às voltas com os legados do colonialismo e de sua crescente diversidade étnica, transformou Dumas, neto de uma escravizada natural de São Domingos (atual Haiti), num símbolo das colônias e do mundo francófono mais amplo, num esforço por integrar à metrópole os imigrantes provindos das ex-colônias caribenhas, africanas e asiáticas, melhorar as relações raciais e promover a influência francesa no cenário internacional.[3] Nesse sentido, analisar Dumas num contexto "francófono" significa explorar sua figura como símbolo de uma cultura "francesa" composta e moldada por suas antigas colônias e seus atuais departamentos ultramarinos. Como veremos, tal reconceituação de Dumas fez dele uma figura importante nos debates sobre a identidade francesa e a história colonial.

Ao longo da Idade Moderna, o Estado francês criou um império colonial centrado no Caribe, o qual constituiu uma fonte de grande riqueza durante a maior parte do século XVIII. Após a Revolução Haitiana (1791-1804) e a conquista da Argélia em 1830, os esforços coloniais franceses voltaram-se cada vez mais para a África e a Ásia. Um componente único desses esforços, todavia, era a percepção de que a conquista dos territórios não os tornava meras possessões a serem administradas, mas componentes integrais do Estado-nação francês. Os povos conquistados, desse modo, tornavam-se "franceses" (mesmo que, na maioria dos casos, o acesso aos direitos civis plenos tenha sido "adiado" até que atingissem um certo nível de "civilidade"). Esses esforços transformaram o Estado francês numa entidade global, sobretudo depois de 1946, quando diversas ex-colônias foram convertidas em departamentos franceses de pleno direito. No entanto, o empreendimento colonial europeu, fundado no conceito de modernidade, tinha na diferença um alicerce necessário, de modo que, apesar da crença dominante numa identidade política nacional teoricamente "aberta", os franceses tinham dificuldade em conceber os indivíduos associados às colônias como concidadãos, bem como em conciliar seu senso estrito de "francesidade" com a nova condição global dessa identidade.[4] Antes de meados do século XX, a presença de indivíduos do mundo colonial era relativamente escassa na França metropolitana, de modo que os debates sobre a "abertura" da identidade francesa podiam, em grande medida, permanecer como exercícios filosóficos.

Entretanto, o tratamento que Dumas recebeu na França ao longo de sua vida teve um impacto profundo sobre a maneira como via a si mesmo e a sua relação com o mundo atlântico francês. Nascido em Villers-Cotterêts em 24 de julho de 1802, Dumas era filho de Thomas-Alexandre Dumas, general da Guerra Revolucionária Francesa nascido na colônia de São Domingos, que por sua vez era filho de Marie-Césette Dumas, uma escravizada negra, e do marquês Alexandre-Antoine Davy de la Pailleterie, aristocrata normando que levou o filho consigo para a França.[5] Quando a Revolução Francesa (1789-99) eclodiu, tendo já renunciado ao sobrenome aristocrático do pai e adotado o da mãe, Thomas-Alexandre uniu-se aos revolucionários. Mais tarde, serviu sob o comando de Napoleão Bonaparte no Egito, mas foi capturado durante o retorno à França e mantido preso no sul da Itália. Enquanto isso, o pequeno Dumas e sua mãe, filha de um estalajadeiro, tiveram de sobreviver por conta própria. Thomas-Alexandre acabou libertado, mas o reencontro com a família foi breve: em razão de complicações causadas pela deterioração de seu estado de saúde durante os anos de cárcere, morreu em 1806, pouco depois de regressar.[6]

Dumas, em consequência, teve uma infância humilde e recebeu uma educação não mais que rudimentar, parte da qual sob a tutela de um notório abolicionista, Abbé Grégoire. Em virtude de sua excelente caligrafia, obteve um cargo em Paris como escrivão do duque de Orléans, o futuro rei Luís Filipe (que reinou de 1830 a 1848). Em Paris, Dumas procurou estabelecer-se como dramaturgo e tornou-se um dos expoentes do movimento romântico francês, ao lado dos contemporâneos Victor Hugo, Georges Sand e Alphonse de Lamartine. Seu primeiro sucesso dramático foi *Henrique III e sua corte*. Outros se seguiram, como *Christine* (1830), *Antony* (1831), *Carlos VII entre seus grandes vassalos* (1831), *Napoleão Bonaparte* (1831), *A Torre de Nesle* (1832), *Kean* (1836) e *Calígula* (1837).

Depois de obter sucesso como dramaturgo, Dumas passou a se dedicar aos romances. Com frequência, trabalhava com colaboradores, o mais famoso dos quais foi Auguste Maquet. Antes de interromper a parceria após um desentendimento, o par trabalhou a quatro mãos em obras célebres como *Os três mosqueteiros* (1844), *O conde de Monte Cristo* (1845-6), *O visconde de*

Bragelonne/O homem da máscara de ferro (1848-50), *A rainha Margot* (1845), *O cavaleiro de Maison-Rouge* (1845), *Joseph Balsamo* (1846-8) e *O colar da rainha* (1849-50). A produção literária de Dumas também incluiu uma série de diários de viagens, contos, livros de memórias, poemas, diários, obras infantis e até mesmo um livro de receitas. De 1839 a 1841, em parceria com diversos colaboradores, publicou a popular série Crimes Célebres, uma coleção de ensaios sobre crimes e criminosos famosos da história europeia. Dumas era um autor tão prolífico que foi acusado, em *Fabrique de romans, Maison Alexandre Dumas et compagnie* (1845), de estabelecer uma fábrica de escrita, na qual assinaria obras de autoria de outros profissionais. O livreto foi escrito por Eugène de Mirecourt, que se valeu do duplo significado da palavra francesa "nègre" — que podia designar tanto um escravizado negro das colônias como um ghost-writer — para atacar Dumas pessoal e profissionalmente.[7]

Como celebridade, Dumas foi alvo de muitas fofocas. Adquiriu uma reputação de perdulário e, apesar do sucesso financeiro de suas obras, não raro via-se obrigado a fugir de seus credores. Em 1846, construiu o exuberante Castelo de Monte Cristo, onde, no entanto, só pôde dar-se ao luxo de morar por um curto período de tempo. Foi casado brevemente com a atriz Ida Ferrier, mas era conhecido por suas numerosas conquistas românticas. Também teve vários filhos ilegítimos, entre eles Alexandre Dumas *fils*, que, a exemplo do pai, tornou-se escritor.

O autor — que, embora desfrutasse do patrocínio e da amizade de membros da aristocracia, era republicano — também se notabilizou por sua atuação política. Participou ativamente da Revolução de 1830, que derrubou a monarquia Bourbon, deposta durante a Revolução Francesa mas restaurada não só após a queda de Napoleão em 1814 como também depois de seu breve retorno ao poder em 1815. Em decorrência do movimento, o duque de Orléans, mais liberal, tornou-se Luís Filipe I, o "rei cidadão". Em 1848, contudo, após nova revolução, Luís Filipe foi destituído do trono, abrindo caminho para a Segunda República. Antes de o novo presidente, o sobrinho de Napoleão I, alçar-se por meio de um golpe ao posto de imperador em 1852, Dumas tentou encetar uma carreira política e fundou os jornais *Le France Nouvelle* (1848) e *Le Mois* (1848-50) a fim de promover sua causa. Seus esforços políticos, porém, foram malsucedidos tanto na metrópole como em Guadalupe. Na década de 1860, envolveu-se na causa da unificação italiana e lutou ao lado do patriota Giuseppe Garibaldi como um de seus "camisas vermelhas".[8]

Apesar de seus êxitos, Dumas foi vítima de diferentes formas de preconceito racial na França.[9] Mesmo tendo nascido no país, enfrentou dificuldades para ser aceito como "francês" devido à origem caribenha de sua família. Seus contemporâneos frequentemente o descreviam como tendo uma fisionomia "africana". Em geral, as caracterizações atinham-se a três atributos: a cor da pele, o cabelo e os lábios. O general Thiébault, por exemplo, que havia servido sob o comando do pai de Dumas, descreveu o escritor em 1834 como um jovem "com a pele como a de um mestiço, cabelo crespo e espesso feito o de um *nègre*, [e] lábios africanos".[10] Em virtude desses traços, era amplamente visto nas camadas mais populares da sociedade francesa como um estrangeiro. Em *Histoire de mes bêtes* [História das minhas bestas], Dumas conta de uma vez em que foi conduzido por um cocheiro "espirituoso" que desconhecia sua identidade. Durante o trajeto, calhou de conversarem sobre Aisne (local de nascimento de Dumas), e o cocheiro pôs-se a enumerar diversos homens famosos naturais do departamento, entre os quais, no entanto, não incluiu o nome do autor. Questionado sobre a omissão, respondeu que era impossível que o escritor fosse de lá. Quando Dumas quis saber o motivo, o homem declarou: "Dumas não é de Villers-Cotterêts… [porque Dumas] é um *nègre*!". Logo, não havia dúvida de que fosse nativo do Congo ou do Senegal.[11]

Dumas foi alvo de comentários depreciativos não só de inimigos, mas também de amigos. Em 1844, por exemplo, Balzac manifestou seu desprezo pelo *nègre* Dumas depois que um de seus folhetins de baixo êxito comercial foi preterido em prol de *A rainha Margot*.[12] A atriz clássica Mademoiselle Mars, que figurou em suas primeiras peças, desgostava de Dumas tanto pelo estilo romântico como pela cor de pele e costumava exigir que se abrissem as janelas toda vez que o autor se retirava do recinto, alegando que ele exalava um repugnante odor *nègre*.[13] Charles Nodier, amigo e mentor de Dumas, disse-lhe certa vez: "Vocês, negros, são todos iguais: adoram miçangas e bijuterias".[14] Dumas também foi vítima de charges racistas na imprensa. Cham e Nadar o desenhavam regularmente como uma figura grotesca, enfatizando os "traços africanos" (ou seja, lábios e cabelos). A caricatura mais famosa de Cham retrata Dumas como um canibal africano mexendo uma panela. Tais representações não eram incomuns. Outras exibiam o autor à frente de um séquito de africanos tribais trazendo nas mãos seus prêmios.[15]

Os debates da época sobre como "classificar" Dumas também revelavam o racismo francês. Alguns descreveram as "guerras raciais" inerentes à própria figura de Dumas. O jornalista Hippolyte de Villemessant, por exemplo, declarou que a raça branca havia triunfado, pois "o *nègre* havia sido derrotado pelo homem civilizado; a impulsividade do sangue africano havia sido atenuada pela elegância da civilização europeia". Consequentemente, "o que havia de repulsivo em […] [Dumas] fora transfigurado pela clareza de sua inteligência e por seu crescente sucesso". Assim, o autor foi citado como um modelo "da perfeição física de uma mistura de raças: tinha o cabelo crespo e os lábios grossos do *nègre*, nos quais o componente europeu revelava-se no sorriso arguto e espirituoso; da raça do sul [africana], tinha a vivacidade dos movimentos e das palavras; da raça do norte [europeia], uma compleição robusta e ombros largos".[16] Os detratores de Dumas, por outro lado, argumentavam o contrário: Victor Pavie, por exemplo, afirmou que "os refinamentos de uma civilização exuberante não foram capazes de domar" o sangue negro de Dumas.[17]

Por fim, muitos críticos literários não respeitavam Dumas como escritor, apesar (e talvez em razão) de sua popularidade, e ele nunca foi admitido na prestigiosa Academia Francesa. Essa falta de estima da crítica e suas experiências com o racismo levaram o autor a desenvolver uma autoimagem negativa. Em suas memórias, por exemplo, ele reconta a tentativa fracassada de conquistar o coração da atriz Marie Dorval, que o preteriu por seu amigo e rival Alfred de Vigny. Dumas duvidava que sequer tivera alguma chance. Como declarou, "Vigny é um poeta de imenso talento... [e] um verdadeiro cavalheiro. Melhor, portanto, do que eu, que sou um *mulâtre*". Em outra passagem, descreve a si mesmo como "jamais [...] atraente", devido ao fato de que "tinha olhos grandes e castanhos, com a pele escura".[18] Desse modo, escondia-se por detrás da personalidade pública afável do autor uma melancolia que o atormentou durante toda a vida.

Dumas morreu em 1870, em meio à eclosão da Guerra Franco-Prussiana. Após um enterro temporário, seus restos mortais foram transferidos em abril de 1872 para um cemitério em Villers-Cotterêts, onde permaneceram até 2002.

Os estudos biográficos franceses sobre o autor, sobretudo durante o fim do século XIX e os dois primeiros terços do século XX, costumavam minimizar o impacto de sua ascendência negra, reforçando o mito de uma sociedade francesa isenta de preconceitos raciais e a percepção da cultura do país como o produto de indivíduos de origem europeia, ou "brancos". Dumas e suas obras, em especial as que compõem a série La Drame de la France [O drama da França], que almeja retratar a história francesa desde o início da Idade Moderna até a contemporaneidade do escritor, culminando com a instauração da república, eram vistos como parte do patrimônio (metropolitano) francês e como pilares na consolidação de uma identidade nacional.[19] Em 1902, por exemplo, Hippolyte Parigot descreveu os mosqueteiros como "um retrato vivo da França":

> Determinação implacável, melancolia aristocrática, uma força um tanto vaidosa, uma elegância a um só tempo discreta e galante: são essas qualidades que fazem deles [...] o epítome daquela França graciosa, intrépida e descontraída que ainda gostamos de reaver por meio da imaginação [...]. D'Artagnan, o gascão astuto, alisando o bigode; Porthos, o tolo musculoso; Athos, o *grand seigneur* de inclinações românticas; [e] Aramis [...], o discreto Aramis, que esconde sua religião e seus amores, talentoso aprendiz do sacerdócio [...] — esses quatro amigos [...] tipificam as quatro qualidades fundamentais de nosso país.[20]

Ademais, Dumas era visto como um bon vivant ou, como um biógrafo de língua inglesa o descreveu, um "mulato risonho", cujas únicas preocupações eram gastar dinheiro, jantar fora, encher a cara até altas horas e conquistar mulheres.[21] Devido a suas origens calcadas na Revolução Francesa, a Terceira República (1871-1940) era vista — apesar do colonialismo — como uma fonte de "liberdade, igualdade e fraternidade" e um berço dos direitos humanos. A França, assim, cultivava o mito de que não era "racista" como suas contrapartes ocidentais. Dumas, como um símbolo do país, representava um dilema em virtude de sua ascendência negra e suas experiências com o racismo durante o surgimento do Novo Imperialismo e do racismo científico. Em consequência, os retratos e caricaturas posteriores a sua morte costumam diferir drasticamente daqueles produzidos durante sua vida: em vez de acentuar suas feições negras, o costume passou a ser exacerbar os traços caucasianos de sua fisionomia. O status do autor como "simbolicamente branco" em razão de fazer parte da tradição francesa situou-o numa posição contraditória.[22] Em geral, os intelectuais franceses reputavam-no como um escritor popular, mas não brilhante. Como, segundo os estereótipos, os negros africanos eram tidos como figuras "infantis", a obra de Dumas foi conceituada como um produto de baixo nível intelectual e, ao contrário daquelas de seus compatriotas românticos, rebaixada como literatura exclusivamente juvenil. Isso servia a um duplo — e conflitante — propósito: a um só tempo, incentivar os jovens a ler Dumas — o que em geral apreciavam bastante — a fim de incutir em suas mentes impressionáveis os fundamentos da história francesa e o amor por ela, ajudando a consolidar sentimentos nacionalistas e evitar que o autor fosse equiparado às figuras literárias "francesas" verdadeiramente insignes, possibilitando, assim, que se criticasse a "africanidade" de Dumas sem mencioná-la diretamente, de modo a proteger sua brancura simbólica tida como um símbolo da França.[23] A construção contemporânea do Dumas "francófono", portanto, mostra-se contraditória com tais concepções da identidade nacional francesa.

Enquanto isso, a imigração pós-Segunda Guerra Mundial de cidadãos de antigas colônias francesas expôs cada vez mais no ambiente da metrópole a França global criada por meio de seus esforços coloniais. O rápido aumento do número de cidadãos e residentes permanentes provindos de outros continentes incomodou muitos franceses.[24] No início do novo milênio, como lidar com essa condição pós-colonial seguia representando um dos mais significativos desafios enfrentados pela França.

O que também contribuiu para complicar a situação durante o século XX foi a diminuição da influência internacional do Estado francês, sobretudo após a Segunda Guerra Mundial e a subsequente perda das colônias.[25] O Estado procurou manter sua autoridade durante e após a descolonização por meios alternativos considerados mais alinhados com os novos tempos.

A União Francesa, entidade política inspirada na Commonwealth britânica, foi criada após a Segunda Guerra. Em 1958, deu lugar à Comunidade Francesa, que proporcionou às colônias uma significativa autonomia em relação à França e maior liberdade para buscar a independência. Em 1960, as revisões constitucionais francesas motivadas pelos movimentos de independência na Indochina e na Argélia permitiram que os membros da Comunidade mudassem suas constituições e também conquistassem a emancipação. A Organização Internacional da Francofonia, fundada em 1970, é uma comunidade de países em que há ou já houve uma prevalência histórica da língua e da cultura francesas, e que visa a consolidar a influência da potência europeia.[26] Essas entidades, porém, estabelecem a metrópole como o centro e a fonte de uma verdadeira cultura "francesa" a ser adotada passivamente pelas demais nações, o que implica a impureza da cultura "francófona", relegada à condição de "semelhante à francesa". Tal visão mantém a percepção colonial que reconhece os franceses nos francófonos, mas não os francófonos nos franceses. A cultura francesa misturou-se com a das colônias, processo que modificou ambas as partes — as quais, mesmo antes disso, já constituíam combinações de elementos diversos e flutuantes. Assim, reimaginar Dumas, há muito visto como um escritor "francês", como tendo fortes conexões com o mundo "francófono" foi parte de um esforço mais amplo por reconhecer a influência colonial na metrópole e descentralizá-la como a fonte da verdadeira "francesidade". A transformação francófona de Dumas, portanto, não teve a intenção de divorciá-lo da cultura francesa metropolitana, e sim de contribuir para o reconhecimento de que a cultura "francesa" é "francófona" ou, em parte, para a construção da imagem de seus antigos súditos coloniais, tanto no passado como no presente.[27] A imigração pós-guerra, a nova realidade da França e os esforços de adaptação a um papel de limitada influência global são fatores que se tornaram ainda mais relevantes no século XXI.

Quando do sepultamento de Dumas no Panthéon, em 2002, a França encontrava-se numa encruzilhada. Muitos esforços conjuntos (e contraditórios) para promover uma maior coesão sociocultural entre grupos diversos e marginalizados já haviam sido levados a cabo.[28] Como propôs Pierre-André Taguieff, o racismo francês dos séculos XX e XXI não surgiu de uma divisão histórica entre brancos e negros como nos Estados Unidos, mas como uma tensão entre cidadãos "autênticos/nativos" e um número cada vez maior de "forasteiros étnicos", vindos sobretudo das ex-colônias a partir do fim da Segunda Guerra Mundial.[29] A estrutura universalista da República não apenas espera que os imigrantes assimilem integralmente a cultura francesa e abandonem suas identidades anteriores (uma exigência difícil em nossa era global, em que existem múltiplas e complexas formas simultâneas de autoidentificação, que podem ir além do Estado-nação), como também, a partir da visão geral de que tratar a todos os cidadãos com igualdade equivale a tratá-los da mesma forma, recusa-se a reconhecer as diferenças.[30] No entanto, as constantes reivindicações pela igualdade social obrigaram a França a reconsiderar quem e o que constitui a nação. Dumas passou a ser visto de outra maneira nesse contexto, celebrado pelo Estado e pela sociedade como um autor "francófono" — ou com conexões com o mundo francófono (colonial/pós-colonial) situado além das fronteiras da França metropolitana —, num esforço para identificar heróis de origem colonial no passado com o fito de modificar a narrativa do desenvolvimento nacional, incluindo os componentes diversos que hoje constituem a sociedade francesa.

Construindo o Dumas francófono

Editoras de ambos os lados do Atlântico capitalizaram o crescimento de popularidade de Dumas na esteira do sepultamento no Panthéon e da recém-adquirida reputação de escritor francófono, simbolizando as populações das antigas colônias francesas e suas contribuições para a história e a cultura metropolitanas, por meio da reedição de suas obras e biografias. O romance *Georges* (1843), em especial — sua única grande obra com um herói de ascendência negra e que aborda o racismo colonial e a escravidão, até então ignorada —, foi alçado ao rol de suas principais obras. Ambientado majoritariamente em 1824, tem como tema as lutas da elite mestiça da Ilha da França (Ilhas Maurício), no oceano Índico, em prol da igualdade social numa sociedade colonial fundada na discriminação racial. Em decorrência de sua rejeição às elites brancas da ilha, o personagem-título, um membro da elite mestiça, lidera uma malograda rebelião de escravizados. O romance foi escrito a quatro mãos com Félicien Mallefille, nascido nas Ilhas Maurício, que provavelmente forneceu detalhes sobre o contexto local.[31] É possível que o relativo fracasso comercial da obra tenha dissuadido Dumas de voltar a explorar diretamente temas relacionados à questão racial. Como o biógrafo Henri Troyat observou ao discorrer sobre *Georges*, "nem o público [francês] nem os críticos se interessaram pelo confronto entre brancos, mulatos e negros sob os céus ardentes do oceano Índico".[32] Achille Gallet publicou a única resenha completa do romance em 1843. Embora não tenha tecido críticas a sua construção, argumentou que todos os homens que estudam a sério a situação social das colônias, e "não por meio das homilias de nossos filantropos e das fantasias de nossos romancistas", sabem a "verdade: a raça mulata é inferior à raça branca, assim como a raça negra é inferior à mulata. Há, sem dúvida, algumas poucas exceções... [Dumas], ele próprio, é uma clara comprovação disso".[33] A posição de Dumas a respeito da escravidão também é ambígua em *Georges*, embora tenha ressaltado seu aspecto desumano nas diversas obras de ficção histórica que optou por situar em períodos históricos diferentes (e, portanto, mais distantes).[34] Como veremos, porém, os estudos produzidos no século XX sobre o romance forneceram em grande medida os alicerces para a construção de Dumas como escritor francófono.

Embora haja diversos livros franceses em circulação sobre Dumas, muitos são de natureza popular. Foi só a partir de 2002 que o autor começou a ser amplamente estudado no meio acadêmico. Ilustra tal afirmação o fato de que, de sete grandes coleções acadêmicas (predominantemente francesas) publicadas na Europa acerca do autor de 1994 a 2010, apenas uma é anterior ao traslado de seus restos mortais para o Panthéon.[35] Essas produções, apesar de significativas e importantes para nossa compreensão de Dumas, sua obra e sua influência, ignoram em grande medida a herança mestiça e colonial do escritor, que inclui a questão da escravidão. Das mais de cem contribuições coletadas nas referidas obras, apenas seis examinam a fundo a herança caribenha do autor ou suas conexões com o mundo francófono além das fronteiras do continente europeu.[36] No entanto, a limitada produção acadêmica francesa sobre o escritor das décadas de 1970 a 1990, elaborada em meio a tentativas de lidar com a descolonização, a nova imigração e a redução da influência global francesa, forneceu a base teórica para o Dumas francófono dos anos 2000. Um breve exame dos prefácios de *Georges* evidencia essa evolução, uma vez que a construção da francofonia do autor foi concomitante ao ganho de notoriedade do romance.

O inovador ensaio de dezessete páginas de Léon-François Hoffmann "Dumas et les noirs" [Dumas e os negros], que serviu de prefácio à edição in-fólio de *Georges* de 1974 da Gallimard, foi o primeiro trabalho de vulto publicado na segunda metade do século XX a afirmar a ascendência mestiça de Dumas e tratar do racismo que o autor sofreu em consequência dela, contrariando a percepção, à época amplamente disseminada, de uma França isenta de preconceitos raciais — da qual os franceses haviam se valido como argumento em favor de sua superioridade em relação aos Estados Unidos, palco de uma luta em prol dos direitos civis. Hoffmann também afirmou que o romance havia "passado mais ou menos despercebido [...] tanto por acadêmicos como pelo público em geral". Era "raro" os críticos mencionarem o livro, que, consequentemente, havia sido designado como uma "obra secundária".[37] No entanto, *Georges* estava "entre os melhores romances de Dumas" e, sob certos aspectos, era superior a seus escritos mais famosos.[38] Assim, era chegada a hora de dar o devido valor ao romance, sobretudo em vista de sua relevância cultural para a sociedade francesa pós-colonial. Como defende Hoffmann, é uma "crônica de uma sociedade colonial cujos preconceitos estão longe de ter desaparecido [...]. Hoje, em tempos em que o problema racial assumiu a intensidade [que assumiu, é ainda] [...] mais importante que *Georges* não caia jamais no esquecimento".[39] Hoffmann subscreve ao "princípio de que todos os escritores põem um pouco de si mesmos em seus personagens", de modo que, na visão do autor, certos traços do personagem-título compõem um retrato do próprio Dumas. A observação não era inédita: em sua introdução de 1956 a *O conde de Monte Cristo*, Jacques-Henry Bornecque sugere que Georges é um precursor do herói do romance, Edmond Dantès, e que o personagem é Dumas "recriado", ou "um 'duplo' criado pelo próprio autor". Uma tradução britânica de 1903 também inclui em sua introdução a afirmação de que Georges, "que padece de humilhação e desesperança em razão de sua 'pincelada de piche', mas enfrenta cada obstáculo e insulto com ânimo e coragem irreprimíveis, é um retrato fictício do próprio Dumas, 'o mulato inspirado'".[40] Hoffmann, todavia, vai além e, ao questionar-se se o autor foi ou não vítima de "preconceito racial", conclui que, apesar do sucesso de que gozou, Dumas de fato sofreu com uma sociedade metropolitana racista.[41] Em seguida, traça seu histórico familiar, enfatizando a herança caribenha e a condição de escravizada de sua avó. Se a origem caribenha e mestiça de Dumas era de conhecimento comum (ainda que minimizada a partir de fins do século XIX), suas origens escravizadas haviam sido mais ocultadas da esfera pública. Identificar alguém como tendo ascendência mestiça não é o mesmo que afirmar sua descendência de um escravizado, e as duas formas de identificação carregam conotações diferentes.[42] Hoffmann reforçou as conexões de Dumas com o Caribe e os sentimentos de solidariedade com os francófonos de fora da metrópole por meio da reprodução da carta do autor ao abolicionista mestiço martinicano Cyrille Bissette (na qual ele manifesta solidariedade aos indivíduos de ascendência negra de todo o mundo), bem como de sua carta ao governo haitiano solicitando respaldo para a construção de uma estátua em memória de seu pai.[43] Por fim, Hoffmann discute a "rara" inclusão de personagens negros nas obras de Dumas, sugerindo que o autor percebia os indivíduos mestiços como distintos dos negros e, apesar de sua simpatia por estes, havia absorvido muitos dos estereótipos da sociedade metropolitana a respeito dos negros e da África.[44] Hoffmann, na conclusão de seu paratexto, classifica *Georges* não como um "romance negro", e sim como um "romance mulato", visto que trata não tanto da abolição da escravidão, e sim da "igualdade entre as raças". Assim, a obra poderia ser vista como "um documento biográfico que elucida a postura de Dumas diante de sua 'negritude' e como um documento histórico que ilustra bem a perspectiva de indivíduos mestiços em meados do século passado".[45] A impressão geral era de que Dumas era um escritor francês com fortes ligações com o antigo mundo colonial francês e que enfrentou o racismo da metrópole. O uso da palavra "negritude", porém, uma referência ao movimento intelectual desenvolvido por figuras caribenhas e africanas francófonas durante a primeira metade do século XX, associa Dumas a intelectuais estrangeiros e dá a entender que ele foi um precursor de seu despertar cultural.

Além disso, desde a década de 1970, Gilles Henry tem sustentado em muitos trabalhos que *O conde de Monte Cristo* foi inspirado na história da família caribenha de Dumas. O pesquisador literário Charles Grivel também escreveu sobre a origem mestiça de Dumas como influência indireta em sua obra, uma vez que seus heróis (tais como ele) são de alguma forma "forasteiros", além de ter destacado o uso da cor negra pelo autor. Por fim, na década de 1990, *Les Douze Muses d'Alexandre Dumas* [As doze musas de Alexandre Dumas], de Dominique Fernandez, a primeira grande obra a descrevê-lo como um escritor "francófono", dedicou um capítulo a defender a "Musa Negra" como fonte de inspiração de Dumas.[46] Desde então, escritores e intelectuais reiteraram sua identidade colonial negra, construindo uma imagem do autor como símbolo das antigas populações coloniais francesas. Como escritor francófono, Dumas sofreu racismo, e suas obras refletem profundamente essa experiência e sua luta para ser tratado com igualdade. Charles Grivel, por exemplo, afirmou que o maior crime de Dumas foi "o crime da cor".[47] Didier Decoin também formulou a "hipótese odiosa" de que Dumas havia sido "um excomungado de honra [...] porque o sangue de um escravo negro corria em suas veias".[48]

No entanto, o documento mais significativo para estabelecer Dumas como escritor francófono em seu bicentenário foi o prefácio para uma edição de *Georges* escrito em 1998 por Calixthe Beyala, uma autora franco-camaronense. O texto, produzido cerca de uma geração depois do de Hoffmann e notável por ser de autoria de uma voz não metropolitana, estabeleceu Dumas como um escritor que expressou solidariedade com a diáspora africana, como uma vítima de racismo que reagiu desenvolvendo orgulho de sua negritude e seu hibridismo cultural e como um precursor de tradições literárias posteriores na África francófona e no Caribe.[49] Beyala avalia Dumas como um pioneiro por ser um dos primeiros escritores de cor a escrever um romance antiescravagista. Logo, o material de divulgação da edição valia-se da controversa qualificação de "romance contra a escravidão", reeditado de modo a coincidir com o aniversário de 150 anos da abolição definitiva da escravatura na França, que proporcionava um "momento oportuno para redescobrir este engajado romance". Contudo, apesar de ter tido que lidar com as injustiças da metrópole, Dumas havia sido um grande defensor dos ideais franceses de liberdade, igualdade e fraternidade, o que fazia dele um "cidadão francês" mais autêntico que aqueles que o ridicularizavam. Além disso, sua obra "francesa" era, na verdade, "francófona", pois misturava estilos metropolitanos e indígenas (africanos), simbolizando assim o hibridismo de longa data da França global. Beyala classifica Dumas como um herói para os súditos coloniais oprimidos e seus descendentes, argumentando que os problemas enfrentados pelo autor não haviam se atenuado e que os legados da escravidão e do colonialismo ainda eram enfrentados por seus irmãos "em espírito" contemporâneos.

A autora camaronense defende que *Georges*, ainda tratado como uma "obra menor", vinha recebendo mais atenção como "o livro essencial" para compreender Dumas como indivíduo desde a década de 1970. Ela começa o prefácio, dirigido ao espírito de Dumas, desculpando-se por se referir a ele como "Georges", opção que justifica com o argumento de que o personagem não passa de um disfarce do próprio autor. O romance, segundo Beyala, é a própria história de Dumas, seu "autorretrato":[50] tanto Georges como Dumas, "apesar de sua fortuna e seu talento", sofreram "o desprezo de muitos de seus contemporâneos em virtude da cor de sua pele".[51] Beyala, a exemplo de Hoffmann, cita a carta de Dumas a Bissette a fim de sustentar que ele havia se solidarizado com seus "irmãos de sangue [...] e amigos de cor". Estabelecendo um vínculo entre o passado e o presente, a autora pede para "falar" com Dumas no mesmo "espírito" demonstrado por ele, "apesar da distância de um século",[52] e observa que todos os seus biógrafos (brancos) haviam sentido a necessidade de debater se o autor sofrera "preconceito de cor", ao que responde: "Permita-me, meu caro Dumas, dizer que 'SIM!'". Toda a riqueza, a fama e a glória, argumenta Beyala, não ofuscaram o fato de ele ser tratado como um *nègre*. Dumas, portanto, é apresentado pela autora como tendo experimentado todo "o sofrimento moral e o desprezo épico que os negros" enfrentaram.[53]

Desse modo, Beyala defende que *Georges* foi a resposta de Dumas a esse racismo, um veículo para seu "orgulho e revolta" contra o preconceito de cor e por meio do qual o autor manifesta sua "negritude".[54] A autora menciona a crítica de Hoffmann e de outros autores de que a obra constituiria um "romance *métis*" (ou "romance mestiço") que combate essencialmente o preconceito dos brancos contra os indivíduos de ascendência birracial, e não contra os negros em geral, e reconhece que o romance não é "militante" em seu ataque à escravidão ou ao racismo e poderia ter sido mais assertivo nesse sentido.[55] Dumas, tal como ele próprio descreveu Georges, era um *nègre blanc*, de modo que sua *négritude* se confundia com sua *métissitude*.[56] Segundo "confessa" a Dumas, porém, Beyala "entende sua postura". O autor era retratado como uma voz (negra) solitária na arena literária de sua época, de modo que tecer qualquer tipo de crítica ao preconceito racial já exigia uma grande dose de "coragem".[57] A autora, seguindo essa visão, condena aqueles que sustentam que Dumas só se preocupava com indivíduos mestiços, chamando-os de "detratores". O fato de que Georges, um personagem mestiço, lidera a revolta negra que leva à libertação tem, portanto, "pouca importância", pois representa "a causa negra".[58]

Beyala também descreve a obra como sendo contra a escravidão e o colonialismo, classificando-a como "um dos primeiros livros [antiescravistas]" escritos por uma pessoa de cor na história da literatura, o que, segundo a autora, faz com que exerça um papel fundamental nas "memórias dos povos negros". Beyala declara com veemência que *Georges* é "uma condenação da opressão dos negros", bem como "das teorias racistas e dos defensores da escravidão" — de acordo com a autora, um "crime" cometido na época de Dumas que consistia num ato "cruel" do homem para com o próprio homem, por meio do qual certas pessoas eram tratadas como "mercadorias vulgares" em razão da cor de sua pele e de sua suposta "inferioridade" cultural por autoproclamados "senhores do universo". A autora defende, portanto, que o "complexo de mulato" de Dumas era na verdade uma tentativa de "aniquilar" esse complexo, ela própria "uma luta contra a civilização ocidental" imposta pelo colonialismo. Assim, "diante de uma hierarquização dos seres humanos" baseada em "sua cor de pele e seu sangue", Dumas produziu uma "acusação denunciando os preconceitos que dão pretexto à insanidade", a fim de restaurar a dignidade dos negros e reivindicar a liberdade que mereciam. Beyala o retrata como um crítico da hipocrisia de seus contemporâneos, que enalteciam a igualdade do homem e eram coniventes com o preconceito racial.[59] Aqueles que compactuavam com o racismo não eram franceses legítimos: os verdadeiros defensores dos ideais do país eram seus antigos súditos coloniais, como Dumas, que almejavam levar a França à consumação de seu potencial, a criar na realidade o país existente no imaginário social.

Beyala também sustenta que Dumas foi "um poeta visionário", visto que sua obra antecipou as temáticas de futuros escritores africanos e caribenhos, e descreve *Georges* como "um romance negro" que revela o "grito de revolta dos vilipendiados", uma alusão ao "grito" de *négritude* do escritor martinicano Aimé Césaire em *Caderno de um retorno ao país natal*. Além disso, por meio do retrato do mundo culturalmente miscigenado ("um universo *métissé*") em que *Georges* se passa, Dumas "já reivindicava a *métissage* cultural cem anos antes de o conceito" iluminar a pena dos intelectuais francófonos africanos e caribenhos contemporâneos. Na visão de Beyala, portanto, o autor foi um dos primeiros defensores do "cosmopolitismo", e seu trabalho deixa claras suas influências africanas: Dumas, segundo a camaronense, foi um grande contador de histórias, um "griô [...] pertencente à longa tradição africana", cuja narrativa possuía "uma qualidade musical".[60]

Por fim, coincidindo com o material de divulgação da edição, que destacava o "tormento" de Dumas como "um escritor bem-sucedido confrontado com preconceitos que [...] perduram até os dias de hoje", Beyala observa que, embora tenha sido formalmente abolida, a escravidão "transfigurou-se" de modo a seguir existindo, pois "os humanos continuam a maltratar e explorar seus semelhantes".[61] A autora pede desculpas a Dumas pelo "reconhecimento tardio" de sua contribuição para o "combate" contra a injustiça.[62] Parafraseando o autor, que disse que a pena é "a espada do intelectual", Beyala afirma que ele a usou para atacar a escravidão, proporcionando aos negros uma "liberdade imaterial" por meio de suas palavras que os conduziu, em última análise, à "liberdade física". Desse modo, Dumas continua a inspirar aqueles que lutam por alcançar a igualdade no presente "um pouco de luz na noite negra, um pouco menos de sofrimento num oceano de lágrimas, um pouco mais de respeito aos menosprezados".[63] Consequentemente, Dumas tornou-se símbolo de uma França miscigenada, como também das "injustiças" cometidas contra antigos súditos coloniais e da dívida do Estado para com seus descendentes.

Tal visão era controversa e desafiava as concepções conservadoras remanescentes sobre Dumas e suas obras, cultivadas durante o fim do século XIX e o início do XX. Como observa Jean Lacouture, aqueles que na França sustentam que Dumas foi "condicionado por sua negritude" frequentemente lançam mão de *Georges* como argumento, uma vez que o romance se tornou associado ao "preconceito de cor". Assim, "um grande número de historiadores literários descreve o personagem de Georges como um autorretrato e o romance, como um tratado antirracista".[64] Lacouture, no entanto, defende que, embora possa ser tentador ver em *Georges* uma autobiografia ou uma obra em que Dumas contribuiu para a luta em prol da abolição da escravidão e do racismo, "*Georges* não pode ser nem um autorretrato de [...] [Dumas] nem um manifesto pela libertação dos negros", pois o romance é mais complexo e ambíguo do que isso. O autor cita como exemplo o irmão do protagonista, um rico traficante de escravos que salva a vida do irmão após o fracasso da rebelião, transformando-se, muito embora esteja envolvido no comércio escravista, em herói, e não vilão. Ademais, Lacouture argumenta que o escravizado negro, Laïza, o único retratado como herói, tem ascendência miscigenada (árabe e negra africana) e que, desse modo, não há nenhum personagem negro africano representado de maneira heroica.[65] Segundo essa visão, portanto, a ascendência negra de Dumas e as experiências com o preconceito de cor não são uma grande influência no romance (e, por extensão, em sua obra), o que, por sua vez, implica que não se pode concebê-lo como um escritor negro ou colonial.[66] Conclui-se, assim, que *Georges* (e Dumas) continuam a suscitar interpretações divergentes. Contudo, a imagem do autor traçada no prefácio de Beyala consiste, em grande parte, no Dumas celebrado pelo Estado quando do bicentenário de seu nascimento e do traslado de seus restos mortais para o Panthéon e que vem conquistando hegemonia cultural.[67]

Enquanto isso, do outro lado do Atlântico, Dumas tornou-se popular entre os educadores americanos. Schmoop, um website destinado a professores, colocou *O conde de Monte Cristo* na 11ª posição de seu ranking de vinte livros indicados para a lista de leitura de alunos do ensino médio no verão de 2010.[68] Contudo, não há em circulação estudos acadêmicos em inglês de fôlego e produção recente sobre Dumas, o que parece se dever a uma falta de interesse acadêmico no autor — algo decorrente, em grande parte, da percepção de que suas obras seriam indignas de estudos "sérios".[69] Enquanto, em sua maioria, os estudos europeus ignoraram até hoje a relação de Dumas com o mundo francófono fora da Europa, concentrando-se em outros aspectos de sua obra, a produção acadêmica americana existente seguiu na direção oposta.

Como a maioria dos heróis fictícios de Dumas são forasteiros, desajustados etc., e se todo escritor põe um pouco de si em sua obra, podemos supor que Dumas também se sentia um forasteiro. Parece lógico concluir que esses sentimentos decorriam do racismo que ele enfrentou em consequência de sua ascendência colonial negra, razão pela qual a identidade "francesa" à qual julgava ter direito lhe era negada. Como o jornalista Philibert Audebrand escreveu em 1888, Dumas, apesar de seu "rosto de africano", fazia "questão de se ver como um dos filhos da Revolução [Francesa]".[70] Se sua origem racial não o impediu de obter sucesso na França, Dumas sofreu os efeitos do racismo no tratamento recebido da imprensa e de seus contemporâneos. Como afirmou um de seus primeiros biógrafos, Harry Spurr, "ao longo de toda a vida, Dumas foi menoscabado por sua ascendência negra".[71] No século XXI, *Georges* (como sua principal obra a tratar da posição ocupada pelos negros na sociedade, do racismo e da escravidão) passou por uma espécie de renascimento nos Estados Unidos, sofrendo uma reavaliação que reflete as mudanças na percepção francesa sobre Dumas. As reavaliações americanas do romance foram semelhantes às francesas, mas com maior ênfase na identidade negra — em vez de colonial — de Dumas, um reflexo da forma de preconceito característica de cada uma das culturas.

A atenção dispensada ao romance nos Estados Unidos permaneceu mínima durante a maior parte do século XX. Os afro-americanos, que havia muito manifestavam interesse em Dumas e em suas obras, demonstravam pouco interesse em *Georges* como um romance representativo da luta negra contra o racismo.[72] Apesar disso, partiram desse segmento da população as primeiras mostras de um interesse significativo pela obra. Em 1914, o escritor afro-americano Charles Chestnutt, por exemplo, fez um discurso sobre Dumas, afirmando que o autor francês tinha "pele marrom e [...] cabelos cacheados [...]. Ele não se envergonhava disso, mencionava-o com frequência sem a mínima autoconsciência [...] e escreveu um romance, *Georges*, cujo tema central é uma das facetas da questão racial".[73] Além disso, os pesquisadores afro-americanos John F. Matheus e W. N. Rivers editaram uma versão de *Georges* em 1936 para uso em aulas de francês.[74] As resenhas acadêmicas da obra, que qualificam Dumas como "um negro nobre", descrevem-na como "um romance racial" ou dedicado à "temática africana" e, portanto, adequado "para ser empregado em escolas para negros". Um crítico do *Journal of Negro History* chegou a sugerir que o preconceito racial no romance seria lido como "experiência, e não ficção".[75] No entanto, a representação pouco lisonjeira dos negros (isto é, dos escravizados) no romance, em oposição ao retrato mais positivo que o autor fazia dos fazendeiros mestiços, reproduzia estereótipos sobre os africanos. O crítico põe em xeque a eficácia da obra como um tratado contra o racismo, questionando, por exemplo, "quão inspirador para jovens e impressionáveis leitores de cor pode ser o espetáculo de negros oprimidos interrompendo sua carreira rumo à liberdade a fim de entornar os barris de rum que um inimigo ardiloso pôs em seu caminho?". Contudo, o heroísmo do protagonista mestiço se sobrepõe a essas representações, uma vez que Dumas, com "a convicção de um humanitário", dá a seu herói a coragem para fazer frente ao preconceito.[76] As avaliações do romance, porém, não foram particularmente positivas. Uma crítica, por exemplo, lamenta que a obra seja "marcada pela rapidez da ação e pela debilidade do enredo".[77] Dumas também recebeu elogios ambíguos por *Georges*, como o de um resenhista que declarou que, embora "uma distância astronômica separe Dumas e Shakespeare", havia, no entanto, "algo na melancolia do sensível Georges Munier [o herói do romance] que faz lembrar os sombrios desabafos de Hamlet".[78]

As resenhas da edição revista de 1970, todavia, foram mais positivas e procuraram enfatizar a herança colonial de Dumas, bem como estabelecer para ele um papel de defensor de "sua raça". Esses textos buscaram situar o autor no contexto mais amplo da diáspora africana, escrevendo contra o racismo e o colonialismo numa época marcada pelo movimento dos direitos civis nos Estados Unidos e pela emancipação das colônias europeias.[79] Um crítico da *French Review*, por exemplo, comentou que, embora ainda fosse visto como um "romance pouco conhecido", *Georges* seguia relevante "mesmo depois de 150 anos" por se tratar de "um dos primeiros romances raciais". Como a única obra de Dumas "preocupada com as barreiras do preconceito [...], o livro brada a eterna prece de liberdade partilhada por todos os membros da raça humana". Consequentemente, o romance permitiu que os estudiosos "reconhecessem o impacto da preocupação de Dumas com as questões sociais de um regime colonial".[80] Tais comentários pressupõem três conclusões simples, porém complexas: o racismo existia (ou, pelo menos, tinha existido) na França metropolitana; Dumas foi vítima desse racismo; e o autor teve participação direta no combate ao racismo e ao colonialismo. As duas últimas afirmações enfraqueciam a visão de Dumas, em vigor na França metropolitana à época, como um escritor e bon vivant "simbolicamente branco" e carente de sofisticação.

O interesse francês em *Georges* durante a década de 1970 motivou uma reedição americana de uma tradução inglesa do romance, levada a cabo pela Ballantine Books em 1975. Embora incorretamente anunciada como "nunca antes publicada nos Estados Unidos", a obra foi descrita como um "romance apaixonado, escrito com a alma".[81] A contracapa trazia a declaração melodramática de que o livro consiste num "clássico ardente de amor, obsessão e vingança" e mencionava a ascendência negra de Georges, que o isolava da sociedade e o privava da mulher (branca) por quem era apaixonado. O esquema de cores da contracapa, composto de diferentes tons de verde, evocava *Otelo*, de Shakespeare, tragédia em que o ciúme é descrito como "o monstro de olhos verdes".[82] Mais ou menos na mesma época, contudo, o historiador William Cohen fez — num estudo, de resto excelente, expondo o racismo na França moderna — a imperscrutável afirmação de que "a cor não é uma questão" em *Georges*.[83]

Durante a década de 1990, num ensaio crítico publicado nos Estados Unidos, *Georges* ainda podia ser descrito como um "romance ignorado", apesar de um dos "mais importantes" de Dumas, visto que seu "herói é negro". Também foi descrito, mais uma vez, como lidando "com sentimentos que Dumas parece ter vivido".[84] Ao contrário do que ocorreu na França, porém, a atenção acadêmica dispensada a *Georges* nos Estados Unidos aumentou durante a década de 1990 e o início dos anos 2000, sob a forma de dissertações de doutorado e artigos acadêmicos influenciados pelas noções contemporâneas de multiculturalismo e identidades transnacionais em nossa era global.[85]

Na década seguinte ao sepultamento de Dumas no Panthéon, que se tornou um símbolo do mundo francófono para além das fronteiras da metrópole, *Georges* mudou de status no mundo anglófono, indo da semiobscuridade à condição de quarta obra mais significativa do autor. Em 2007, a Modern Library publicou uma nova tradução do romance para o inglês, acompanhada de uma introdução assinada por Werner Sollors, um consagrado especialista em literatura negra, e um prefácio da renomada escritora caribenha Jamaica Kincaid. Previsivelmente, o romance foi descrito como uma das primeiras obras-primas antirracistas, de autoria de um dos mais proeminentes escritores franceses "negros" do século XIX. Uma resenha declarou que o romance era um dos "menores livros de Dumas em tamanho, mas não em estatura", pois constitui "uma obra de arte atemporal que se valoriza conforme envelhece". Em consequência, apesar do anonimato do romance, tratava-se de "um clássico literário".[86] Em sua introdução, Sollors também declara que o romance é "uma joia pouco conhecida" na obra de Dumas, sobretudo pelo fato de que permanece sendo "o único romance em que Dumas — o celebrado, embora por vezes também injuriado, homem de cor — trata do complexo de cor".[87] O autor elogia a construção do romance e a habilidade de Dumas em desenvolver o caráter "complexo" do protagonista,[88] além de estabelecer vínculos com as obras mais conhecidas de Dumas a fim de valorizar o romance. Georges, por exemplo, é descrito como um precursor tanto de d'Artagnan como de Dantès.[89] Para não ficar para trás, a Barnes and Noble Classics relançou em 2008 a tradução de 1903 do acadêmico britânico Alfred Allinson como parte de sua Library of Essential Reading [Biblioteca de Leituras Essenciais], da qual já faziam parte *O conde de Monte Cristo*, *Os três mosqueteiros* e *O homem da máscara de ferro*.

As edições da Modern Library e da Barnes and Noble, contudo, visavam a estabelecer Dumas não apenas como um "escritor afro-francês" (um termo que impunha o pluralismo ao estilo americano, acentuando as conexões de Dumas com a diáspora africana para gerar maior ressonância entre os americanos) e como um dos "maiores escritores a empunhar uma pena e preencher páginas em branco com palavras enegrecidas", mas também, mais especificamente, como um escritor francês caribenho de origem mestiça.[90] Apesar de a narrativa se passar no oceano Índico, Sollors defende que a Ilha da França/Ilhas Maurício constitui um "substituto simbólico" do Haiti.[91] Por exemplo, pouco antes do clímax do romance, um dos personagens, um escravo, enfatiza a importância da Revolução Haitiana ao incitar um grupo à rebelião. Devido à recente atenção dispensada à ascendência negra caribenha de Dumas, porém, atribuiu-se grande importância a essa única referência feita na obra ao Haiti, muito embora a Revolução Haitiana fosse um tema romântico bastante usual.[92] Em sua introdução à edição da Barnes and Noble, Bruce Murphy, por exemplo, afirma que Dumas era "filho de um general meio haitiano do exército de Napoleão" e que *Georges*, embora não fosse autobiográfico, refletia a história familiar de Dumas.[93] A anacrônica declaração suscita a ideia de que Dumas também era parcialmente "haitiano", ou ao menos caribenho, além de dar a entender que "haitiano" e "francês" eram duas identidades distintas numa época em que tais separações não existiam. Quando o pai de Dumas nasceu, o "Haiti" ainda era São Domingos, colônia francesa e posse da Coroa francesa e, mais tarde, da República Francesa. Ademais, quando São Domingos de fato conquistou a independência, em 1804, o pai de Dumas era cidadão francês e general na França metropolitana. A própria escolha de Jamaica Kincaid como autora do prefácio sugere um vínculo de Dumas e *Georges* com o Caribe. Com base na percepção da não contemporaneidade dos colonizados,[94] Kincaid manifesta um sentimento de solidariedade caribenha com Dumas e seu romance em virtude da ascendência do autor e das temáticas relativas ao colonialismo e ao preconceito racial abordadas na obra.

Eric Martone

Eric Martone é historiador e professor de História e Sociologia na Mercy University, em Nova York. Concluiu seu ph.D. em história na Stony Brook University. Especialista em Alexandre Dumas, publicou os livros *Alexandre Dumas as a French Symbol since 1870: All for One and One for All in a Global France* (2020) e *Finding Monte Cristo: Alexandre Dumas and the French Atlantic World* (2018), além de ter organizado a obra *The Black Musketeer: Reevaluating Alexandre Dumas within the Francophone World* (2011).

Notas

1. Versão adaptada da introdução de Eric Martone a *The Black Musketeer: Reevaluating Alexandre Dumas within the Francophone World* (Cambridge Scholars Publishing, 2011). Organizado por Martone, o livro reúne textos de diferentes pesquisadores a respeito do caráter francófono da vida e obra de Dumas.

2. *O homem da máscara de ferro*, contudo, não existe em francês. Trata-se da última parte de *O visconde de Bragelonne*, livro que, devido à grande quantidade de páginas (e à popularidade das sequências de *Os três mosqueteiros*), foi dividido em mais de um, tanto pelas editoras britânicas quanto pelas americanas. Em geral, as traduções em inglês americano são divididas em quatro partes, ao passo que as britânicas, em três (*Le Vicomte de Bragelonne, Louise de La Vallière* e *The Man in the Iron Mask*).

3. Ver: Catherine A. Reinhardt, *Claims to Memory: Beyond Slavery and Emancipation in the French Caribbean*. Nova York: Berghahn, 2006; Françoise Vergès, *La Memoire enchaînée: Questions sur l'esclavage*. Paris: Albin Michel, 2006; Patrick Weil (Org.), *L'Esclavage, la colonisation, et après...* Paris: Presses Universitaires de France, 2005.

4. Ver: William B. Cohen, *The French Encounter with Africans: White Response to Blacks, 1530-1880*, reimp. Bloomington: Indiana University Press, 2003; Alice L. Conklin, Sarah Fishman, Robert Zaretsky, *France and Its Empire Since 1870*. Cambridge: Cambridge University Press, 2011; Raymond Betts, *Assimilation and Association in French Colonial Theory, 1890-1914*, nova ed. Lincoln: University of Nebraska Press, 2005; Gary Wilder, *The French Imperial Nation-State: Negritude and Colonial Humanism Between the Two World Wars*. Chicago: University of Chicago Press, 2005; Dino Costantini, *Mission civilisatrice: Le Rôle histoire coloniale dans la construction de l'identité politique française*. Paris: Découverte, 2008; Rogers Brubaker, *Citizenship and Nationhood in France and Germany*. Cambridge: Harvard University Press, 1992.

5. Por vezes, o nome da avó de Dumas aparece como Louise-Césette (ou Céssette). Para biografias sobre Dumas, *Alexandre Dumas: Genius of Life*, de Claude Schopp, trad. de A. J. Koch (Nova York: Franklin Watts, 1988), permanece entre as melhores.

6. Para biografias sobre o pai de Dumas, ver: Victor E. R. Wilson, *Le Général Alexandre Dumas: Soldat de la Liberté*. Quebec: Les Éditions Quisqueya-Québec, 1977; John G. Gallaher, *General Alexandre Dumas: Soldier of the French Revolution*. Carbondale e Edwardsville: Southern Illinois University Press, 1997; Claude Ribbe, *Le Diable Noir: Biographie du général Alexandre Dumas, père de l'écrivain*. Mônaco: Alphée, 2009. Para obras sobre a família de Dumas, ver: Gilles Henry, *Monte-Cristo ou l'extraordinaire aventure des ancêtres d'Alexandre Dumas*. Paris: Perrin, 1976; Gilles Henry, *Les Dumas, Le secret de Monte Cristo*. Paris: France-Empire, 1999; Gilles Henry, *Dans les pas des... Dumas. Les mousquetaires de l'aventure: Normandie, Haïti, Paris*. França: Orep, 2010; W. J. Hemmings, *Alexandre Dumas: The King of Romance*. Nova York: Charles Scribner's Sons, 1979; André Maurois, *The Titans: A Three-Generation Biography of the Dumas*. Trad. de Gerard Hopkins. Nova York: Harper and Brothers, 1957.

7. Ver: Eugène de Mirecourt, *Fabrique de Romans, Maison Alexandre Dumas et compagnie*. Paris: Hauquelin et Bautruche, 1845.

8. Dumas, cativado pela história e pela cultura italianas, fundou um jornal político bilíngue (franco-italiano) e escreveu diversos contos e romances ambientados na Itália, incluindo *La San Felice* (1863-5).

9. Ver o primeiro capítulo (intitulado "Alexandre Dumas, Marquis de Monte-Cristo: An Exhibit of Non-Contemporaneity, 1829-1870") de minha tese.

10. Fernand Calmettes (Org.), *Memoires de Baron General Thiébault*. Paris: Plon, 1893-5. v. II, p. 32.

11. Alexandre Dumas, "Chapitre XV: Un Cocher géographe m'apprend que je suis nègre", *Histoire de mes bêtes*, 2. ed. Paris: Michel Lévy, 1868. pp. 76-81.

12. Philibert Audebrand, *Alexandre Dumas à la Maison d'or: Souvenirs de la vie littéraire*. Paris: Calmann-Lévy, 1888. p. 49.

13. Charles Maurice, *Histoire anecdotique du théâtre, de la littérature et de diverses impressions contemporaines*. Paris: Plon, 1856. v. I, p. 428.

14. Arthur F. Davidson, *Alexandre Dumas: His Life and Works*. Westminster: Archibald Constable, 1902. p. 45; André Maurois, *The Titans: A Three-Generation Biography of the Dumas*. Trad. de Gerard Hopkins. Nova York: Harper and Brothers, 1957. p. 80.

15. Ver: Christiane Neave; Digby Neave (Orgs.), *Iconographie d'Alexandre Dumas Père*. Marly-le-Roi: Champflour/La Société des Amis d'Alexandre Dumas, 1991.

16. Hippolyte de Villemessant, *Mémoires d'un journaliste: Les Hommes des mon temps*. Paris: Dentu, 1872. p. 236.

17. Victor Pavie, *Les Revenants: Alexandre Dumas père*. Angers: Librairie Germain et G. Grassin, 1881. In: Claude Schopp (Org.), *Alexandre Dumas en bras de chemise*. Paris: Maisonneuve & Larose, 2002. p. 56.

18. Alexandre Dumas, *My Memoirs*. Trad. de E. M. Waller. Nova York: Macmillan, 1907-9. v. II, p. 257; v. IV, p. 41.

19. Sobre os romances de Dumas que constituem La Drame de la France, ver: Claude Schopp, "Le Testament perdu". In: Alexandre Dumas, *Le Chevalier de Sainte-Hermine*. Paris: Phébus, 2005. pp. 47-66; Youjun Peng, *La Nation chez Alexandre Dumas*. Paris: L'Harmattan, 2003.

20. Hippolyte Parigot, *Alexandre Dumas père*. Paris: Hachette, 1902. pp. 140-1.

21. Ver: Todd Ruthven, *The Laughing Mulatto: The Story of Alexandre Dumas*. Londres: Rich and Cowan, 1939. O sobrenome do biógrafo é irônico: Lord Ruthven também é o nome do vilão de *O vampiro*, peça de Dumas lançada em 1851.

22. Para uma explicação do conceito de "simbolicamente branco", ver: Susan Koshy, "Morphing Race into Ethnicity: Asian Americans and Critical Transformations of Whiteness", *Boundary 2*, v. 28, n. 1, p. 168, primavera de 2001.

23. Ver o segundo capítulo (intitulado "Dumas is Dead? Long Live Dumas! An Imperial Reevaluation, 1870-1918") de minha tese.

24. Ver: Yves Lequin (Org.), *La Mosaîque France: Histoire des étrangers et de l'immigration en France*. Paris: Larousse, 1988; Gérard Noiriel, *The French Melting Pot: Immigration, Citizenship, and National Identity*. Trad. de Geoffroy de Laforcade. Minneapolis: University of Minnesota Press, 1996; Alec G. Hargreaves, *Immigration, Race and Ethnicity in Contemporary France*. Nova York: Routledge, 1995; Peter Sahlins, *Unnaturally French: Foreign Citizens in the Old Regime and After*. Ithaca: Cornell University Press, 2004; Max Silverman, *Deconstructing the Nation: Immigration, Racism and Citizenship in Modern France*. Londres: Routledge, 1992; Patrick Weil, *Qu'est-ce qu'un français?: Histoire de la nationalité française depuis la Révolution*. Paris: Grasset, 2002.

25. Isso deu ensejo a uma alternativa francesa à globalização, compreendida em linhas gerais como um sinônimo de anglo-americanização. Ver: Philip H. Gordon e Sophie Meunier, "Globalization and French Cultural Identity". *French Politics, Culture, and Society*, v. 19, n. 1, pp. 22-41, primavera de 2001; Steven Philip Kramer, *Does France Still Count?: The French Role in the New Europe*. Westport, Connecticut: Praeger, 1994.

26. Ver: Albert Demangeon, *L'Union française: France et outre-mer*. Paris: Hachette, 1942; Patrick Manning, *Francophone Sub-Saharan Africa, 1880-1985*. Cambridge: Cambridge University Press, 1998; Dennis Alger, *"Francophonie" in the 1990s: Problems and Opportunities*. Filadélfia: Multilingual Matters, 1996.

27. Ver: Jacques Frémeaux, *Les Empires coloniaux dans le processus de mondialisation*. Paris: Maisonneuve & Larose, 2002; Pascal Blanchard, Sandrine Lemaire e Nicolas Bancel, *Culture coloniale en France: De Révolution française à nos jours*. Paris: Centre Nationale de la Recherche Scientifique, 2008; Alec G. Hargeaves e M. McKinney (Orgs.), *Post-Colonial Culture in France*. Londres: Routledge, 1997; Tyler Stovall e George van den Abbeele (Orgs.), *French Civilization and Its Discontents: Nationalism, Colonialism, Race*. Nova York: Lexington, 2003; Dominic Thomas, *Black France: Colonialism, Immigration, and Transnationalism*. Bloomington: Indiana University Press, 2006.

28. Ver: Henrice Altink e Sharif Gemie (Orgs.), *At the Border: Margins and Peripheries in Modern France*. Cardiff: University of Wales Press, 2008; Laurent Dubois, "La République métissée: Citizenship, Colonialism, and the Borders of French History". *Cultural Studies*, v. 14, n. 1, pp. 15-34, 2000; Hafid Gafaiti, Patricia M. E. Lorchin e David G. Troyansky (Orgs.), *Transnational Spaces and Identities in the Francophone World*. Lincoln: University of Nebraska Press, 2009.

29. Pierre-André Taguieff, *The Force of Prejudice: On Racism and Its Doubles*. Trad. e org. de Hassan Melehy. Minneapolis: University of Minnesota Press, 2001; Sobre as relações raciais na França, ver: Herrick Chapman e Laura L. Frader (Orgs.), *Race in France: Interdisciplinary Perspectives on the Politics of Difference*. Nova York: Berghahn, 2004; Sue Peabody e Tyler Stovall (Orgs.), *The Color of Liberty: Histories of Race in France*. Durham, North Carolina: Duke University Press, 2003.

30. Ver: Pascal Blanchard, Nicolas Bancel e Sandrine Lemaire (Orgs.), *La Fracture Coloniale*. Paris: La Découverte, 2006; Ahmed Boubeker e Abdellali Hajjat (Orgs.), *Histoire politique des immigrations (post) coloniales: France, 1920-2008*. Paris: Amsterdam, 2008; Eric Savarèse, *Histoire coloniale et immigration: Une Invention de l'étranger*. Bruxelas: Séguier, 2000; Patrick Weil, *Liberté, égalité, discriminations: L'Identité nationale au regard de l'histoire*. Paris: Grasset, 2008; Louis-Georges Tin, "Who Is Afraid of Blacks in France? The Black Question: The Name Taboo, the Number Taboo", *French Politics, Culture, and Society*, v. 26, n. 1, pp. 32-44, primavera de 2008; na era global, a formação da identidade adquiriu um caráter mais complexo e pluralista, com o aumento da importância das identidades subnacionais e macrorregionais, juntamente com identidades não territoriais relacionadas a religião, gênero e raça. Ver: Jan Aarte Scholte, *Globalization: A Critical Introduction*. 2. ed. Nova York: Palgrave Macmillan, 2005. p. 119.

31. Em seu livreto dos anos 1840 que acusava Dumas de comandar uma fábrica de escrita, contudo, Mirecourt sustentou que Mallefille era o único autor do romance. A acusação foi bastante aceita na Europa e na América até o início do século XX. O historiador literário americano Ferdinand Masse, por exemplo, afirmou em 1933 duvidar da autoria de Dumas. Em consequência, os biógrafos de Dumas no início do século XX frequentemente defendiam sua autoria — ou pelo menos coautoria — de *Georges*. Em 1902, Harry Spurr afirmou que, no romance, "o herói, condenado ao ostracismo social pelo sangue negro que corre em suas veias; o herói, que não permite que nada interponha-se entre ele

e seus desejos — em suma, 'Dumas-Antony' — trai sua origem" inequivocamente como a pena de Dumas. O pesquisador literário francês Léon-François Hoffmann, já na década de 1970, também sentiu a necessidade de defender Dumas como o autor de *Georges*. Ver: Fernand Masse, "The Negro Race in French Literature", *Journal of Negro History*, v. 18, n. 3, p. 228, jul. 1933; Harry A. Spurr, *The Life and Writings of Alexandre Dumas, 1802--1870*, Honolulu: University Press of the Pacific, 2003. p. 197; Léon-François Hoffmann, "Dossier". In: Alexandre Dumas, *Georges*. Paris: Gallimard, 1974. pp. 466-8.

32. Henri Troyat, *Alexandre Dumas: Le Cinquième Mousquetaire*. Paris: Grasset and Fasquelle, 2005. p. 388.

33. A resenha foi publicada em *Le Voleur* e *Le Cabinet de lecture*, 20 ago. 1843, e reproduzida em Hoffmann, "Dossier", pp. 476-7.

34. Dumas abordou a instituição da escravidão em peças e romances como *Charles VII*, *Capitão Pamphile*, *Nero* e *Joseph Balsamo*.

35. Claude Schopp e Fernande Bassan (Orgs.), *Cent-Cinquante Ans après: Les Trois Mousquetaires et Le Comte de Monte-Cristo*. Marly-le-Roi: Champflour/La Société des Amis d'Alexandre Dumas, 1995; Michel Arrous (Org.), *Dumas, une lecture de l'Histoire*. Paris: Maisonneuve & Larose, 2003; Angels Santa e Francisco Lafarga (Orgs.), *Alexandre Dumas y Victor Hugo: Viaje de los textos y textos de viaje*. Lérida: Pagès, 2006; Chantal Massol (Org.), *Stendhal, Balzac, Dumas: Un Récit romantique?*. Toulouse: Presses Universitaires du Mirail, 2006; *Le Rocambole: Bulletin des Amis du Roman Populaire*, v. 36, outono de 2006, ed. especial sobre Dumas e o teatro; Charles Grivel (Org.), *Les Vies parallèles d'Alexandre Dumas*. Villeneuve d'Ascq: Presses Universitaires du Septentrion/ Revue des Sciences humaines, 2008; Pascal Durand e Mombert (Orgs.), *Entre Presse et littérature:* Le Mousquetaire, *journal de M. Alexandre Dumas*. Liège: Bibliothèque de la Faculté de Philosophie et Lettres, Diffusion Droz, 2009.

36. Sarga Moussa, "Orientalisme et récit de voyage: L'Example du Véloce". In: *Dumas, une lecture de l'Histoire*. pp. 361-77; Daniel Desormeaux, "Portrait d'Alexandre Dumas en personnage romanesque dans Les Mille et un fantômes". In: *Dumas, une lecture de l'Histoire*. pp. 477-505; Ana Monleón, "Alexandre Dumas et les Antilles". In: *Alexandre Dumas y Victor Hugo: Viaje de los textos del viaje*. pp. 589-606; Christine Prévost, "D'Un Rôle convenu à la promotion d'un personnage original: Le Maure de Fiesque à Charles VII". *Le Rocambole: Bulletin des Amis du Roman populaire*, v. 36, pp. 33-42, outono de 2006; Didier Blonde, "Mes Mémoires ou la naissance du nom". In: *Les Vies parallèles d'Alexandre Dumas*. pp. 9-18; Claude Schopp, "Fabrique d'impressions: Quatre Jours à Alger". In: *Les Vies parallèles d'Alexandre Dumas*. pp. 155-70.

37. Léon-François Hoffmann, "Dumas et les noirs". In: Dumas, *Georges*, 1974. pp. 7-8.

38. Ibid., pp. 9, 23.

39. Ibid., p. 9.

40. Ibid., pp. 9-10; Jacques-Henry Bornecque, "Introduction". In: Alexandre Dumas, *Le Comte de Monte-Cristo*. Paris: Garnier, 1956. XLVI, LI; "Introduction". In: Alexandre Dumas, *Georges; or, the Isle of France*. Trad. de Alfred Allinson. Londres: Methuen, 1903.

41. Léon-François Hoffmann, op. cit., pp. 11-3.

42. Ibid., pp. 13-4.

43. Ibid., pp. 16-7, 477, 479-80.

44. Ibid., pp. 17-23.

45. Ibid., pp. 22-3.

46. Gilles Henry, *Monte-Cristo ou l'extraordinaire aventure des ancêtres d'Alexandre Dumas*. Paris: Perrin, 1976; Gilles Henry, *Les Dumas, Le secret de Monte Cristo*. Paris: France-Empire, 1999; Gilles Henry, *Dans les pas des... Dumas. Les mousquetaires de l'aventure: Normandie, Haïti, Paris*. França: Orep, 2010; o trabalho anteriormente publicado por Charles Grivel sobre esses assuntos, datado de 1977, bem como muitos textos inéditos, estão incluídos em *Alexandre Dumas, l'homme 100 têtes*. Villeneuve d'Ascq: Presses Universitaires du Septentrion, 2008; Dominique Fernandez, *Les Douze Muses d'Alexandre Dumas*. Paris: Bernard Grasset, 1999. pp. 235-58.

47. Charles Grivel, "Alexandre Dumas: mal écrire, bien écrire". In: *150 ans après:* Les Trois Mousquetaires *et* Le Comte de Monte-Cristo. p. 190.

48. Didier Decoin, "Préface". In: *Alexandre Dumas: Deux Siècles de gloire, 1802-2002*. Org. de Irène Gintzburger e Frédérique Lurol. Le Port-Marly: Musée de Château de Monte-Cristo, 2002. p. 7.

49. Para uma visão geral da memória de Dumas nas Antilhas Francesas durante o século XIX e o início do século XX, ver o terceiro capítulo (intitulado "The Colonial Blacklash: Dumas and the French Atlantic World, 1848-1950") de minha tese.

50. Calixthe Beyala, "Préface". In: Alexandre Dumas, *Georges*. Paris: Éditions 1, 1998. pp. 7, 8. Ver também: Amédée Nagapen, *Esclavage et marronnage dans le roman* Georges *d'Alexandre Dumas l'apport des chronicles de J. G. Milbert*. Maurício: Universidade de Maurício, 2005.

51. Ibid., contracapa.

52. Ibid., p. 7.

53. Ibid., pp. 14-5, 7.

54. Ibid., pp. 7, 8.

55. Ibid., p. 13.

56. Ibid., pp. 7, 10.

57. Ibid., pp. 14, 18.

58. Ibid., p. 16.

59. Ibid., pp. 9, 10.

60. Ibid., pp. 10, 11.

61. Ibid., contracapa, p. 17.

62. Ibid., p. 7.

63. Ibid., pp. 15, 18.

64. Jean Lacouture, *Alexandre Dumas à la conquête de Paris, 1822-1831*. Bruxelas: Complexe, 2005. pp. 29-30.

65. Ibid., p. 30.

66. Gilles Henry, no entanto, declara que, embora frequentemente retratasse os negros por meio de estereótipos, Dumas proporcionou um herói a todas as pessoas de ascendência negra com a criação de Georges. Ver: Gilles Henry, *Les Dumas, Le secret de Monte Cristo*. Paris: France-Empire, 1999. p. 191.

67. Ver o quinto capítulo (intitulado "Breaking the Time Barrier: The Commemoration of Dumas and the Forging of a New Sociotemporal Order, 1970s-2002") de minha tese.

68. "Summer Reading List: Top 20 Books for Students", Schmoop.com, 17 jun. 2010. Disponível em: <http://www.educatorsroyaltreatment.com/2010/06/17/summer-reading-list-top-20-books-for-students/.> Acesso em: 20 ago. 2010.

69. Uma prova da indiferença a Dumas no mundo acadêmico americano é o fato de que a *French Historical Studies* não publicou um único artigo sobre o autor desde sua criação até 2010. Até mesmo a revista acadêmica *Nineteenth-Century French Studies*, cujo foco é mais restrito, publicou menos de vinte artigos sobre Dumas de 1972 a 2010. Em comparação, seu contemporâneo Victor Hugo foi tema de cerca de setenta artigos. Na década de 1990, Dorothy Trench-Bonett propôs uma série de explicações para a escassez de estudos acadêmicos sobre Dumas ao longo do século XX, dando grande ênfase a sua condição de escritor de livros voltados para o público jovem, o que levou os críticos a subestimar a complexidade de suas obras. Outros motivos citados pela autora incluem a popularidade de Dumas, por vezes utilizada para desmerecê-lo como um escritor sério; sua vida movimentada e multifacetada, que tende a distrair aqueles que tencionam estudá-lo; e sua volumosa produção literária, que também dificulta a tarefa de pesquisá-lo. Ver: Dorothy Trench-Bonett, "Alexandre Dumas: Black French Writer". In: Alexandre Dumas, *Charles VII at the Home of His Vassals*. Trad. de Dorothy Trench-Bonett. Nova York: Noble, 1991. pp. 26-7.

70. Philibert Audebrand, *Alexandre Dumas à la Maison d'or: Souvenirs de la vie littéraire*. Paris: Calmann-Lévy, 1888. In: *Alexandre Dumas en bras de chemise*. p. 114.

71. Harry A. Spurr, *The Life and Writings of Alexandre Dumas, 1802-1870*. Honolulu: University Press of the Pacific, 2003. p. 5.

72. Ver: Eric Martone, "Creating a Local Black Identity in a Global Context: The French Writer Alexandre Dumas as an African American Lieu de Mémoire". *Journal of Global History*, v. 5, n. 3, pp. 395-422, 2010.

73. Werner Sollors, "Introduction". In: Alexandre Dumas, *Georges*. Trad. de Tina A. Kover. Nova York: Modern Library, 2007. p. XXIII.

74. Alexandre Dumas, *Georges*. Org. de W. N. Rivers e John F. Matheus. Washington, DC: The Associated Publishers, 1936.

75. I. W. Brock, "Review of *Georges*". *Modern Language Journal*, v. 22, n. 4, p. 314, jan. 1938; V. B. Spratlin, "Review of *Georges* by Alexandre Dumas (ed. W. N. Rivers and J. F. Matheus)". *Journal of Negro Education*, v. 6, n. 2, p. 202, abr. 1937.

76. V. B. Spratlin, op. cit., pp. 202, 203.

77. I. W. Brock, op. cit., p. 314.

78. V. B. Spratlin, op. cit., p. 202.

79. Alexandre Dumas, *Georges*. Org. de W. N. Rivers, John F. Matheus e Messaoud Belateche. Washington, DC: The Associated Publishers, 1970.

80. Renée J. Fulton, "Review of Georges". *French Review*, v. 46, n. 4, pp. 884, 885, mar. 1973.

81. Alexandre Dumas, *Georges*. Nova York: Ballantine, 1975; *Georges* foi publicado pela primeira vez pela Dumont, em Paris, em 1843. Diversas traduções britânicas logo surgiram. Em Londres, Orr, C. H. Clarke e G. Pierce publicaram traduções em 1846 e 1847. Outra tradução britânica foi publicada por Simms e Macintyre em 1853. Também em Londres, a Methuen and Company lançou a nova tradução de Alfred Allinson em 1903.

Allinson traduziu muitas obras de Dumas para o inglês durante o século XIX e início do século XX, e sua versão de *Georges* foi reeditada muitas vezes na Grã-Bretanha e nos Estados Unidos. A primeira tradução norte-americana de *Georges*, assinada por S. Spring, foi publicada pela Stringer and Townsend em Nova York em 1849. Outra tradução americana foi lançada na Filadélfia pela Peterson Brothers. Ver: Frank Wild Reed, *A Bibliography of Alexandre Dumas père*. Pinner Hill, Middlesex: J. A. Neuhuys, 1933; Dorothy Trench-Bonett reproduz a falsa alegação da Ballantine de que haviam publicado a primeira edição americana da obra em 1975 em seu — de resto excelente — ensaio. Ver: Dorothy Trench-Bonett, "Alexandre Dumas: Black French Writer". In: Alexandre Dumas, *Charles VII at the Home of His Vassals*. Trad. de Dorothy Trench-Bonett. Nova York: Noble, 1991. pp. 26-7.

82. Georges estava "Espumando de raiva: humilhado por uma sociedade que não aceitava seu abastado pai mulato, ele nutria um ódio sem limites [...]. Desejoso de justiça: exilado durante catorze anos, preparou-se para a revanche perfeita [...]. Sedento de vingança: levado ao limite pela rejeição da mulher que amava, investiu sua ferocidade numa rebelião selvagem que deflagrou as paixões desenfreadas *de seu povo* — e sua própria alma atormentada". Ver: Alexandre Dumas, *Georges*. Nova York: Ballantine, 1975. Contracapa.

83. William B. Cohen, *The French Encounter with Africans: White Response to Blacks, 1530-1880*, reimp. Bloomington: Indiana University Press, 2003. p. 247.

84. Dorothy Trench-Bonett, "Alexandre Dumas: Black French Writer". In: Alexandre Dumas, *Charles VII at the Home of His Vassals*. Trad. de Dorothy Trench-Bonett. Nova York: Noble, 1991. pp. 26, 27.

85. O romance tornou-se tema esporádico de dissertações a partir da década de 1990, a começar por "Héroïsme et Bastardise: Alexandre Dumas's Georges" (tese de doutorado, Brown University, 1992); talvez o mais notável desses estudos seja Molly Krueger Enz, "The Mulatto as Island and the Island as Mulatto in Alexandre Dumas's Georges". *The French Review*, v. 80, n. 2, pp. 383-94, dez. 2006.

86. J. D. Jackson, "Review of Alexandre Dumas's Georges". *Negro Educational Review*, v. 58, n. 3-4, pp. 273, 274, outono/inverno de 2007.

87. Werner Sollors, "Introduction". In: Alexandre Dumas, *Georges*. Trad. de Tina A. Kover. Nova York: Modern Library, 2007. pp. XV, XIX.

88. Ibid., p. XIX.

89. Ibid., p. XV.

90. J. D. Jackson, op. cit., pp. 273, 274.

91. Werner Sollors, op. cit., p. XXI.

92. Ver: Gérard Gengembre, "From Bug-Jargal to Toussaint Louverture: Romanticism and the Slave Rebel". In: *The Abolitions of Slavery: From Léger Félicité Sonthonax to Victor Schoelcher, 1793, 1794, 1848*. Org. de Marcel Dorigny. Nova York: Berghahn, 2003. pp. 272-9.

93. Bruce F. Murphy, "Introduction". In: Alexandre Dumas, *Georges*. Trad. de Alfred Allinson. Nova York: Barnes and Noble, 2008. pp. VII, VIII.

94. Jamaica Kincaid, "Foreword". In: Alexandre Dumas, *Georges*. Trad. de Tina A. Kover. Nova York: Modern Library, 2007.

GEORGES

1. Ilha da França[1]

Com você já não aconteceu, numa dessas longas, tristes e frias noites de inverno, perdido em seus pensamentos, ouvindo o vento assobiar nos corredores e a chuva açoitar as janelas... Já não aconteceu de você ficar olhando as brasas crepitarem, com a testa apoiada no alto da lareira... Já não aconteceu, insisto, de se sentir cansado desse clima sombrio, dessa Paris úmida e lamacenta para sonhar com algum oásis encantado, coberto de verde frescor, no qual se possa, a qualquer época do ano, à beira de uma límpida nascente, sob uma palmeira, à sombra de jambeiros, pouco a pouco adormecer numa sensação de bem-estar e langor?

Pois bem, esse paraíso sonhado existe, esse Éden tão desejado o espera. O riacho que acalentaria sua agradável modorra desce cascateante e ressurge a borbulhar; a palmeira que protegeria o seu sono abandona à brisa do mar suas compridas folhas, iguais ao penacho de um gigante. Os jambeiros, carregados de frutos irisados, oferecem uma sombra perfumada. Acompanhe-me, venha comigo.

Vamos a Brest, irmã guerreira da comercial Marselha, sentinela armada a vigiar o oceano.[2] Lá, entre os cem navios que descansam em seu porto, escolha um daqueles brigues de quilha fina e velame leve, com os mastros compridos dos arrojados piratas de que nos falou Walter Scott, o poético romancista do mar.[3] Por acaso estamos em setembro, mês propício para as via-

1. A atual Maurício, a leste da África, no oceano Índico. "Encontrada" em 1505 pelo português Pedro de Mascarenhas, mas já frequentada por árabes e malaios, se tornou posse da Holanda em 1598, donde o nome, em homenagem a Maurício de Nassau (1567-1625). Por falta de rentabilidade foi abandonada em 1710 e se tornou colônia francesa de 1715 a 1810, com o nome de Ilha da França. Como veremos adiante, foi então tomada pela Grã-Bretanha, no âmbito das disputas europeias entre a França e a Inglaterra, assim permanecendo até 1968, quando conquistou a independência. É hoje em dia um frequentado ponto turístico.
2. Enquanto Marselha é um porto de comércio no Mediterrâneo, Brest, na ponta noroeste da França, tem um rico passado naval, como porto militar oceânico.
3. Sir Walter Scott (1771-1832), um dos mais célebres escritores escoceses. Seu sucesso em toda a Europa lançou a moda dos romances históricos, com muitos heróis de capa e espada e também piratas.

gens longas. Suba a bordo do navio ao qual estamos confiando nosso duplo destino, deixemos para trás o verão e naveguemos em busca da primavera. Adeus, Brest! Até a vista, Nantes! Até a vista, Bayonne! Adeus, França!

Consegue ver, à nossa direita, esse gigante que se ergue a dez mil pés de altura, com uma cabeça de granito a se perder nas nuvens, parecendo flutuar acima delas? Pela transparência da água é possível acompanhar suas raízes de pedra se afundarem no abismo. É o pico de Tenerife, antiga Nivaria,[4] o ponto de encontro das águias do oceano. Elas podem ser vistas a girar em torno dos seus ninhos e parecem, daqui, não serem maiores do que pombos. Vamos em frente, estamos longe de onde queremos chegar. Estamos no quintal da Espanha e prometi levá-lo ao jardim do mundo.

Está vendo, à nossa esquerda, aquela rocha nua e sem vegetação, constantemente queimada pelo sol dos trópicos? É o rochedo em que, por seis anos, ficou acorrentado o Prometeu moderno; é o pedestal em que a Inglaterra ergueu para si mesma a estátua da vergonha, complementando a fogueira de Joana d'Arc e o patíbulo de Maria Stuart. É o Gólgota político, que por dezoito anos foi o complacente ponto de encontro de todos os navios. Mas não é ainda aonde o quero levar. Sigamos em frente, não temos o que fazer aqui: a regicida Santa Helena é viúva das relíquias do seu mártir.[5]

Chegamos ao cabo das Tormentas. Vê aquela montanha que se impõe no meio das brumas? É o gigante Adamastor, que apareceu para o autor de *Os Lusíadas*.[6] Estamos no extremo da Terra; essa ponta que avança em nossa direção é a proa do mundo. Observe como o oceano investe contra, furioso mas sem nada poder, pois este é um tipo de nau que não teme suas tempestades, velejando rumo ao porto da eternidade, uma vez que tem, como piloto, ninguém menos do que Deus. Vamos em frente, pois para além daquelas montanhas verdejantes encontraremos terras áridas e desertos esturricados pelo sol. Em frente, pois prometi águas frescas, sombras suaves, frutos que incessantemente amadurecem e flores perenes.

Saudações ao oceano Índico, para onde nos empurra o vento oeste. Saudações ao palco de *As mil e uma noites*,[7] aproximamo-nos do nosso destino.

---

4. À época romana, a ilha espanhola, no arquipélago das Canárias, era conhecida como Nivaria (de *nivis*, "neve" em latim) por causa da neve no alto do vulcão Teide, que domina a paisagem com seus 3718 metros de altura.

5. O "Prometeu moderno", lembrando o mito grego do deus castigado por ter querido ajudar os humanos, se refere a Napoleão Bonaparte (1769-1821), preso na ilha de Santa Helena após a derrota na batalha de Waterloo (1815) e comparado por Dumas à santa Joana d'Arc (*c.* 1412-31) e à rainha escocesa Maria Stuart (1542-87), mortas pelos ingleses.

6. O poeta português Luís de Camões (?-1580). Cabo das Tormentas é como era chamado o cabo da Boa Esperança até ser dobrado, em 1488, pelo também português Bartolomeu Dias. Foi assim denominado por abrir o caminho marítimo para o comércio no oceano Índico.

7. A compilação de histórias do folclore indiano e árabe foi traduzida do árabe pela primeira vez pelo orientalista francês Antoine Galland, em 1704, ganhando imensa popularidade, a partir de então, no mundo ocidental.

Ali está a melancólica Bourbon,[8] consumida por um vulcão eterno. Suas chamas merecem um rápido olhar, e seus perfumes um agradecimento. Sigamos um pouco mais adiante, passando entre a ilha Chata[9] e o Coin-de-Mire, passando pela ponta dos Canhoneiros e parando no pavilhão.[10] É um bom porto para ancorarmos, e o nosso brigue, cansado da longa travessia, precisa de descanso. Aliás, chegamos, pois esta é a terra afortunada que a natureza parece ter escondido nos confins do mundo, como mãe zelosa que esconde dos olhares profanos a beleza virginal de sua filha. Essa é a terra prometida, a pérola do oceano Índico, é a Ilha da França.

Agora, casta filha dos mares, irmã gêmea de Bourbon, afortunada rival de Ceilão, permita-me erguer uma ponta do seu véu e mostrá-la ao amigo forasteiro, o fraternal viajante que me acompanha. Permita-me romper o que a agrilhoa, bela prisioneira, pois somos dois peregrinos vindos da França, que talvez, quem sabe?, possa um dia comprá-la de volta, rica filha da Índia, às custas de algum pobre reino da Europa.

E você que nos seguiu com os olhos e por pensamento, deixe-me falar desse lugar maravilhoso, dessas terras férteis que produzem duas colheitas por ano, com primaveras e verões que interminavelmente se sucedem, encadeando flores aos frutos e frutos às flores. Deixe-me falar dessa ilha poética que mergulha seus pés no mar e oculta a cabeça nas nuvens. Outra Vênus que, como sua irmã, nasceu da espuma das águas e sobe do seu úmido berço ao celeste império, coroada de dias brilhantes e noites estreladas, eternos ornamentos oferecidos pelo Senhor e que o inglês não conseguiu ainda obscurecer.[11]

Acompanhe-me então e, caso as viagens pelo ar, assim como as marítimas, não o assustem, agarre-se a uma aba do meu casaco, novo Cléofas,[12] e o transportarei acima do cone invertido do Pieterboot, que é a segunda montanha mais alta da ilha, depois do pico do rio Negro. Lá chegando, olharemos sucessivamente à direita, à esquerda, para a frente e para trás, para baixo e para cima.

Veja que, no alto, temos um céu sempre puro e constelado: uma coberta azul na qual Deus, a cada passo, levanta uma poeira de ouro em que cada átomo constitui um mundo.

---

8. Atual ilha da Reunião.

9. Ilha que faz parte do arquipélago conhecido como Ilhas Mascarenhas, do qual Maurício é a principal.

10. Coin-de-Mire e Canhoneiros, como os nomes indicam (*coin-de-mire* se traduziria literalmente como "ponto de mira"), são cabos da ilha Maurício, estrategicamente importantes na época.

11. Na mitologia greco-romana, a deusa do amor, Afrodite (Vênus), nasceu da espuma do mar.

12. No Novo Testamento (Lucas 24,13-35), Cléofas ia de Jerusalém a Emaús quando seu sobrinho, Jesus, apareceu nos ares depois da crucificação.

A nossos pés, a ilha inteira se estende como um mapa de cento e quarenta e cinco léguas de litoral. Seus sessenta rios daqui parecem fios de prata a atrelar o mar ao redor da costa, mas vemos também trinta montanhas empenachadas de sapotáceas, tamarindos e palmeiras. Entre todos aqueles rios, observe sobretudo os do Réduit e da Fontaine, cujas cataratas, deixando o interior das matas, de onde vêm suas águas, se lançam tumultuosas, numa barulheira igual ao estrondear da borrasca, sobre o mar que, calmo ou bravio, as recebe e responde ao eterno desafio, desdenhoso ou colérico. É uma luta de conquistadores em disputa para ver qual deles causará maior devastação e barulho no mundo. Ao lado desse rompante frustrado, repare no importante rio Negro, que tranquilamente deixa que corram suas águas fecundas e impõe seu respeitado nome a tudo que o cerca, comprovando o triunfo da sabedoria sobre a força, da calma sobre o ímpeto. Entre tantas montanhas, repare na triste Brabant, gigantesca sentinela a postos na ponta setentrional da ilha para defendê-la de surpresas do inimigo e fazer frente ao furor do oceano. Observe também o pico Três Mamilos: da sua base correm os rios Tamarindo e Muralha, como se a Ísis indiana quisesse em tudo justificar o seu nome.[13] Repare, enfim, no Polegar que, logo depois do Pieterboot, onde estamos, é o cume mais majestoso da ilha e aponta para o céu, querendo mostrar que, acima de senhores e escravos, há um tribunal que a todos julgará.

À nossa frente temos Porto Luís — antigo Porto Napoleão —, capital da ilha, com suas muitas casas de madeira e dois rios que, a cada temporal, se transformam em torrentes. A ilha dos Tanoeiros protege sua entrada, com uma população colorida que parece amostragem de todos os povos da Terra, desde o crioulo,[14] que em sua indolência precisa de liteira para atravessar uma rua e habitua seus escravos a compreenderem gestos, pois falar representa fadiga enorme demais, até o negro a quem o chicote mostra o caminho do trabalho pela manhã e o traz do trabalho no final do dia. Entre esses dois extremos da sociedade local temos os *lascars* verdes e os *lascars* vermelhos, reconhecíveis pelos turbantes numa dessas cores,[15] de pele bronzeada, mistura dos tipos malaio e malabar. Veem-se também negros uólofes, a grande

13. Deusa egípcia assimilada à cultura greco-romana, protetora das mães e das crianças. Com seus três mamilos, Dumas provavelmente se refere a Meenakishi, deusa indiana da guerra.
14. A palavra (de origem hispano-portuguesa) será sempre empregada na sua primeira acepção brasileira, única em francês, referindo-se a quem ou o que (como se diz, por exemplo, "língua crioula"), embora descendente de europeu, nasceu em países colonizados, independentemente da cor da pele, de modo que também é utilizada para se referir a pessoas brancas. Nada tem a ver, portanto, no contexto desta obra, com o sentido pejorativo com que a palavra "crioula" é usada para se referir a pessoas negras no Brasil.
15. *Lascars*, de início, eram marinheiros indianos sem maiores especializações. No romance o termo é generalizado, identificando pessoas livres, mas de casta social baixa. No francês, a palavra é ainda usada para arruaceiro, indivíduo esperto e atrevido.

e bela etnia senegalesa, de cor azeviche, olhos ardentes como rubis e dentes brancos como pérolas. Acrescente-se o chinês de pequena estatura, peito chato e ombros largos, cabeça raspada e bigodes pendentes, falando um dialeto que ninguém entende e com quem, no entanto, todo mundo lida, pois o chinês vende as mais diversas mercadorias, está em todos os serviços, em todas as profissões: o chinês é o judeu da colônia. Há também malaios cor de cobre, miúdos, vindicativos e espertos, podendo esquecer um favor recebido, mas nunca uma ofensa, e que vendem como ciganos objetos clandestinamente encomendados. E moçambicanos afáveis, bons e simples, apreciados pela força física. E malgaxes finos, astutos, de cor oliva, nariz achatado e lábios grossos, diferentes dos senegaleses por um reflexo avermelhado na pele. E namaqueses da África do Sul, esguios, hábeis e orgulhosos, treinados desde a infância para a caça de tigres e elefantes, estranhando sempre terem sido transportados para uma terra em que não há monstros a combater. No meio disso tudo, enfim, oficiais ingleses em serviço na ilha ou em trânsito no porto, oficiais ingleses de túnica curta escarlate, cobertura em forma de casquete e calça branca; oficiais ingleses que veem crioulos e mulatos, senhores e escravos, colonos e nativos do alto da sua grandeza, só falam de Londres, só gabam a Inglaterra e só estimam a si mesmos.

Atrás de nós, Porto Grande, antiga Porto Imperial, fundada por holandeses, que depois a abandonaram, pois fica a leste do vento local, que ajuda as embarcações na chegada mas as impede de partir. A cidade caiu então em ruínas e hoje não passa de um povoado com habitações que mal se aguentam de pé. Mas conta ainda com uma angra em que uma escuna pode buscar abrigo contra a perseguição de um corsário, e montanhas cobertas de florestas, onde o escravo se refugia para escapar da tirania dos patrões. Aproximando o olhar distinguimos, na outra encosta dessas montanhas do porto, a região de Moka, perfumada de aloés, romãs e groselhas, com temperatura sempre mais fresca, parecendo recolher seus tesouros no final da tarde para voltar a mostrá-los pela manhã. Moka que diariamente se enfeita como fazem outras localidades para os dias de festa. Moka é o jardim dessa ilha que dissemos ser o jardim do mundo.

Voltemos a nos colocar, como de início, de frente para Madagascar, voltando nosso olhar para a esquerda. Abaixo de nós, para além do Réduit, vemos a planície Williams, que tem o clima mais agradável da ilha, depois de Moka, e termina junto à planície São Pedro, ao pé da montanha Corpo da Guarda, que parece a garupa de um cavalo. Mais adiante, para além de Três Mamilos e dos seus vastos bosques, estende-se a região de Savana, com seus rios de belos nomes: Limoeiros, Banho das Negras e Arcada. Savana conta também com um porto no qual é impossível atracar quem não for amigo, de tão bem protegido que é por uma costa escarpada. Suas pastagens rivalizam com as de São Pedro, num solo ainda virgem como o das grandes extensões americanas. Depois dos bosques, enfim, vê-se um espaçoso lago, em que vivem moreias tão gigantescas que parecem mais serpentes do que enguias. Já foram vistas agarrar e devorar vivos cervos acuados por caçadores e escravos fugidos que cometeram a imprudência de entrar nas suas águas.

Para terminar, olhemos à direita, onde fica a área de Muralha, dominada pelo outeiro da Descoberta, no alto do qual se erguem bons mastros para navios que, de onde estamos, parecem finos como os galhos de um salgueiro. Vemos o pontão Infeliz, a baía das Tumbas, a igreja das Toranjas. Erguiam-se ali as casinhas da sra. de La Tour e de Marguerite.[16] No pontão Infeliz naufragou o *Saint-Géran*, e na baía das Tumbas foi encontrado o corpo de uma jovem apertando com força um retrato numa das mãos. Na igreja das Toranjas, dois meses depois foi enterrado, ao lado daquela jovem, um rapaz que tinha mais ou menos a mesma idade. Bem, talvez já tenham reconhecido esses dois alcíones dos trópicos,[17] personagens de *Paul e Virginie.* Gemendo nos recifes junto à costa, o mar ali parece prantear os dois enamorados como a tigresa eternamente lamenta os filhotes que ela própria estraçalhou num acesso de raiva ou de ciúme.

Agora, tenha você vindo pela passagem de Descorne, a sudoeste, ou por Maheburgo, no Pequeno Malabar, quer tenha percorrido o litoral ou o interior, tenha descido os rios ou subido as montanhas, talvez sinta as pernas cansadas ou a cabeça pesada, mal conseguindo abrir os olhos, de tanto que o disco brilhante do sol abrasa a planície com raios de fogo ou o crescente da lua prateia os morros com melancólica claridade. Se, embriagado pelas emanações odorosas das roseiras da China, dos jasmins de Espanha ou dos frangipaneiros nativos, uma suave modorra o invadir, semelhante à embriaguez do ópio, você, meu companheiro, pode ceder sem temor nem resistência à íntima e profunda volúpia da sonolência indiana. Deite-se um pouco na relva macia, durma tranquilo e desperte sem medo, pois esse leve rumor que faz estremecer a folhagem não vem do roçar venenoso da serpente jamaicana, esses dois olhos negros e cintilantes que o examinam não são do tigre-de-bengala. Durma tranquilo e acorde sem medo, jamais eco algum nessa ilha repetiu o assobio agudo de um réptil nem o urro noturno de uma fera carniceira. Não, é apenas uma jovem negra que afasta dois

---

16. O parágrafo se remete ao clássico *Paul e Virginie*, de Bernadin de Saint-Pierre (1737-1814), escrito a partir de um fato ocorrido na ilha. No romance, a sra. de La Tour e Marguerite são as respectivas mães do casal enamorado, e *Saint-Géran* o navio que naufragou no pontão Infeliz, a bordo do qual se encontrava a heroína.

17. Na mitologia grega, Alcíone era casada com o marinheiro Ceix, que não volta de uma viagem, e ela diariamente o espera na praia, até ver, um dia, seu cadáver boiando no mar. Tentando resgatá-lo, ela morre afogada. Comovidos, os deuses a transformaram em ave marinha (a ele devolveram a vida, segundo uns, ou transformaram num ganso, segundo outros).

talos de bambu, abrindo espaço para seu bonito rosto e, curiosa, observa o europeu recém-chegado. Acene com a mão, nem precisa sair de onde está, ela colherá para você uma banana saborosa, uma manga perfumada ou uma vagem de tamarindo. Diga alguma coisa e ela, com sua voz gutural e melancólica, responderá em seu dialeto crioulo: "Eu sô escrava eu vô fazê tudo que pedir". Um simples olhar amigável ou uma palavra de satisfação que retribua seus serviços vai deixá-la feliz e ela o guiará até a casa do seu patrão. Siga-a aonde quer que seja levado e, quando vir uma bonita casa com uma aleia de árvores, um canteiro de flores, terá chegado. É onde mora o dono da plantação, tirano ou patriarcal, cruel ou afável, mas, seja ele como for, pouco importa. Entre sem acanhamento, sente-se à mesa da família e diga: "Sou seu hóspede". As mais belas bananas, numa rica travessa da China, e um caneco prateado com fundo de cristal, em que espuma a melhor cerveja da ilha, serão dispostos à sua frente e, pelo tempo que quiser, poderá caçar, com uma espingarda dele, nas suas savanas ou pescar, com redes dele, no rio da propriedade. E toda vez que lá voltar, ou mandar um amigo, abaterão um bezerro gordo. Aqui, a chegada de um hóspede é uma festa, como sempre foi uma felicidade a volta de um filho pródigo.

Por tudo isso os ingleses, eternos invejosos da França, havia muito tinham os olhos voltados para aquela filha querida, rondando o tempo todo em volta, tentando ora seduzi-la com ouro, ora intimidá-la com ameaças, mas a tudo isso a bela respondia com soberbo desdém. Infelizmente, logo ficou visível que os cortejadores, nada conseguindo pela sedução, se dispunham à conquista pela violência. A colônia foi mantida sob vigilância como uma monja espanhola. Por algum tempo se esquivou de tentativas pouco importantes e infrutíferas. Mas a Inglaterra, afinal, não podendo mais se conter, atacou com toda a sua força. Certa manhã a Ilha da França soube que sua irmã Bourbon havia caído e pediu à população que se mantivesse ainda mais atenta, que afiasse as facas e fundisse bolas de canhão, pois o inimigo poderia surgir a qualquer momento.

Em 23 de agosto de 1810,[18] um terrível canhoneio sacudiu a ilha inteira, anunciando que o inimigo tinha chegado.

---

18. A França era governada por Napoleão Bonaparte (1769-1821), imperador desde 1804, mas com plenos poderes desde 1799. Com grandes ambições territoriais e poderoso exército, apenas o domínio marítimo britânico conseguia ainda contê-lo.

2. Leões e leopardos

Eram cinco da tarde, final de um daqueles magníficos dias de verão que nossa Europa desconhece. Nas montanhas que dominam Porto Grande, a metade dos habitantes da Ilha da França ansiosamente acompanhava, como num anfiteatro, a luta que se travava abaixo, como antigamente os romanos, nas arquibancadas do circo, assistiam a combates de gladiadores ou a martírios de cristãos.

Ali, a arena era um amplo porto cercado de recifes e as embarcações combatentes haviam lançado amarras e âncoras ao longo do litoral. Com isso, não podiam recuar e ficavam livres do incômodo das manobras para poderem se destroçar com toda liberdade. Porém, para indicar o fim daquela naumaquia terrível, não havia vestais que erguessem o polegar.[19] Todos sabiam se tratar de uma luta de extermínio, um combate mortal. Então, os dez mil espectadores guardavam um silêncio tenso. Mesmo o mar, tão frequentemente turbulento naquela região, se calava, para que ninguém perdesse sequer um rugido das trezentas bocas de fogo em ação.

Eis o que aconteceu:

Na manhã do dia 20, o capitão de fragata Duperré, vindo de Madagascar no *Bellone* e à frente ainda das naus *Minerva*, *Victor*, *Ceilão* e *Windham*, reconheceu de longe a montanha do Vento, na Ilha da França. Três combates anteriores, apesar de vitoriosos, haviam causado avarias na frota e ele decidiu então acostar no porto para reparos. Nada mais normal, uma vez que a ilha, como se sabe, naquela época era totalmente francesa. A bandeira tricolor,[20] desfraldada no forte de Passe e na nau de três mastros amarrada logo abaixo, garantiu o experiente capitão na certeza de ser bem recebido. Duperré ordenou então que avançassem para além da ilhota de Passe, a mais ou me-

---

19. No Coliseu de Roma, as sacerdotisas de Vesta, deusa da castidade, tinham camarote especial e podiam, com o polegar, dar o sinal de clemência ou de morte para o derrotado na peleja.

20. Até a Revolução Francesa, a França não tinha uma bandeira nacional. A bandeira usada nos navios franceses na época monárquica era branca com flores de lis. A bandeira tricolor azul, branca e vermelha se tornou símbolo republicano, e no período imperial se aplicava sobre esse fundo uma águia, principal emblema napoleônico.

nos duas léguas de Maheburgo. A corveta *Victor* foi designada para abrir essa manobra, com *Minerva*, *Ceilão* e *Bellone* atrás e *Windham* fechando o comboio: a pouca largura do canal não permitia que dois navios passassem ao mesmo tempo.

Estando o *Victor* à distância de um tiro de canhão da embarcação de três mastros atracada à base do forte, o capitão Duperré foi avisado, por sinais náuticos, que navios ingleses passavam ao largo da ilha. Ele respondeu estar ciente, sendo a frota avistada composta das naus *Mágica*, *Nereida*, *Sirius* e *Ifigênia*, comandada pelo comodoro Lambert. Como o capitão francês Hamelin estacionava ao abrigo do vento, na ilha, com os navios *Empreendedor*, *Mancha* e *Astrea*, ele se dispunha a aceitar o combate caso o inimigo se apresentasse.

Logo depois o capitão Bouver, do segundo navio em comboio, desconfiou de certa movimentação hostil na embarcação de três mastros que acabava de dar aqueles sinais. Junto a isso, e com o olhar penetrante que tão raramente engana o marinheiro, por mais que examinasse todos os detalhes não reconhecia a embarcação de três mastros como navio da Marinha francesa. Transmitiu suas observações ao capitão Duperré que, por precaução, pôs toda a frota em alerta. Ao *Victor*, porém, foi impossível passar a informação, pois estava já adiantado demais e qualquer sinalização que lhe fosse transmitida seria vista pelo forte e pela embarcação suspeita.

O *Victor* continuou então seu avanço sem qualquer sobreaviso, empurrado por boa brisa sudeste e com toda a sua tripulação no convés, enquanto as duas naves seguintes observavam com apreensão a movimentação na embarcação de três mastros e no forte, ambos mantendo ainda aparência amigável. Ao se cruzarem, as duas naus inclusive trocaram algumas palavras e o *Victor* continuou seu caminho. Já havia ultrapassado o forte quando, sem aviso, uma linha de fumaça apareceu nos flancos do navio amarrado e no topo da fortaleza. Quarenta e quatro canhões trovejaram ao mesmo tempo, pegando de viés a corveta francesa, que teve velas perfuradas e a gávea menor quebrada, com a tripulação em alvoroço. A bandeira tricolor desapareceu do forte e da embarcação de três mastros ao mesmo tempo, sendo substituída pela inglesa. Fomos vítimas de um embuste, caímos na armadilha.

Entretanto, em vez de voltar atrás — o que ainda era possível, abandonando à própria sorte a corveta que servia de alvo e, recuperando-se da surpresa, devolvia fogo à três mastros com seus dois canhões de popa —, o capitão Duperré ordenou que *Minerva* e *Ceilão* forçassem passagem. Ele próprio daria apoio, mas fez sinal ao *Windham* para que ganhasse o largo e fosse prevenir o restante da frota francesa quanto à posição em que se encontravam as quatro embarcações.

Os navios continuaram então em frente, sem a serenidade com que havia passado *Victor*, mas de mechas acesas e com cada homem a seu posto, no silêncio profundo que sempre precede os grandes conflitos. *Minerva* em pouco tempo já estava lado a lado com a três mastros inimiga, mas dessa vez foi o navio francês que tomou a iniciativa: vinte e duas bocas de fogo dispararam ao mesmo tempo. E acertaram em cheio: uma parte do filerete da nau inglesa voou em pedaços. Ouviram-se alguns gritos abafados e, em seguida, toda sua bateria foi acionada, devolvendo ao *Minerva* as mensagens de morte recém--recebidas. Ao mesmo tempo, a artilharia da fortaleza se juntou ao ataque, mas sem causar danos maiores do que a morte de alguns homens e o rompimento de poucos cabos.

Depois foi a vez do *Ceilão*, belo brigue de vinte e dois canhões tomado dias antes dos ingleses, como *Victor*, *Minerva* e *Windham*. Todos, à exceção do último, combateriam em seguida pela França, sua nova soberana. Leve e gracioso como um pássaro marinho voando rente às ondas, ele prosseguiu seu rumo. A fortaleza, a embarcação de três mastros e o *Ceilão* abriram fogo ao mesmo tempo, confundindo estrondos e misturando fumaças, tão simultâneos foram os disparos e tão próximos estavam.

Faltava ainda o *Bellone*. Já àquela época, o capitão Duperré era um dos mais bravos e talentosos oficiais da nossa armada. Ele seguiu tangenciando mais de perto do que as outras naus a ilhota de Passe e o inimigo. Quase à queima-roupa, lado a lado os dois navios abriram fogo, trocando mortes a uma distância de tiros de pistola. Mas a travessia se concluiu, as quatro naves estavam dentro do porto e se reuniram à altura de Aigrettes, lançando âncora entre a ilha dos Macacos e a ponta de Colônia.

O capitão Duperré imediatamente procurou entrar em contato com a cidade, descobrindo que Bourbon fora tomada e que, apesar das tentativas contra a Ilha da França, o inimigo só conseguira se assenhorar da ilhota de Passe. Na mesma hora enviou-se um correio ao bravo general Decaen, governador da ilha, para preveni-lo da presença dos quatro navios, *Victor*, *Minerva*, *Ceilão* e *Bellane*, em Porto Grande. A mensagem chegou ao general no dia 21, ao meio-dia, e foi repassada ao capitão Hamelin, que, por sua vez, mandou os navios sob o seu comando aparelharem. Ao mesmo tempo, enviou por terra um reforço de homens para o capitão Duperré, avisando que faria o possível para ir socorrê-lo, pois muito provavelmente ele seria ameaçado por forças superiores.

De fato, naquele mesmo dia 21, às quatro da manhã, tentando encostar na foz do rio Negro, o *Whindham* fora tomado pela fragata inglesa *Sirius*. O capitão Pym, que a comandava, soube então que quatro navios franceses, sob as ordens do capitão Duperré, haviam chegado a Porto Grande, onde o vento os reteria. Em combinação com os capitães do *Mágica* e do *Ifigênia*, as três fragatas partiram. Decidiu-se que *Sirius* subiria na direção de Porto Grande se abrigando do vento, enquanto as outras duas o enfrentariam com manobras diversas para chegarem ao mesmo destino.

O capitão Hamelin havia percebido toda essa movimentação e, pondo-a em relação com a notícia que acabava de receber, deduziu que o capitão Duperré seria atacado. Procurou então apressar a aparelhagem dos seus navios, mas por maior que fosse seu esforço só conseguiu aprontá-los na manhã do dia 22. As fragatas inglesas estavam três horas à frente, e o vento, que se fixava a sudeste e esfriava a cada instante, aumentaria ainda suas dificuldades para chegar a Porto Grande.

No final do dia 21, o general Decaen partiu a cavalo à frente dos principais colonos e dos escravos com os quais achavam poder contar e, às cinco da manhã, chegou em Maheburgo. Foram todos armados com fuzis, cada um recebendo munição para cinquenta disparos caso os ingleses tentassem desembarcar. O general e o capitão Duperré se encontraram.

Ao meio-dia, a fragata inglesa *Sirius*, que viera se abrigando do vento e consequentemente havia encontrado menores dificuldades no caminho do que as outras duas, surgiu à entrada da passagem. Juntou-se a ela a embarcação de três mastros amarrada junto ao forte, reconhecida então como sendo a fragata *Nereida*, do capitão Villougby. As duas pareciam querer, sozinhas, atacar a divisão francesa. Elas avançaram então, seguindo o mesmo curso que o nosso. Porém, aproximando-se demais do raso, o *Sirius* tocou o fundo e por todo o restante do dia sua tripulação esteve ocupada em tentar liberá-lo.

À noite, o reforço de marinheiros enviado pelo capitão Hamelin chegou e foi distribuído entre as quatro naus francesas, que passaram assim a contar com mais ou menos mil e quatrocentos homens, dispondo de cento e quarenta e duas bocas de fogo. Para o embarque desses homens, o capitão Duperré havia mandado amarrar em terra os navios, que passaram então a contar com um só bordo. Ou seja, apenas a metade dos canhões participaria da sangrenta celebração que se preparava.

Às duas horas da tarde, as fragatas *Mágica* e *Ifigênia* surgiram à entrada da passagem e se juntaram a *Sirius* e *Nereida*. As quatro avançaram em nossa direção. Duas foram amarradas em terra firme e as outras lançaram âncoras, com um total de mil e setecentos homens e duzentos canhões.

Foi um momento solene e terrível, assistido por dez mil espectadores espalhados nas montanhas, aquele em que as quatro fragatas inglesas avançaram de velas arriadas, movidas pela única e lenta força do vento na sua massa, se aproximando até meio alcance de canhão da divisão francesa com a confiança que a superioridade numérica dá. Como nós, eles se puseram de través, apresentando o costado e mostrando, também como nós, que abriam mão de qualquer possibilidade de fuga.

Seria então um combate de extermínio entre leões e leopardos, que se dilacerariam com dentes de bronze e rugidos de fogo.

Foram nossos marinheiros que, menos pacientes do que se mostrara a guarda francesa em Fontenoy,[21] deram sinal para o início da carnificina. Um comprido rastro de fumaça percorreu o flanco dos quatro navios que tinham a bandeira tricolor desfraldada. Ao mesmo tempo, o fragor de setenta bocas de fogo retumbou e o turbilhão de ferro se abateu sobre a frota inglesa.

A resposta foi quase imediata, tendo início então, sem outras manobras além daquela de limpar os conveses de estilhaços de madeira e de corpos moribundos, sem maiores pausas do que as de recarregar os canhões, um desses combates de completa destruição como, desde Abukir e Trafalgar,[22] o esplendor da Marinha não oferecia. Podia-se achar que a vantagem pendia para o lado inimigo, pois as primeiras saraivadas inglesas romperam aboçaduras do *Minerva* e do *Ceilão*, o que prejudicou o poder de fogo das duas naus. Porém, sob as ordens do seu capitão, o *Bellone* assumiu a resposta, atacando as quatro fragatas ao mesmo tempo, com braços, pólvora e balas para todos. Por duas horas ininterruptas ele vomitou fogo como um vulcão eruptivo, tempo suficiente para que os dois navios reparassem suas avarias. Parecendo impacientes por causa da inação, *Minerva* e *Ceilão* voltaram em seguida a rugir e a morder, forçando o inimigo — que os deixara de lado por um momento, buscando aniquilar o *Bellone* — a dividir novamente sua atenção e restabelecendo a unidade do combate ao longo de toda a linha.

Pareceu então ao capitão Duperré que o *Nereida*, já enfraquecido pelos três confrontos que a divisão lhe impusera forçando a passagem à entrada do porto, diminuía seu fogo. Ordenou que se concentrasse nele o ataque, sem qualquer trégua. Por uma hora o navio recebeu tiros de canhão e metralha, dando a impressão de a qualquer momento entregar a bandeira. Como isso não aconteceu, a chuva de bronze continuou, derrubando mastros, varrendo o convés, destroçando a quilha, até calar o seu derradeiro canhão, num último suspiro, ficando o *Nereida* como um batelão parado, em mortal silêncio.

Nesse momento, enquanto Duperré passava uma ordem ao tenente Roussin, um estilhaço de metralha o atingiu na cabeça. Ele caiu sobre um canhão e, percebendo estar grave ou até mortalmente ferido, mandou chamar o capitão Bouvet. Passou o comando do *Bellone*, recomendando que mandasse explodir as quatro naus, se preciso fosse, mas de forma alguma se rendesse. Em seguida, estendeu a mão e perdeu os sentidos. Ninguém se deu conta do que havia acontecido; Duperré não deixara o navio e Bouvet o substituiu no comando geral.

---

21. Vitória francesa em 11 de maio de 1745 contra uma coligação de países. A primeira tropa a atirar seria obrigada a uma pausa para recarregar as armas e os franceses foram mais pacientes.

22. Importantes batalhas navais entre franceses e britânicos, em 1798 e 1805. Em ambas, a frota comandada pelo almirante inglês Nelson obteve vitória sobre a francesa.

Às dez da noite o escuro era tanto que se atirava a esmo, sem qualquer possibilidade de pontaria. Às onze o fogo cessou, mas os espectadores entenderam se tratar apenas de uma trégua e permaneceram nas montanhas em volta. De fato, à uma da manhã a lua se mostrou e, sob uma pálida claridade, o combate foi reiniciado.

Naquelas duas horas de calmaria, o *Nereida* conseguiu obter alguns reforços. Cinco ou seis das suas peças de artilharia foram recuperadas e a fragata que se imaginava morta estava apenas agonizante. Ela se refez e voltou a nos bombardear.

Bouvet transferiu o tenente Roussin para o *Victor*, cujo capitão fora ferido, com ordem de soltar as amarras, rumar contra o *Nereida* e suprimi-lo de vez, com toda a força da sua artilharia, parando apenas quando a fragata estivesse bem morta.

Roussin seguiu tudo ao pé da letra. O *Victor* desfraldou suas velas triangular e quadrada superior, se moveu e, sem um disparo de canhão, lançou âncora a vinte metros da popa do *Nereida*. Só então abriu fogo, ao qual a fragata pôde responder apenas com seus canhões de proa e popa, com muita dificuldade. Ao amanhecer, a fragata mais uma vez estava muda. Agora de fato morta, mas com a bandeira inglesa ainda tremulando no alto. Estava morta, mas não se rendera.

Gritos de "Viva o imperador!" ecoaram no navio inglês. Vinham de dezessete franceses capturados na conquista da ilhota de Passe. Trancados no porão, eles arrombaram a porta da prisão, saíram por escotilhas com uma bandeira tricolor e a hastearam no lugar da britânica. Só então o tenente Roussin deu ordem de abordagem, mas no momento em que lançava os ganchos o inimigo abriu fogo contra o *Nereida*, vendo que o perdia. Seria tolice sustentar a luta; o navio se tornara apenas um batelão, ao qual se voltaria depois de derrotadas as outras naus. O *Victor* deixou a fragata solta como um cadáver de baleia. Embarcou os dezessete prisioneiros e retomou seu posto de batalha, anunciando aos ingleses o retorno com o pleno poder da sua bateria.

Deu-se ordem para que todos os navios franceses concentrassem fogo contra o *Mágica*. O capitão Bouvet pretendia esmagar as fragatas inimigas, uma de cada vez. Por volta das três da tarde, o *Mágica* se tornou alvo de todos os canhões e às cinco mal respondia ao ataque, respirando como respira alguém mortalmente ferido. Às seis, da terra firme se percebeu que a tripulação se preparava para deixar a embarcação. Com gritos e depois sinais, os navios franceses foram avisados. O fogo se intensificou. As duas outras fragatas inimigas enviaram chalupas e o próprio *Mágica* lançou ao mar seus botes. O que restava de homens incólumes ou apenas levemente feridos embarcou, mas enquanto tentavam alcançar o *Sirius* duas chalupas naufragaram, atingidas por tiros de canhão, deixando o mar salpicado de homens que nadavam na direção das duas fragatas próximas.

Logo depois, uma tênue fumaça saiu por portinholas de convés do *Mágica*. Foi ficando mais densa e, nas escotilhas, apareceram feridos que se arrastavam, sacudiam braços mutilados, pediam socorro, ameaçados pelas chamas. Línguas de fogo abrasadoras começaram a ser vistas por todas as aberturas do navio, ganharam a área externa, subiram pelos cabos e chegaram aos mastros e às vergas. Do navio se ouviam gritos de horror e de agonia e o seu casco de repente se abriu como a cratera de um vulcão. Ouviu-se uma detonação terrível e o *Mágica* voou aos pedaços. Por algum tempo seus estilhaços flutuaram no ar e em seguida caíram, extinguindo-se na água com um crepitar. Da bela fragata que um dia antes se acreditava rainha do oceano, nada mais restou, nem mesmo destroços, nem mesmo feridos, nem mesmo mortos. Apenas um grande vazio, entre o *Nereida* e o *Ifigênia*, indicava o lugar por ela antes ocupado.

Como se estivessem cansados do combate, assustados com o espetáculo, ingleses e franceses silenciaram. Guardou-se o restante da noite para o repouso.

Mas tudo recomeçou ao amanhecer. A divisão francesa escolheu o *Sirius* como alvo e nele concentrou o quádruplo poder de fogo de *Victor*, *Minerva*, *Bellone* e *Ceilão*, com bolas de canhão e metralha. Duas horas depois, ao *Sirius* não restava nem um único mastro, a murada fora destruída e a água penetrava por vinte rachaduras na quilha. Não estivesse amarrado, teria afundado. A tripulação o abandonou, sendo o capitão o último a deixar o convés. Mas, como no *Mágica*, o fogo permaneceu a bordo e um pavio incandescente o levou a santa Bárbara.[23] Às onze da manhã uma explosão terrível sacudiu o *Sirius*, que em seguida desapareceu, destruído!

O *Ifigênia*, que combatia preso à âncora, entendeu não ser mais possível continuar ali, sozinho contra quatro navios, pois, como foi dito, o *Nereida* se tornara uma massa inanimada. Então desfraldou velas e, tendo escapado quase ileso de toda aquela destruição a seu redor, buscou a proteção do forte.

Vendo isso, o capitão Bouvet ordenou que *Minerva* e *Bellone* também soltassem as amarras. Do seu leito ensanguentado, Duperré vinha sendo informado de tudo que acontecia e não queria que fragata nenhuma escapasse do massacre, que inglês nenhum pudesse anunciar a derrota à Inglaterra. Tínhamos Trafalgar e Abukir a serem vingadas. À caça! Atrás do *Ifigênia*!

As duas nobres fragatas, mesmo machucadas, se ergueram, se aprumaram, abriram as velas, ficando *Victor* a cuidar dos restos do *Nereida*. Já o *Ceilão* estava em tal estado que não podia ser movido até que seus mil ferimentos fossem calafetados.

Grandes gritos de triunfo ecoaram em terra firme. Todo aquele povo em silêncio recuperou respiração e voz para incentivar *Minerva* e *Bellone* na per-

23. Por saber moderar raios e trovões, santa Bárbara é a padroeira dos artilheiros e de todos que trabalham com fogo.

seguição. Entretanto, menos avariado do que seus dois inimigos, o *Ifigênia* se distanciava e transpôs a ilha Aigrettes. Visivelmente chegaria ao forte de Passe, ganharia o mar aberto e escaparia. Os tiros lançados por *Minerva* e *Bellone* já não o alcançavam e se perdiam no seu rastro quando, subitamente, três navios com a bandeira tricolor no alto apareceram à entrada de Passe. Era o capitão Hamelin, que deixara Porto Luís com *Empreendedor*, *Mancha* e *Astrea*. *Ifigênia* e o forte de Passe ficaram entre dois fogos e rapidamente se renderam, de forma incondicional. Inglês nenhum escapou.

Enquanto isso, pela segunda vez *Victor* se aproximou do *Nereida* e, temendo alguma surpresa, fez a abordagem com toda a precaução. Mas o silêncio reinante era mesmo o da morte. O convés estava tolhido por cadáveres. O próprio tenente foi o primeiro a nele pisar e se molhou de sangue até os calcanhares.

Um ferido ainda pôde contar que seis vezes se deu ordem para que a bandeira fosse entregue, mas as seis vezes os tiros franceses haviam matado o encarregado de levá-la. O capitão então se retirara na cabine e não fora mais visto.

O tenente Roussin se dirigiu para lá e encontrou o capitão Villougby à mesa, em que havia ainda um jarro de grogue e três copos. Tinha um braço e uma coxa destroçados. À frente dele jazia o primeiro-tenente Thomson, atingido por um projétil de metralha que atravessara seu peito, e, no chão, seu sobrinho Williams Murrey, ferido na lateral do tórax por um estilhaço.

Com a mão remanescente, o capitão Villougby tentou entregar a Roussin a espada. O tenente francês estendeu o braço, saudou o inglês moribundo e declarou:

— Capitão, quem se serve da espada como o senhor só deve entregá-la a Deus.

Ordens foram dadas para que se prestasse socorro a Villougby, mas tudo se mostrou insuficiente e o nobre defensor do *Nereida* morreu no dia seguinte.

Com seu sobrinho o resultado foi mais satisfatório. Sir Williams Murrey fora gravemente atingido, mas não de forma fatal. Nós inclusive o veremos ressurgir ao longo dessa história.

3. Três meninos

Como se pode imaginar, mesmo tendo perdido quatro navios os ingleses não haviam desistido dos planos traçados com relação à Ilha da França. Pelo contrário, tinham agora não só uma conquista nova a fazer como também uma derrota velha a ser vingada. Por isso, apenas três meses depois dos acontecimentos que acabamos de trazer ao conhecimento do leitor, outro confronto, não menos acirrado mas com resultados bem diferentes, ocorreria em Porto Luís mesmo, ou seja, no ponto oposto àquele em que se passara o primeiro.

Dessa vez, não eram só quatro navios e mil e oitocentos homens. Doze fragatas, oito corvetas e cinquenta embarcações de transporte lançaram vinte ou vinte e cinco mil homens no litoral, e esse exército invasor avançou na direção de Porto Luís, que na época se chamava Porto Napoleão. É difícil descrever o espetáculo que apresentava a capital no momento em que foi atacada por tamanha força. Por todo lado a multidão, que acorria de diversas regiões da ilha, se espremia nas ruas, na mais flagrante agitação. Como ninguém tinha realmente ideia do perigo real, cada um criava um perigo imaginário, e os mais incríveis e exagerados eram os que maior crédito ganhavam. De vez em quando um ajudante de ordens do general-comandante aparecia do nada com uma mensagem e transmitia aos ilhéus alguma proclamação que neles despertasse o ódio pelos ingleses, exaltando ao mesmo tempo o patriotismo. Durante a leitura, chapéus eram brandidos à ponta de baionetas e ecoavam gritos de "Viva o imperador!", com juras de vitória ou morte. Um frêmito de entusiasmo percorria a população, que passava do repouso estrepitoso à agitação furiosa, correndo sem rumo de um lado para outro, indócil, a marchar contra o inimigo.

Mas o verdadeiro ponto de encontro se concentrava na praça de Armas, no centro da cidade. Era onde às vezes chegava um cofre de munição trazido a galope por dois cavalos do Timor ou de Pegu, outras vezes um canhão, arrastado a passo acelerado por artilheiros locais, garotos de apenas quinze ou dezoito anos que, com o rosto escurecido da pólvora, pareciam ter barba. Para lá se dirigiam homens da guarda cívica em traje de combate, voluntários vestidos aleatoriamente e com uma baioneta espetada na espingarda de caça, negros usando restos de uniformes e armados de carabinas, sabres e lanças…

Tudo isso misturado, se esbarrando, se cruzando, se atropelando numa confusão em que cada um acrescentava seu zumbido particular ao poderoso burburinho a planar sobre a cidade, como plana o barulho de um incontável enxame de abelhas sobre uma colmeia gigantesca.

Entretanto, uma vez na praça de Armas, esses homens que individualmente ou em grupo corriam desnorteados assumiam um aspecto mais pausado, uma cadência mais calma. É que na praça se concentrava, aguardando que fosse dada a ordem de marchar contra o inimigo, a metade do efetivo militar da ilha — tropas regulares que chegavam a mil e quinhentos ou mil e oitocentos homens. A atitude dos soldados, ao mesmo tempo orgulhosa e tranquila, representava uma crítica tácita ao barulho e à algazarra gerados por aqueles que, menos acostumados a esse tipo de exercício, mesmo assim demonstravam coragem e boa vontade vindo se apresentar. Nisso tudo, enquanto os negros tumultuosamente se juntavam num extremo da praça, um regimento de voluntários nacionais se organizou perto da tropa regular, procurando imitá-la e assumindo idêntica formação, mesmo sem conseguir a mesma simetria nas suas fileiras.

Quem parecia ser o chefe dessa tropa — que, devemos reconhecer, se esforçava muito para chegar ao resultado que mencionamos — era um homem de quarenta ou quarenta e cinco anos, ostentando as divisas de chefe de batalhão. A Mãe Natureza o havia dotado de uma dessas fisionomias insignificantes às quais emoção nenhuma consegue conferir aquilo que, em termos de arte, se chama personalidade. Mas ali estava ele: penteado, barbeado e pimpão como se fosse um desfile. Na sua túnica, de início fechada de cima a baixo, de vez em quando se soltava um colchete e a abertura revelava, por baixo, um colete de piquê, uma camisa pregueada e uma gravata branca com orlas bordadas. Ao lado dele, via-se um belo menino de uns doze anos, tendo a seu serviço, a poucos passos, um criado negro vestindo casaco e calça de tecido brilhoso. Com a satisfação de quem se habituou a estar sempre bem apresentável, o guri exibia a gola alta de uma camisa enfeitada e um paletó de pano verde com botões prateados. Junto a isso, tinha na cabeça um chapéu de pele cinza com penacho. Na cinta, pendia, com uma sacolinha de couro ao lado, a bainha de um pequeno sabre, que ele empunhava na mão direita tentando imitar, na medida do possível, o aspecto marcial do chefe de batalhão, que ele fazia questão de denominar bem alto: "Meu pai". Esse oficial, aliás, parecia tão orgulhoso disso quanto do posto eminente a que a confiança dos concidadãos o havia alçado na milícia nacional.

A pouca distância desse trio que pavoneava satisfeito via-se outro, talvez menos brilhante, todavia certamente mais simpático: um homem com cerca de quarenta e cinco ou quarenta e oito anos e dois meninos, de catorze e de doze.

O homem era alto, magro, de estrutura ossuda e um tanto encurvada, nem tanto pela idade — dissemos que tinha no máximo quarenta e oito anos —

mas pela humildade da posição secundária a que se acostumara. De fato, pelo acobreado do rosto, pelos cabelos ligeiramente encarapinhados, tratava-se de um desses mulatos que, nas colônias, nem a fortuna a que pelo trabalho às vezes chegavam perdoava sua cor. Estava vestido com rica simplicidade e tinha na mão uma carabina adamascada com fios de ouro, a que fora acrescentada uma baioneta comprida e afiada. Na cintura carregava um sabre de soldado da cavalaria que, graças ao comprimento das suas pernas, pendia ao longo da coxa como uma espada. Dos bolsos transbordavam cartuchos, além dos que enchiam a algibeira.

O mais velho dos meninos acompanhando esse homem era, como dissemos, um garoto grande de catorze anos que, mais pelo hábito de caçar do que pela origem africana, tinha a pele escura. Graças à vida ativa que levava, era robusto como se tivesse dezoito anos e, por esse motivo, o pai havia permitido que participasse da ação que se anunciava. O rapazote então se apresentava também armado, com a mesma espingarda de dois tiros que usava em suas incursões pelo interior da ilha e com a qual, por mais jovem que fosse, conseguira já uma fama que até caçadores mais renomados invejavam. Naquele momento, porém, a idade biológica se impunha e ele, tendo deixado no chão a espingarda, brincava com um enorme cão malgaxe que, por sua vez, parecia estar ali para o caso de os ingleses terem trazido seus buldogues.

O irmão desse jovem caçador, o segundo filho daquele homem alto e de aparência humilde, o menino, enfim, a completar o trio, era uma criança de mais ou menos doze anos, só que de constituição frágil e franzina, que de forma alguma lembrava a alta estatura do pai ou a compleição do irmão, que parecia ter monopolizado todo o vigor reservado aos dois. Assim sendo, ao contrário de Jacques, como se chamava o mais velho, o pequeno Georges aparentava dois anos a menos do que realmente tinha. O tamanho mirrado, o rosto pálido, fino e melancólico, sombreado ainda por negros e compridos cabelos, pouco tinham a ver com a força física tão comum nas colônias. Por outro lado, transparecia no seu olhar inquieto e penetrante uma ardente inteligência, com um costumeiro e precoce franzir das sobrancelhas. Esse detalhe acrescentava tão máscula reflexão e perseverante vontade que era insólito encontrar num mesmo indivíduo tanta fragilidade e tanta força.

Sem armas para segurar, ele se mantinha junto ao pai e apertava forte com sua mãozinha o cano da bela carabina adamascada. Seus olhos vivos e curiosos iam do pai ao chefe de batalhão, provavelmente se perguntando por que um, duas vezes mais rico, duas vezes mais forte e duas vezes mais apto do que o outro, não tinha galão nenhum nem qualquer distinção particular.

Um negro, de casaco e calção de brim azul, aguardava — como o que acompanhava o menino de gola enfeitada — o momento em que os arregimentados se poriam em marcha. Quando o pai e o filho mais velho partissem, ele levaria o caçula para casa.

Desde cedo se ouvia o canhão, pois logo de manhã o general Vandermaesen, com a primeira metade do efetivo militar, marchara ao encontro do inimigo, tentando pará-lo nos desfiladeiros da montanha Longa ou na travessia dos rios Ponte Vermelha e Latânias. E é o que se vinha conseguindo, mesmo sem comprometer todas as forças, pois havia a possibilidade de se tratar de um falso ataque, enquanto o grosso das tropas inglesas avançaria contra Porto Luís partindo de algum outro ponto. Por isso o general se fora à frente de apenas oitocentos homens, deixando o restante das forças e os voluntários nacionais, como vimos, na defesa da cidade. Mas aquela pequena tropa, após prodígios de bravura diante de quatro mil ingleses e dois mil indianos, tinha sido obrigada a recuar de posição em posição, insistindo em cada acidente do terreno que lhe rendesse, por um instante, alguma vantagem. Porém logo ela era forçada a novamente recuar. Tanto que da praça de Armas, onde se encontrava o restante das forças, mesmo sem ver os combatentes era possível calcular o progresso dos ingleses pelo crescente trovoar da artilharia, que a cada minuto se aproximava. Em pouco tempo já se podia ouvir, entre os estrondos mais violentos, o pipocar da fuzilaria. Diga-se que isso nem de longe intimidava os corajosos defensores de Porto Luís, condenados à inação na praça de Armas por ordem do general. Pelo contrário, mais ainda os estimulava. Porém, enquanto para os soldados regulares, escravos da disciplina, era suficiente morder os lábios ou praguejar nos seus bigodes, os voluntários nacionais brandiam armas, esbravejavam e ameaçavam ir ao combate como franco-atiradores, sem mais esperar, se a ordem não viesse logo.

Foi quando se ouviu o toque de prontidão. Um ajudante de ordens chegou a galope e sem nem mesmo entrar na praça, sacudindo o chapéu para chamar atenção, gritou do alto da rua:

— Às trincheiras, o inimigo!

E em seguida se foi, com a mesma presteza.

Imediatamente o tambor da tropa regular soou, os soldados entraram em formação com a rapidez e precisão de hábito e partiram em passo acelerado.

Por mais que os voluntários procurassem copiá-los, não conseguiram bom resultado. Alguns minutos se passaram até que as fileiras se formassem e, uma vez formadas, uns partiram com o pé direito, outros com o pé esquerdo, o que gerou tumulto e exigiu uma parada.

Nesse ínterim, vendo um lugar vago na terceira linha de voluntários, o homem alto de carabina adamascada abraçou o filho mais moço, entregou-o ao negro de casaco azul e se apressou, com o mais velho, para modestamente assumir o lugar que a manobra mal executada pelos voluntários havia aberto.

Mas a chegada dos dois párias fez os vizinhos de um lado e de outro se afastarem, forçando seus próprios vizinhos a fazer o mesmo, de modo que o homem alto e o filho logo se viram no centro de um círculo que ia se alargando, como se alargam os círculos quando uma pedra é lançada na água de um lago.

O homem gordo que ostentava divisas de chefe de batalhão e mal conseguira restabelecer a regularidade da primeira linha não demorou a perceber a desordem que abalava a terceira. Esticando-se todo, interpelou aqueles que provocavam a estranha movimentação:

— Senhores, suas fileiras, suas fileiras!

A essa dupla advertência, feita num tom que não admitia réplica, um unânime grito respondeu:

— Não queremos mulatos aqui! Nada de mulatos!

Grito genérico, universal, retumbante, que o batalhão ecoou.

Seu comandante entendeu então o motivo da desordem e viu, no meio daquele amplo círculo, o mulato que se mantinha em apresentar armas, enquanto o filho, vermelho de raiva, já dera dois passos atrás para se distanciar de quem os rejeitava.

Vendo isso, o oficial atravessou as duas primeiras linhas, que abriram passagem, e foi direto ao insolente que se atrevia, sendo homem de cor, a se meter entre brancos. Olhou-o da cabeça aos pés com olhos chispantes de indignação e, diante da postura do mulato, ereto e imóvel como um poste, esbravejou:

— Sr. Pierre Munier! Não ouviu ou será preciso repetir não ser este o seu lugar? O senhor não é bem-vindo aqui.

Com sua mão forte e vigorosa, Pierre Munier poderia esmagar aquele homem gordo que falava daquela maneira, mas se manteve calado. Ergueu a cabeça, perdido, e encontrando o olhar do chefe de batalhão desviou o seu. Disso se aproveitou o untuoso personagem que, transbordante de orgulho, o empurrou com a mão espalmada e esbravejou:

— Mas o que faz aqui?

— Sr. de Malmédie — respondeu Pierre Munier —, achei que num dia como esse, diante do perigo geral, a diferença de cor desapareceria.

— Achou mesmo? — repetiu o gordo oficial, balançando os ombros e rindo alto. — Achou! E o que o levou a isso, por favor?

— Minha disposição em aceitar a morte, se necessário, para salvar nossa ilha.

— Nossa ilha! Nossa ilha!? Essa gente, basta ter um pedaço de terra, como nós, e já se imagina dona da ilha.

— Bem sei que a ilha não é nossa nem dos brancos — respondeu timidamente Munier. — Mas se diferenças assim nos impedirem de combater, a ilha em breve não será dos senhores nem nossa.

— Basta! — exclamou o chefe de batalhão, batendo o pé para impor silêncio a tanto raciocínio. — Basta! Por acaso está inscrito na guarda nacional?

— Não. E o senhor sabe disso, pois foi quem me recusou.

— Nesse caso, o que espera?

— Espero segui-lo como voluntário.

— Não pode.

— E por que não? Basta que me aceite, sr. de Malmédie…

— Não pode! — repetiu o chefe de batalhão, empertigando-se. — Esses senhores sob minhas ordens não aceitam mulatos como companheiros.

— Isso mesmo! Nada de mulatos! — reagiram unânimes os guardas nacionais.

— Então não posso combater? — desanimou-se Pierre Munier, deixando cair os braços e mal conseguindo conter pesadas lágrimas que balançavam nos seus cílios.

— Forme um corpo só de gente de cor e o comande ou junte-se ao destacamento de negros que seguirá na retaguarda.

— Mas…

— Ordeno que deixe este batalhão; ordeno — estufou-se todo o sr. de Malmédie para repetir.

— Vamos, pai, essa gente só o insulta — ouviu-se uma vozinha, trêmula de raiva —, vamos…

Pierre Munier sentiu que o puxavam com tanta força que deu um passo atrás:

— Tem razão, Jacques, vamos.

— Não, pai, sou eu, Georges.

Munier olhou, espantado.

E era de fato Georges, que se soltara do criado para dar aquela lição de dignidade.

Com um profundo suspiro, o pai deixou cair no peito a cabeça.

Enquanto isso, as fileiras da guarda nacional se recompuseram, o sr. de Malmédie voltou à frente da primeira linha e a legião partiu em passo acelerado.

Pierre Munier se viu só entre os dois filhos, um vermelho como fogo, outro pálido como a morte.

Notou o rubor de Jacques, a palidez de Georges e, sentindo naquele rubor e naquela palidez uma dupla crítica, tentou se justificar:

— É como são as coisas, meninos.

Jacques era indolente e calmo. A primeira impressão fora sem dúvida difícil, mas o pragmatismo logo o socorreu e consolou. Estalou os dedos e disse:

— No final das contas, que importância tem que aquele gordo nos despreze? Somos mais ricos do que ele, não somos, pai? — E acrescentou, dando uma olhada no menino da gola enfeitada: — Se eu pegar esse tal de Henri numa hora boa, vai levar uma surra de que vai se lembrar a vida toda.

— Meu bom Jacques! — respondeu o pai, grato pelo filho mais velho de certa forma amenizar sua vergonha com tamanha sensatez.

Depois olhou para Georges, esperando dele a mesma atitude.

O menino se mantinha impassível, e tudo que Pierre Munier pôde entrever naquela fisionomia glacial foi um imperceptível sorriso a contrair os lábios. Por mais imperceptível que fosse, porém, aquele sorriso carregava tal nuance de desdém e piedade que, assim como às vezes respondemos a palavras que não foram ditas, o pai replicou:

— Mas o que queria que eu fizesse, meu Deus?

E esperou o que viria, torturado por essa vaga expectativa que não gostamos de confessar nem a nós mesmos mas nos aflige mesmo assim, diante de um fato consumado e de alguém que acreditamos inferior.

Georges não respondeu e apenas disse, virando a cabeça para o fundo da praça:

— Os negros esperam um chefe, pai.

— Tem razão, Georges, é melhor comandar esses do que obedecer àqueles — exclamou com alegria Jacques, consolado da humilhação pela lembrança da sua força e repetindo, sem saber, o mesmo raciocínio que César.[24]

Cedendo ao conselho do filho mais moço e à aprovação do mais velho, Pierre Munier foi até os negros que, justamente, discutiam qual chefe escolher. Vendo se aproximar aquele que toda a gente de cor da ilha respeitava como a um pai, eles se agruparam como em volta de um chefe natural, pedindo que os dirigisse no combate.

Uma estranha transformação se operou então naquele homem. Desapareceu o sentimento de inferioridade que ele não conseguia superar diante dos brancos, dando vez à consciência do próprio valor. Sua alta estatura se aprumou e os olhos, humildemente mantidos baixos ou vagamente errantes diante do sr. de Malmédie, lançaram chamas. A voz, ainda há pouco vacilante, ganhou um tom firme. Com um gesto cheio de nobre energia ele cruzou a carabina no ombro, sacou o sabre e, estendendo o braço resoluto na direção do inimigo, por sua vez comandou:

— Avançar!

Com um último olhar ao filho menor, que de volta à proteção do negro de casaco azul batia palmas com orgulhosa alegria, ele desapareceu à frente da sua escolta negra, pela mesma esquina por onde acabava de desaparecer a tropa regular e os guardas nacionais, gritando ainda ao criado de casaco azul:

— Telêmaco, cuide do meu filho!

A linha de defesa de Porto Luís se concentrava em três pontos. À esquerda, junto ao mar, a fortaleza do Fanfarrão, com uma força de dezoito canhões. No meio, o entrincheiramento propriamente dito, dispondo de vin-

24. Júlio César (101-44 a.C.) teria dito (citado por Plutarco [46-125] em *Vidas paralelas*): "Prefiro ser o primeiro num vilarejo a ser o segundo em Roma".

te e quatro peças de artilharia. E à direita a bateria Dumas,[25] protegida por apenas seis bocas de fogo.

O inimigo, depois de vitoriosamente avançar contra os três diferentes pontos, abandonou os dois primeiros, reconhecendo sua força, para insistir no terceiro. De fato, não somente era o mais fraco como também contava apenas com artilheiros da guarda nacional. No entanto, ao ver aquela tropa compacta se aproximando, dentro da implacável regularidade da disciplina inglesa, em vez de se intimidarem, e contrariando toda expectativa, os aguerridos jovens da bateria Dumas correram a seus postos, manobrando com presteza e habilidade como se fossem soldados experientes. Abriram fogo tão intenso e eficiente que aos inimigos pareceu ter havido engano na avaliação da bateria e dos homens que ali serviam. Mas tiveram mesmo assim que continuar em frente, pois era preciso neutralizá-la, uma vez que se mostrava tão mortífera. Isso porém atiçou ainda mais os terríveis defensores, que, iguais ao acrobata que nos faz esquecer seu último número incrível com algo ainda mais incrível, redobraram os disparos, com bolas de canhão sucedendo à metralha e a metralha sucedendo às bolas de canhão. Tudo com tanta rapidez que a desordem começou a tomar conta das fileiras inimigas. Ao mesmo tempo, e com os ingleses já ao alcance das armas portáteis, começou a fuzilaria. Vendo suas fileiras dizimadas, agrupamentos inteiros desbaratados pela artilharia e surpresos com resistência tão enérgica quanto inesperada, eles recuaram um passo.

Por ordem do comando geral das forças francesas, a tropa regular e o batalhão da guarda, que tinham se reunido no ponto ameaçado, intervieram nesse momento, com a tropa pela esquerda e o batalhão pela direita. De baioneta em riste, eles avançaram em passo de assalto pelos flancos do inimigo, enquanto a formidável bateria continuava a fazer estragos no miolo. A tropa executou sua manobra com a precisão de hábito, caiu sobre os ingleses, penetrou em suas fileiras e duplicou a desordem. Já o batalhão comandado pelo sr. de Malmédie — talvez levado pelo entusiasmo ou apenas por inabilidade na execução da ordem —, em vez de atacar o flanco esquerdo e operar um ataque em concerto com o da tropa regular, acabou se chocando com os ingleses da frente. A bateria Dumas foi então obrigada a suspender fogo, que era o que mais intimidava o inimigo. Vendo só ter que lidar agora com um número inferior de homens, os ingleses recuperaram ânimo e se voltaram contra a guarda que, diga-se, sustentou o choque sem recuar um só passo. Mas tal resistência por parte daqueles bravos voluntários não podia durar, coloca-

25. A denominação não se remete à família do escritor (o sobrenome Dumas vinha da avó do autor, que nasceu escrava na ilha de São Domingos, atual Haiti). Era um sobrenome bastante comum entre escravizados nas colônias francesas, com *du mas* significando "da casa". A bateria Dumas data de 1780 e foi declarada patrimônio nacional em 1951.

dos que estavam entre o inimigo — mais disciplinado e dez vezes superior em número — e a bateria Dumas, forçada a se calar para não esmagá-los. As perdas aumentavam a cada minuto e os voluntários começaram, enfim, a recuar. Com uma hábil manobra, a esquerda dos ingleses invadiu a direita do batalhão francês, que se viu totalmente cercado e, inexperiente demais para formar um quadrado contra o efetivo superior, parecia perdido. De fato, os ingleses continuaram num movimento progressivo e, igual à maré crescente, estavam prestes a envolver nas suas águas aquela ilha de homens. Foi quando gritos de "França! França!" soaram à retaguarda do inimigo. Um terrível tiroteio explodiu e depois sobreveio um silêncio, mais sombrio e assustador do que o pior barulho.

Uma estranha ondulação percorreu as últimas linhas do inimigo, se refletindo até nas primeiras. Os túnicas-vermelhas se curvavam sob vigorosa carga à baioneta, como espigas maduras sob a foice do ceifador. Viram-se eles próprios cercados, recebendo ataque à direita, à esquerda e de frente. O reforço que acabava de chegar não dava trégua, pressionando sempre e, em dez minutos de sangrenta investida, alcançou o desafortunado batalhão para libertá-lo. Vendo alcançada a meta a que se propunham, os recém-chegados recuaram, voltando-se circularmente para a esquerda e, em passo de assalto, atacaram o flanco do inimigo. O sr. de Malmédie, por sua vez, seguindo instintivamente a manobra, levou seu batalhão a seguir o mesmo impulso. Vendo não haver mais tropas amigas em seu campo de tiro, a bateria não perdeu tempo e, reinflamando-se, passou a secundar aquele triplo ataque, despejando torrentes de metralha. A vitória sorriu para o lado francês.

Sentindo-se fora de perigo, o sr. de Malmédie procurou entender a ajuda recebida. Ele já os havia rapidamente percebido, mas era difícil reconhecer que devia sua salvação a tais soldados. De fato, era aquele desprezível corpo de homens negros que o havia seguido na marcha, com Pierre Munier à frente. Dando-se conta de que os ingleses, cercando o sr. de Malmédie, lhe davam as costas, ele os atacara com seus trezentos homens, pegando-os pela retaguarda.

Depois de traçar essa manobra com o talento de um general e executá-la com a coragem de um soldado, Pierre Munier, num terreno em que ele só tinha a temer a própria morte, lutava na linha de frente de peito estufado, olhos acesos, narinas dilatadas, cabeça descoberta, cabelos ao vento, entusiasmado, temerário, sublime! E era dele, enfim, a voz que de vez em quando se erguia no meio da turba, dominando todo aquele fragor com o brado:

— Avançar!

E quem o seguisse de fato avançava. A desordem tomava conta das fileiras inimigas e todos o ouviram gritar:

— A bandeira, camaradas! A bandeira!

Ele se lançou no meio de um grupo de ingleses, caiu, se levantou, desapareceu... para depois reaparecer todo rasgado, o rosto sangrando, mas com a bandeira na mão.

Nesse momento o general, temendo que os vencedores, perseguindo os ingleses, caíssem em alguma armadilha, deu ordem de retirada. Os regulares foram os primeiros a obedecer, levando seus prisioneiros, a guarda nacional em seguida, carregando seus mortos e, fechando a marcha, os voluntários negros em torno da bandeira conquistada.

A cidade inteira se comprimia no porto. Todos queriam ver os vitoriosos, pois, desinformados, os habitantes de Porto Luís achavam ter enfrentado o exército inimigo inteiro, esperando que os ingleses, tão severamente rechaçados, não voltassem mais a atacar. Cada pelotão que passava era brindado com novos aplausos e gritos. Todos estavam orgulhosos, todos eram vencedores; uma euforia geral. A felicidade inesperada faz transbordar o coração, a vantagem inusitada faz a cabeça girar. A população até havia previsto uma resistência, mas não a vitória. Diante de um sucesso tão completo, homens, mulheres, velhos e crianças juraram em uníssono, num só grito, trabalhar nas trincheiras e morrer, se preciso fosse, pela defesa da cidade. Excelentes promessas, é claro, feitas com a melhor das intenções, mas que estavam longe de contar com a chegada de outro regimento, acaso outro regimento chegasse!

No meio de toda aquela aclamação, porém, nada atraía tanto os olhares quanto a bandeira inglesa e o seu portador. Era em torno dele e do troféu que ecoavam exclamações e espantos infindáveis, que os negros espalhafatosamente respondiam, enquanto o próprio Munier, voltando a se mostrar o humilde mulato que conhecemos, com tímida polidez satisfazia as perguntas que lhe eram feitas. De pé ao lado do herói e apoiado na sua espingarda de dois tiros — que não ficara muda durante a ação e tinha a baioneta suja de sangue —, Jacques erguia orgulhoso a cabeça, satisfeito. Georges, que estivera aquele tempo todo no porto, com Telêmaco, conseguindo escapar da vigilância foi se juntar ao pai e apertava com força a sua mão vigorosa, tentando inutilmente conter nos olhos as lágrimas de alegria que rolavam, apesar do esforço em sentido contrário.

A poucos passos deles estava o sr. de Malmédie, não mais bem penteado e engomado como antes, mas com a gravata rasgada, as pregas da camisa em frangalhos, coberto de suor e poeira. Também ele tinha em volta os seus, que o festejavam. Mas eram felicitações dessas que se dirigem a quem acaba de escapar de um perigo e não a consagração que se prodiga ao vencedor. Ele então parecia, no meio de tanta manifestação de carinho, bastante pouco à vontade. Para manter alguma naturalidade, ele perguntava em voz alta pelo filho, Henri, e o negro Bijou. Os dois justamente se aproximavam, abrindo caminho na multidão. Henri o abraçou e Bijou o parabenizou.

Nesse momento, Pierre Munier soube que um companheiro, gravemente ferido a seu lado durante o combate e tendo sido transportado para uma casa no porto, pedia para vê-lo, sentindo estar prestes a morrer. Ele olhou ao redor, procurando Jacques para deixar com ele a bandeira, mas o filho havia encontrado o seu cão malgaxe que, como todos, o festejava. A espingarda de dois tiros fora deixada no chão, o soldado de ainda há pouco voltava a ser menino e, a cinquenta passos dali, rolava na poeira com o cão amigo. Acompanhando toda essa cena, Georges estendeu a mão e disse:

— Deixe-a comigo, pai, tomo conta dela.

Pierre Munier sorriu e, achando que ninguém ousaria roubar o glorioso troféu sobre o qual apenas ele tinha direito, beijou o filho na testa e entregou-lhe a bandeira, que o menino mal conseguia manter de pé, apertando a haste com as duas mãos contra o peito. Depois correu à casa em que a agonia de um dos seus bravos voluntários exigia sua presença.

Georges ficou sozinho, mas instintivamente sabia não estar isolado: a glória paterna o protegia. Radiante de orgulho, apreciou a multidão ao redor. Seu olhar feliz e brilhante encontrou o do menino de gola bordada e ele não pôde deixar de demonstrar seu pouco-caso. O outro, por sua vez, não escondia a inveja, provavelmente se perguntando por que seu pai não havia também conquistado uma bandeira. A interrogação deve tê-lo levado a achar que, não tendo bandeira própria, era preciso tomar aquela. Seguiu então na direção de Georges, que, mesmo tendo notado a intenção hostil, não recuou.

— Dê-me isso — disse Henri.

— Isso o quê? — perguntou Georges.

— Essa bandeira.

— Ela não é sua, é do meu pai.

— E eu com isso? Eu quero!

— Não vai tê-la.

O menino da gola bordada adiantou a mão para pegar o objeto cobiçado. Georges apenas contraiu os lábios, ficou mais pálido ainda do que sempre e recuou um passo. Isso encorajou Henri, para quem bastava querer para ter, como toda criança mimada acredita. Avançou dois passos e, tendo calculado bem a distância, pôs a mão no troféu, gritando forte com sua vozinha raivosa:

— Já disse que quero isso.

— E eu já disse que não — repetiu Georges, empurrando-o com uma das mãos, enquanto a outra prendia ainda contra o peito a haste da bandeira conquistada.

— Ah, mulato miserável, como se atreve a me empurrar? Você vai ver!

Tirando seu pequeno sabre da bainha antes que Georges pudesse fazer qualquer gesto de defesa, ele o acertou com toda a força no alto da cabeça, de onde imediatamente o sangue escorreu.

— Covarde! — Georges exclamou com toda a calma.

Irritado com o insulto, Henri preparava outro golpe quando Jacques, num pulo, apareceu ao lado do irmão e com um violento soco jogou o agressor a dez passos de distância. Depois pegou o sabre que havia caído no chão, quebrou-o em três ou quatro pedaços, cuspiu neles e os jogou em cima do adversário.

O menino da gola bordada é que agora sentia o sangue inundar o seu rosto, mas como resultado de um soco, e não de um golpe de sabre.

Toda essa cena se passou tão depressa que nada puderam fazer o sr. de Malmédie — que, como foi dito, estava a vinte passos dali, a festejar com a família — nem Pierre Munier, que saía da casa em que um combatente negro acabava de expirar. Mas ambos, de onde estavam, viram a catástrofe e ao mesmo tempo correram: Pierre Munier ofegante, preocupado, trêmulo, e o sr. de Malmédie vermelho de raiva, sufocando de orgulho.

Os dois se encontraram diante de Georges.

— O senhor viu o que acaba de acontecer? — inquiriu o gordo chefe de batalhão.

— Infelizmente — respondeu Pierre Munier. — Se eu estivesse aqui isso não teria acontecido.

— Mas não estava — irritou-se o sr. de Malmédie. — E o seu filho ergueu a mão contra o meu. O filho de um mulato teve a audácia de erguer a mão contra o filho de um branco.

— Sinto muito, sr. de Malmédie, e humildemente peço desculpas — balbuciou o pobre pai.

— Pede desculpas? — repetiu o orgulhoso colono, empertigando-se na medida em que o outro se encolhia. — Acha mesmo que isso basta, suas desculpas?

— O que mais posso fazer?

— O que pode fazer? O que pode fazer? — repetiu Malmédie, sem saber, na verdade, o que responder. — Pode mandar chicotear o miserável que bateu no meu Henri.

— Me chicotear? — reagiu Jacques, pegando no chão a espingarda de dois tiros e deixando novamente de ser criança. — Tente fazer isso, sr. de Malmédie.

— Não piore as coisas, Jacques; cale a boca, filho — assustou-se Pierre Munier.

— Tive motivo para fazer o que fiz, pai; então me desculpe, mas não vou me calar. Henri feriu com o sabre meu irmão, que nada havia feito. Por isso dei um soco nele. Ele é que está errado.

— Feriu Georges com o sabre? Meu filho querido? — gritou Pierre, correndo na direção do menino. — É verdade que está ferido?

— Não foi nada, pai.

— Como não foi nada? Está com um corte na testa. Veja! — ele se voltou para o chefe de batalhão. — É verdade o que Jacques está dizendo, seu filho quase matou o meu.

O sr. de Malmédie se virou para Henri e, não havendo como negar o que era evidente, perguntou:

— Vamos, Henri, como tudo isso aconteceu?

— Não foi culpa minha, papai. Só quis pegar a bandeira para o senhor e esse atrevido não quis me dar.

— E por que não quis dar a bandeira a meu filho, seu miseravelzinho? — perguntou Malmédie.

— Porque ela não é do seu filho nem do senhor nem de ninguém mais; essa bandeira é do meu pai.

— E depois, o que aconteceu? — voltou-se Malmédie a Henri.

— Vendo que ele não quis dar, tentei pegá-la. Foi quando esse brutamontes me deu um soco no rosto.

— Foi então como se passaram as coisas?

— Foi, papai.

— É um mentiroso — intrometeu-se Jacques. — E só o acertei quando vi a cabeça do meu irmão sangrando, só por isso.

— Cale-se, infeliz! — exclamou sr. de Malmédie que, indo na direção de Georges, ordenou:

— Entregue essa bandeira.

Em vez de obedecer, Georges deu mais um passo atrás, apertando com força a haste contra o peito.

— Entregue essa bandeira — repetiu o homem em tom de ameaça, mostrando que passaria à atitude extrema se não fosse obedecido.

— Mas, senhor — disse em voz baixa Pierre Munier —, fui eu que tomei dos ingleses a bandeira.

— Sei disso, mas está longe o dia em que um mulato teimará impune diante de alguém como eu. Dê-me essa bandeira.

— No entanto, senhor…

— Eu quero, é uma ordem! Obedeça a seu oficial!

Pierre até pensou em dizer "O senhor não é meu oficial, pois não me aceitou como soldado", mas as palavras não se articularam. A humildade de sempre se impôs à coragem. Com um suspiro, e mesmo que obedecer àquela ordem tão injusta lhe pesasse muito, ele próprio tirou a bandeira das mãos de Georges, sem maiores resistências, e a entregou ao chefe de batalhão, que se foi, levando o troféu roubado.

É algo incrível, estranho e miserável, não acham?, ver um homem de caráter tão rico, tão vigoroso, tão particular ceder com tamanha facilidade a outro tão vulgar, irrelevante, mesquinho, banal e pobre. Mas assim era. E o mais extraordinário é que isso não espantava ninguém, pois em circunstâncias não iguais, mas equivalentes, o mesmo diariamente acontecia nas colônias. Habituado desde a infância a respeitar os brancos como homens de raça superior, Pierre Munier se deixara, ao longo da vida, esmagar por essa aristocracia da cor, e isso o fazia mais uma vez ceder, sem nem mesmo tentar resistir. Há heróis assim, que estufam o peito diante da metralha e dobram os joelhos ante o preconceito. O leão ataca o homem, imagem terrestre de Deus, e dizem que ele foge assustado, ouvindo o canto de um galo.[26]

Georges, que não deixara escapar uma única lágrima quando o seu sangue escorreu, caiu em pranto ao se ver de mãos vazias ao lado do pai, que o olhava com tristeza e sem nem mesmo tentar consolá-lo. Jacques, por sua vez, mordia de raiva os punhos cerrados, jurando um dia se vingar de Henri, do sr. de Malmédie e de todos os brancos.

Apenas dez minutos depois dessa cena que acabamos de narrar, um mensageiro coberto de poeira surgiu avisando que dez mil ingleses se aproximavam pelas planícies Williams e Rio Pequeno. Quase ao mesmo tempo, a vigia do morro da Descoberta assinalou a chegada de uma nova esquadra inglesa que, lançando âncora na baía Rio Grande, desembarcava cinco mil homens em terra firme. Pouco depois, soube-se que o corpo militar derrotado pela manhã se refizera às margens do rio das Latânias e estava pronto para novamente marchar contra Porto Luís, numa operação coordenada com os dois outros grupos invasores que vinham um pela angra Courtois e o outro pelo rio Réduit. Não haveria como resistir a semelhante força e, às poucas vozes desesperadas que se dispunham ao combate, lembrando a promessa de vitória ou morte feita naquele dia mesmo, o comando geral respondeu licenciando a guarda nacional e os voluntários. Declarou, além disso, que pelos plenos poderes outorgados por sua majestade, o imperador Napoleão, ele trataria com os ingleses a rendição da cidade.

Só loucos contestariam tal decisão. Vinte e cinco mil homens cercavam quatro mil. Assim sendo, por determinação do comando geral, todos foram para suas casas, mantendo-se nas ruas apenas a tropa regulamentar.

Na noite de 2 a 3 de dezembro a capitulação foi discutida e assinada. Às cinco da manhã ela já tinha sido aprovada e trocada pelas partes. No mesmo dia o inimigo ocupou os pontos estratégicos e, no dia seguinte, tomou posse da cidade e da baía.

Oito dias depois, de velas enfunadas a esquadra francesa deixou o porto, levando embora todo o efetivo militar, como uma pobre família retirante que deixasse sua casa. Enquanto esteve à vista a última tremulação da última bandeira, a multidão permaneceu no cais, mas depois que a última fragata sumiu cada um se retirou, triste e silencioso. Apenas dois homens permaneceram no cais: o mulato Pierre Munier e o negro Telêmaco.

— Sinhô Munier, nóis vai lá no alto, na montanha. Pudemos ainda vê sinhozinhos Jacques e Georges.

---

26. A fábula de Esopo, "O jumento, o galo e o leão", cita uma tradição antiga de que o leão foge ao ouvir o canto de um galo.

— Tem razão, meu bom Telêmaco. E se não os virmos, veremos ao menos o navio que os leva para longe.

Com a presteza de um jovem, Pierre Munier rapidamente subiu o morro da Descoberta e lá de cima pôde, até o escurecer, pelo menos seguir com os olhos não os filhos — a distância, como era de prever, já se fazia grande demais para isso —, mas a fragata *Bellone*, a bordo da qual tinham sido embarcados.

É verdade; Pierre Munier, por mais que lhe custasse, resolvera enviar os filhos para a França sob a proteção do bravo general Decaen. Jacques e Georges estavam então a caminho de Paris, recomendados a dois ou três dos mais ricos negociantes da capital, com os quais Munier há muito tempo mantinha relações comerciais. O pretexto para a viagem era a educação a ser aprimorada, mas a causa real estava no evidente rancor do sr. de Malmédie contra os dois meninos desde o incidente com a bandeira, rancor que o pobre pai temia, sobretudo, por conhecer bem as características dos seus filhos.

Quanto a Henri, a mãe era ligada demais a ele para se separar. Além disso, para que saber mais? Bastava a certeza de que todo homem de cor nasceu para respeitá-lo e obedecê-lo.

E isso, como vimos, era algo que Henri já sabia.

4. Catorze anos depois

Em Ilha da França, era dia de festa aquele em que se anunciava a proximidade de um navio europeu se preparando para entrar no porto. Isso porque, afastada há muito tempo da pátria mãe, a maioria dos habitantes da colônia aguardava com impaciência notícias dos povos, das famílias ou dos homens do além-mar. Cada um esperava alguma coisa e mantinha fixos, tão distante alcançassem, os olhos naquele mensageiro marítimo que traria a carta de um amigo, o retrato de uma amiga ou, quem sabe, o amigo ou a amiga em pessoa.

O navio, objeto de tanta expectativa e tanta esperança, constituía a efêmera cadeia a unir Europa e África, agindo como a ponte suspensa entre os dois mundos. De forma que notícia nenhuma se espalhava tão depressa por toda a ilha quanto aquela, vinda do alto do morro da Descoberta: "Navio à vista".

Citamos o morro da Descoberta porque, quase sempre forçado a buscar o vento de leste, o navio passava diante de Porto Grande, costeava o litoral a uma distância de duas ou três léguas, dobrava a ponta Quatro Cocos, avançava entre a ilha Pilatos e o Coin-de-Mire para, algumas horas depois, surgir à entrada de Porto Luís. Prevenidos desde a véspera por sinais que haviam atravessado a ilha inteira, os moradores então se aglomeravam no cais para esperar.

Tendo em vista o que dissemos sobre a expectativa com que todo mundo em Ilha da França aguardava notícias da Europa, não se deve estranhar a quantidade de gente que, naquela bela manhã, em fins de fevereiro de 1824, por volta das onze horas, se juntava em todos os pontos de onde fosse possível ver entrar na baía de Porto Luís o *Leicester*, bela fragata de trinta e seis canhões, identificada desde as duas da tarde do dia anterior.

Pedimos que o leitor nos permita apresentar, ou melhor, lembrá-lo de já conhecer dois passageiros a bordo.

Um deles era um homem de cabelos louros, pele clara, olhos azuis, traços regulares, estatura um pouco acima da média e a quem, apesar dos seus quarenta anos de idade, não se daria mais do que trinta ou trinta e dois. Como primeira impressão, nada se notava de extraordinário na sua aparência, mas a impressão não deixava de ser agradável. Se tivéssemos em seguida algum motivo para continuar o exame, notaríamos que seus pés e mãos miúdos eram admiravelmente bem-feitos, o que em todos os países, mas particularmente na Inglaterra, é sinal de boa raça. A voz era clara e pausada, sem qualquer entonação ou, por assim dizer, sem música. Os olhos azul-claros — nos quais se poderia, em circunstâncias habituais da vida, criticar certa falta de expressão — deixavam errar uma atenção límpida, mas que pouco se fixava, parecendo nada querer aprofundar. De vez em quando, porém, ele os piscava como alguém que se cansa da luz do sol, e acompanhava esse piscar uma ligeira abertura dos lábios, deixando então que se notasse uma dupla fileira de dentes bem alinhados, brancos como pérolas. Era quase um cacoete, que parecia tirar do seu olhar a pouca expressão que tinha. Um exame mais acurado, contudo, mostrava ser nesse momento que a visão, profunda e rápida, dardejava um raio vivo entre as duas pálpebras, que se aproximavam, e buscava, até nas profundezas da alma, o pensamento do interlocutor. Quem o via pela primeira vez raramente deixava de considerá-lo uma nulidade, e ele sabia ser essa a opinião que a maior parte das pessoas superficiais guardava dele. Por cálculo ou indiferença, nosso personagem quase sempre deixava que pensassem assim, sabendo poder demonstrar o contrário quando bem quisesse ou quando viesse o momento certo. Esse exterior falaz escondia uma sensibilidade singularmente profunda, como muitas vezes duas polegadas de neve podem esconder um precipício de mil pés. Assim, consciente da sua superioridade em quase todo tipo de coisa, ele pacientemente esperava que chegasse a hora de triunfar. Quando encontrava num pensamento oposto ao seu, e na pessoa que encarnava esse pensamento, uma disputa interessante, ele investia na conversa que, até aquele momento, fora deixada vagar por caprichosos meandros. Pouco a pouco ele se animava, se avultava e crescia. A voz aguda e os olhos inflamados secundavam perfeitamente sua palavra viva, incisiva, matizada, ao mesmo tempo sedutora e grave, brilhante e positiva. Se tal oportunidade não surgisse, não o incomodava ser visto pelas pessoas em volta como alguém sem maiores relevâncias. Não que lhe faltasse amor-próprio, pelo contrário, tinha um orgulho quase excessivo em determinadas coisas. Tratava-se simplesmente de uma atitude que ele se impunha e da qual não abria mão. Sempre que uma posição errada, um pensamento equivocado, uma vaidade ilegítima, um ridículo qualquer procurava se impor, a extrema fineza do seu raciocínio logo externava um sarcasmo incisivo, uma irrisão. Mas esse tipo de extravasamento era na mesma hora abafado e, caso não conseguisse conter muito bem tal manifestação, ele disfarçava no habitual piscar dos olhos a zombaria que eventualmente tivesse escapado, sabendo que a melhor maneira de tudo ver e tudo ouvir é se fazendo de cego e surdo. É possível que tivesse até querido, como Sisto V,[27] passar por paralítico, mas como isso o forçaria a uma longa e cansativa dissimulação, desistiu.

---

27. Felice Peretti (1521-90), papa a partir de 1585, da ordem franciscana. Considerado grande administrador, modernizou o Estado pontifical e promoveu importante reforma urbanística em Roma. Nada parece confirmar a sua paralisia, falsa ou não.

O outro era um rapaz pardo, pálido, com cabelos longos e escuros. Os olhos, que eram grandes, admiravelmente amendoados e aveludados, revelavam à primeira vista notável firmeza de personalidade, encoberta por aparente candura que, no entanto, se devia apenas a uma constante preocupação. Caso ele se irritasse, coisa muito rara, pois toda a sua organização parecia seguir uma forte moralidade e não instintos físicos, nos seus olhos brilhava uma chama interior, lançando lampejos que pareciam vir do fundo da alma. Às linhas do rosto, mesmo que clássicas, até certo ponto faltava regularidade, e sua testa, harmoniosa apesar de vigorosa e reta, apresentava uma leve cicatriz, quase imperceptível na habitual tranquilidade do rapaz, mas que se realçava, com um tom mais claro, quando o sangue lhe subia às faces. Um bigode, preto como os cabelos, regular como os supercílios, disfarçava a boca de lábios fortes e com admirável dentição. O aspecto geral da fisionomia era grave. Pelas rugas da testa, pelo franzido quase permanente das sobrancelhas, pelas formas severas de todos os seus traços, podia-se reconhecer naquele jovem uma reflexão profunda, com decisões inabaláveis. Por isso tudo, ao contrário do companheiro de traços embaciados e que, tendo quarenta anos, parecia ter trinta ou trinta e dois, o pardo, com apenas vinte e cinco, dava a impressão de ter quase trinta. No referente ao restante da aparência, era de talhe médio, mas bem-proporcionado. Os membros talvez parecessem frágeis, mas sentia-se que, animados por alguma emoção, uma violenta tensão supriria a força. Por outro lado, a natureza o favorecera com agilidade e destreza que amplamente compensavam o que faltava de grosseiro vigor. No mais, apresentando-se quase sempre com elegante simplicidade, naquele momento ele vestia calça, colete e sobrecasaca que visivelmente vinham dos mais talentosos alfaiates de Paris. Na lapela da sobrecasaca se viam, fixadas com elegante descuido, as fitas da Legião de Honra e de Carlos III.[28]

Os dois passageiros tinham se encontrado a bordo do *Leicester*, um embarcado em Portsmouth e o outro em Cádiz. Logo de início, perceberam já terem se visto em salões de Londres ou Paris, nos quais todo mundo se vê. Cumprimentaram-se então como conhecidos, mas sem maiores aproximações, já que não tinham sido formalmente apresentados, ambos contidos por essa aristocrática reserva das pessoas que seguem as convenções e hesitam, mesmo em circunstâncias particulares da vida, deixar de lado as regras impostas pela etiqueta. Mas o isolamento a bordo, a estreiteza do espaço em que diariamente se cruzavam e a afinidade natural entre duas pessoas da boa sociedade instintiva e mutuamente os aproximaram. Primeiro trocaram al-

28. Fitas representativas dessas ordens honoríficas. A primeira, instituída em 1802 na França, notabiliza pessoas que prestaram "serviços eminentes" à Nação. A segunda, do rei Carlos III da Espanha, criada em 1771, homenageia pessoas que "pela virtude e mérito" serviram à Espanha.

gumas palavras insignificantes e depois as conversas foram ganhando mais consistência. Em poucos dias, cada qual reconhecia no companheiro um indivíduo superior, ambos contentes por semelhante encontro numa viagem com duração de, pelo menos, três meses. Enfim, na expectativa de relações até mais profundas, estabeleceu-se esse tipo de amizade casual que, sem raízes no passado, pode se tornar uma distração no presente sem, nem por isso, se comprometer no futuro. E naqueles longos fins de tarde equatorianos, naquelas belas noites tropicais, os dois tiveram tempo bastante para se conhecerem melhor, percebendo que em termos de arte, de ciências e de política, por análise ou por experiência própria sabiam tudo que cabe ao homem saber. O tempo todo, naquela longa viagem, os dois estiveram frente a frente como dois lutadores de força igual. Uma única vantagem em certo momento se impôs. Foi por ocasião de uma borrasca, ao dobrarem o cabo da Boa Esperança, quando o capitão do *Leicester* fora levado sem sentidos à cabine, ferido pela queda de uma verga. Estando o imediato doente, sem poder assumir o comando, com a firmeza de alguém habituado a isso e os conhecimentos de um marinheiro consumado o passageiro de cabelos louros tomou o porta-voz e ordenou uma série de manobras, graças às quais a fragata escapou da tormenta. Passado o pior, sua expressão, que por um momento resplandecera esse orgulho sublime que sobe ao rosto de toda criatura humana em luta contra o seu Criador, retomou a expressão habitual. A voz, cujo timbre repercussivo se fizera ouvir acima de trovões e rugidos da tempestade, voltou ao diapasão de sempre. Para terminar, com um gesto tão simples quanto haviam sido poéticos e exaltados os anteriores, ele devolveu a um oficial o porta-voz, que é o cetro do capitão no navio, símbolo do absoluto comando.

Enquanto tudo isso acontecia, precisemos que no semblante calmo do passageiro pardo teria sido impossível discernir qualquer traço de nervosismo. No entanto ele observava, sem poder disfarçar certa inveja, forçado a reconhecer inferioridade diante de um companheiro com o qual, até então, se sentia em pé de igualdade. Passado o perigo, e voltando a se verem lado a lado, ele se limitou a perguntar:

— Então foi capitão de navio, milorde?

— Sim — respondeu singelamente quem recebia o honroso título. — Cheguei inclusive ao posto de comodoro, mas há seis anos estou na diplomacia. Diante do perigo, recordei o antigo ofício.

Não falaram mais daquela ocorrência, mas era visível que o mais jovem se sentia humilhado diante da superioridade que o companheiro, de modo tão inesperado, havia adquirido. Superioridade que teria passado despercebida se aquele episódio não a tivesse provocado.

A pergunta que mencionamos — e a sua resposta — mostram que os dois passageiros não haviam trocado, durante os três meses que passaram juntos, nenhuma informação sobre as respectivas situações sociais. Reconheciam-se irmãos pela inteligência, e isso bastava. Sabiam que o destino de viagem, para ambos, era Ilha da França, e de mais não precisavam.

Aliás, os dois pareciam igualmente impacientes em chegar, pedindo para serem avisados assim que a ilha fosse avistada. Para o jovem de cabelos escuros isso nem mesmo foi necessário, pois ele estava no convés, apoiado na grinalda da popa, quando o marinheiro de vigia soltou o grito, tão contundente mesmo para homens do mar: "Terra à vista!".

Ouvindo, o companheiro de cabelos louros apareceu no alto da escada e, indo na direção do jovem com passadas mais rápidas que as de costume, se pôs a seu lado.

— E então, milorde? — cumprimentou o mais moço. — Afinal chegamos, pelo menos é o que dizem. No entanto, por mais que vasculhe o horizonte, confesso ver apenas uma espécie de vapor, que pode perfeitamente ser uma bruma flutuando no mar e não uma ilha com raízes no fundo do oceano.

— Posso imaginar — respondeu o outro. — Apenas o olho do marinheiro consegue distinguir com certeza, sobretudo a tal distância, o que é água e o que é céu, o que é terra e o que é nuvem. Como velho filho do mar — ele acrescentou, piscando os olhos —, vejo nossa ilha, com todos os seus contornos; diria inclusive todos os seus detalhes.

— É mais uma superioridade que reconheço em milorde — devolveu o jovem. — No entanto, para acreditar, precisaria que a própria ilha o confirmasse.

— Pegue então esta luneta, enquanto a olho nu descreverei o litoral. Isso basta?

— Bem sei que milorde é um homem acima da média — respondeu o incrédulo. — Acredito no que disser sem necessidade de qualquer prova, mas aceito a luneta para satisfazer não só a curiosidade, mas a ansiedade do coração.

— Ah, vejo que os ares da terra já causam algum efeito, está se tornando lisonjeiro — riu-se o homem de cabelos louros.

— Lisonjeiro? — reagiu o jovem. — Milorde se engana. O *Leicester*, posso garantir, faria mais de uma viagem de um polo a outro, e daria mais de uma vez a volta ao mundo, sem que se visse em mim tal mudança. Não estou lisonjeando, milorde. Apenas agradeço a graciosa atenção, quando não a amizade, atrevo-me a dizer, que concedeu a um pobre desconhecido como eu ao longo dessa interminável viagem.

— Meu caro colega de bordo — respondeu o inglês, estendendo a mão —, tanto para o senhor quanto para mim espero que só consideremos desconhecidos, no mundo inteiro, os ordinários, os tolos e os patifes. Tal como espero que consideremos todo homem superior um parente próximo, onde quer que o encontremos. Dito isso, deixemos de lado os cumprimentos. Pegue essa luneta e observe, pois avançamos tão depressa que em pouco tempo minha pequena demonstração geográfica deixará de ter qualquer mérito.

O pardo levou a luneta ao olho.

— Está vendo bem? — perguntou o inglês.

— Perfeitamente.

— Vê, então, na extrema direita, isolada em pleno mar e parecendo um cone, a ilha Redonda?

— Muito claramente.

— Vê, aproximando-se de nós, a ilha Chata, junto à qual está passando, nesse momento, uma embarcação que parece ser, pelo perfil, um brigue de guerra? No final do dia estaremos onde ele está e passaremos por onde ele passa.

O rapaz abaixou a luneta e tentou ver a olho nu aquilo que o companheiro distinguia com tamanha facilidade e ele mal enxergava, mesmo com o instrumento de que dispunha. Com um sorriso de espanto, exclamou:

— É incrível!

E levou de volta a luneta ao olho.

— Está vendo o Coin-de-Mire? — continuou o inglês. — Daqui, podemos confundi-lo com o cabo Infeliz, de tão triste e poética memória. Percebe o pico do Bambu e, mais atrás, a montanha de Faiança? Vê a montanha de Porto Grande e, à esquerda, o outeiro dos Crioulos?

— Sim, claro, vejo bem e reconheço todos esses picos. Esses cumes são da minha infância, estão em minha memória como a religião. Mas o senhor, então — deu-se conta o jovem, encaixando uns nos outros, com a palma da mão, os três tubos da luneta —, não é a primeira vez que visita essa região. Na descrição que deu, a lembrança parece contar mais do que a geografia.

— É verdade — sorriu o inglês —, vejo não haver como manter meu charlatanismo. Sim, já estive neste litoral e falo um pouco de memória, mesmo que as lembranças deixadas não sejam tão boas quanto as do senhor. De fato, vim numa época em que provavelmente éramos inimigos, caro companheiro, há catorze anos.

— Foi exatamente quando deixei a Ilha da França — respondeu o jovem de cabelos pretos.

— Estava aqui por ocasião da batalha naval de Porto Grande? Por orgulho nacional eu nem deveria falar disso, já que fomos humilhantemente derrotados.

— Por favor, milorde, fale — interrompeu o jovem. — Tantas vezes aconteceu o contrário que os senhores ingleses podem até com orgulho confessar uma derrota.

— Pois foi naquela ocasião que estive aqui, servindo na Marinha.

— Como aspirante, imagino.

— Era tenente de fragata.

— Mas nessa época milorde devia ser uma criança!

— Que idade me dá?

— Perto da minha, imagino. Deve ter uns trinta anos.

— Pois estou completando quarenta — sorriu o inglês. — Como disse ainda há pouco, o senhor está num dia de lisonjas.

Surpreso, o jovem olhou prestando mais atenção e viu, por ligeiras rugas no ângulo dos olhos e nos cantos da boca, que o companheiro de fato podia ter a idade que dizia ter e de forma alguma aparentava. Depois, abandonando a averiguação para voltar à pergunta feita:

— Sim, com certeza me lembro dessa batalha e de outra, mas que ocorreu no extremo oposto da ilha. Milorde esteve em Porto Luís?

— Não, conheço apenas este lado do litoral. Fui gravemente ferido no combate de Porto Grande e levado prisioneiro para a Europa. Desde então não voltei aos mares da Índia, onde provavelmente estarei agora por muito tempo.

Depois, como se essa troca de palavras tivesse despertado íntimas lembranças em ambos, eles instintivamente se afastaram em seus devaneios próprios, um na proa, o outro junto à barra de direção.

No dia seguinte, depois de dobrar a ilha de Âmbar e passar, na hora prevista, junto à ilha Chata, a fragata *Leicester* apareceu, como indicamos no início deste capítulo, à entrada da baía de Porto Luís, diante da multidão que aguardava todo navio europeu.

Havia, porém, multidão ainda maior, pois as autoridades locais esperavam o novo governador, que, no momento em que o navio passava pela ilha dos Tanoeiros, se apresentara no convés em uniforme de gala de oficial general. Só então o rapaz de cabelos pretos teve conhecimento não só do cargo político do companheiro de viagem quanto do seu título aristocrático.

De fato, o inglês de cabelos louros era ninguém menos do que Lord Williams Murrey, membro da câmara alta que, depois de ser oficial da Marinha e embaixador, fora nomeado governador de Ilha da França por Sua Majestade britânica.

O leitor deve nele reconhecer aquele jovem tenente brevemente visto a bordo do *Nereida*, caído ao lado do seu tio, o capitão Villougby, ferido por um estilhaço de metralha. No capítulo em questão, mencionamos não só sua recuperação como também seu futuro ressurgimento como um dos principais personagens da nossa história.

No momento de se despedir, Lord Murrey disse ao companheiro de bordo:

— Dentro de três dias vou dar um grande jantar para as autoridades da ilha. Gostaria que me desse a honra de estar entre os convidados.

— Com todo prazer, milorde. Sendo assim, é preciso que eu, por minha vez, diga quem sou...

— Anuncie-se chegando à recepção. Então saberei quem é. Até lá, sei o que vale e é só do que preciso.

Com um adeus e um sorriso, o novo governador desceu ao escaler de honra na companhia do capitão e, distanciando-se rapidamente do brigue graças à força de dez bons remadores, logo desembarcou junto à fonte Cão de Chumbo.

Soldados em formação apresentaram armas, tambores bateram, os canhões do forte e da fragata se fizeram ouvir ao mesmo tempo. Generalizadas aclamações “Viva Lord Murrey!” alegremente deram boas-vindas ao novo governador, que, depois de saudar os que produziam tão honrosa recepção, se encaminhou ao palácio com as principais autoridades da ilha.

No entanto, aqueles homens que festejavam a chegada do representante de Sua Majestade britânica e o aplaudiam eram os mesmos que, tempos antes, haviam chorado a partida dos franceses. É verdade que catorze anos tinham se passado. Parte da geração antiga desaparecera e a nova guardava alguma lembrança dos tempos anteriores apenas por ostentação, como se guardam alvarás de títulos nobiliárquicos. Catorze anos haviam passado, dissemos, tempo mais do que suficiente para que caia no esquecimento a morte de um melhor amigo ou para quebrar uma promessa feita. Tempo mais do que suficiente, enfim, para matar, enterrar e desbatizar um grande homem ou uma grande nação.

5. O filho pródigo

Todos os olhares haviam seguido Lord Murrey até o Palácio do Governo, mas quando a porta se fechou atrás dele e de todos que o acompanhavam esses olhares se voltaram para o navio.

Naquele momento, o jovem de cabelos pretos desembarcava, e a curiosidade geral, tendo perdido o governador, se concentrou ali. De fato, todos haviam visto Lord Murrey falar muito cordialmente com ele e apertar sua mão. Com a rapidez de sempre, a multidão decidiu ser, aquele desconhecido, algum jovem fidalgo francês ou inglês. E isso logo se tornou verdadeira certeza quando repararam nas fitas que ele exibia à lapela. Uma delas, é preciso dizer, era menos comum naquela época do que hoje em dia.[29] Os moradores de Porto Luís puderam examinar à vontade o recém-chegado, pois ele, depois de atentamente perscrutar o cais, parecendo procurar algum amigo ou parente, esperou à beira-mar que os cavalos — a maioria pertencente ao governador — fossem desembarcados. Terminada essa operação, um criado de pele morena, vestido como os mouros africanos e com quem o estranho havia trocado algumas palavras numa língua desconhecida, arreou dois deles à maneira árabe. Os animais não podiam ser montados, pois tinham as pernas inseguras, dada a longa imobilidade de que saíam. Conduzindo-os pelas rédeas, ele seguiu o jovem patrão, que já tomava uma rua, ainda olhando em volta como se pudesse de repente surgir, no meio de toda aquela gente, um rosto amigo.

Entre os grupos que aguardavam o navio, num local que caracteristicamente é conhecido como ponta dos Mentirosos, se destacava um que tinha no centro um homem gordo, de cinquenta ou cinquenta e cinco anos, cabelos grisalhos, traços vulgares, voz espalhafatosa, costeletas indo até os cantos da boca, cortadas em ponta, e um rapaz forte, de vinte e cinco ou vinte e seis anos. O mais velho trajava sobrecasaca de merino marrom, calça de algodão amarelo e colete branco de piquê. A gravata era enfeitada com bordados nas beiradas e, à camisa, se acrescentava um peitilho comprido e rendado. O mais moço tinha traços um pouco mais acentuados, mas era tão pareci-

29. Observe-se que Dumas foi condecorado cavaleiro da Legião de Honra da França em 1837.

do com o primeiro que obviamente os mais próximos laços de parentesco os ligavam. Usava um chapéu cinza, um fular de seda displicentemente jogado em volta do pescoço, colete e calça brancos.

— Veja só, um belo estrangeiro — disse o homem gordo, admirando o estranho que, naquele momento, passava bem perto. — Aconselho que mães e maridos vigiem esposas e filhas caso ele permaneça algum tempo em nossa ilha.

— E um belo cavalo — acrescentou o mais moço, levando um monóculo ao olho. — Puro-sangue, se não me engano. O que há de mais árabe, arabíssimo.

— Conhece o cavalheiro, Henri? — perguntou o gordo.

— Não, meu pai; mas se ele quiser vender o cavalo, sei quem pagaria mil piastras por ele.

— Henri de Malmédie, não é mesmo, filho? E se o cavalo o agrada, por que não satisfazer o capricho? Você pode, é rico.

O forasteiro provavelmente ouviu a proposta de Henri e a aprovação do pai, pois uma contração de desprezo moveu sua boca e ele, com soberba, lançou aos dois um olhar de certa forma ameaçador. Depois, tendo-os reconhecido e se sabendo incógnito, seguiu seu caminho, murmurando para si mesmo:

— Mais uma vez eles, sempre eles!

— O que veio fazer aqui esse almofadinha? — perguntou o sr. de Malmédie às pessoas em volta.

— Não sei dizer, pai — adiantou-se Henri —, mas a primeira vez que o virmos, se ele nos olhar como olhou agora, garanto que vou perguntar.

— Fazer o quê, filho? — disse o outro, com ares de quem lamentava o estrangeiro. — O pobre rapaz não sabe quem somos.

— Pois haverei então de mostrar — murmurou Henri.

Enquanto isso, o culpado pelo olhar de desprezo que havia causado esse ameaçador diálogo, sem parecer se preocupar com as reações geradas e indiferente ao efeito produzido, continuou seu caminho na direção da muralha de proteção da cidade. Antes de terminar a travessia do jardim da Companhia, chamaram sua atenção algumas pessoas junto a uma pequena ponte que ia do jardim ao pátio de uma casa de bela aparência. Nesse pátio se via uma bela jovem de quinze ou dezesseis anos que o estrangeiro, homem sem dúvida ligado às artes e apreciador do que é belo, parou para melhor observar. Mesmo estando junto à entrada de casa, a jovenzinha, que devia pertencer a uma das mais ricas famílias da ilha, tinha a seu lado uma governanta europeia — provavelmente inglesa, tendo em vista os compridos cabelos louros e a transparência da pele. Um preto, de cabeça já grisalha, trajando casaco e calça feitos num brilhoso tecido branco, se mantinha atento, pronto para obedecer a qualquer ordem que porventura lhe fosse dada.

Como o contraste realça todo tipo de coisa, a beleza que dissemos maravilhosa parecia ainda maior graças à feiura de um personagem que estava de pé, mudo e parado à frente da jovem, tentando dar prosseguimento a uma negociação em torno de um desses encantadores leques em estreitas lascas de marfim, finos e frágeis como um rendado.

De fato, falava com ela um indivíduo de ossos salientes, pele amarela, olhos repuxados e um amplo chapéu de palha do qual escapava, como amostra do cabelo que talvez cobrisse a cabeça ali abrigada, uma trança a se prolongar até o meio das costas. Vestia calça de algodão azul que não chegava às canelas e uma camisa do mesmo tecido, indo até a metade das coxas. No chão descansava um bambu de dois metros, com um cesto preso a cada ponta. Esse duplo peso, quando o bambu se apoiava pela metade nos ombros do vendedor, fazia a comprida vara curvar como um arco. Naqueles cestos se escondiam mil bugigangas que, tanto nas colônias como na metrópole, nas lojas ao ar livre de comerciantes dos trópicos, assim como nas elegantes butiques de Alphonse Giroux e Susse,[30] levam à loucura adolescentes e, às vezes, também as mães. Bem, como dissemos, a bela crioula, entre todas aquelas maravilhas espalhadas numa esteira a seus pés, se mostrava interessada por um leque em que se viam casas, pagodes e palácios inverossímeis, cães, leões e pássaros fantásticos, quer dizer, mil reproduções de pessoas, edifícios e animais que não existiram fora da extravagante imaginação de habitantes de Cantão e de Pequim.

Ela perguntava, simplesmente, o preço daquele leque.

E é onde se encontrava a dificuldade. O chinês, desembarcado há poucos dias, não sabia uma palavra de francês, inglês ou italiano, ignorância que se revelava por seu silêncio diante da pergunta que lhe fora dirigida nas três línguas. Tal ignorância era inclusive já bem conhecida na colônia, fazendo com que o tal morador das margens do rio Amarelo[31] fosse conhecido em Porto Luís como Miko Miko, as duas palavras que ele gritava percorrendo as ruas da cidade com seu comprido bambu e os cestos dependurados num ou noutro ombro, e que provavelmente significavam: "Comprem, comprem". Sua prática, então, se resumia a simples e puras tentativas de comunicação por gestos e sinais. Como nossa bela adolescente nunca tivera a oportunidade de estudar de forma mais aprofundada a língua do padre de l'Épée,[32] ela se via na perfeita impossibilidade de compreender Miko Miko e por ele ser compreendida.

30. A loja de marcenaria de Alphonse Giroux, em Paris, ativa nas sete primeiras décadas do século XIX, vendia também curiosidades, papelaria fina, desenhos e gravuras. A Irmãos Susse, fundada em 1758, também em Paris, de início dedicada ao ramo de papelaria e objetos afins, ganhou importância como oficina de fundição e existe como tal ainda nos dias de hoje.

31. O segundo maior rio da China, com vales férteis e jazidas minerais.

32. Charles-Michel de l'Épée (1712-89), um dos precursores da linguagem por sinais usada por surdos e mudos.

Foi nesse momento que o desconhecido se aproximou e disse:

— Queira me desculpar, senhorita, mas vendo a dificuldade em que se encontram, atrevo-me a oferecer ajuda. Posso de alguma forma ser útil e servir de intérprete?

— Ah, cavalheiro! — respondeu a governanta, enquanto as faces da adolescente se tingiam com uma camada do mais belo carmim —, a srta. Sara e eu há dez minutos esgotamos toda a nossa ciência filológica sem conseguirmos que esse homem nos entenda. Tentamos o francês, o inglês e o italiano sem lograr qualquer resposta.

— Quem sabe o cavalheiro conhece alguma língua que esse homem entenda, amiga Henriqueta — sugeriu a jovem. — Gostaria muito de adquirir este leque, e se o cavalheiro puder me dizer o preço, estará me fazendo um grande favor.

— Mas é impossível, esse homem não fala língua nenhuma — desanimou-se a amiga Henriqueta.

— Talvez fale a do país onde nasceu — sugeriu o desconhecido.

— Com certeza, mas ele nasceu na China; e quem falaria chinês?

O estrangeiro sorriu e, virando-se para o vendedor, articulou algumas palavras incompreensíveis.

Em vão tentaríamos descrever o espanto que se exprimiu no rosto do pobre Miko Miko quando sons da língua materna soaram em seus ouvidos como a reverberação de uma música distante. Ele deixou cair o leque que segurava e, de olhos fixos e boca escancarada, se aproximou de quem acabava de falar, pegou sua mão e a beijou repetidas vezes. Em seguida, como a pergunta voltou a ser feita, ele afinal respondeu, mas com uma expressão no olhar e uma entonação na voz que formavam um dos mais bizarros contrastes que se possa imaginar, pois da aparência mais emocionada e sentimental do mundo ele friamente partiu ao preço do leque.

— São vinte libras esterlinas, senhorita — anunciou o tradutor à jovem. — Mais ou menos noventa piastras.

— Mil vezes obrigada! — respondeu Sara, ruborizando novamente.

A seguir, voltando-se para a governanta, completou, em inglês:

— Não é uma sorte incrível, amiga Henriqueta, que o cavalheiro fale a língua desse homem?

— É sobretudo muito surpreendente — respondeu a amiga Henriqueta.

— No entanto, trata-se de algo bem simples, senhoras — respondeu o estrangeiro, também em inglês. — Minha mãe morreu antes dos meus três meses de idade e tive como ama de leite uma pobre mulher da ilha de Formosa que trabalhava em nossa casa. Sua língua foi então a primeira que balbuciei. Apesar de não ter tido muitas ocasiões de usá-la, guardei, como puderam ver, algumas palavras. E isso me deixará feliz para sempre, pois graças a uns poucos vocábulos pude prestar este pequeno favor.

Depois, depositando na mão do chinês uma moeda de ouro, e chamando seu criado, ele se despediu com perfeita urbanidade da senhorita Sara e da "amiga Henriqueta".

Seguiu pela rua de Moka. Com uma milha de caminhada na direção de Pailles, chegando ao pé do monte da Descoberta, ele de repente parou e ficou olhando com atenção um banco a meia-altura do morro. Bem no meio desse banco e perfeitamente imóvel, com as mãos descansando nos joelhos e olhos fixos no mar, estava sentado um velho. Por um instante o rapaz pareceu hesitar, mas logo depois, totalmente seguro, murmurou:

— É ele mesmo. Meu Deus, como está mudado!

Com todo o cuidado olhou por mais um momento e em seguida tomou um caminho pelo qual poderia chegar até lá sem ser visto. Conseguiu o que queria, mas tendo parado e levado a mão ao peito duas ou três vezes, como se precisasse acalmar uma emoção forte demais.

O velho não se moveu com a aproximação do estranho, parecendo nem sequer ter ouvido o barulho dos seus passos. O que não era verdade, pois assim que o desconhecido se sentou ele virou a cabeça em sua direção, timidamente o cumprimentou e se levantou, querendo se afastar.

— Por favor, não se incomode por minha causa — disse o rapaz.

O velho voltou a se sentar, não mais no meio do banco, mas numa ponta.

Houve um momento de silêncio. O velho olhava para o mar e o recém-chegado o olhava. Passados cinco minutos de muda e profunda contemplação, o rapaz tomou a iniciativa:

— O senhor provavelmente não estava aqui quando o *Leicester* ancorou no porto, há coisa de uma hora e meia.

— Estava sim, cavalheiro — respondeu o velho, num tom em que se confundiam humildade e surpresa.

— Não se interessa nem um pouco por esse navio que veio da Europa?

— Por que acha isso, cavalheiro? — perguntou o velho, cada vez mais espantado.

— Caso se interessasse teria ido ao porto, como todo mundo.

— O senhor se engana — explicou melancólico o homem, balançando a cabeça encanecida. — Pelo contrário, tenho mais interesse do que qualquer um. Sempre que chega um navio, não importa de qual país, há catorze anos venho ver se traz uma carta dos meus filhos ou, quem sabe, eles próprios. Como me cansa ficar tanto tempo de pé, desde cedo venho me sentar aqui, neste mesmo banco de onde os vi partir. Passo o dia inteiro, até que todos tenham ido embora, junto com toda esperança para mim.

— E por que não desce até o porto? — perguntou o estranho.

— Fiz isso nos primeiros anos, mas descobria o resultado muito depressa. Como a decepção foi ficando mais difícil, acabei adotando este lugar e envio meu criado Telêmaco até lá. Assim a esperança dura mais. Se ele vier rápido, talvez seja para anunciar a chegada dos meninos. Se demorar, talvez esteja esperando uma carta. Mas quase sempre ele vem de mãos vazias. Então me levanto e vou embora, da mesma maneira que vim. Volto para uma casa deserta e passo a noite tentando me convencer: "Será no próximo navio".

— Pobre pai! — murmurou o rapaz.

— Está com pena de mim? — surpreendeu-se o velho.

— Com certeza.

— Não sabe o que sou?

— Sei que é um homem, um homem que sofre.

— Sou mulato — acrescentou o velho em voz baixa, profundamente humilhado.

Um forte rubor cobriu as faces do jovem.

— Eu também, senhor.

— O cavalheiro? — exclamou o velho.

— Sem dúvida.

— O senhor é mulato? — o homem parecia não acreditar, vendo as fitas vermelha e azul na sobrecasaca do desconhecido. — O senhor, mulato? Nesse caso, sua indulgência não me espanta mais. Imaginei que fosse branco, mas sendo um homem de cor tudo muda; é um amigo, um irmão.

— Sim. Um amigo, um irmão — disse o jovem, estendendo as duas mãos ao velho.

Em voz baixa e com indefinível ternura no olhar, ele acrescentou baixinho:

— E talvez ainda mais do que isso.

— Então posso tudo dizer ao senhor — continuou o velho. — Sinto que me fará bem falar da minha dor. Imagine, cavalheiro, que tenho, ou melhor, tive, pois só Deus sabe se vivem ainda, tive dois filhos, dois filhos que eu amava como ama um pai; um deles, sobretudo.

O desconhecido estremeceu e se aproximou mais.

— Isso o surpreende, não é, que eu diferencie as crianças e prefira uma? — continuou o velho. — É coisa que não se faz, bem sei. Injusto, confesso; minha desculpa é que o menor era mais fraco.

O jovem levou a mão à testa e, aproveitando que o velho ainda olhava o mar, envergonhado com a confissão, enxugou uma lágrima.

— Ah, se os tivesse conhecido compreenderia — continuou o pai. — Não que Georges, ele se chamava Georges, não que Georges fosse mais bonito... Pelo contrário, o irmão, Jacques, era bem mais. Mas naquele pobre corpinho havia uma força tão inteligente, ardente e firme... Tenho certeza de que se eu o tivesse inscrito no colégio de Porto Luís, com apenas seus doze anos ele logo superaria todos os colegas.

Os olhos do velho brilharam de orgulho e satisfação, mas a mudança se apagou com a rapidez de um raio, voltando o seu olhar a ter uma expressão vaga, lamentosa e baça. Ele acrescentou:

— Não pude matriculá-lo no colégio daqui, criado para crianças brancas, pois somos mulatos.

Foi a vez de a fisionomia do jovem se acender, passando por seu rosto algo como uma chama de indignação e de selvagem raiva.

O velho continuou, sem notar a reação:

— Por isso os enviei para a França, na esperança de que a educação acalmasse a tendência errática do mais velho e domasse a personalidade íntegra demais do caçula. Pelo visto Deus não aprovou minha decisão, pois numa viagem que fez a Brest Jacques acabou embarcando num corsário.[33] Desde então, apenas três vezes tive notícia dele, de três lugares diferentes e distantes uns dos outros. E Georges, por sua vez, deixou crescer nele aquele gérmen de inflexibilidade que tanto me assustava. Suas cartas foram mais frequentes, ora na Inglaterra, ora no Egito, ora na Espanha, pois também viajou bastante. Mas mesmo que fossem muito bonitas, devo dizer que não me atrevia a mostrá-las a ninguém.

— Nenhum dos dois nunca falou em voltar?

— Nunca, e sabe Deus se um dia ainda os verei. Seria o dia mais feliz da minha vida, mas nunca pedi que voltassem. Se continuam onde estão, é por se sentirem mais felizes do que estariam aqui. Se não têm necessidade de rever o velho pai, devem ter encontrado por lá pessoas das quais gostam mais. Que seja como for melhor para eles, sobretudo se isso os levar à felicidade. Sinto muita falta dos dois, principalmente de Georges; é quem mais lamento que nunca fale em voltar.

— Ele talvez não fale por querer dar ao senhor o prazer da surpresa, fazendo-o terminar feliz um dia iniciado na expectativa — disse o estranho, com um tom no qual inutilmente tentava refrear a emoção.

— Quem dera! — exclamou o velho, levando olhos e mãos ao céu.

— É possível — continuou o rapaz, com a voz cada vez mais embargada — que ele queira chegar sem ser reconhecido e ter o prazer da presença, do amor e das bênçãos paternas.

— Ah, e como eu não o reconheceria?

— No entanto — exclamou o jovem, sem poder mais conter o sentimento que o sufocava —, não me reconheceu, pai!

— O senhor?... Você?... Você?... — sufocava também o velho, arregalando os olhos, tremendo de cima a baixo, com a boca entreaberta, num sorriso de dúvida.

Em seguida, balançando a cabeça, concluiu:

— Não é verdade. Há de fato alguma semelhança, mas ele não seria tão grande e bonito quanto o senhor. É um menino, e o senhor um homem-feito.

33. A palavra, ainda dicionarizada nesse sentido, designava navios civis que gozavam de beneplácito do Estado para praticar o "corso", atacando e saqueando navios e cidades de países inimigos. Uma espécie de marinha paramilitar, se diria hoje.

— Sou eu, pai, eu mesmo. Olhe bem! Catorze anos se passaram desde que nos vimos pela última vez. Tenho agora vinte e seis anos! Se mesmo assim não acreditar, veja esta cicatriz na minha testa, é do corte causado por Henri de Malmédie no dia em que o senhor tão gloriosamente conquistou a bandeira inglesa. Vamos, abra os braços, pai. Com um abraço não duvidará mais de que eu seja o seu filho.

Dizendo isso, o jovem apertou contra si o velho, que não sabia se olhava para ele ou para o céu, sem acreditar em tamanha felicidade e só se decidindo a aceitar o abraço depois de ouvir, pela vigésima vez, que de fato era Georges.

Nesse momento, Telêmaco aparecia ao pé do morro da Descoberta, de braços caídos, olhar apagado e cabeça pendente, pois mais uma vez voltava sem nenhum dos meninos e nem mesmo uma carta.

6. Transfiguração

Permitam os leitores que agora abandonemos pai e filho na alegria do reencontro e, voltando ao passado, por favor nos acompanhem na transfiguração física e mental que, naqueles catorze anos, se operou no herói desta história, já que o havíamos mostrado criança e agora o trouxemos adulto.

De início, pensamos em pura e simplesmente transmitir ao leitor o que Georges contou ao pai a respeito daqueles catorze anos, mas acabamos achando que, por estarmos tratando de pensamentos subjetivos e sensações secretas, poderiam pairar dúvidas caso viessem de alguém com as peculiaridades de Georges, sobretudo com esse alguém falando de si mesmo. Resolvemos então contar esse período à nossa maneira, pois conhecemos bem os detalhes. Sem amor-próprio envolvido no caso, podemos de saída prometer não ocultar nenhuma sensação, boa ou má, e nenhum pensamento, elogiável ou vergonhoso.

Partamos então do ponto de onde Georges partiu.

Como já nos esforçamos em traçar o perfil de Pierre Munier, acrescentemos que, com relação aos brancos, tão logo entrou na vida ativa — quer dizer, quando deixou de ser criança e se tornou homem —, ele adotou um comportamento do qual nunca se afastou. Não sentindo força nem vontade de frente a frente combater tão pesado preconceito, Munier resolvera desarmar os adversários a partir de uma inalterável submissão e inesgotável humildade. A vida inteira procurou se desculpar por ter nascido. Longe de disputar qualquer função administrativa ou cargo político, apesar das riquezas que acumulou e da competência que tinha, constantemente buscou passar despercebido, se perdendo na multidão. O mesmo raciocínio que o afastou da vida pública o guiou na vida privada. Generoso e magnífico por natureza, sustentou sua casa com monástica simplicidade. Ao seu redor, por todo lugar se via abundância, mas luxo em parte alguma, apesar de ser dono de duzentos escravos, o que, nas colônias, garantia uma renda de mais de duas mil libras. Viajava só a cavalo até que, forçado pela idade — ou melhor, pelas tristezas que o haviam alquebrado antes da velhice —, trocou esse modesto hábito por outro, mais aristocrático, e comprou uma liteira, mas tão básica quanto a do mais modesto proprietário local. Procurando a todo custo evitar qualquer confronto, sempre educado, afável, prestativo com relação a qualquer pessoa, mesmo aquelas que, no fundo do coração, lhe pareciam antipáticas, ele preferia perder trezentos ares de terra a enfrentar um processo que poderia fazê-lo ganhar seiscentos. Um proprietário qualquer que precisasse de uma muda de café, de mandioca ou de cana-de-açúcar podia estar certo de obtê-la com Pierre Munier, que ainda lhe agradecia por ter pensado nele. Todas essas boas atitudes, que na verdade eram instintivas e vinham de um excelente coração, mas podiam parecer resultantes da timidez, sem dúvida lhe valeram a amizade dos vizinhos, contudo uma amizade passiva. Ou seja, sem nunca retribuir o bem, eles se limitavam apenas a não causar o mal. É verdade que alguns não perdoavam Pierre Munier pela fortuna imensa, os muitos escravos e a reputação imaculada, insistindo então em diminuí-lo pelo preconceito da cor. O sr. de Malmédie e o filho Henri eram exemplo disso.

Georges, nascido no mesmo contexto que o pai, mas com uma fragilidade constitutiva que o afastou das atividades físicas, dirigiu para a reflexão todas as suas faculdades pessoais e, precocemente maduro, como são em geral crianças fisicamente débeis, por instinto observou o comportamento paterno, desvendando desde cedo seus motivos. Com isso, o orgulho viril que fervilhava no peito do menino o levou a odiar os brancos que o desprezavam e a depreciar os mulatos que aceitavam tal desprezo. Escolheu então uma atitude oposta à do pai, procurando avançar, quando tivesse força para tanto, a passos firmes e ousados contra a absurda tirania da opinião geral. E caso essa opinião geral resistisse, ele a tomaria corpo a corpo, como Hércules fez com Anteu,[34] sufocando-a. O jovem Aníbal, encorajado pelo pai, jurou ódio eterno a uma nação;[35] o jovem Georges, apesar do pai, jurou guerra mortal a um preconceito.

O menino deixou a colônia depois daquela cena que narramos. Em Paris, ele e o irmão foram matriculados no colégio Napoleão. Tão logo recebeu lugar nos últimos bancos da classe, entendeu a hierarquia e quis chegar aos da frente. Pôr-se em superioridade era para ele uma necessidade de organização e os progressos foram rápidos. Um sucesso inicial fortaleceu sua vontade e o fez se dar conta da própria capacidade. A vontade se fortaleceu e os bons resultados não demoraram. Devemos esclarecer que esse trabalho intelectual e de desenvolvimento da mente deixava o corpo em sua fragilidade primitiva: o mental absorvia o físico, a lâmina queimava a bainha, mas Deus garantira um apoio ao rebento. Georges estava tranquilo sob a proteção de Jacques, que era o mais forte, como também o mais preguiçoso da turma, assim como Georges era o mais esforçado e o mais fraco.

---

34. Na mitologia grega, Anteu era um gigante, imbatível enquanto tivesse os pés no chão, pois era filho de Gaia, a terra. Para derrotá-lo, Hércules o abraçou e o manteve no ar, separado do que o protegia.

35. Aníbal Barca (247-183 a.C.), general cartaginês, um dos mais eminentes estrategistas militares da Antiguidade, em permanente luta contra Roma. Era filho do general Amílcar Barca, que havia conquistado a Hispânia para Cartago.

Infelizmente, tal calmaria durou pouco. Dois anos depois de terem chegado à França, os irmãos foram passar as férias em Brest, na casa de um correspondente de Pierre Munier a quem tinham sido recomendados. Jacques, que sempre tivera uma atração pelo mar, aproveitou uma oportunidade e, cansado da "prisão", como chamava o colégio, embarcou num corsário — que ao pai, por carta, ele disse ser um navio da marinha mercante. De volta ao colégio, a ausência do irmão pesou cruelmente sobre Georges. Sem defesa contra a inveja que seus triunfos escolares despertavam, ele foi detestado por uns, espancado por outros, maltratado por todos. Tal inveja, quando podia se exprimir, se revelava verdadeiro ódio. Cada algoz trazia na boca uma injúria preferida. Foi uma grande provação, que Georges corajosamente suportou.

Ele então refletiu mais a fundo e percebeu que a superioridade intelectual pouco valia sem a superioridade física. Precisava de uma para que a outra fosse respeitada; só a união das duas faria dele um homem completo. A partir daí, sua maneira de ser mudou completamente. De tímido, retraído e passivo que era, se tornou jogador, turbulento, brigão. Estudava ainda o bastante, mas apenas para manter a hegemonia intelectual adquirida nos períodos anteriores. De início, foi desajeitado e houve zombarias. Ele claramente mostrou que não as aceitaria. Seu temperamento não era passional, sendo mais circunspecto: seu primeiro impulso diante de alguma ameaça não era o de se lançar contra, e sim o de fazê-la recuar, tentando evitá-la. Para ser bravo, ele precisava pensar. Porém, mesmo que tal bravura seja até mais real, pois reflexiva, ele se alarmou com a possibilidade de ser covarde.

Passou então a brigar a cada desentendimento. Na verdade, apanhava. Porém, mesmo assim, recomeçava até ganhar. E não que se tivesse tornado mais forte, só mais aguerrido, pois mesmo nas disputas mais duras guardava o sangue-frio, se aproveitando de qualquer erro do adversário. Isso fez com que o respeitassem e pensassem duas vezes antes de provocá-lo. É verdade: por mais fraco que seja o inimigo, hesita-se em começar uma briga com alguém notoriamente determinado. O prodigioso ímpeto com que Georges se lançou nesse novo caminho foi frutífero: ele pouco a pouco adquiriu força física e, empolgado, nas férias seguintes não abriu um livro. Aprendeu a nadar, a esgrimir, a atirar e a montar. Tudo junto gerava grande cansaço e até febre, mas ele acabou se acostumando. Aos exercícios de habilidade se juntaram os de força e, por seguidas horas, ele capinava como um camponês. Às vezes, por vários dias carregava fardos como um trabalhador braçal e depois, em vez de descansar numa cama quente e macia, se enrolava no casacão em cima de uma pele de urso e dormia a noite inteira. Por um momento, a natureza chegou a hesitar, sem saber se devia dar um basta naquilo ou deixá-lo triunfar. Georges sabia estar arriscando a vida, mas e daí? Para ele, vida era o domínio da força e a supremacia da habilidade. A natureza é poderosa, e a fragilidade física, vencida pela energia da vontade, desapareceu como um criado infiel dispensado por um patrão inflexível. Três meses de semelhante regime fortaleceram tanto o pobre magricela que, de volta ao colégio, os colegas mal o reconheceram. Foi ele então quem passou a procurar briga, surrando quem tanto o havia surrado. Começou a ser temido e, sendo temido, foi respeitado.

Junto a isso, dentro de perfeita e natural harmonia, na medida em que a força se desenvolveu no corpo, a beleza fez o mesmo no rosto. Olhos muito bonitos e dentes magníficos Georges sempre tivera; deixou então que crescessem os cabelos negros, corrigindo sua rudeza original com bons tratos e os amaciando ao ferro. A palidez doentia cedeu vez a um tom firme, com algo melancólico e distinto. Resumindo, Georges se esforçou para ser bonito como antes se esforçara para ser forte e destro.

Então, quando deixou o colégio, com formação em filosofia, era um garboso rapaz de um metro e setenta e cinco, um pouco magro, como dissemos, mas admiravelmente bem-feito de corpo. Sabia mais ou menos tudo o que um jovem da boa sociedade deve saber, mas entendeu que não bastava ser igual em tudo à média dos homens: decidiu que em tudo seria superior.

Livre das disciplinas escolares e com seus horários livres, os estudos que resolvera se impor se tornaram fáceis. Fixou regras cotidianas das quais não se afastaria: às seis da manhã, montava a cavalo; às oito, praticava tiro de pistola; das dez ao meio-dia, esgrima; do meio-dia às duas, seguia cursos na Sorbonne; das três às cinco, desenhava, sempre variando de ateliê; e à noite ia a um espetáculo ou algum evento social, para os quais seus elegantes modos, mais do que a fortuna pessoal, abriam todas as portas.

Com isso, estabeleceu relações entre os melhores artistas e os homens mais instruídos e influentes de Paris. Familiarizado com as artes, as ciências e a moda, passou a ser visto como um dos convivas mais inteligentes, um dos pensadores mais lógicos e um dos jovens mais distintos da capital. Georges havia então atingido sua meta, ou quase.

Pois restava ainda uma prova em que queria se testar. Sabia ter domínio sobre os outros, mas ignorava tê-lo sobre si mesmo. E ele não era alguém que guardasse dúvidas quanto ao que quer que fosse. Por conta própria, resolveu esclarecer a questão.

Ele já temera ser propenso ao jogo. Um dia, então, saiu com os bolsos cheios de dinheiro e se dirigiu ao Frascati.[36]

"Jogarei três vezes", ele havia decidido, "três horas cada vez. Nessas três horas, porei em jogo dez mil francos. Passadas as três horas, pouco importa se perdi ou ganhei, encerro o jogo."

No primeiro dia, Georges perdeu os dez mil francos em menos de uma hora e meia. Mesmo assim, permaneceu as três horas previstas, olhando os ou-

36. O Café Frascati, no bulevar Montmartre, elegante salão de jogos em Paris. Fechou definitivamente as portas em 1857.

tros jogarem e, apesar de ter na carteira os vinte mil francos reservados para os outros dias, não pôs no tapete nem um luís a mais do que se propusera.

O segundo dia começou com ele ganhando vinte e cinco mil francos. Depois, como se impusera jogar três horas, continuou e perdeu toda aquela soma e mais dois mil francos. Vendo que jogava há três horas, parou, com a mesma pontualidade da véspera.

No terceiro dia, começou perdendo. Ao jogar a última quantia que tinha, a sorte mudou, voltando a ser favorável. Dispunha ainda de quarenta e cinco minutos e, nesse espaço de tempo, jogou com uma dessas sortes estranhas, das quais os frequentadores dos cassinos perpetuam oralmente a lembrança. De fato, naqueles quarenta e cinco minutos, Georges parecia ter feito pacto com o diabo, com um demônio invisível soprando em seu ouvido a cor e a carta vencedora. Moedas de ouro e notas bancárias se empilharam à sua frente, para a estupefação dos que assistiam. Ele já nem pensava mais, jogava o dinheiro na mesa e dizia ao crupiê: "Onde quiser". O dinheiro era deixado ao acaso e Georges ganhava. Dois jogadores profissionais, que acompanhavam aquela maré de sorte e haviam conseguido somas enormes, acharam ser chegada a hora de aquilo acabar e apostaram contra, mas a fortuna se manteve fiel a Georges. Eles perderam tudo que tinham ganhado, depois tudo que lhes restava nos bolsos, e depois ainda, sendo conhecidos como pessoas de confiança, perderam cinquenta mil francos que a casa lhes emprestou. Impassível, sem que emoção nenhuma transparecesse em seu rosto, Georges via crescer seu monte de moedas e notas, olhando de vez em quando o relógio do salão, que soaria a hora de ir embora. Essa hora chegou. Ele parou, pediu que seu criado recolhesse a quantia ganha e, com a mesma calma, a mesma impassibilidade com que tinha jogado, perdido e ganhado, saiu, invejado por todos que haviam assistido àquilo tudo e esperavam vê-lo no dia seguinte.

Contrariando a expectativa geral, Georges não voltou. E mais, lançou de qualquer maneira as moedas e notas numa gaveta da escrivaninha, dizendo a si mesmo que só as contaria oito dias depois. Passado esse tempo, a gaveta foi aberta e seu conteúdo verificado. Havia duzentos mil francos.

Georges estava satisfeito, havia dominado uma paixão.

Nele, como é comum nos homens dos trópicos, a sensualidade estava à flor da pele.

Saindo de uma comemoração, amigos o levaram à casa de uma cortesã, célebre pela beleza e pelas caprichosas fantasias. No dia em questão, aquela moderna Laís[37] estava decidida a se manter extraordinariamente virtuosa. A noitada então transcorreu a se discutir ética, como se a anfitriã tivesse alguma pretensão ao prêmio Montyon.[38] Ainda assim, notou-se que os olhos da

37. Laís de Corinto, célebre cortesã grega do século v a.C.

38. O prêmio era dado em conjunto, pelas academias francesas de Letras e das Ciências,

bela pregadora de vez em quando insistiam em Georges, com uma expressão de ardente desejo, desmentida pela frieza das suas palavras. Ele, por sua vez, achou aquela dama ainda mais desejável do que lhe haviam anunciado. Por três dias a lembrança da sedutora Astarte[39] perseguiu a virginal imaginação do rapaz. No quarto dia, com o coração batendo terrivelmente, ele voltou à casa, subiu a escadaria externa e puxou a sineta, com um movimento tão nervoso que quase arrancou a cordinha. Ouvindo os passos da empregada que se aproximava para abrir, ele ordenou que o coração parasse de bater, que a expressão se mostrasse calma e, sem trair a menor emoção no tom da voz, pediu para ser levado até a dona da casa. Ela já havia, pela voz, reconhecido o visitante. Apressou-se, feliz e contente, pois Georges lhe causara profunda impressão logo à primeira vista e ela esperava que o amor — ou ao menos o desejo — trouxesse de volta o belo rapaz.

Enganou-se. Era mais uma prova a que Georges se obrigava, indo ali para um confronto entre sua férrea força de vontade e os anseios da sensualidade. Permaneceu duas horas na companhia da cortesã, dando uma aposta como pretexto à impassibilidade, lutando simultaneamente contra a torrente dos seus desejos e os júbilos da devassidão. Passado esse tempo, sentindo-se vencedor daquela segunda prova como fora da primeira, se retirou.

Georges estava satisfeito; havia dominado os sentidos.

Dissemos que ele não tinha o tipo de coragem física que se lança impetuosamente no perigo, mas apenas uma coragem reflexiva, que só age quando não pode evitá-lo. Não ser destemido de fato o afligia, temendo a possibilidade de eventualmente não se mostrar seguro na iminência de um perigo e, quem sabe, se comportar de maneira covarde. Isso o atormentava e ele resolveu pôr em pratos limpos a dúvida à primeira oportunidade. E ela surgiu de maneira um tanto curiosa.

Um dia, no Lepage,[40] com um amigo e esperando que um estande ficasse livre, Georges observava um dos frequentadores, considerado — como ele próprio — um dos melhores atiradores de Paris. O homem de fato demonstrava a mesma arte que a tradição atribui a Saint-Georges[41] e leva ao desespero os neófitos. Ou seja, ele toda vez acertava o centro do alvo, cobria com um novo tiro a marca do tiro anterior, cortava uma bala no fio de uma

---

a pessoas consideradas "virtuosas". Era muito criticado e ridicularizado por diversos escritores, como Balzac e Baudelaire.

39. Na Antiguidade, deusa fenícia da sexualidade, citada no Antigo Testamento (Reis 11,5) como "deusa dos sidônios".

40. Estandes de tiro na rua Marbeuf, em Paris, do armeiro Lepage, célebre fabricante de armas de fogo.

41. Joseph Bologne de Saint-Georges (1745-99), compositor, violinista, militar e esgrimista. Negro, nasceu escravizado em Guadalupe e se tornou um dos mais famosos personagens parisienses na segunda metade do século XVIII.

faca e tentava, com frequente sucesso, mil outras experiências do mesmo tipo. Naquele momento, a vaidade do atirador parecia se acentuar pela presença de Georges, pois um funcionário lhe dissera se tratar de alguém com habilidade igual à sua. Ele então a cada tiro se superava, mas em vez de receber do rival os elogios que merecia, pelo contrário o ouvia perguntar, entre as exclamações admiradas ao redor:

— Sim, sem dúvida um bom tiro, mas como seria se o alvo fosse um homem?

Esse permanente questionamento da sua perícia como duelista começou a chamar a atenção do atirador, que acabou se ofendendo. Ele então se virou para o importuno, que pela terceira vez levantava a mesma dúvida, e disse, olhando-o firme, num misto de ironia e ameaça:

— Por favor, creio que já duas ou três vezes o senhor insultuosamente põe em dúvida minha coragem. Pode me dar uma explicação clara e precisa com relação a isso?

— Minhas palavras por si sós já se explicam o bastante, cavalheiro.

— Nesse caso, senhor, tenha a bondade de repeti-las mais uma vez, para que eu avalie seu alcance e qual intenção as motivou.

— Eu disse — respondeu Georges, com a mais perfeita calma —, vendo-o acertar na mosca a cada tentativa, que o senhor não confiaria tanto na própria mão nem no próprio olho se à sua frente tivesse o peito de um homem e não uma placa.

— E por que não? — perguntou o atirador.

— Suponho sempre haver, no momento em que se dispara contra um semelhante, certa emoção que pode inibir a pontaria.

— O senhor disputou muitos duelos? — quis saber o atirador.

— Nenhum — afirmou Georges.

— Nesse caso, não me surpreende sua opinião, achando que em tal circunstância se possa ter medo — devolveu o homem, com um sorriso em que se percebia a ironia.

— Perdão, mas creio que me entendeu mal — respondeu Georges. — No momento de matar um homem, pode-se tremer por outra coisa, além do medo.

— Eu nunca tremo.

— É possível — continuou Georges, com a mesma fleuma. — Ainda assim, estou convencido de que a vinte e cinco passos, ou seja, essa mesma distância em que o senhor acerta na mosca a cada tentativa...

— Estou ouvindo. A vinte e cinco passos...? — insistiu o outro.

— A vinte e cinco passos o senhor não acertaria um homem — concluiu Georges.

— Pois tenho certeza do contrário.

— Permita-me não acreditar.

— Está me desmentindo?

— Estabelecendo um fato.

— O qual, imagino, o senhor não se dispõe a testar — sorriu o atirador.

— Por que acha isso? — respondeu o outro, olhando-o fixamente.

— Não no senhor, suponho.

— Em mim ou em qualquer um, pouco importa.

— Seria uma temeridade, cavalheiro, expor-se a semelhante teste. Estou avisando.

— De modo algum, pois eu disse o que acho e, consequentemente, tenho certeza de estar me arriscando muito pouco.

— Repete então, pela segunda vez, que não acertarei um homem a vinte e cinco metros?

— Está enganado. Não é a segunda vez que repito, é a quinta, se bem me recordo.

— Passou dos limites, cavalheiro; quer me insultar.

— Esteja à vontade para achar ser esta a minha intenção.

— Muito bem. Diga a que horas.

— Agora mesmo, se assim quiser.

— Onde?

— Estamos a quinhentos metros do Bois de Boulogne.

— Qual arma?

— Qual arma? Ora, a pistola! Não se trata de um duelo, mas de uma experiência.

— Estou às suas ordens, cavalheiro.

— E eu às do senhor.

Os dois jovens embarcaram em seus cabriolés, cada um levando um acompanhante.

Ao chegarem, as duas testemunhas tentaram ainda evitar o confronto, mas não houve como. O adversário de Georges exigia desculpas e Georges alegava não ter do que se desculpar, pois só estaria errado se fosse ferido ou morto.

Quinze minutos foram perdidos em negociações que não surtiram qualquer resultado.

Os adversários ficariam então a trinta passos um do outro,[42] mas Georges lembrou que deixaria de ser uma experiência real se não fosse adotada a distância habitual de tiro contra a placa, isto é, vinte e cinco passos. Mediram-se então os vinte e cinco passos.

Pela regra, uma moeda seria lançada para o alto, decidindo quem atiraria primeiro, mas Georges declarou desnecessária a preliminar, uma vez que a primazia era naturalmente do seu oponente. Este, por sua vez, encheu-se

42. Nas regras em uso à época, a distância podia variar de quinze a cinquenta passos entre os duelistas.

de brios, insistindo que a sorte devia decidir a vantagem, uma vez que, entre dois antagonistas de força tão parelha, o primeiro a atirar tinha todas as chances. George se manteve firme e o outro foi obrigado a ceder.

O funcionário do estande de tiro havia seguido os combatentes e se encarregou de armar as pistolas de forma igual, com a mesma pólvora e as mesmas balas dos exercícios. Eram também as mesmas pistolas. Georges havia imposto esse ponto como condição sine qua non.

Os adversários se puseram à distância de vinte e cinco passos e cada um recebeu, das mãos da sua testemunha, uma pistola carregada. Todos se afastaram, deixando que os rivais atirassem um no outro, seguindo a ordem preestabelecida.

Georges não tomou nenhuma das precauções de praxe em tal circunstância. Não tentou proteger com sua pistola parte nenhuma do corpo. Deixou o braço pender ao longo da coxa e apresentou o peito aberto e desarmado.

Seu adversário não podia entender tal comportamento. Várias vezes estivera em situação análoga, sem nunca ter visto tamanho sangue-frio. Aquela convicção profunda de Georges começava a surtir efeito. O habilíssimo atirador, que nunca errava o alvo, duvidou de si próprio.

Duas vezes ele ergueu a pistola na direção do adversário e duas vezes a baixou. Isso feria todas as regras do duelo, mas Georges se limitou a dizer:

— Não se apresse, senhor, não se apresse.

Na terceira vez, confrangido, atirou.

Foi um momento de terrível ansiedade para os que assistiam, mas assim que se ouviu o disparo Georges se virou para os dois lados e cumprimentou as testemunhas, mostrando que não fora atingido.

— Terá que me dar razão, cavalheiro — disse ele ao adversário. — Quando se atira num homem, a autoconfiança é menor do que quando se atira numa placa.

— Não discuto, eu estava errado. É a sua vez de atirar.

— Atirar no senhor? — estranhou Georges, pegando seu chapéu, que havia deixado no chão, e entregando a pistola ao funcionário. — Por que faria isso?

— É o seu direito — exclamou o homem. — E não aceitarei que não seja assim. Aliás, estou curioso em ver como atira.

— Perdão — respondeu Georges, com seu imperturbável sangue-frio. — Esclareçamos algo. Eu não disse que o atingiria, apenas que o senhor não me atingiria. E foi o que aconteceu. Eu tinha razão, isso basta.

Apesar das argumentações do adversário, insistindo que ele também atirasse, Georges voltou a seu cabriolé e tomou a direção da barreira de Étoile,[43] dizendo ao amigo que o acompanhava:

43. As barreiras eram os postos de entrada e saída da cidade, onde se faziam controles. A barreira de Étoile ficava junto ao famoso Arco do Triunfo.

— Viu só, eu não disse que atirar num homem não é a mesma coisa que atirar num boneco?

Georges estava satisfeito; havia confirmado sua coragem.

As três aventuras deram o que falar e admiravelmente o posicionaram na sociedade parisiense. Duas ou três coquetes tomaram como ponto de honra conquistar aquele moderno Catão.[44] E como Georges não tinha motivos para resistir, logo foi considerado um homem em voga. Quando aquele tipo de vida mais parecia satisfazê-lo, chegou o momento planejado para as viagens. Numa bela manhã, Georges se despediu das amantes, presenteou com elegância cada uma delas e se mudou para Londres.

Na capital inglesa, procurou ser apresentado em todos os lugares e foi sempre bem recebido. Comprou cavalos, cães e galos. Levou à rinha uns e às pistas outros. Aceitou todas as apostas, ganhou e perdeu somas fabulosas com aristocrático sangue-frio. Um ano depois deixou Londres com fama de perfeito gentleman, como em Paris havia adquirido a de perfeito cavalheiro. Foi durante a estadia na capital britânica que encontrou Lord Murrey, mas sem que estabelecessem maiores relações, como dissemos.

Naquela época, as viagens ao Oriente estavam na moda. Georges visitou sucessivamente a Grécia, a Turquia, a Ásia Menor, a Síria e o Egito. Foi apresentado a Maomé Ali no momento em que Ibraim Paxá preparava a expedição contra Said.[45] Acompanhou o filho do vice-rei, combateu sob seu comando e recebeu dele um sabre honorífico e dois cavalos árabes, escolhidos entre os mais belos do seu haras.

Em seguida, voltou à França pela Itália. Preparava-se a expedição contra a Espanha[46] e ele, em Paris, pediu para servir como voluntário, sendo aceito. Ingressou nas fileiras do primeiro batalhão de marcha e esteve constantemente na linha de frente.

Por uma infelicidade, contrariando as expectativas, os espanhóis pouco resistiam e a campanha, que se previa cruenta, não passou de uma excursão militar. Em Trocadero, no entanto, as coisas mudaram de figura e viu-se que seria preciso conquistar duramente aquele último bastião da revolução peninsular.[47]

---

44. Marco Pórcio Catão (234-149 a.C.), político, escritor e cônsul romano, famoso pela retidão moral.

45. Maomé Ali (1769-1849), vice-rei do Egito de 1805 a 1848. Com grandes obras, é considerado o fundador do Egito moderno. Era pai do general Ibraim Paxá (1789-1848), que comandou a expedição militar na região em que seria fundada, em 1859, a cidade de Porto Said, no lado mediterrâneo do futuro canal de Suez.

46. Em 1823, expedição contra revolucionários liberais espanhóis visando à restauração do absolutismo.

47. A tomada do forte de Trocadero, em Cádiz (31 de agosto de 1823).

O regimento em que Georges se alistara não foi convocado para o assalto e ele passou então ao dos granadeiros. Depois de aberta uma brecha e dado o sinal para a escalada, foi o terceiro a entrar no forte.

Seu nome foi citado na ordem do dia e o duque de Angoulême lhe entregou pessoalmente a cruz da Legião de Honra. Das mãos de Ferdinando VII ele recebeu a cruz de Carlos III.[48] Georges, que tinha a ambição de obter uma comenda, conseguiu duas. Era o auge do contentamento para o orgulhoso rapaz.

Achou então ser hora de voltar à Ilha da França. De fato, tudo com que havia sonhado tinha se realizado, até além do que esperava. Não havia então mais o que fazer na Europa. Terminada sua luta contra a civilização, começaria a luta contra a barbárie. Tendo alma tão cheia de orgulho, ele não aceitaria desperdiçar num bem-estar europeu as forças preciosamente conquistadas no combate interior. Tudo que havia realizado nos últimos dez anos fora para superar seus compatriotas mulatos e brancos e derrotar, sozinho, o preconceito que nenhum homem de cor havia até então ousado combater. Pouco importavam a Europa com seus cento e cinquenta milhões de habitantes, ou a França com seus trinta e três.[49] A ele pouco importava ser deputado ou ministro, pouco importava se era república ou monarquia. No mundo inteiro, o que o preocupava antes de tudo era o seu pequeno pedaço de terra, perdido no mapa como um grão de areia no fundo do mar. Isso porque, naquele pequeno pedaço de terra, havia uma difícil tarefa a executar, um grande problema a resolver. Uma lembrança se impunha entre todas: a do seu sofrimento. E apenas uma ambição: a de se impor.

Por coincidência, o *Leicester* fazia escala em Cádiz, tendo a Ilha da França como porto final. Georges pediu para ser aceito a bordo da nobre embarcação e, recomendado ao capitão pelas autoridades francesas e espanholas, foi admitido. O que mais pesou nesse favor na verdade foi, reconheçamos, que Lord Murrey soube que o demandante era natural da Ilha da França e achou interessante ter, ao longo de uma travessia de quatro mil léguas, quem pudesse lhe dar, de antemão, aquelas mil pequenas informações políticas e comportamentais tão importantes para uma autoridade zelosamente organizar seu governo.

Vimos como Georges e Lord Murrey pouco a pouco se aproximaram e como haviam estabelecido bom relacionamento ao desembarcarem em Porto Luís.

---

48. O duque de Angoulême, Luís da França (1755-1844). Com a volta da família real francesa, após o período napoleônico, foi quem chefiou a expedição espanhola e comandou a tomada de Trocadero, que restaurou Ferdinando VII como rei absoluto da Espanha.
49. Em 2023, a atual União Europeia (que não é a "Europa" de Dumas) contava com 448 milhões de pessoas, e a França com 68,4 milhões.

Vimos também como Georges, mesmo sendo filho carinhoso e dedicado, apenas depois de uma daquelas longas provas com que tinha se acostumado revelou estar de volta. A alegria do pai foi ainda maior, uma vez que não contava mais com tal regresso. Além disso, o homem que ali estava era tão diferente do que esperava que, enquanto caminhavam na direção de Moka, ele não se cansava de olhar para o filho, parando às vezes como em contemplação. Abraçava-o então com tanto sentimento que o rapaz, apesar do tão prezado autocontrole, sentia virem lágrimas aos olhos.

Após três horas de caminhada, alcançaram a plantação. Quinze minutos antes Telêmaco havia tomado a dianteira e assim, ao chegarem, Georges e o pai foram recepcionados por todos os negros da fazenda. Na verdade, naquela espera havia um misto de alegria e temor, pois aquele jovem de quem só se lembravam como criança era agora um novo patrão. E que tipo de patrão seria?

A volta de Georges se tornava então uma questão capital para a felicidade ou infelicidade de toda aquela pobre população. Os augúrios, contudo, foram favoráveis, pois ele começou concedendo dois dias livres, aquele mesmo e o seguinte. E como estavam numa sexta-feira, isso significava três dias de repouso.

Em seguida, querendo confirmar por conta própria a importância que seu patrimônio territorial podia lhe garantir na ilha, ele mal perdeu tempo comendo alguma coisa e acompanhou o pai numa visita por toda a propriedade. Especulações bem-sucedidas, além do trabalho assíduo e bem dirigido, a haviam tornado uma das mais belas da colônia. A moradia propriamente era uma casa simples e espaçosa, à sombra de bananeiras, mangueiras e tamarineiros, à qual se tinha acesso por uma comprida alameda de árvores, estendendo-se até a estrada. Nos fundos espalhavam-se pomares perfumados em que a romã de flores duplas, suavemente balançada ao vento, tocava um buquê de laranjas apurpuradas ou um cacho de bananas amarelas, indo e vindo, indecisa como a abelha que esvoaça entre duas corolas ou a alma que adeja entre dois desejos. Mais adiante e a se perderem de vista abriam-se imensos canaviais, como também milharais que pareciam cansados sob o peso da sua carga nutriz, implorando a hora da colheita.

Chegaram enfim ao campo dos negros, como é chamada, nas plantações, a área em que se alojam os escravos.

No centro se erguia uma grande construção que servia de granja no inverno e de salão de dança no verão. Gritos de alegria vinham dali, misturados ao som do tamborim, do batuque e da harpa malgaxe.[50] Aproveitando os dias livres anunciados, os escravos haviam logo dado início aos festejos. Nas

50. O valiha, que é o instrumento nacional de Madagascar, tendo como caixa de ressonância uma haste oca de bambu.

naturezas primitivas, é verdade, não há nuances: do trabalho se passa ao prazer e todos descansam da labuta dançando. Georges e o pai abriram a porta e apareceram de repente.

O baile imediatamente foi interrompido. Cada um se enfileirou com quem estava a seu lado, procurando uma formação, como soldados pegos de surpresa pelo coronel. Em seguida, depois de um silêncio tumultuoso, uma tripla aclamação saudou os patrões. Tratava-se ali de uma expressão realmente franca e sincera. Bem alimentados, bem-vestidos, raramente castigados — até porque raramente deixavam de cumprir seus deveres —, todos adoravam Pierre Munier, talvez o único mulato da colônia que, humilde diante dos brancos, não era cruel com os negros. Georges, sabendo que seu regresso inspirava fortes temores na pobre população, e como se adivinhasse o efeito que sua presença produzia ali, levantou a mão indicando querer falar. Logo se fez o mais profundo silêncio e todos ansiosamente esperaram as palavras que viriam, lentas como uma promessa, solenes como um compromisso:

— Meus amigos, estou comovido por terem me recebido tão bem e mais ainda vendo a alegria que brilha no rosto de todos vocês. Bem sei que meu pai os mantém satisfeitos e o agradeço por isso, pois é meu dever, como o dele, velar pela felicidade de quem me obedecerá, assim espero, tão religiosamente quanto a ele. Vocês hoje são trezentos, em apenas noventa choças. Meu pai quer que se construam mais sessenta, para que vivam dois moradores em cada uma. Elas terão um pequeno quintal, onde será possível plantar tabaco, jerimuns e batatas, como também criar um porco e algumas galinhas. Os que quiserem fazer algum dinheiro poderão vender seus produtos aos domingos em Porto Luís, dispondo do resultado como quiserem. Se um roubo for cometido, haverá severa punição para quem roubar seu irmão. Se alguém for injustamente punido pelo capataz e provar que não mereceu a punição, terá justiça. Não haverá casos de fuga, pois estão e continuarão, assim espero, felizes demais para pensar nisso.

Novas demonstrações de alegria celebraram o pequeno discurso, que por certo há de parecer minucioso demais e fútil aos sessenta milhões de europeus que têm a felicidade de viver sob o regime constitucional. Ali, entretanto, foi recebido com entusiasmo, até por ser a primeira declaração desse tipo outorgada na colônia.

7. A berloque

Na noite do dia seguinte — que, como dissemos, era sábado —, uma assembleia de negros, menos festiva que aquela que acabamos de deixar, se agrupava num amplo hangar, em torno de um grande braseiro de lenha seca. Era o encontro conhecido nas colônias como "berloque". Nessas reuniões, enquanto um, segundo suas necessidades, seu temperamento ou sua maneira de ser, executava algum artesanato para ser vendido na feira do dia seguinte, outro cozinhava arroz, mandioca ou bananas. Alguns fumavam cachimbos de madeira com o tabaco plantado ali mesmo, outros conversavam em voz baixa. No meio de tudo isso, mulheres e crianças iam e vinham de um lado para outro, tendo a tarefa de manter vivo o braseiro. Apesar de tanta atividade e movimentação, apesar de ser véspera de um dia de repouso, sentia-se no ambiente algo triste e pesado. Era a opressão do capataz, um mulato. Esse hangar ficava na parte inferior da planície Williams, abaixo da montanha Três Mamilos, em torno da qual se estendia a propriedade do nosso velho conhecido, o sr. de Malmédie.

Não que ele fosse mau patrão, como se entende na França essa expressão. Não! O satisfeito e rotundo sr. de Malmédie seria incapaz de ódio ou vingança, mas prezava muito sua importância civil e política. Enchia-se de orgulho quando pensava na pureza do sangue a correr em suas veias e, com toda boa-fé nativa — legada de pai para filho —, seguia o preconceito que naquela época esmagava os homens de cor na Ilha da França. Seus escravos não eram mais infelizes do que em qualquer outra propriedade, mas eram igualmente infelizes. Isso porque, para o sr. de Malmédie, negros não eram seres humanos e sim máquinas, devendo render determinado produto. E quando uma máquina não rende o que deve render, ela precisa ser reparada por meios mecânicos. O sr. de Malmédie pura e simplesmente cuidava dos seus negros como cuidaria de máquinas. Quando por preguiça ou cansaço eles paravam de funcionar, o capataz os reativava a chicotadas. A máquina retomava seu ritmo e, no final da semana, o produto geral era satisfatório.

E Henri de Malmédie, sem tirar nem pôr, era cópia do pai, com vinte anos a menos e uma dose de orgulho a mais.

Então, no referente ao estado de espírito e à situação material, como dissemos, os negros da planície Williams estavam bem distantes dos de Moka. Enquanto a alegria vinha de maneira natural entre os escravos de Pierre Munier nas berloques, entre os do sr. de Malmédie era preciso que algo externo — música ou um contador de histórias — a suscitasse. Junte-se a isso que nos trópicos, como também aqui, no hangar dos negros como em acampamentos de soldados, há sempre um ou dois indivíduos mais desinibidos que se encarregam da atividade de levar o grupo ao riso. Trata-se de uma função mais cansativa do que se imagina e que o grupo de mil diferentes maneiras remunera. Aliás, quando um grupo deixa de fazer isso, o que às vezes acontece, o dito animador nunca deixa de lembrá-lo.

Na plantação do sr. de Malmédie quem preenchia esse papel que outrora Triboulet e Angeli cumpriram nas cortes dos reis Francisco I e Luís XIII[51] era um homenzinho que parecia ter o tronco pesado demais para as pernas finas que o sustentavam, com um resultado à primeira vista inverossímil. Nas duas extremidades do corpo, porém, o conjunto se reequilibrava: sobre o tronco avantajado se via uma cabeça minúscula, amarelada como a de um hepático, e as pernas magras terminavam em pés enormes. Os braços, por sua vez, eram desmedidamente compridos, como os de um símio que, andando nas patas de trás, sem se curvar pode pegar o que quiser no chão.

Dessa reunião de partes incoerentes e membros desproporcionais resultava que esse personagem, agora posto em cena, apresentava o grotesco e o terrível curiosamente misturados. Um europeu veria nele sobretudo a feiura, com um sentimento de imediata repulsa. Porém, menos aferrados do que nós ao belo, menos impressionados com a forma, os negros consideravam, em geral, apenas o seu lado cômico, mesmo que, sob aquele exterior simiesco, o tigre às vezes mostrasse garras e dentes.

Ele se chamava Antônio, nascido em Tingoram. Para distingui-lo de outros Antônios, que provavelmente se ofenderiam com a confusão, era conhecido como Antônio Malaio.

A berloque se passava então de maneira bem pouco animada, como dissemos. Atrás de um dos postes de sustentação do hangar, sem ser visto, Antônio pôs para fora sua biliosa cabeça amarelada e soltou uma ligeira sibilação, igual à da cobra-de-capuz, um dos répteis mais terríveis da península Malaia. Esse som, ouvido nas planícies de Tenasserim, nos pântanos de Java ou nas areias de Quiloa, paralisaria de terror qualquer um, mas não na Ilha da França, onde, além dos tubarões que nadam em quantidade pelo litoral, não se

51. Nicolas Ferrial (1479-1536) foi bobo da corte de Francisco I da França (1494-1547). Sobre Angély (15??-16??), que atuou sob Luís XIII (1601-43), sabe-se que ficou rico, pois os cortesãos pagavam para que ele não os ridicularizasse (até conseguirem sua expulsão da corte, sendo inclusive extinto o cargo de bufão oficial).

pode citar mais nenhum animal nocivo. Assim sendo, a imitação não causou maiores efeitos no hangar, além de olhos arregalados e bocas abertas. Em seguida, guiados pelo assobio, todos procuraram o ponto de origem e gritaram:

— Antônio Malaio! Viva Antônio!

Dois ou três negros, no entanto, estremeceram, quase se levantando: eram malgaxes, uólofes e zanguebares que, na infância, haviam ouvido aquele sibilo e não mais esqueceram.

Um deles chegou a ficar de pé. Era um belo rapaz retinto que passaria, não fosse a cor, por filho da mais pura raça caucasiana. Mas assim que percebeu de onde vinha o assobio que o assustara, se tranquilizou, murmurando, com um desprezo igual à alegria dos outros ali presentes:

— Antônio Malaio!

Com três saltos das suas pernas compridas, Antônio tomou o centro do círculo. Depois, pulando por cima do braseiro, foi se sentar no chão, do outro lado, de pernas cruzadas.

— Cante alguma coisa, Antônio, uma canção! — gritaram todos.

Ao contrário dos virtuoses, confiantes nas suas encenações, Antônio não esperou que insistissem. Sacou do langot[52] um berimbau de boca, tirou algumas notas introdutórias como prelúdio e depois, acompanhando a letra com gestos tão grotescos quanto ele próprio, cantou o seguinte:

I

Moi resté dans un p'tit la caze,
Qu'il faut baissé moi pour entré;
Mon la tête touché son faitaze,
Quand mon li pié touché plancé.
Moi té n'a pas besoin lumière,
Le soir, quand moi voulé dormi;
Car, pour moi trouvé lune claire,
N'a pas manqué trous, Dié merci!

II

Mon lit est un p'tit natt' maigace,
Mon l'oreillé morceau bois blanc,
Mon gargoulette un' vié calbasse,
Où moi met l'arak, zour de l'an.
Quand mon femm' pour faire p'tit ménaze,
Sam'di comme ça vini soupé,
Moi fair' cuir, dans mon p'tit la caze,
Banane sous la cend' grillé.

52. Espécie de tanga, usada por indianos e outros povos do oceano Índico.

III

À mon coffre n'a pas serrure,
Et jamais moi n'a fermé li.
Dans bambou comm' ça sans ferrure,
Qui va cherché mon langouti?
Mais dimanch' si gagné zournée,
Moi l'achète un morceau d'tabac,
Et tout la s'maine, moi fais fumée,
Dans grand pipe, à moi carouba.[53]

Seria preciso que o leitor tivesse convivido com essa raça de homens simples e primitivos, aos quais tudo passa pelas sensações, para ter ideia, apesar da pobreza das rimas e da simplicidade das ideias, do efeito gerado pela canção. No final da primeira e da segunda estrofe, ouviram-se risos e aplausos. No final da terceira, gritos, vivas e hurras. Só um jovem negro, que já mostrara não gostar de Antônio, balançou os ombros e fez uma careta de nojo.

Antônio, enquanto isso, sem se deixar levar pelo sucesso, como seria de esperar, aproveitando ao máximo os aplausos apoiou os cotovelos nos joelhos e a cabeça nas mãos, parecendo entregue a profundo pensamento. Sendo ele, em geral, o animador das reuniões, com seu silêncio a tristeza voltou a pesar sobre todos ali. Pediram que ele contasse uma história ou cantasse outra canção. Fazendo-se de surdo, ele deixou sem resposta as reclamações, mantendo incompreensível e obstinado silêncio.

Alguém que estava bem perto dele afinal bateu no seu ombro e perguntou:

— O que está havendo, Malaio? Morreu?

— Não, não. Estou bem vivo — ele respondeu.

— Se é assim, o que está fazendo?

— Pensando.

— Pensando? Pensando em quê?

— Pensando em como é boa essa hora da berloque. Quando o Todo-Poderoso desliga o sol e todo mundo trabalha satisfeito na berloque, pois trabalha por conta própria. Mesmo que haja preguiçosos que perdem tempo fu-

---

53. Em francês crioulo no original, que literalmente se pode traduzir: "I/ Fiquei com uma pequena choça,/ Que preciso me abaixar para entrar;/ Minha cabeça bate no alto,/ Quando a cama está no chão./ Eu que nem preciso de luz,/ À noite, quando quero dormir;/ Pois para mim o luar/ Não deixa de passar pelos buracos, graças a Deus!// II/ Minha cama é uma esteirinha fina,/ Meu travesseiro um pedaço de pau,/ A moringa é uma jarra velha,/ Onde ponho a cachaça no Ano-Novo./ Quando minha mulher para festejar,/ No sábado depois do jantar,/ Cozinha pra mim na pequena choça,/ Banana assada na cinza.// III/ Meu baú não tem fechadura,/ E nunca fica fechado./ Num lugar assim escancarado,/ Quem vai procurar meu langot?/ No domingo se tiver ganhado bem o dia,/ Compro um pedaço de fumo,/ E a semana toda faço fumaça,/ Num cachimbo grande, que é meu".

mando, como você, Tukal. Ou gulosos que assam bananas, como você, Cambeba. Mas há quem trabalhe. Castor, por exemplo, faz cadeiras. Bonhomme faz colheres de pau. E você, Nazim, curte sua preguiça.

— Nazim faz o que quiser — respondeu o jovem. — Nazim é o cervo de Anjuã,[54] como Laïza é o leão. E o que leões e cervos fazem não é da conta das serpentes.

Antônio mordeu os lábios e, depois de um silêncio em que a voz estridente do jovem escravo parecia continuar vibrando, continuou:

— Como eu disse, estava pensando, e pensando como é bom esse momento da berloque. Mas para que o trabalho não seja cansativo demais para você, Castor, e para você, Bonhomme; para que a fumaça do tabaco pareça melhor, Tukal, e para que Cambeba não durma enquanto espera a banana assar, todos precisam de alguém que conte histórias ou cante alguma coisa.

— Isso é verdade — concordou Castor. — E Antônio conhece boas histórias, assim como canta bonitas canções.

— E quando Antônio não canta nem conta histórias — continuou o malaio —, o que se passa? Todo mundo adormece, porque todo mundo está cansado da semana de trabalho. E daí é o fim da berloque. Castor não faz mais cadeiras de bambu, Bonhomme não faz mais colheres de pau, o cachimbo de Tukal se apaga e Cambeba deixa queimar a banana. Não é verdade?

— É verdade — responderam todos, e não só os que haviam sido mencionados, exceto Nazim, fechado num silêncio de desprezo.

— Deveriam então agradecer a quem conta belas histórias e os mantém acordados ou canta canções que os fazem rir.

— Obrigado, Antônio, obrigado! — gritaram.

— Não fosse Antônio, quem mais contaria histórias?

— Laïza. Laïza também conhece boas histórias.

— Concordo, mas histórias que os fazem tremer de medo.

— É verdade — confirmaram.

— Não fosse Antônio, quem cantaria canções?

— Nazim. Nazim também conhece boas canções.

— É, mas canções de fazer chorar.

— Isso também é verdade — concordaram.

— Só Antônio sabe canções e histórias que os fazem rir.

— É mais uma verdade.

— E quem cantou para vocês uma canção, há quatro dias?

— Você, Malaio.

— E quem contou uma história, há três dias?

---

54. Anjuã é uma das ilhas do Arquipélago das Comores e está localizada a leste das outras duas ilhas principais (Grande Comore e Mohéli) e a noroeste da Mayotte, no norte do canal de Moçambique, sudoeste do oceano Índico.

— Você, Malaio.

— Quem cantou uma canção anteontem?

— Você, Malaio.

— Quem contou uma história ontem?

— Você, Malaio.

— E quem cantou uma canção ainda há pouco e vai contar uma história logo mais?

— Você, Malaio, você mais uma vez.

— Sendo eu quem os diverte no trabalho, faz com que tenham prazer em fumar e não durmam assando bananas, seria justo que de algum modo retribuíssem meu sacrifício, já que fazendo isso não faço mais nada.

A observação impressionou a todos, mas como narrador devo reconhecer que apenas algumas almas mais cândidas ergueram a voz afirmativamente.

— Então — continuou Antônio —, seria justo que Tukal desse um pouco do seu tabaco para o meu cachimbo, não acha, Cambeba?

— Com certeza — respondeu Cambeba, aliviado por escapar da contribuição.

Tukal se viu forçado a dividir o tabaco com Antônio, que continuou:

— Outro dia perdi minha colher e não tenho dinheiro para comprar outra. Isso porque, em vez de trabalhar, cantei canções e contei histórias para vocês. Não acha justo que Bonhomme me dê uma colher de pau para a sopa, Tukal?

— Justíssimo — devolveu Tukal, contente por não ser o único a pagar tributo.

— Tenho então fumo para o cachimbo e colher para a sopa, mas nao tenho dinheiro para fazê-la. Seria justo que Castor me desse esse banquinho que está fazendo, para que eu vá vendê-lo na feira e compre um pedacinho de carne. Não é mesmo, Tukal? Não é mesmo, Bonhomme? Não é mesmo, Cambeba?

— Nada mais justo! — exclamaram os três.

Meio que rindo, Antônio teve quase que arrancar à força das mãos de Castor o banquinho em que ele amarrava um último bambu.

— A canção que cantei já me desgastou um pouco e vou contar uma história que vai me deixar cansado — continuou Antônio. — É justo então que eu recupere as forças comendo alguma coisa. O que acham, Tukal, Bonhomme e Castor?

— Muito justo — responderam em uníssono os três contribuintes.

Cambeba teve um mau pressentimento.

— Mas não tenho o que pôr no estômago — lamentou Antônio, mostrando maxilares vorazes e faiscantes como os de um lobo.

Os cabelos se arrepiaram na cabeça de Cambeba, que instintivamente olhou para o braseiro.

— Seria justo — retomou Antônio — que Cambeba me desse uma banana assada, não acham?

— Com certeza, sim, sim! — gritaram Tukal, Bonhomme e Castor. — Muito justo! Banana, Cambeba, banana!

Todos se puseram a gritar:

— Banana, Cambeba!

O pobre infeliz olhou para o grupo, assustado, e correu para salvar sua banana, mas no meio do caminho Antônio o segurou com uma força que ninguém imaginava que tivesse. Com a mão que estava livre ele pegou o cabo que servia para suspender sacos de milho até o alto da granja e prendeu o gancho na cinta de Cambeba. Ao mesmo tempo, fez sinal para que puxassem a outra ponta. Com uma rapidez que mostrava o quanto era inteligente, Tukal entendeu e, num piscar de olhos, Cambeba foi erguido nos ares. Com todos achando engraçadíssimo, ele subiu aos rodopios. A mais de três metros do chão a ascensão parou e Cambeba permaneceu ali, estendendo ainda as mãos crispadas na direção da infeliz banana que não podia mais disputar com seu algoz.

— Bravo, Antônio, bravo! — gritavam todos se dobrando de rir, enquanto ele, agora senhor inconteste do objeto da disputa, afastava delicadamente as cinzas, recuperando a banana assada na medida certa, corada de dar água na boca.

— Minha banana, minha banana! — gritava Cambeba, num tom de profunda dor.

— Está aqui — mostrou Antônio.

— Eu tô longe demais.

— Não quer?

— Num consigo pegar.

— Nesse caso, vô comer pra num deixá a banana apodrecê — devolveu Antônio, parodiando a maneira de falar do infeliz lá no alto.

E começou a descascar a fruta com tão cômica gravidade que a risada geral se tornou convulsiva.

— Antônio! — gritou Cambeba. — Antônio, imploro que cê me devolve a banana. Banana é pra pobre mulher doente minha. Só come banana. Vô roubar, preciso dela.

— O roubo não compensa — respondeu filosoficamente o malaio, que continuou a descascar a banana.

— Pobre Narina, pobre Narina! Num vai ter o que comê. Muita fome, muita fome!

— Tenham pena desse infeliz — disse o jovem de Anjuã, único a se manter sério no meio de toda aquela pândega.

— Que boa ideia — respondeu Antônio.

— Não estou falando com você — devolveu Nazim.

— E com quem mais?

— Falo só com gente.

— Pois eu falo com você — retrucou Antônio. — E digo: Cale a boca, Nazim!

— Soltem Cambeba — continuou o jovem de Anjuã, num tom digno de rei.

Tukal, que segurava a corda, olhou para Antônio sem saber se devia ou não obedecer. Sem responder à muda interrogação, o malaio repetiu:

— Eu disse: "Cale a boca, Nazim!" e você não calou.

— Quando um cachorro late perto de mim não respondo, sigo em frente. E você é um cachorro, Antônio.

— Cuidado com o que diz, Nazim — ameaçou Antônio, balançando a cabeça. — Quando seu irmão Laïza não está por perto, você não pesa muito. Tenho certeza de que não repetiria o que disse.

— Você é um cachorro, Antônio — repetiu Nazim, se levantando.

Todos que estavam entre os dois se afastaram, deixando frente a frente o belo negro de Anjuã e o feio malaio, mas ainda a dez passos de distância.

— Diz isso bem de longe, Nazim — retomou Antônio, com os maxilares cerrados de raiva.

— Repetirei de perto.

Num instante ele chegou a dois passos de Antônio. Com tom de desprezo, olhar altivo e narinas dilatadas, repetiu:

— Você é um cachorro!

Um branco teria se lançado sobre o inimigo e, podendo, o estrangularia. Antônio, pelo contrário, deu um passo atrás. Tenso como um réptil, ele se agachou nas pernas compridas, sacou do bolso da jaqueta um canivete e o abriu.

Nazim percebeu sua intenção. Mesmo assim, sem esboçar o menor gesto de defesa, mudo e imóvel o esperou de pé, parecendo um deus núbio.

O malaio mediu bem o adversário e se endireitou, flexível e ágil como uma serpente.

— Infelizmente para você, Laïza não está aqui — ele disse.

— Laïza está aqui! — ouviu-se uma voz grave.

Essas palavras foram pronunciadas no seu tom normal, sem qualquer gesto ou emoção a mais. No entanto bastaram para que Antônio parasse onde estava, e o canivete, já a duas polegadas do peito de Nazim, caiu da sua mão.

— Laïza! — gritaram todos, virando-se na direção da porta e assumindo atitude respeitosa.

Aquele que de tão pouco precisara para causar impressão tão poderosa, inclusive em Antônio, era um rapaz na força da idade, de estatura mediana e membros que, pelo vigor e musculatura, indicavam uma força colossal. Estava de pé, imóvel, de braços cruzados. Dos olhos semicerrados como os de um leão concentrado escapava um brilho calmo e imperioso. Vendo todos aqueles homens em reverente silêncio, à espera de uma palavra ou um sinal do recém-chegado, poderíamos pensar numa horda africana aguardando a paz ou a guerra no menear de cabeça do seu rei. Entretanto, era um escravo entre escravos.

Passados alguns minutos nessa imobilidade escultural, Laïza ergueu devagar a mão e indicou Cambeba que, por todo aquele tempo, continuava a planar no alto sobre os acontecimentos, mudo como todos. Tukal deixou afinal correr a corda e Cambeba, com grande satisfação, voltou ao solo. Imediatamente foi procurar sua banana que, na confusão criada pouco antes, havia desaparecido.

Laïza havia aproveitado aquele instante para sair, mas quase no mesmo instante voltou, com um porco selvagem nos ombros. Jogou-o junto do braseiro e disse:

— Têm com que se divertir, rapazes. Pensei em vocês e trouxe isso. Dividam.

Tal atitude e as palavras generosas que a acompanharam tocavam duas cordas sensíveis das pessoas ali presentes: a gula e o festejo. O efeito então foi imediato: todos se aproximaram do animal e se extasiaram, cada qual à sua maneira.

— Ei, que boa janta nós vai fazê — disse um malabar.

— É escuro como um moçambique — disse um malgaxe.

— É gordo como um malgaxe — disse um moçambicano.

Como é fácil de se imaginar, a simples admiração era algo ideal demais e logo cedeu lugar a iniciativas mais concretas. Num piscar de olhos o animal foi esquartejado e estripado, com uma parte sendo reservada para o dia seguinte e a outra cortada em tiras bem finas, que foram dispostas sobre os carvões, e em nacos mais consistentes, levados a assar no fogo.

Em seguida todos voltaram a seus lugares, mas com expressões mais alegres, na expectativa de uma boa refeição. Só Cambeba continuava de pé e triste, macambúzio num canto.

— Por que está aí, Cambeba? — perguntou Laïza.

— Vô fazê nada, papai Laïza — ele respondeu, triste.

"Papai", todos sabem, é um tratamento de honra entre os negros, e todos ali, dos mais moços aos mais velhos, davam esse título a Laïza.

— Ainda chateado por ter ficado preso lá no alto?

— Não, papai; num sou tão cheio de não me toques assim.

— Mas posso ver que está triste.

Cambeba respondeu apenas balançando a cabeça para baixo e para cima.

— E por quê?

— Antônio pegô minha banana, que precisei robá pra minha mulhé doente. Num tenho mais o que levá pra ela.

— Leve um pedaço de porco selvagem.

— Não pode comê carne, não consegue, papai Laïza.

— Ei! Quem aqui tem uma banana que possa me dar? — perguntou Laïza em voz alta.

Uma dúzia de bananas saíram como por milagre de sob as cinzas. Laïza escolheu a mais bonita e a deu a Cambeba, que escapuliu sem tempo nem para agradecer. Depois, virando-se para Bonhomme, de quem era a banana, disse:

— Não vai sair perdendo, Bonhomme. No lugar da banana, vai ficar com a parte da carne de Antônio.

— E eu fico com quê? — perguntou o desaforado malaio.

— Fique com a banana que roubou de Cambeba.

— Mas ela sumiu.

— Não é problema meu.

— Isso mesmo! O roubo não compensa — repetiu alguém.

Antônio se levantou, olhou em volta aquela gente que pouco antes aplaudia suas façanhas para agora aplaudir seu castigo e deixou o hangar.

— Irmão — disse Nazim a Laïza —, tome cuidado. Conheço o malaio e sei que vai querer se vingar.

— Cuide-se você, Nazim, não creio que ele se atreva muito comigo.

— Bom, tomo eu conta de você e você de mim — brincou Nazim. — Mas não vamos tratar desse assunto agora, temos outro, mais importante.

— Sei disso, mas não aqui.

— Vamos sair.

— Não agora. Quando estiverem comendo não prestarão atenção em nós.

— Tem razão.

Os dois se puseram a conversar em voz baixa sobre coisas sem importância, mas assim que as primeiras fatias grelharam, assim que os pedaços começaram a ficar assados, aproveitando o interesse que sempre impera na primeira parte de uma refeição feita com bom apetite, eles saíram sem que alguém notasse, como Laïza havia previsto.

8. Os preparativos do escravo fugido

Eram mais ou menos dez horas de uma noite sem lua, bonita e estrelada como é frequente nos trópicos, por volta do final do verão. Percebiam-se no céu algumas dessas constelações que desde a infância nos são familiares com os nomes Ursa Menor, Órion e Plêiades, mas numa posição tão diferente daquela em que nos acostumamos a vê-las que um europeu teria dificuldade de reconhecê-las. Por outro lado, entre elas brilhava o Cruzeiro do Sul, invisível em nosso hemisfério boreal. O silêncio da noite só era interrompido pelo barulho que faziam os inúmeros tenrecos[55] que abundam naquela área do rio Negro, roendo cascas de árvores, e pelo canto de iuínas e fondi-jalas, que são as toutinegras e os rouxinóis de Madagascar. Mas também pelo ligeiro crepitar da relva já seca, sob os pés dos dois irmãos.

Laïza e Nazim andavam em silêncio, olhando de vez em quando em volta, atentos, parando às vezes para ouvir e a seguir retomando a caminhada. Chegando enfim num local mais encoberto, entraram num pequeno bambuzal e, bem no interior, pararam ainda para ouvir, olhando mais uma vez em volta. O resultado foi certamente tranquilizador, pois se sentaram confiantes sob uma bananeira-brava que estendia suas palmas como um magnífico leque entre as folhas delicadas de canas que a cercavam.

— E então, irmão? — quebrou o silêncio Nazim, com a impaciência que Laïza já tentara moderar no hangar quando ele quis começar ali mesmo a conversa.

— Sustenta ainda sua decisão, Nazim? — perguntou Laïza.

— Mais do que nunca, irmão. Estou morrendo aqui. Esse tempo todo aceitei trabalhar, eu que sou filho de chefe e seu irmão. Mas não aguento mais essa vida miserável, tenho que voltar para Anjuã, mesmo correndo o risco de morrer.

Laïza deu um suspiro e disse:

— Anjuã fica longe.

— E daí?

— Estamos em época de tempestades.

---

55. Pequeno mamífero semelhante a um ouriço, muito comum na região.

— O vento vai nos empurrar ainda mais rápido.

— E se o barco virar?

— Nadaremos enquanto tivermos forças. Depois, quando não pudermos mais, olharemos pela última vez o céu, onde o Grande Espírito nos espera, e afundaremos abraçados.

— Seria pena!

— Ainda é melhor do que ser escravo.

— Então quer mesmo deixar a Ilha da França?

— Quero.

— Mesmo arriscando a vida?

— Sim.

— São dez contra uma as chances de que não chegue em Anjuã.

— Há então uma contra dez de que chegue.

— Está bem, Nazim, faça isso. Mas pense ainda.

— Há dois anos estou pensando. Quando o chefe dos mongalos me derrotou num combate, como tinha derrotado você quatro anos antes, e me vendeu ao capitão negreiro, como você próprio já havia sido, ali mesmo me decidi. Estava acorrentado, tentei me enforcar com a corrente e me agrilhoaram no porão. Quis então arrebentar a cabeça no piso e o cobriram de palha. Tentei me matar de fome e me abriram a boca à força. Sem conseguir me fazer engolir, me forçaram a beber. Tinham que se livrar rápido de mim e fui desembarcado aqui, vendido pela metade do preço. Mesmo assim não foi bom negócio para quem comprou, pois eu estava resolvido a me jogar do primeiro morro a que subisse. Mas de repente ouvi sua voz, irmão; senti nossos corações próximos, nosso abraço, e descobri tão feliz que julguei poder continuar vivo. Isso durou um ano. Depois, me desculpe, irmão, sua amizade não bastou. Comecei a me lembrar da nossa ilha, do meu pai, e me lembrei também de Zirna. Primeiro o trabalho pareceu ficar mais pesado, depois humilhante, e agora impossível. Descobri que quero fugir, voltar para Anjuã, rever Zirna, rever meu pai, rever nossa ilha. Você, sempre me protegendo, disse: "Descanse, Nazim, pois é mais fraco, eu que sou mais forte trabalharei pelos dois". E saiu todas as noites, por quatro dias. Trabalhou enquanto eu descansava. Não foi isso, Laïza?

— Foi, Nazim. Mas ouça, é melhor esperar um pouco mais — retomou Laïza, erguendo o rosto. — Escravos hoje, dentro de um mês, três meses, um ano, quem sabe senhores!

— Eu sei — disse Nazim. — Sei dos seus planos, das suas esperanças.

— Compreende então como será bom ver esses brancos tão orgulhosos, tão cruéis, humilhados e suplicantes? Compreende como será bom fazê-los trabalhar doze horas por dia? Compreende como será bater neles, açoitá-los, arrebentá-los a bordoadas? Eles são doze mil e nós oitenta mil. No dia em que fizermos essa conta, estarão perdidos.

— Vou repetir o que você me disse, Laïza, são dez contra uma as chances de que não consiga.

— E repetirei sua resposta, Nazim, há então uma contra dez de que eu consiga. Vamos ficar...

— Não posso, Laïza, não posso... Vi a alma da minha mãe, ela pediu que eu voltasse à nossa ilha.

— Você a viu?

— Sim, há quinze dias todas as noites um fondi-jala pousa logo acima da minha cabeça. É o mesmo que cantava em Anjuã sobre o túmulo dela. Atravessou o mar com as asinhas miúdas e veio. Reconheci seu canto. Ouça, ele está aqui.

De fato, naquele exato momento, um rouxinol de Madagascar, no galho mais alto do arvoredo junto ao qual estavam deitados Laïza e Nazim, começou sua melodiosa canção acima dos dois irmãos. Eles ouviram, com as cabeças melancolicamente caídas, até o momento em que o músico noturno interrompeu seu canto, voou na direção da pátria dos dois escravos e os fez ouvirem as mesmas modulações a cinquenta passos dali. Depois, alçando novo voo, ainda na mesma direção, repetiu pela última vez seu canto, longínquo eco da pátria, mas agora, por causa da distância, só se ouviam as notas mais altas. Ele enfim partiu mais uma vez, mas indo tão longe, tão longe que os dois exilados, por mais que se esforçassem, nada mais ouviram.

— Ele foi para Anjuã — disse Nazim. — E virá me chamar e mostrar o caminho até que eu mesmo volte.

— Então vá — disse Laïza.

— Agora?

— Está tudo preparado. Num dos trechos mais desertos do rio Negro, em frente ao morro, escolhi uma das maiores árvores que pude encontrar. Escavei uma canoa no tronco. Preparei dois remos com os galhos. Cortei o alto e o fundo da canoa, mas deixei o tronco ainda de pé, com medo de que dessem por falta da árvore entre os outros cimos. Basta empurrar para que caia e a canoa pode ser arrastada até o rio. Depois é só deixar que a correnteza a carregue. Se o que quer é mesmo partir, Nazim, pode ser essa noite mesmo.

— E você, irmão, não irá comigo?

— Não — respondeu Laïza. — Vou ficar.

Foi a vez de Nazim dar um profundo suspiro.

— E por que não volta comigo à terra dos nossos pais? — ele perguntou, após um silêncio.

— Eu já disse, Nazim. Há mais de um ano preparamos uma rebelião e nossos amigos me escolheram para chefiá-la. Seria uma traição abandoná-los.

— Não é o que o prende aqui, irmão — Nazim balançou a cabeça. — É outra coisa.

— E qual outra coisa, Nazim?

— A rosa do rio Negro — respondeu o jovem, olhando fixamente Laïza.

Ele estremeceu. Depois de um curto silêncio, concordou:

— É verdade, eu a amo.

— Pobre irmão! E o que pensa em fazer?

— Não sei.

— Que esperança tem?

— Vê-la amanhã, como a vi ontem, como a vi hoje.

— Mas ela sabe da sua existência?

— Não creio.

— Nunca falou com você?

— Nunca.

— E nossa ilha?

— Não me lembro mais.

— Nessali?

— Ficou para trás.

— Nosso pai?

Laïza deixou pender a cabeça entre as mãos e depois de uns instantes afirmou:

— Ouça, tudo que me disser para que eu parta será tão inútil quanto tudo que eu disse para que fique. Para mim ela é família e pátria! Preciso vê-la para viver, como preciso do ar que ela respira para respirar. Sigamos nossos destinos, Nazim. Volte para Anjuã, eu ficarei aqui.

— E o que direi a meu pai quando ele perguntar por que Laïza não voltou?

— Diga que Laïza morreu — respondeu o irmão, com a voz embargada.

— Ele não vai acreditar — sacudiu a cabeça Nazim.

— Por que não?

— "Se meu filho tivesse morrido eu teria visto a alma do meu filho. A alma de Laïza não visitou seu pai: Laïza não morreu", ele dirá.

— Diga então que amo uma branca e ele me amaldiçoará. Mas deixar este lugar enquanto ela aqui estiver, nunca!

— O Grande Espírito haverá de me inspirar, irmão — respondeu Nazim, pondo-se de pé. — Leve-me até a canoa.

— Espere — disse Laïza.

Ele foi até o tronco oco de uma sumaúma, tirou dali um caco de vidro e um odre com óleo de coco.

— O que é isso? — perguntou Nazim.

— Veja, irmão, é possível que, graças a um vento bom e aos remos, você em oito ou dez dias chegue a Madagascar ou mesmo à Grande Terra. Mas também é possível que amanhã ou depois de amanhã uma borrasca o traga de volta à costa. A esse momento já saberão da fuga e a sua descrição vai estar na ilha inteira. Será um foragido e terá que se esconder de bosque em bosque, de morro em morro.

— Irmão, eu era chamado o cervo de Anjuã, como você era o leão.

— Sei disso, mas como o cervo você pode cair numa armadilha. É preciso então que não possam segurá-lo, terá que escorregar entre as mãos que o prenderem. Isso é um caco de vidro para cortar seus cabelos e óleo de coco para besuntar pernas e braços. Deixe que o prepare como escravo fugido.

Nazim e Laïza foram a uma clareira e, à luz das estrelas, o mais velho começou, com um fundo de garrafa, a cortar os cabelos do irmão. Fez isso de forma tão rápida e eficaz quanto o melhor barbeiro com a melhor navalha de que pudesse dispor. Terminada a operação, Nazim despiu o langot para que o irmão derramasse nele óleo de coco, que foi espalhado com a mão pelo corpo inteiro. Untado da cabeça aos pés, o belo negro de Anjuã parecia um atleta antigo preparado para o combate.

Mas era preciso um teste para tranquilizar o irmão. Laïza, como Alcídamas,[56] era capaz de conter um cavalo segurando-o pelas patas traseiras e em vão o animal tentaria escapar das suas mãos. Ou como Mílon de Crotona,[57] que agarrava um touro pelos chifres, carregava-o nos ombros e o abatia com os pés. Ele então pegou Nazim pelo braço e o segurou com toda a força dos seus músculos de ferro. Se o irmão escapasse, escaparia de qualquer um, mas ele simplesmente recolheu o braço e escorregou entre os dedos de Laïza como a enguia nas mãos do pescador. Laïza em seguida o apertou contra o peito como Hércules fez com Anteu, e Nazim apoiou as mãos nos seus ombros, escapulindo como a serpente escapole das garras do leão. Só aí ele ficou mais tranquilo: Nazim não podia mais ser surpreendido e, na corrida, deixava para trás o animal com que o comparavam.

Laïza deu a ele o odre de óleo de coco, do qual havia usado apenas um quarto, recomendando que o guardasse mais preciosamente até do que as raízes de mandioca que matariam sua fome ou a água que acalmaria sua sede. Nazim prendeu o odre numa correia e a amarrou na cintura.

Os dois em seguida observaram o céu e, vendo pela posição das estrelas já ser ao menos meia-noite, se encaminharam para o morro do Rio Negro, logo desaparecendo nos bosques que cobrem a base dos Três Mamilos. Atrás deles, a vinte passos do bambuzal onde aconteceu a conversa que narramos, um homem, que de tão imóvel poderia ser confundido com um dos troncos

---

56. Estudiosos da obra de Dumas quebraram a cabeça com esse Alcídamas, que não seria o retórico grego que viveu do século V ao IV a.C. Um deles, L. F. Hoffmann, por fim concluiu: "Não sei dizer onde Dumas encontrou esse personagem".

57. Mílon de Crotona (século VI a.C.) foi um atleta grego, também usado por Dumas como exemplo de força física (cf. *O visconde de Bragelonne*, onde o mosqueteiro Porthos é comparado a ele).

de árvore no meio dos quais se deitara, lentamente se levantou, passou como uma sombra pelo mato, apareceu por um instante na orla da floresta e, com um gesto de ameaça na direção dos dois irmãos, assim que os perdeu de vista tomou a direção de Porto Luís.

Esse homem era o malaio Antônio, que prometera se vingar de Laïza e Nazim, disposto a manter sua palavra.

Mas agora, por mais que Antônio fosse ligeiro com suas pernas compridas, permitam-nos os leitores que tomemos a dianteira, indo logo à capital da Ilha da França.

9. A rosa do rio Negro

Depois de pagar Miko Miko pelo leque chinês do qual Georges tão surpreendentemente conseguira descobrir o preço, a jovenzinha que avistamos por um instante no pátio entrou em casa com a governanta enquanto o criado negro ajudava o ambulante a repor a mercadoria nos cestos. Feliz com a aquisição, que provavelmente seria esquecida já no dia seguinte com aquele andar malemolente que confere tanto charme às mulheres crioulas ela foi se deitar num largo canapé que muito obviamente servia tanto de leito quanto de assento. O móvel ficava no fundo de um pequeno e encantador budoar, decorado com porcelanas da China e vasos do Japão. Cobria a parede uma dessas telas pintadas que os colonos da Ilha da França importavam de Costa do Coromandel e conheciam como *patna* e, como é comum nos países quentes, as cadeiras e poltronas eram de bambu. Duas janelas se abriam frente a frente. Uma dava para um pátio com árvores e a outra para um vasto canteiro. Esta última era protegida por esteiras de junco que serviam de persianas, deixando passar a brisa do mar e o perfume das flores.

Assim que a jovem se estendeu no canapé, um periquito verde de cabeça cinza, do tamanho de um pardal, voou do poleiro em que estava e foi pousar no seu ombro. Começou a dar pequenas bicadas na ponta do leque que ela, distraidamente, abria e fechava.

Dissemos distraidamente por ser visível que não era no leque, por mais gracioso que fosse, e por maior que tenha sido o seu desejo de comprá-lo, que naquele momento ela pensava. De fato, seus olhos, aparentemente cravados em algum ponto do budoar — onde nada mais notável motivava tal interesse —, tinham claramente deixado de perceber os objetos em volta para seguir algum devaneio do pensamento. Não só isso, mas decerto esse devaneio tinha toda a aparência de realidade, pois de vez em quando um rápido sorriso lhe passava pelo rosto, fazendo os lábios se agitarem, respondendo, com muda linguagem, alguma muda lembrança. Tal preocupação estava bastante fora dos hábitos da jovem, a ponto de chamar a atenção da governanta que, depois de seguir por um momento as mudanças fisionômicas da pupila, enfim perguntou:

— O que está havendo, Sara querida?

— Comigo? Nada — ela respondeu, assustando-se como alguém que é bruscamente despertado. — Estou só brincando com o periquito e o leque, só isso.

— Posso ver que brinca com o periquito e o leque, mas, com certeza, no momento em que perguntei não pensava em nenhum dos dois.

— Ah, amiga Henriqueta, juro...

— Não tem o hábito de mentir, Sara, sobretudo para mim — interrompeu a governanta. — Por que começar hoje?

As faces da jovem se cobriram de vivo rubor. Então, após um momento de hesitação, ela respondeu:

— Tem razão, amiga, estava pensando em coisa bem diferente.

— Em quê?

— Em quem pode ser o rapaz que tão providencialmente passou ainda há pouco. Nunca o tinha visto antes. Deve ter vindo no navio que trouxe o governador. É errado pensar nele?

— Não, querida, não creio, mas mentiu dizendo que pensava em outra coisa.

— Tem razão, me perdoe.

E estendeu a cabeça na direção da governanta, que se inclinou e a beijou na testa.

As duas ficaram em silêncio por um momento, mas como a amiga Henriqueta, inglesa rigorosa que era, não queria deixar a imaginação da pupila vagar demais em torno de um desconhecido, e Sara, por sua vez, tendo certa dificuldade em se manter calada, abriram a boca as duas ao mesmo tempo, puxando um assunto qualquer. As primeiras palavras de ambas se chocaram, por assim dizer, e cada uma parou para deixar que a outra prosseguisse. Desse conflito de palavras apressadas resultou novo silêncio. Dessa vez foi Sara a rompê-lo.

— O que ia dizer, amiga Henriqueta?

— E você, Sara? Ia também falando alguma coisa. O que era?

— Que eu bem gostaria de saber se nosso novo governador é jovem.

— Se for, você ficará bem contente, não é, Sara?

— É claro. Se for jovem, dará jantares, festas, bailes; isso animaria um pouco Porto Luís, que é tão triste. Ah, bailes, principalmente! Tomara que dê bailes!

— Gosta tanto assim de dançar, querida?

— Se gosto! — exclamou a menina.

A amiga Henriqueta sorriu.

— Tem algum mal nisso? — preocupou-se Sara.

— Apenas quando se fazem as coisas como você, com ímpeto exagerado.

— Mas é como eu sou — respondeu a jovem, com um trejeito encantador, que sabia usar nos momentos certos. — Gosto muito ou detesto, não sei esconder uma coisa nem outra. Você mesma já não disse que a dissimulação é um defeito vil?

— Com certeza, mas entre dissimular os sentimentos e se entregar o tempo todo a seus desejos, diria quase a seus instintos — respondeu a grave inglesa, que diante dos repentes da pupila se sentia às vezes tão desconcertada quanto, em outros momentos, os impulsos daquela natureza primitiva a preocupavam —, há uma grande diferença.

— Eu sei, amiga Henriqueta já me disse isso algumas vezes. Sei que as mulheres da Europa, pelo menos aquelas que dizemos serem como se deve ser, encontraram ótimo meio-termo entre a franqueza e a dissimulação, calando a voz e gelando a fisionomia. Porém, minha tutora querida não pode comigo ser exigente demais; não sou civilizada, sou uma pequena selvagem, criada em grandes bosques e largos rios. Se vejo uma coisa que me agrada, desejo, e se desejo, quero. Além disso, sou um tanto mimada, inclusive pela amiga Henriqueta. Isso me torna teimosa. Sempre que pedi, quase sempre me deram; se por acaso recusassem, eu pegava; e deixavam que eu pegasse.

— E como irão se manter tais qualidades quando se casar com o sr. Henri?

— Ah, Henri será um bom marido, já combinamos — explicou Sara, com a mais perfeita inocência. — Deixarei que faça o que quiser e farei o que quiser. Não é, Henri? — continuou Sara, se voltando para a porta, que se abria naquele momento, dando passagem ao sr. de Malmédie e seu filho.

— O que exatamente, Sara querida? — perguntou o jovem, aproximando-se e beijando a sua mão.

— Não é verdade que quando nos casarmos você nunca vai me contrariar e fará tudo para me agradar?

— Caramba! — exclamou o sr. de Malmédie. — Temos alguém que já impõe condições!

— Não é verdade que se eu continuar gostando de ir a bailes você me levará sempre, estará comigo o tempo que eu quiser, ao contrário desses maridos horríveis que vão embora na sétima ou oitava contradança? Não é verdade que poderei fazer coisas erradas à vontade? Que se eu quiser um chapéu bonito da França, você comprará para mim? Um belo xale da Índia, você comprará? Um bom cavalo inglês ou árabe, você comprará?

— Claro — sorriu Henri. — Aliás, falando em cavalos árabes, vimos dois bastante bonitos hoje. Ainda bem que você não estava lá, Sara; pois como provavelmente não estão à venda, se os quisesse eu não teria como comprar.

— Pois saiba que eu os vi — respondeu Sara. — Não pertencem a um homem de vinte e cinco ou vinte e seis anos, um estrangeiro pardo, com belos cabelos e olhos magníficos?

— Puxa, Sara! Pelo visto prestou ainda mais atenção no cavaleiro do que nos cavalos.

— Por um motivo bem simples, Henri: o cavaleiro se aproximou e falou comigo, enquanto os cavalos só vi de longe. E nem mesmo relincharam!

— Como assim? Aquele emproado falou com você? Quando? — preocupou-se Henri.

— Isso mesmo, quando? — quis também saber o pai.

— Para começar, de forma alguma o achei emproado. E a amiga Henriqueta, que estava comigo, também não. Quando? Ora, nada mais simples: eu voltava da igreja e encontrei, aqui na porta, um chinês com dois cestos cheios de caixinhas, leques, carteiras e mais um monte de coisas. Perguntei o preço deste leque... Está vendo como é bonito, Henri?

— Sei, sei — impacientou-se o sr. de Malmédie. — Nada disso explica como o rapaz falou com você.

— Espere que chego lá, tio. Eu perguntava o preço, mas o caso é que o chinês só falava chinês. Estávamos então num impasse, a amiga Henriqueta e eu, perguntando a quem estivesse por perto, vendo os belos objetos que ele mostrava, se alguém não podia servir de intérprete. Foi quando o desconhecido, colocando-se à nossa disposição, conversou com o vendedor na língua dele e, se dirigindo a nós, anunciou: "Custa oitenta piastras". Não chega a ser caro, não acha, tio?

— Hum! — resmungou o sr. de Malmédie. — É o preço que se pagava por um negro antes da proibição do tráfico pelos ingleses.[58]

— Mas aquele homem então fala chinês? — surpreendeu-se Henri.

— Fala — respondeu Sara.

— Veja só, pai! Era só o que faltava: ele fala chinês!

— E o que tem de tão engraçado nisso? — perguntou Sara.

— Ah, nada de mais — respondeu o primo, sem parar de rir. — É incrível! Que talento o desse belo estrangeiro! É um homem surpreendente. Sabe falar com caixas de chá e abanadores.

— Fato é que o chinês é uma língua pouquíssimo falada — observou o sr. de Malmédie.

— Deve ser um mandarim — acrescentou Henri, sem parar de rir às custas do jovem desconhecido e ainda ressabiado pela maneira como aquele arrogante o olhara.

— Nesse caso, um mandarim letrado — respondeu Sara —, pois depois de falar chinês com o vendedor, falou francês comigo e inglês com a amiga Henriqueta.

58. Nas primeiras décadas do século XIX iniciou-se um movimento de proibição do tráfico negreiro, por parte tanto da França quanto da Inglaterra, com avanços e recuos, além de variações de uma colônia para outra. Mesmo naquelas em que a escravidão foi proibida, a multa não era significativa, mas essa situação vinha inflacionando o preço dos escravizados.

— Santo Deus! O homem então domina todas as línguas? — exclamou o sr. de Malmédie. — De alguém assim é que preciso nas minhas feitorias.

— Infelizmente, tio, acho que este a quem se refere esteve a serviço de um patrão que o vai fazer torcer o nariz para qualquer outro.

— Quem?

— O rei da França. Não notou que ele tem na lapela a fita da Legião de Honra? E mais outra também.

— Ah, hoje em dia essas fitas são dadas a pessoas que nem mesmo pegaram em armas.

— De qualquer forma, são em geral dadas a quem tenha de alguma forma se destacado — insistiu Sara, irritada sem saber por quê, defendendo o estranho por esse instinto tão natural nos corações puros de proteger quem está sendo injustamente atacado.

— Talvez tenha sido condecorado por saber chinês! — zombou Henri.

— Aliás, logo poremos isso às claras — continuou o sr. de Malmédie, não tendo percebido a tensão que se insinuara entre os dois jovens —, pois ele veio no navio do governador, e como ninguém chega à Ilha da França para ir embora no dia seguinte, teremos tempo para isso.

Nesse momento, um criado entrou, trazendo uma carta com o selo do governador e dizendo vir da parte de Lord Murrey. Era um convite destinado ao sr. de Malmédie, Henri e Sara para um jantar, seguido de baile, na segunda-feira seguinte.

As dúvidas de Sara com relação ao governador se resolviam. Só podia ser muito elegante quem se apresentava assim, com um jantar e um baile. Ela então não conteve o grito de alegria, pensando em toda uma noite a dançar. E vinha a calhar, já que o último navio da França lhe trouxera lindos adornos de flores artificiais, a serem aplicados num vestido. Os enfeites, quando chegaram, nem causaram o prazer esperado, pois aparentemente não teria uma ocasião para exibi-los tão cedo.

A notícia também não desagradava a Henri, apesar da digna indiferença com que a recebeu. E isso pela convicção — bem fundada, aliás — de ser ele um dos jovens mais interessantes da colônia. Mesmo com tudo acertado para o seu futuro casamento com a prima, e por mais comprometido que estivesse, ele não deixava de flertar com outras mulheres da ilha. Acrescente-se que não tinha dificuldade nesse sentido, pois Sara, por despreocupação ou por hábito, nunca manifestara ciúmes.

Já o sr. de Malmédie se estufou de orgulho ao ver o convite, relido três vezes, confirmando-o na alta ideia que tinha da sua importância, uma vez que o governador, duas ou três horas depois de chegar já o convidava para jantar, consideração da qual certamente só fruíam as personalidades locais mais prestigiosas.

Entretanto, a notícia mudava arranjos na programação de fim de semana da família Malmédie. Henri tinha combinado uma grande caçada que se estenderia pelo domingo e pela segunda-feira na área de Savana, que, ainda deserta àquela época, era ótima para encontrar cervos. E como isso se passaria na propriedade do seu pai, ele havia convidado uns doze amigos para lá se encontrarem na manhã de domingo. Os Malmédie possuíam uma simpática casa de campo junto ao rio Negro, num dos pontos mais pitorescos da ilha. Com o baile do governador na segunda, não era possível manter aquelas datas e tudo precisaria ser adiantado vinte e quatro horas. Afinal, não só os srs. de Malmédie mas também alguns dos caçadores amigos certamente teriam sido convidados por Lord Murrey. Henri correu então a seus aposentos, pondo-se a escrever uma dúzia de bilhetes que o negro Bijou se encarregaria de entregar, em seus respectivos endereços, com a mudança de planos.

O sr. de Malmédie, por sua vez, se despediu de Sara a pretexto de uma reunião de trabalho, mas na verdade queria ir se pavonear aos vizinhos que dentro de três dias poderia contar a eles, com toda a franqueza, o que achava do novo governador, com quem jantaria na segunda-feira.

E Sara, diante de circunstância tão inesperada e solene, acreditou ter muitos preparativos a fazer, declarando então não poder partir com o tio e o primo na manhã de sábado, mas que os encontraria no fim da tarde ou na manhã de domingo.

O restante daquele dia e o seguinte inteiro se passaram, como ela havia calculado, em correrias para o importante evento. Somente graças à tranquilidade da amiga Henriqueta em todos esses afazeres as duas conseguiram partir no domingo pela manhã, conforme havia sido marcado. O principal estava feito, com a prova do vestido e a garantia da costureira, muito experiente, de que Sara o encontraria pronto quando voltasse. E ainda teriam o restante do dia, antes do jantar, para eventuais reparos.

Sara deixou Porto Luís satisfeita. Depois dos bailes, aquilo de que mais gostava no mundo era o campo. Lá ela recuperava a liberdade descontraída, uma maneira de ser particular que, para a sua sensibilidade de anseios extremados, não se poderia ter na cidade. Diga-se também que no campo Sara deixava de reconhecer qualquer autoridade, mesmo a da amiga Henriqueta, pessoa que, no final das contas, era quem melhor a controlava. Se quisesse simplesmente se deixar levar pela preguiça, ela escolhia um lugar agradável, se deitava sob um jambeiro ou um pé de toranjas e vivia a vida das flores, alimentando-se de orvalho, de ar e de sol por todos os poros. Ouvia as iuínas e os fondi-jalas, distraía-se olhando os macaquinhos saltarem de galho em galho ou se dependurarem pela cauda. Podia também por bons momentos acompanhar os movimentos graciosos e rápidos dos belos lagartos verdes com listas vermelhas, tão comuns na Ilha da França e que, a cada passo nosso, três ou quatro correm, parando logo mais adiante. Eram horas e horas em que ela, por assim dizer, se punha em comunicação com a natureza por inteiro, ouvindo seus mil ruídos, estudando seus mil aspectos, comparando suas mil harmonias. Se, pelo contrário, estivesse mais disposta à ação, deixava de ser quem era e se tornava uma gazela, um pássaro, uma borboleta. Atravessava torrentes atrás de libélulas de cabeça brilhante como rubi, debruçava-se em barrancos para colher as amplas folhas de erva-cidreira-do-campo, nas quais gotas de orvalho tremiam como glóbulos de mercúrio. Como uma ondina,[59] passava dentro de cascatas que, por um instante, a escondiam atrás da poeira úmida do seu véu. Nesses momentos, ao contrário de outras mulheres crioulas, em que a tez sem brilho se colore com tamanha dificuldade, as faces de Sara se tingiam de um vermelho tão vivo que os negros, na linguagem poética deles, que dava a cada coisa um nome próprio, a chamavam Rosa do rio Negro.

Ou seja, Sara estava muito satisfeita, na expectativa das duas coisas de que mais gostava no mundo, o campo e o baile; uma naquele mesmo dia, a outra no seguinte.

59. Na mitologia escandinava, ninfa que vive em águas rápidas.

10. O banho de rio

Naquele tempo, a ilha estava longe de ser como hoje em dia, cortada por caminhos que permitem ir de carro às diferentes áreas da colônia. Os únicos meios de transporte eram o cavalo ou a liteira. Sempre que Sara ia ao campo com Henri e o sr. de Malmédie, preferia com certeza montar, pois a equitação era um dos seus exercícios mais familiares. Mas, viajando com Henriqueta, era preciso abrir mão daquele meio de locomoção que, sem sombra de dúvida, não era o favorito da grave governanta. Foi então numa liteira carregada por quatro escravos, seguidos por outros quatro que garantiam o revezamento, que Sara e Henriqueta viajaram lado a lado, próximas o bastante, aliás, para conversar através das cortininhas afastadas. Os carregadores, certos de uma boa gratificação, cantavam a plenos pulmões, alardeando a quem pudesse ouvir a generosidade da jovem senhora.

A amiga Henriqueta e Sara formavam um contraste físico e psicológico dos mais difíceis de serem imaginados. Os leitores já conhecem Sara, jovenzinha cheia de caprichos, com cabelos e olhos pretos, tez cambiante como seus estados de espírito, dentes de pérola, mãos e pés de criança, corpo ágil e ondulante como o de uma sílfide. Permitam-nos então dizer algumas palavras sobre a amiga Henriqueta.

Henriqueta Smith nascera na metrópole. Era filha de um professor que, destinando-a também à educação, a fizera desde cedo aprender italiano e francês, que para ela se tornaram tão familiares quanto a língua materna, graças à dedicação juvenil. O magistério, como se sabe, é uma profissão em que raramente se faz fortuna. Jack Smith morreu pobre, deixando a filha cheia de instrução mas sem um tostão de dote, o que fez com que a jovem chegasse aos vinte e cinco anos sem encontrar marido.

Naquela época, uma amiga que era excelente musicista, como Henriqueta era perfeita filóloga, propôs que unissem seus talentos e criassem juntas um pensionato. A proposta era aceitável e foi aceita. Mas apesar de cada uma das sócias investir na educação das meninas deixadas aos seus cuidados toda a dedicação de que eram capazes, o estabelecimento não prosperou e as duas professoras foram obrigadas a romper a sociedade.

Nessa ocasião, o pai de uma das alunas, rico negociante de Londres, recebeu uma carta em que o sr. de Malmédie dizia estar à procura de uma governanta para a sobrinha, oferecendo à eventual interessada vantagens que compensassem o sacrifício da expatriação. Ele comentou o fato com Miss Henriqueta, que se via sem muitos recursos e sem se sentir tão apegada a um país onde ela não via alternativas senão morrer de fome. A proposta lhe pareceu uma bênção do céu e ela embarcou no primeiro navio que fizesse escala na Ilha da França, recomendada ao sr. de Malmédie como pessoa de grande distinção e digna de toda consideração. Foi recebida como tal, passando a se encarregar da educação da menina Sara, na época com nove anos.

A primeira pergunta de Miss Henriqueta ao sr. de Malmédie foi quanto à instrução que deveria dar à criança e ele respondeu isso não ser problema dele, que a fizera vir justamente para se ver livre da função. Tendo sido recomendada como pessoa capaz, esperava-se apenas que ensinasse a Sara tudo o que sabia. Mas acrescentou, para concluir, que estando a menina destinada a se casar com seu primo Henri, era importante que não se afeiçoasse a ninguém mais. A decisão do sr. de Malmédie relativa à união do filho com a sobrinha se baseava não só no carinho que tinha pelos dois, mas também no fato de Sara, órfã aos três anos de idade, ter herdado uma soma de quase um milhão, que devia dobrar sob sua tutela.

De início a aluna teve muito medo daquela professora trazida do além-mar. E o aspecto de Miss Henriqueta, convenhamos, não tranquilizava muito à primeira vista. De fato, na época ela era uma solteirona de trinta ou trinta e dois anos a quem a vida no pensionato conferira essa fachada seca e dura, tão comum nas professoras. O olhar frio, as faces pálidas, os lábios finos, tudo gerava uma rigidez que surpreendeu a menina. Os cabelos claros em nada ajudavam a quebrar aquele conjunto glacial. Sara nunca viu Miss Henriqueta mais à vontade: estava sempre vestida, comprimida e penteada desde cedo pela manhã. Provavelmente, em vez de dormir numa cama, como o comum dos mortais, imaginava a menina, ela se pendurava num cabide, como suas bonecas, e aparecia no dia seguinte como tinha se despedido na véspera. O resultado foi que, nos primeiros tempos, Sara obedeceu bem corretamente à governanta e aprendeu um pouco de inglês e de italiano. Para a música, a aluna tinha a aptidão de um rouxinol, tocando quase instintivamente piano e violão, apesar de seu instrumento favorito ser a harpa malgaxe, da qual conseguia tirar acordes que encantavam os mais célebres virtuoses madagascarenses da ilha.

Todos esses progressos, diga-se, vinham sem que Sara perdesse nem um pouco a personalidade e sem que sua natureza primitiva minimamente se alterasse. Miss Henriqueta, por sua vez, se mantinha tal qual Deus e a sua educação a haviam constituído. Por mais diferentes que fossem, as duas conviviam lado a lado, sem nada ceder uma à outra. Mas como ambas tinham excelentes qualidades, apesar da diversidade de expressões, a amiga Henriqueta acabou profundamente afeiçoada à aluna que, por sua vez, desenvolveu viva amizade por ela. Tal afeição mútua se explicitava na maneira de a professora chamar Sara: "Minha criança", e Sara, achando "Miss" ou "senhorita" expressões frias demais para sua relação com a professora, inventou o "amiga Henriqueta", mais carinhoso.

Era sobretudo no referente aos exercícios corporais que a amiga Henriqueta guardava as mais persistentes reservas. Sua educação, voltada à escolástica, desenvolvera tão somente as faculdades morais, deixando em sua natural inépcia as físicas. Por isso, por maior que fosse a insistência de Sara, a amiga Henriqueta jamais quis montar a cavalo, nem mesmo em Berloque, o plácido cavalinho javanês usado pelo jardineiro para transportar repolhos. Os caminhos estreitos causavam à inglesa tais vertigens que muitas vezes ela preferia fazer uma ou duas léguas a mais para não passar perto de um precipício. Além disso, somente de coração aflito se aventuraria num barco. Assim que se sentava e sentia a embarcação balançar, a pobre governanta dizia estar enjoada, como estivera durante toda a viagem de Portsmouth a Porto Luís, ou seja, por mais de quatro meses. O resultado é que a vida da amiga Henriqueta se passava, no tocante a Sara, em permanentes apreensões. Quando ela a via, como amazona impetuosa, montar os cavalos do primo ou, leve como uma corça, saltar de rocha em rocha, ou ainda, graciosa como uma ondina, boiar na superfície da água e até momentaneamente desaparecer nas profundezas, seu pobre coração quase maternal se afligia de terror, fazendo-a padecer como essas pobres galinhas induzidas a chocarem ovos de cisnes e que, vendo a progenitura adotiva se jogar num lago, ficam na beira, sem compreender tamanha afoiteza e cacarejando tristemente para chamar os temerários que se expõem a semelhante perigo.

A amiga Henriqueta, então, mesmo a bordo de uma liteira bem macia e segura, não deixava de já se preocupar com as mil estrepolias que, como sempre, Sara inventaria, enquanto a jovem propriamente se animava a imaginar aqueles dois dias de alegria.

Deve-se também dizer que a manhã estava linda, um daqueles dias de início de outono — pois no mês de maio, nossa primavera, é outono na Ilha da França —, quando a natureza, prestes a se cobrir com um véu de chuva, docemente se despede do sol. À medida que avançavam, a paisagem se tornava mais agreste. Por pontes cuja fragilidade fazia tremer a amiga Henriqueta, atravessaram a dupla nascente do rio Muralha e as cascatas do Tamarindo. Chegando ao pé da montanha Três Mamilos, Sara perguntou pelo tio e pelo primo, sendo informada de que caçavam com os amigos entre o grande lago e a planície São Pedro. Depois passaram pelo rio Boucaut, pelo morro do Rio Negro e se viram diante da casa do sr. de Malmédie.

Sara começou indo visitar os que moravam na propriedade, que ela não via há quinze dias. Depois foi ao viveiro de pássaros, um imenso aramado em volta de todo um maciço de plantas, dentro do qual esvoaçavam rolinhas malgaxes, iuínas azuis e cinzentas, fondi-jalas e papa-moscas. De lá foi ver as suas flores, quase todas originárias da metrópole: agapantos, cravos-da-china, anêmonas, ranúnculos e rosas-da-índia, entre as quais se erguia, como rainha dos trópicos, a bela perpétua-do-cabo. Tudo isso fechado por sebes de frangipanas e de rosas-da-china que, como nossas rosas-quatro-estações, florescem o ano inteiro. Aquilo tudo era o reino de Sara, o restante da ilha era sua conquista.

Enquanto a pupila estivesse nos jardins da propriedade, a amiga Henriqueta, que apreciava os caminhos de terra batida, as sombras frescas e o ar perfumado, se sentia tranquila. Mas tais momentos tinham curta duração. Apenas o necessário para que Sara visitasse a velha mulata que cuidara dela quando criança e vivia junto ao rio Negro, com uma pequena aposentadoria. Em seguida, a menina ainda ia cumprimentar sua rolinha de estimação no aramado, colhia duas ou três flores para prender no cabelo e pronto, a parte tranquila terminava e começavam as aflições da pobre governanta. No início, ela bem que tentou conter tanta independência e impor prazeres menos errantes, mas logo reconheceu ser impossível. Sara escapava do seu controle e saía a passear sem ela, tornando sua preocupação ainda maior. Era melhor então sempre acompanhá-la. É bem verdade que em geral ela se limitava a escolher um ponto elevado, de onde pudesse seguir com os olhos a pupila em suas subidas e descidas. Com isso, tinha pelo menos a impressão de poder contê-la por gesticulações e olho atento. Então, como sempre, vendo que Sara se preparava para um daqueles passeios, a amiga Henriqueta, como de hábito, pegou um livro para ler enquanto a outra corresse.

Mas a jovem havia pensado em algo mais, além do passeio: um banho na baía do Rio Negro, sempre tão calma e tão bonita, com água tão transparente que a seis metros de profundidade se viam as madréporas crescendo na areia e toda a família dos crustáceos a perambular por seus ramos. É claro, Sara não mencionou esse programa à amiga Henriqueta; somente a velha mulata tinha sido avisada e a esperaria com a roupa de banho num local combinado.

Governanta e pupila então desceram à beira do rio Negro, que ia progressivamente se alargando para no final desaguar numa esplêndida baía, parecendo um imenso espelho. À cada margem se erguia uma alta barreira vegetal, com árvores que pareciam compridas colunas, em busca de um espaço com ar livre e sol, entre a vasta cúpula de folhas, tão densa que só num ou noutro ponto se podia ver o céu. Já suas raízes, parecendo serpentes incontáveis, não podendo atravessar as pedras graúdas que o tempo todo rolavam do alto do morro, as envolviam com seus tentáculos. À medida que o leito do rio se tornava mais largo, as árvores das duas margens se debruçavam, aproveitando o vazio deixado pela água, e formavam uma abóbada parecendo uma tenda gigantesca. Tudo isso era escuro, solitário, calmo, mudo, repleto de melancólica poesia e misteriosa reserva. O único som que se ouvia era o canto rouco do periquito-de-cabeça-cinza; os únicos seres vivos que se percebiam, por mais distante que o olhar alcançasse, eram bugios ruivos, que são o terror das plantações, mas tão comuns na ilha que todas as tentativas de eliminá-los fracassaram. De vez em quando apenas, assustado com o barulho de Sara e Henriqueta, um martim-pescador verde, de garganta e peito brancos, fugia, soltando um grito agudo e lamentoso, abandonando os paletúvios que mergulhavam seus galhos no rio e, rápido como uma flecha, atravessava a correnteza, brilhante como a esmeralda, para desaparecer nos paletúvios da outra margem. Essa vegetação tropical e essa profunda solidão em indômita consonância, a tão perfeitamente harmonizar árvores, rochedos e rio, era a natureza que Sara amava. Era a paisagem que sua imaginação primária compreendia, um ambiente que nem a pena, o lápis ou o pincel podem reproduzir, mas a alma sim.

Desde já, digamos que a amiga Henriqueta de forma alguma era insensível àquele magnífico espetáculo, mas seus eternos medos a impediam de desfrutá-lo. Chegando ao alto de uma pequena elevação, de onde se tinha vista bastante vasta, ela se acomodou, depois de insistir, sem sucesso, que Sara fizesse o mesmo. Depois acompanhou com os olhos a jovem se afastar aos saltos, sacou do bolso o décimo ou décimo segundo volume de *Clarisse Harlowe*,[60] seu romance favorito, e se pôs a relê-lo pela vigésima vez.

Sara, por sua vez, seguiu pela beira da baía, de rochedo em rochedo, como uma pastorinha que se admira no espelho de água. Em seguida, depois de confirmar que tudo em volta estava deserto, com o tímido pudor de uma ninfa antiga começou a despir tudo o que vestia, pondo no lugar uma túnica de lã branca que, presa em torno do pescoço e abaixo dos seios, descia além dos joelhos, deixando braços e pernas nus, para ter livre movimentação. De pé e vestida nesse traje, ela parecia Diana caçadora[61] pronta para o banho.

Foi até a ponta de um rochedo que domina a baía, onde a água é bastante profunda. Audaciosa e confiante na força e na habilidade que tinha, certa da sua superioridade sobre o elemento no qual havia nascido, como Vênus ela mergulhou, desapareceu na água e ressurgiu, nadando a poucos metros de onde tinha se lançado.

60. Romance epistolar de Samuel Richardson (1689-1761) publicado em 1748. É um dos mais longos da língua inglesa, com a história de uma boa moça seduzida por um libertino. Ainda hoje é considerado boa literatura.

61. Na mitologia romana, deusa da caça. Conseguiu licença do pai, Júpiter, para se manter sempre casta e transformou em cervo um caçador que a viu nua num rio.

A amiga Henriqueta ouviu que a chamavam. Ergueu a cabeça, procurou um pouco e enfim, guiada por novo chamado, localizou a bela banhista, uma ondina que, no meio da baía, deslizava na superfície da água. Sua primeira reação foi chamá-la, mas sabendo que de nada adiantaria se limitou a um gesto de reprovação, que a fez se pôr de pé e se aproximar tanto quanto possível da beira do rio no rochedo em que se encontrava.

Dali sua atenção voltou à gesticulação de Sara, que, nadando com uma das mãos, com a outra apontava para a floresta, querendo mostrar que algo se passava sob aquelas sombrias abóbadas. Henriqueta ouviu então, distantes, os latidos de uma matilha, e teve a impressão de que se aproximavam; impressão que novos sinais de Sara confirmaram. O barulho, de fato, a cada instante se tornava mais distinto e pouco tempo depois já se ouvia o atropelo de uma correria vinda de dentro do alto matagal. A duzentos passos de onde estava a amiga Henriqueta, num ponto mais elevado, de repente saiu da floresta um belo cervo, com a galhada caída para trás, e se lançou por cima do rio, desaparecendo do outro lado.

Pouco depois surgiram os cães, que atravessaram a correnteza por onde o cervo havia passado e desapareceram na sua pista, em perseguição.

Sara havia acompanhado esse espetáculo com uma alegria de caçadora, e assim que sumiram o cervo e os cães ela soltou um grito de verdadeira exultação. A esse grito, porém, respondeu outro, de pânico, tão profundo e dilacerante que a amiga Henriqueta olhou, assustada. A velha mulata, tal qual uma estátua do Pavor, de pé à beira do rio mostrava um enorme tubarão que, ajudado pelo refluxo da maré, atravessara a barra e distava apenas uns sessenta metros de Sara, vindo pela superfície em sua direção. Sem forças nem mesmo para reagir, a governanta caiu de joelhos.

O grito da mulata chamou a atenção de Sara, que se deu conta do perigo. Com admirável presença de espírito, ela tomou a direção da margem, que, contudo, estava a cerca de pelo menos quarenta metros. Por maior que fossem sua força e capacidade na natação, o monstro provavelmente a alcançaria.

Ouviu-se outro grito, e um negro, com um comprido punhal entre os dentes, saltou de entre os paletúvios da margem e, num fôlego só, chegou a um terço da largura total da baía. Em seguida, nadando com força sobre-humana, ele procurou se pôr no caminho do tubarão, que, parecendo certo da sua presa, mesmo sem forçar o ritmo avançava com assustadora rapidez na direção de Sara. Girando a cabeça a cada braçada, ela via se aproximarem ao mesmo tempo, e quase à mesma velocidade, tanto o inimigo quanto seu defensor.

Foi um momento de horrível expectativa para a velha mulata e para a amiga Henriqueta. De um ponto mais alto, ambas acompanhavam a terrível prova. Ofegantes, de braços crispados, bocas abertas, sem terem como prestar socorro, as duas a cada momento soltavam gritos de medo ou de esperança. Mas o medo logo se impôs: o tubarão visivelmente ganhava terreno, apesar dos esforços do nadador. Ele estava ainda a vinte metros do monstro, e o monstro a apenas poucas braças da jovem. E com um movimento mais forte do rabo se aproximou ainda mais. Mortalmente lívida, Sara já sentia a agitação da água a menos de dez metros atrás de si e deu uma última olhada para a margem, que não alcançaria. Compreendeu ser inútil lutar ainda por uma vida condenada. Ergueu os olhos ao céu, juntou as mãos fora d'água e se remeteu a Deus, única salvação possível. O tubarão se preparou para abocanhar a presa, mas em vez do seu dorso esverdeado o que se viu foi a barriga prateada. A amiga Henriqueta tinha levado a mão aos olhos para não ver. Naquele instante supremo, o duplo disparo de uma espingarda de dois canos havia soado à direita da governanta. Duas balas, sucedendo-se com a rapidez do relâmpago, duas vezes agitaram a água. Ouviu-se uma voz calma e límpida, com o tom de satisfação de um caçador orgulhoso do seu tiro:

— No alvo.

A amiga Henriqueta virou-se e, tendo amplo domínio do panorama, viu um jovem que segurava na mão esquerda uma espingarda fumegante. Agarrando-se com a direita num galho de caneleira-da-índia, debruçado à beira do rochedo, ele observava as convulsões do tubarão.

Duas vezes atingido, o animal imediatamente procurou o inimigo invisível. A apenas três ou quatro braças vinha alguém na sua direção e ele desistiu de Sara. Ao se aproximar, porém, o nadador mergulhou. O tubarão o seguiu e logo a superfície da baía, tinta de sangue, se agitou com as batidas de cauda do monstro. Era evidente que uma luta feroz se travava nas profundezas.

Enquanto isso, a amiga Henriqueta havia descido, ou melhor, escorregado ao longo do rochedo e chegara à margem, estendendo a mão a Sara que, exausta e sem poder ainda acreditar ter realmente escapado de tamanho perigo, assim que se viu em terra firme caiu de joelhos. Vendo a pupila em segurança, sem forças a governanta também caiu, quase sem sentidos.

Ao se recuperaram, a primeira coisa a chamar a atenção delas foi Laïza de pé, coberto de sangue, com o braço e a coxa muito feridos, enquanto o cadáver do tubarão boiava na superfície das águas.

Automaticamente, as duas ao mesmo tempo olharam para o rochedo em que havia surgido o anjo libertador. Estava vazio: o anjo libertador havia desaparecido, mas não rápido o bastante para que elas não tivessem reconhecido o jovem estrangeiro de Porto Luís.

Sara então se virou para o negro que acabava de dar tão grande prova de dedicação, mas ele, passado um instante de muda contemplação, se embrenhara na mata. Em vão ela o procurou. Tanto o estrangeiro quanto o negro haviam desaparecido.

11. Quanto custa um negro

De um ponto mais acima do rio, dois homens haviam assistido a uma parte do que acabava de acontecer: o sr. de Malmédie e Henri.

Só então a jovem se deu conta de estar semidespida e, ruborizando à ideia de ter sido vista assim, chamou a velha mulata, vestiu um roupão e, apoiando-se no braço da amiga Henriqueta, ainda trêmula de pavor, encaminhou-se na direção do tio e do primo.

Seguindo a pista do cervo, eles tinham chegado à beira do rio justo no momento do duplo disparo da espingarda de Georges. De início, acharam ser um dos companheiros que houvesse percebido o animal. Olharam então para o lugar de onde tinham vindo os tiros e, como dissemos, assistiram de longe e vagamente ao que contamos.

Atrás dos srs. de Malmédie, vieram os demais caçadores.

Sara e a amiga Henriqueta logo se viram no centro do grupo, com todos perguntando o que havia acontecido. A governanta estava ainda nervosa demais e foi Sara quem contou.

É grande a distância entre presenciar uma cena tão terrível quanto a que tentamos descrever, ter seguido os detalhes com olhos horrorizados, e ouvir o relato, mesmo que da quase vítima, tudo isso ainda no próprio local. Entretanto, como a fumaça dos tiros mal se dissipara e como o cadáver do monstro ainda boiava ali perto em agonia, a narrativa de Sara produziu grande efeito. Todos cavalheirescamente lamentaram não estar no lugar do desconhecido ou do negro. Estavam certos de que teriam apontado com tanta exatidão quanto um, ou nadado tão vigorosamente quanto o outro. Mas a todas essas juras de pontaria e de dedicação, uma voz interior, no coração de Sara, dizia: "Apenas eles poderiam ter feito o que fizeram".

Nesse momento, pelos latidos dos cães, ficou claro que o cervo fora encurralado. Sabemos o que significa, para um caçador, assistir ao cerco de um animal que ele perseguiu a manhã inteira. Sara estava salva, Sara não tinha mais o que temer. Não havia então por que perder em condolências — por um incidente que, no final das contas, não tivera consequências graves — um tempo que seria tão bem empregado em outro lugar. Dois ou três caçadores mais distantes da jovem saíram de fininho, na direção de onde vinham os latidos. Quatro ou cinco outros os seguiram. Henri lembrou que seria pouco educado não acompanhar seus convidados, com os quais tinha deveres de hospitalidade. Em dez minutos, restava apenas o sr. de Malmédie com Sara e a amiga Henriqueta.

Os três tomaram o caminho de casa, onde uma suculenta refeição aguardava os caçadores, que também não demoraram a chegar, com Henri à frente. O noivo galantemente trazia para sua prometida a pata do cervo, que ele próprio havia cortado e oferecia como troféu. Sara agradeceu a graciosa gentileza e Henri, por sua vez, a parabenizou por parecer totalmente refeita do susto. É verdade, ninguém diria que algo tão extraordinário tivesse ocorrido. Todos os demais caçadores concordaram.

A comilança foi das mais alegres. A amiga Henriqueta pediu permissão para não participar, pois passara por medo tão grande que se sentia febril, enquanto Sara, pelo menos para quem a visse de fora, estava de fato, como disse Henri, perfeitamente tranquila e fez as honras da mesa com a graça de sempre.

À sobremesa, vários brindes foram levantados, entre os quais, justiça se faça, alguns aludindo ao acontecimento da manhã. Nessas comemorações, em momento nenhum o negro desconhecido e o caçador estrangeiro foram lembrados. O milagre foi creditado unicamente à Providência, que resolvera conservar para o sr. de Malmédie e Henri uma sobrinha e noiva tão afetuosamente querida.

Mesmo que ninguém, entre um brinde e outro, fizesse qualquer menção a Laïza ou Georges — cujos nomes, aliás, ninguém conhecia —, todos falaram muito dos próprios feitos, e Sara, com encantadora ironia, distribuía a cada um os devidos louvores por tanta destreza e coragem.

Quando já deixavam a mesa, o capataz chegou para contar ao sr. de Malmédie que um escravo, tentando fugir, fora pego e trazido de volta. Sendo coisa que acontecia frequentemente, o proprietário se limitou a dizer:

— Entendo. Deem a punição de praxe.

— O que houve, meu tio? — perguntou Sara.

— Nada de mais, querida.

E a conversa interrompida foi retomada.

Dez minutos depois um criado avisou que os cavalos estavam prontos. Como o jantar e o baile de Lord Murrey seriam no dia seguinte e ninguém queria chegar em cima da hora, combinaram o retorno a Porto Luís logo depois do almoço.

Sara passou pelo quarto da amiga Henriqueta. A pobre governanta não ficara propriamente doente, mas estava tão abalada que a pupila exigiu que ela permanecesse ainda em rio Negro. Sara, é verdade, tinha um motivo a mais para isso, pois poderia voltar a cavalo, em vez de na liteira.

No momento de partir, ela viu quatro negros atarefados em retalhar o tubarão. A mulata havia indicado onde encontrariam o corpo do animal e eles o tinham pescado para extrair óleo.

Chegando a Três Mamilos, os viajantes avistaram de longe um grupo de homens; ao se aproximarem, descobriram que estavam à espera da execução de um castigo, pois, em ocasiões assim, todos os escravos da propriedade eram forçados a assistir à punição do culpado.

Tratava-se ali de um jovem de dezessete anos que aguardava, amarrado e garroteado, junto do poste a que seria preso no momento certo. E esse momento estava sendo adiado por insistente pedido de outro escravo, que alegava ter antes algo importante a dizer ao sr. de Malmédie.

De fato, quando este último se aproximou, um negro que tratava de um ferimento na cabeça do prisioneiro se levantou e tentou dizer alguma coisa, mas o capataz o impediu.

— O que houve? — perguntou o proprietário.

— Trata-se do escravo Nazim, que receberá as cento e cinquenta chibatadas a que foi condenado.

— Por que ele foi condenado a receber cento e cinquenta chibatadas? — perguntou Sara.

— Por ter fugido — respondeu o capataz.

— Ah! Foi aquela fuga que denunciaram? — quis saber Henri.

— Exatamente.

— E como o pegaram?

— Não foi difícil. Esperei que ficasse longe o bastante do rio para que não pudesse voltar a remo ou nadando. Fui atrás dele num bom bote com oito remadores. Depois da ponta do sudoeste, pudemos vê-lo já no mar, a mais ou menos duas léguas. Tendo apenas dois braços e nós dezesseis, estando numa canoa improvisada e nós numa excelente embarcação, logo o alcançamos. Ele então se jogou ao mar para nadar de volta, mergulhando como um golfinho, mas acabou se cansando. Bom, como já tínhamos perdido tempo demais, peguei um remo e, no momento em que ele voltava à tona, acertei uma pancada tão bem dada na cabeça dele que achei que afundaria para sempre. Mas pouco depois o vimos voltar, apenas desmaiado. Só no morro do Brabant recuperou os sentidos.

— Mas o pobre coitado talvez estivesse seriamente ferido — assustou-se Sara.

— Não, não, senhorita — respondeu o capataz —, é só um arranhão. Esses negros danados fingem muito.

— Nesse caso, por que esperaram tanto para a punição que ele fez por merecer? — reclamou o sr. de Malmédie. — Eu já tinha dado a ordem, era para ser cumprida.

— E será, patrão. Mas o irmão dele, que é um bom trabalhador, garantiu ter algo importante a dizer ao senhor antes. Sabendo que o patrão passaria por aqui, e seria um atraso de apenas uns quinze minutos, decidi esperar.

— Fez bem — disse Sara. — E onde ele está?

— Quem?

— O irmão desse infeliz.

— Sim, onde ele está? — juntou-se o sr. de Malmédie.

— Sou eu — disse Laïza.

Sara deu um grito de surpresa: acabava de constatar que o irmão do condenado era quem tão generosamente se esforçara para salvar sua vida naquela manhã mesmo. No entanto, ele estranhamente não havia olhado para ela em momento algum, parecendo não conhecê-la. Em vez de implorar sua interferência, como seria de esperar, ele se adiantou na direção do sr. de Malmédie. Mas não havia dúvida: os ferimentos deixados pelos dentes do tubarão nos seus braços e na coxa ainda estavam abertos e sangrando.

— O que quer? — perguntou o sr. de Malmédie.

— Pedir uma graça — respondeu Laïza em voz baixa, para que o irmão, a vinte passos dali, vigiado por outros escravos, não ouvisse.

— Qual?

— Nazim é frágil, é um menino, foi ferido na cabeça e perdeu muito sangue. Talvez não tenha forças para suportar a punição que merece. Pode morrer sob o açoite e o senhor perderá um escravo que, de um jeito ou de outro, vale duzentas piastras…

— Muito bem, e aonde quer chegar?

— Quero propor uma troca.

— Qual?

— Que sejam aplicadas em mim as cento e cinquenta merecidas chibatadas. Sou forte e as aguentarei sem que isso me impeça de estar no trabalho habitual amanhã, enquanto ele, como eu disse, está fraco e morrerá.

— Isso não é possível — respondeu o sr. de Malmédie, enquanto Sara, sem despregar os olhos do rapaz, continuava extremamente surpresa.

— E por que não?

— Seria uma injustiça.

— Não seria, pois sou o verdadeiro culpado!

— Você?!

— Sim, eu — afirmou Laïza. — Eu que pus na cabeça de Nazim a ideia de fugir, eu que fiz a canoa de que ele se serviu, eu que raspei a cabeça dele com um caco de garrafa, eu que dei a ele óleo de coco para passar no corpo. Eu é que devo ser punido, e não Nazim.

— Está enganado — meteu-se Henri na conversa. — Devem ser punidos os dois, ele por ter fugido, você por ter ajudado.

— Então apliquem em mim as trezentas chibatadas e estamos conversados.

— Capataz — chamou o sr. de Malmédie —, mande dar em cada um desses negros cento e cinquenta chibatadas e terminemos com isso.

— Um momento, tio — interpôs-se Sara. — Peço graça para eles.

— E por qual motivo? — espantou-se o sr. de Malmédie.

— Foi este homem que tão corajosamente se jogou na água para me salvar.

— Ela me reconheceu! — exclamou Laïza.

— Em vez de punição, ele merece uma recompensa — concluiu Sara.

— Se acredita que mereço recompensa, conceda o perdão a Nazim — pediu Laïza.

— Diabos! — praguejou o sr. de Malmédie. — Isso está indo longe demais. Foi você que salvou minha sobrinha?

— Não — respondeu o negro. — Sem o jovem caçador, ela estaria perdida.

— Mas ele fez o que pôde para me salvar, tio. Lutou com o tubarão — desesperava-se a jovem. — Basta ver seus ferimentos. Ainda sangram.

— Lutei com o tubarão para me defender — retomou Laïza. — O tubarão me atacou e precisei lutar para me salvar.

— E então, tio, vai recusar o que peço? — insistiu Sara.

— Sou obrigado — respondeu o sr. de Malmédie. — Se conceder graça em semelhante situação, esses danados vão se animar a fugir, esperando sempre haver um belo coração como o seu para interceder a favor deles.

— Mas tio...

— Pergunte a qualquer um desses cavalheiros se coisa assim é possível — respondeu o sr. de Malmédie, voltando-se, confiante, aos amigos do filho.

— Sem dúvida — eles responderam —, em caso como esse, a graça seria um exemplo desastroso.

— Como pode ver, Sara...

— Mas alguém que arriscou a própria vida por mim — ela continuou — não pode ser punido no mesmo dia em que fez isso. O senhor deve uma punição a ele, eu devo uma recompensa.

— Que cada um então cumpra a sua parte: quando eu terminar a punição, você o recompensará.

— Mas tio, que importância tem para o senhor tudo isso? Que mal lhe causaram, uma vez que não conseguiram o que queriam?

— Que mal me causaram? Isso tira o preço que valem. Um negro fujão perde cem por cento do preço. Esses dois que ontem valiam um quinhentas e o outro trezentas piastras, ou seja, oitocentas piastras, se eu hoje pedir seiscentas por eles, ninguém dará.

— Eu, em todo caso, não daria seiscentas piastras por eles — disse um dos amigos de Henri.

— Pois bem, serei mais generoso — ouviu-se uma voz que fez Sara estremecer. — Dou mil pelos dois.

A jovem se virou e reconheceu o estrangeiro de Porto Luís, o anjo libertador do rochedo.

Ele estava de pé, num elegante traje de caça, apoiado na espingarda de dois tiros. Tinha ouvido toda a conversa.

— Ah, é o senhor! — disse o sr. de Malmédie, enquanto um sentimento, do qual Henri não podia se dar conta, lhe fazia subir um rubor às faces. — Antes de tudo, receba todos os meus agradecimentos, pois minha sobrinha contou lhe dever a vida. Se eu soubesse onde encontrá-lo já o teria procurado, não para pagar a dívida, o que seria impossível, mas para exprimir toda a minha gratidão.

O estrangeiro se inclinou sem nada dizer, com ar de sobranceira modéstia, que Sara não deixou de perceber. Ela se apressou em dizer:

— Meu tio tem razão, tais serviços não se pagam, mas esteja certo de que, enquanto eu viver, me lembrarei de que é ao senhor que devo a vida.

— Duas cargas de pólvora e duas balas de chumbo não valem tanto agradecimento, senhorita. Estarei então já bem satisfeito se a gratidão do sr. de Malmédie fizer com que ele me ceda, pelo preço que ofereci, esses dois negros, que me seriam úteis.

— Henri — disse baixinho o sr. de Malmédie —, não nos disseram, anteontem, estar vindo à ilha um navio negreiro?

— Disseram sim, pai.

— Bem — continuou Malmédie, falando agora para si mesmo —, teremos como substituí-los.

— Espero uma resposta, senhor — insistiu o estrangeiro.

— Ora, cavalheiro, mas será um prazer. Esses negros são seus, o senhor pode pegá-los. Mas no seu lugar, mesmo correndo o risco de que não possam trabalhar por três ou quatro dias, eu aplicaria hoje mesmo a punição que merecem.

— Isso é problema meu — sorriu o desconhecido. — As mil piastras estarão na sua casa esta noite.

— O cavalheiro entendeu mal — disse Henri. — Meu pai não pretendia vender esses dois homens e sim dá-los ao senhor. A existência de dois miseráveis não pode se comparar a uma vida tão preciosa quanto a de minha bela prima. Deixe-me ao menos oferecer o que temos e o senhor parece querer.

— Não era essa a minha intenção — devolveu o estrangeiro, erguendo a cabeça com altivez, enquanto o sr. de Malmédie fazia ao filho um gesto dos mais significativos.

— Pois permita-me alterá-la — disse Sara —, e pela amizade daquela de quem o senhor salvou a vida, aceite esses dois escravos que oferecemos.

— Obrigado. Seria ridículo de minha parte teimar. Aceito, mas que a senhorita então me considere agora seu devedor.

Dito isso, mostrando não querer prender por mais tempo aquelas dignas pessoas na estrada, ele se inclinou e deu um passo atrás.

Os homens trocaram uma saudação, Sara e Georges trocaram um olhar.

O grupo retomou seu caminho e Georges o seguiu por um momento com os olhos e o característico franzir das sobrancelhas de quando uma lembrança amarga o inquietava. Depois, aproximando-se de Nazim, disse ao capataz:

— Mande que desamarrem este homem; ele e o irmão me pertencem.

O empregado, que tinha ouvido a conversa do estrangeiro com os patrões, obedeceu prontamente. Nazim foi solto e entregue com Laïza a seu novo senhor.

— Agora, meus amigos — disse ele aos negros e tirando do bolso uma sacolinha com moedas de ouro —, como os recebi de graça, é justo que lhes retribua. Dividam entre os dois esse dinheiro.

Ele entregou a sacolinha ao que estava mais perto e, vendo que os dois, de pé, esperavam ordens suas, disse:

— Façam o que quiserem, vão para onde quiserem; estão livres.

Laïza e Nazim gritaram de alegria, mas ainda hesitantes, pois não podiam acreditar na generosidade de alguém a quem não haviam prestado nenhum serviço. Foi preciso que Georges repetisse aquelas palavras e eles então caíram de joelhos, beijando, num ímpeto impossível de se descrever, a mão que os libertara.

Vendo que as horas passavam, Georges enfiou de volta na cabeça o grande chapéu de palha que até ali ele só segurava e, jogando a espingarda no ombro, retomou o caminho de Moka.

12. O baile

No dia seguinte, como dissemos, aconteceria o tal jantar e baile no Palácio do Governo. A notícia agitava toda Porto Luís.

Quem não tiver vivido nas colônias, sobretudo na Ilha da França, não faz ideia do luxo reinante naquele vigésimo grau de latitude sul. De fato, além das maravilhas parisienses que atravessam mares e embelezam as graciosas crioulas de Maurício, elas dispõem ainda, para escolher em primeira mão, de diamantes de Bijapur, pérolas de Ofir, cachemiras de Sião e belas musselinas de Calcutá. Não há navio que venha do mundo das *Mil e uma noites* e não pare na Ilha da França, por lá deixando parte dos tesouros a caminho da Europa. Mesmo para um homem habituado à elegância parisiense ou à profusão inglesa parecerá extraordinário o deslumbre de uma recepção de gala naquele lugar.

Acrescente-se a isso que em três dias Lord Murrey havia renovado inteiramente as dependências festivas do palácio, grande adepto que era da moda e do conforto. Por volta das quatro daquela tarde, o salão mais parecia o de um apartamento de luxo da rua Mont-Blanc ou da Regent Street.[62] Toda a aristocracia colonial estava presente. Os homens na simplicidade exigida por nossa moda atual e as mulheres cobertas de diamantes, borbulhantes de pérolas, preparadas já para o baile, diferenciando-se das europeias apenas pela indolente e deliciosa *morbidezza*[63] que só as crioulas têm. A cada nome anunciado, um sorriso geral recebia a pessoa que chegava, pois em Porto Luís, é claro, todo mundo se conhece e a única curiosidade a acompanhar cada mulher que entre num salão é quanto ao novo vestido que ela comprou, de onde veio, com qual tecido foi feito e como foi enfeitado. E era sobretudo com relação às inglesas que as crioulas estavam curiosas, pois na permanente luta do coquetismo que se travava em Porto Luís, o que mais interessava às autóctones era vencer em luxo as estrangeiras. O murmúrio que se ouvia a cada aparição e os cochichos subsequentes eram, em geral, mais ruidosos e

62. À época, ruas elegantes de Paris e Londres, sendo a rua Mont-Blanc a atual rua de la Chaussée-d'Antin.
63. Em italiano, maciez ou suavidade, sendo a palavra aqui empregada como "langor".

prolongados quando o anunciador oficial comunicava algum nome britânico de rude consonância, a discrepar dos nomes locais tanto quanto se chocavam com as virgens morenas dos trópicos as louras e pálidas jovens do Norte. A cada novo convidado anunciado, Lord Murrey, com a aristocrática polidez que caracteriza os ingleses da alta sociedade, ia a seu encontro. Se fosse do sexo feminino, ele oferecia o braço para acompanhá-la ao seu lugar, encontrando, no caminho, o elogio certo a fazer. Se do sexo masculino, estendia a mão e encontrava a palavra correta a ser dita. Todos então consideraram o novo governante um encantador anfitrião.

Foram anunciados os srs. e a srta. de Malmédie. A chegada deles era aguardada com impaciência e curiosidade, não exatamente por ser o chefe da família um dos mais poderosos e mais consideráveis proprietários da Ilha da França, mas também por Sara ser uma das mais ricas e elegantes jovens locais. Todos acompanharam então os movimentos de Lord Murrey indo na direção da moça, pois o que ela estaria vestindo era uma das maiores preocupações das belas convidadas.

Contradizendo o hábito das mulheres crioulas e indo contra a expectativa geral, o traje de Sara era dos mais simples: um lindo vestido de musselina da Índia, transparente e leve como aquela gaze que Juvenal descreve como "ar tecido",[64] sem uma só bordadura nem pérola ou diamante, e tendo como enfeite apenas um galhinho de espinheiro-rosa. Uma coroa do mesmo arbusto cingia a cabeça da jovem e um ramalhete das suas flores lhe adornava a cintura. Pulseira nenhuma realçava o dourado da pele. Apenas os cabelos finos, sedosos e pretos caíam em compridos cachos pelos ombros, e ela trazia na mão o leque comprado de Miko Miko, maravilha do artesanato chinês.

Como dissemos, todo mundo se conhecia na Ilha da França. Assim sendo, com a chegada da família Malmédie não se esperava mais ninguém que, por posição social e fortuna, normalmente participasse daquele tipo de festejo. Por isso, a atenção logo se desviou da entrada por onde não chegaria mais ninguém. Passados dez minutos, todos se perguntavam por que Lord Murrey continuava a esperar, quando novamente a porta foi aberta e o criado anunciou bem alto:

— Sr. Georges Munier.

Um raio que caísse no meio do grupo que acabamos de reunir no salão certamente não teria causado maior efeito do que essa simples frase. Todos se viraram para a porta, perguntando-se quem seria, pois, mesmo sendo um sobrenome conhecido na Ilha da França, quem assim se chamava estava há tanto tempo afastado que todos, mais ou menos, tinham se esquecido dele.

Georges entrou.

---

64. Poeta satírico romano que viveu da segunda metade do século I à primeira do século II. A expressão propriamente não foi encontrada em *Sátiras*, que reuniu toda a sua obra, escrita entre 90 e 127.

O jovem mulato estava vestido com simplicidade, mas também extremo bom gosto. A casaca escura era admiravelmente talhada às suas medidas e realçava toda a elegância do corpo. À lapela chamavam atenção, presas por uma correntinha de ouro, as duas pequenas cruzes com que fora condecorado. A calça bem ajustada deixava que se vissem as formas esbeltas e perfeitamente proporcionadas, o que é frequente nos homens de cor. Porém, ao contrário do que neles é habitual, não se viam joias, a não ser uma fina corrente de ouro, semelhante à que tinha na lapela, cuja ponta, única parte a aparecer, se perdia no bolso do colete de piquê branco. Além disso, uma gravata preta, presa com a laboriosa negligência só conseguida por quem se sente perfeitamente à vontade com a moda. Sobre essa gravata se dobrava um colarinho arredondado de camisa, servindo de suporte para o belo rosto, no qual o bigode e os cabelos pretos realçavam a opaca palidez.

Lord Murrey se adiantou na direção do convidado, mais do que fizera para qualquer outro, e, pegando sua mão, o apresentou a três ou quatro senhoras e cinco ou seis oficiais ingleses, que ali se encontravam, como seu recente companheiro de viagem, do qual só podia tecer elogios. Depois, voltando-se para o restante do salão, disse:

— Apresento a todos o sr. Georges Munier. É um compatriota dos senhores, e a volta de alguém tão ilustre deve ser quase uma festa nacional.

Georges inclinou-se em sinal de agradecimento. Qualquer que fosse a deferência que se devia ao governador, ainda mais na sua casa, apenas uma ou duas vozes encontraram forças para balbuciar algumas palavras em resposta à apresentação.

Lord Murrey não notou ou apenas fingiu não notar. Como um criado providencialmente anunciou que a mesa estava posta, ele tomou Sara pelo braço e passou à sala de jantar.

Com o que já conhecemos de Georges, é fácil adivinhar ter sido intencional o seu atraso. Disposto a entrar em luta contra o preconceito, ele quis ver frente a frente o inimigo. E não podia reclamar, pois tanto o anúncio do nome quanto a sua entrada haviam produzido o efeito esperado.

E a pessoa mais impressionada com tudo aquilo era, sem dúvida, Sara. Sabendo que o jovem caçador do rio Negro tinha chegado a Porto Luís com Lord Murrey, não chegou a surpreendê-la a sua presença. Talvez fosse até pensando nele, recém-chegado da Europa, que escolhera se vestir com tão elegante simplicidade, aqui apreciada, mas que nas colônias muitas vezes, reconheçamos, é substituída pelo luxo exagerado. Ela o havia procurado por todo lugar ao entrar, mas logo ao primeiro olhar notou sua ausência. Achou, entretanto, que ainda poderia chegar, e ela afinal saberia o seu nome sem ser preciso perguntar, pois seria anunciado.

Tais previsões se mostraram corretas. Como vimos, ela mal teve tempo de se aproximar do círculo das mulheres, os srs. de Malmédie do grupo dos homens, e Georges Munier foi anunciado.

Era um nome bem conhecido na ilha, mas ninguém estava habituado a ouvi-lo em tais ambientes. Tomada por um mau pressentimento, Sara estremeceu e aguardou com ansiedade até ver surgir o jovem estrangeiro de Porto Luís, com seu andar firme, feições calmas, olhar altivo, lábios desdenhosamente erguidos e, é preciso dizer, ainda mais bonito e poético nessa terceira aparição do que nas anteriores.

Ela então acompanhou, não só com os olhos, mas também com a alma, a apresentação que Lord Murrey fez de Georges aos convidados. Afligiu-se com o silêncio que sobreveio, em rejeição às origens mestiças do jovem convidado. Quase molhados de lágrimas, seus olhos responderam ao rápido e penetrante olhar de Georges.

Depois disso, Lord Murrey lhe havia oferecido o braço e ela nada mais viu, sentindo que ruborizava e empalidecia quase ao mesmo tempo sob o olhar de Georges. Achando que o mundo inteiro tinha os olhos pregados nela, Sara tentava escapar da curiosidade geral. Na verdade, não era preciso, ninguém a observava tanto, pois ninguém ali, à exceção do sr. de Malmédie e Henri, tinha conhecimento das duas ocasiões que haviam anteriormente posto em contato os dois jovens; ninguém podia suspeitar do que quer que fosse entre a srta. Sara de Malmédie e o sr. Georges Munier.

À mesa, ela arriscou um relance em volta. Estava sentada à direita do governador, que tinha à sua esquerda a esposa do comandante militar da ilha. À frente dela estava esse comandante, sentado, por sua vez, entre duas mulheres pertencentes às famílias mais distintas da ilha. Depois, à direita e à esquerda dessas duas senhoras, os srs. de Malmédie, pai e filho, e assim em diante. Georges, por acaso ou por graciosa disposição de Lord Murrey, estava entre duas inglesas.

Sara respirou mais tranquila, sabendo que o preconceito que perseguia o jovem mulato não pesava tanto no julgamento dos estrangeiros, sendo preciso que um habitante da metrópole estivesse há bastante tempo na colônia para isso. Ela então viu Georges cumprir, da maneira mais desenvolta, o papel de afável comensal, entre a troca de sorrisos das duas compatriotas do governador, encantadas por terem encontrado um vizinho de mesa conversando como se também tivesse nascido na Inglaterra.

Levando sua atenção para o centro da mesa, Sara percebeu que os olhos de Henri estavam fixados nela. Compreendeu de imediato o que ele podia estar pensando e, numa reação independente da vontade, ruborizando, olhou para o chão.

Lord Murrey era um grande senhor, em toda a acepção do termo, sabendo perfeitamente representar o papel de anfitrião, tão difícil de aprender para quem não o domina pelo instinto ou, por assim dizer, de nascença. Desse modo, tão logo o desconforto e o embaraço que normalmente pesam sobre o primeiro serviço de um jantar de gala se dissiparam, ele passou a se dirigir a cada um dos convivas, referindo-se às suas respectivas ocupações, para que pudessem dar respostas mais fáceis, lembrando, por exemplo, a oficiais ingleses alguma bela batalha, a negociantes alguma alta especulação. No meio disso, fazia de vez em quando alguma pergunta a Georges, mostrando com ele poder falar sobre todo tipo de coisa, de generalidades intelectuais, e não de alguma especialidade comercial ou militar.

Foi como se passou o jantar. Dentro da mais perfeita modéstia, com sua rápida inteligência Georges havia respondido sempre satisfatoriamente ao governador, deixando claro aos oficiais que participara de batalhas como eles e aos negociantes que não desconhecia os grandes interesses comerciais que fazem do mundo inteiro uma grande família, unida pelos laços do mercado. No meio dessas conversas entrecortadas, sobressaíam nomes que na França, na Inglaterra ou na Espanha ocupavam altas posições na política, na aristocracia ou nas artes. E a cada um deles se acrescentavam observações que inequivocamente mostravam que eram citados por alguém com absoluto conhecimento da personalidade, do temperamento e da posição de quem estava sendo citado.

Por mais que essas conversas soltas passassem, por assim dizer, acima da cabeça da maioria dos que ali estavam, vários eram capazes de notar a superioridade com que Georges discorria sobre todos os assuntos. Assim, mesmo que a rejeição manifestada contra o jovem mulato continuasse mais ou menos inalterada, o espanto cresceu e, com isso, no coração de alguns surgiu também a inveja. Henri, principalmente, preocupado com a ideia de Sara ter notado Georges mais do que sua condição de noiva e dignidade de mulher branca recomendavam, Henri sentia remoer no fundo do coração um sentimento de amargor que não conseguia disfarçar. Além disso, o sobrenome Munier despertara recordações da infância, e lhe voltou à memória o dia em que, tentando arrancar uma bandeira das mãos de Georges, acabara levando um violento soco no nariz, desferido por Jacques. Tudo aquilo envolvendo os irmãos Munier surdamente pesava no seu peito, e o fato de Sara, no dia anterior, ter sido salva por um deles, em vez de aliviar esse peso do passado fazia crescer o ódio.

Seu pai, enquanto isso, durante todo o jantar esteve absorto em profunda troca de ideias com o vizinho de mesa sobre uma nova maneira de refinar açúcar que daria ao produto das suas terras um terço a mais do valor que tinha. Ou seja, exceto pela surpresa em descobrir que o salvador da sua sobrinha era o filho de Pierre Munier, e revê-lo como convidado de Lord Murrey, nada mais despertara sua atenção.

Como dissemos, o mesmo não acontecia com Henri, que não perdia uma só das perguntas de Lord Murrey a Georges nem suas respostas. Em cada uma, não pôde deixar de notar o bom senso e o pensamento elevado. Observara também o olhar firme, intérprete da força de vontade absoluta de

Georges, e percebeu não se tratar mais, como no dia em que partiu, de um menino oprimido, mas de um adversário considerável, pronto para enfrentar qualquer ataque.

Se, em seu retorno à Ilha da França, Georges tivesse humildemente agido dentro da condição que, segundo os brancos, a natureza lhe dera, se tivesse se limitado à obscuridade do seu nascimento, Henri nem o teria notado ou, mesmo que notasse, não guardaria qualquer rancor por desavenças de catorze anos antes. Mas não foi o que aconteceu, e o orgulhoso mulato chegou chamando atenção. Por um serviço prestado, intrometeu-se na vida da sua família e vinha agora, como seu igual socialmente e seu superior em inteligência, sentar-se à mesma mesa que ele. Era mais do que devia suportar: Henri, em seu íntimo, lhe declarou guerra.

Quando todos deixaram a mesa e passaram ao jardim, ficando as mulheres num caramanchão ao lado daquele em que os homens tomavam café, ele procurou Sara. Ao vê-lo, ela se preocupou, sabendo instintivamente que ele viera para falar de Georges.

— E então, minha bela prima — começou Henri, apoiando-se no encosto da cadeira de bambu em que ela estava —, o que achou do jantar?

— Imagino não ser quanto ao aspecto gastronômico que pede minha opinião — ela sorriu.

— Não, prima querida, mesmo que não fosse uma pergunta descabida para os que não vivem, como você, de orvalho, ar e perfumes. Não, pergunto quanto ao lado social, se posso assim dizer.

— Bom, de extremo bom gosto, acho. Lord Murrey cumpriu à perfeição as honras da mesa e foi tão amável quanto possível com todos.

— Ah, certamente! E me espantou muito que um homem tão distinto nos tenha exposto àquele inconveniente.

— Qual? — perguntou Sara, sabendo muito bem aonde o primo queria chegar, mas olhando-o fixamente, com uma força que ela nem sabia ter no fundo do coração.

— Ora, convidando à mesma mesa que nós o sr. Georges Munier — respondeu Henri, incomodado não só pela dureza daquele olhar mas também pela voz que murmurava no fundo da sua consciência.

— Pois a mim o que igualmente espanta, Henri, é que seja você a vir fazer tal observação, sobretudo a mim.

— E por que não faria tal observação, prima?

— Porque sem o sr. Munier, cuja presença lhe parece tão inconveniente aqui, seu pai e você estariam de luto e em lágrimas, se é que chorariam por uma prima e se poriam de luto por uma sobrinha.

— Tem razão — respondeu Henri, ruborizando. — Concordo; entendo a gratidão que devemos ao sr. Georges por ter salvado uma vida tão preciosa quanto a sua. E você viu que ontem, quando ele quis comprar aqueles dois negros que meu pai ia punir, eu imediatamente os ofereci.

— E com isso se acha quite com ele? Agradeço, primo, por estimar a vida de Sara de Malmédie em mil piastras.

— Santo Deus! Que estranha maneira a sua de interpretar as coisas hoje! Por acaso pensei em preço por uma existência pela qual eu daria a minha própria? Não, quis apenas fazê-la notar a situação delicada em que Lord Murrey estará deixando uma mulher que o sr. Georges Munier venha a eventualmente convidar para uma dança.

— E na sua opinião, meu caro Henri, essa mulher deve dizer não?

— Sem dúvida.

— Sem pensar que estará cometendo, com relação a um homem que mal nenhum fez, e talvez tenha até lhe prestado um favor, uma ofensa pela qual ele se sentirá obrigado a pedir justificativas ao pai, ao marido ou ao irmão dela?

— Imagino que, nesse caso, o sr. Georges cairia em si e veria que um branco não desce a ponto de se medir com um mulato.

— Peço desculpas por ousar uma opinião em semelhante assunto, primo. Pelo pouco que vi, posso ter feito uma ideia errada do sr. Georges, mas não creio que alguém com duas condecorações no peito, precisando defender sua honra, tenha o sentimento de humildade interior a que você se refere, aliás bem gratuitamente, devo dizer.

— Em todo caso, minha querida Sara — voltou Henri, vermelho de raiva —, espero que o receio de nos expor, a meu pai e a mim, à cólera do sr. Georges não a faça cometer a imprudência de aceitar, caso ele se atreva a convidá-la para uma dança.

— Não dançarei com pessoa alguma, saiba — respondeu friamente Sara, levantando-se e indo se apoiar no braço da inglesa que estava à mesa ao lado de Georges e era sua amiga.

Henri permaneceu algum tempo aturdido com tanta e inesperada firmeza. Depois se aproximou de um grupo de jovens crioulas, onde provavelmente encontraria maior simpatia por suas ideias aristocráticas.

Enquanto isso, no centro de outro grupo, Georges conversava com alguns oficiais e homens de negócios ingleses que não compartilhavam, ou compartilhavam em menor grau, o preconceito dos ilhéus.

Uma hora se passou assim, durante a qual se fizeram todos os preparativos para o baile. Depois disso, as portas foram novamente abertas, com o salão livre dos móveis e deslumbrantemente iluminado. No mesmo instante, a orquestra entrou com o prelúdio que dava sinal à contradança.

Sara cometera uma violência contra si mesma condenando-se a assistir às outras mulheres dançarem, pois, como dissemos, ela adorava bailes. E toda a mágoa causada pelo sacrifício recaiu sobre aquele que o provocara, enquanto um inédito sentimento, mais terno e mais profundo do que qualquer outro, começava a nascer em sua alma, a favor de quem estava na origem de tudo aquilo. É essa, aliás, a sublime qualidade das mulheres, às quais a natureza e a sociedade emprestam uma suave fraqueza: a de se interessarem pelo oprimido, mas admirando muito os que não se deixam oprimir.

Esperando que a prima não resistisse à tentação das primeiras notas, apesar do que dissera, como sempre Henri foi convidar Sara para a primeira contradança. Ela se limitou a responder:

— Bem sabe que não dançarei esta noite, primo.

Henri mordeu com força os lábios e imediatamente buscou com os olhos Georges, que se preparava para dançar com a inglesa a quem tinha dado o braço quando foram à mesa. Por um sentimento oposto ao do primo, os olhos de Sara tomaram a mesma direção. Seu coração se afligiu.

Georges dançava com outra, Georges talvez nem pensasse nela, que acabava de por ele fazer um sacrifício que, um dia antes, não faria por ninguém no mundo. O tempo de duração daquela música foi um dos momentos mais dolorosos da sua vida.

Terminada a contradança, ela não pôde deixar de seguir com os olhos Georges, que acompanhou a inglesa a seu lugar e pareceu procurar alguém. Era Lord Murrey. Assim que o viu foi até ele, disse algumas palavras e os dois se encaminharam para onde estava Sara.

Ela sentiu todo o seu sangue fluir para o coração.

— Senhorita — disse Lord Murrey —, o cavalheiro aqui ao lado foi meu companheiro de viagem e, reverencioso demais com relação a nossos costumes da Europa, não ousa convidá-la para dançar antes de ter tido a honra de ser apresentado. Trata-se então do sr. Georges Munier, um dos homens mais distintos que conheço.

— Como disse, milorde — respondeu Sara com um tom que só às custas de muito esforço conseguia manter quase seguro —, é um receio exagerado da parte do sr. Georges, pois somos velhos conhecidos. No dia que chegou ele me prestou um favor, mas ontem foi além e me salvou a vida.

— Como?! Era ele o jovem caçador que teve a felicidade de se encontrar no local e atirar no terrível tubarão enquanto a senhorita nadava?

— Exatamente, milorde — continuou Sara, ruborizando, pois só então se lembrou de que, naquela ocasião, estava em trajes de banho —, e ontem eu me sentia ainda tão abalada que mal tive tempo de agradecer. E hoje ainda tenho mais a agradecer-lhe, pois é graças a seu sangue-frio e perícia que desfruto da felicidade de assistir à sua bela festa, milorde.

— Acrescentamos também o nosso reconhecimento — acrescentou Henri, que se aproximara do pequeno grupo em torno da prima —, pois tão preocupados e nervosos estávamos com o ocorrido que pouco pudemos exprimi-lo naquele momento.

Georges mesmo não dissera uma palavra, mas seus olhos penetrantes leram até o fundo do coração de Sara. Ele se inclinou em sinal de agradecimento, sem responder de outra forma a Henri.

— Então espero que o pedido que queria fazer o sr. Georges siga sem minha ajuda — disse Lord Murrey —, e deixo meu protegido se explicar por conta própria.

— A srta. de Malmédie me daria a honra de uma dança? — disse Georges, inclinando-se mais uma vez.

— Ah, senhor, lamento muito, e espero que me desculpe. Recusei ainda há pouco o mesmo pedido do meu primo, não querendo dançar esta noite.

Georges sorriu, tendo adivinhado o que estava por trás daquela resposta, e se endireitou, lançando a Henri um olhar carregado de desprezo — de tal maneira que Lord Murrey também compreendeu, pelo olhar do sr. de Malmédie, haver um ódio profundo e inveterado entre os dois homens. Guardou tal observação no fundo do coração e, como se nada houvesse notado, perguntou a Sara:

— Seria um pouco do terror de ontem que ainda interfere no prazer de hoje?

— Certamente, milorde. Um desconforto que me faz inclusive pedir a meu primo que previna o sr. de Malmédie, pois eu gostaria de ir para casa e espero que ele possa providenciar o necessário.

Ao mesmo tempo, Henri e Lord Murrey se moveram para satisfazer o pedido da jovem. Georges se aproximou e disse, à meia-voz:

— Tem um nobre coração, senhorita. Agradeço.

Sara estremeceu e quis responder, mas Lord Murrey já voltava, e ela apenas, quase involuntariamente, trocou um olhar com Georges.

— Insiste em nos deixar, senhorita? — perguntou o governador.

— Infelizmente, sim. Adoraria poder ficar, milorde, mas... realmente... não estou bem.

— Nesse caso, seria egoísmo da minha parte tentar convencê-la do contrário. Como o carro do sr. de Malmédie provavelmente não estará à porta, darei ordem para que atrelem o meu.

E ele rapidamente se afastou.

— Sara — disse Georges —, quando deixei a Europa e vim para cá, meu maior desejo era encontrar um coração como o seu, mas não esperava conseguir.

— Não entendo bem o que o senhor está querendo dizer — murmurou Sara, sem poder deixar de se sentir impressionada pela intensidade do tom com que isso foi dito.

— É simples: desde que cheguei, tenho um sonho; e se esse sonho se realizar, serei o mais feliz dos homens.

Em seguida, sem esperar resposta, ele se inclinou profundamente e, vendo se aproximarem o sr. de Malmédie e o filho, se afastou.

Cinco minutos depois, Lord Murrey voltou, disse a Sara que o carro a esperava e ofereceu-lhe o braço para cruzar o salão. Chegando à porta, a jovem lançou um último olhar, lamentando o baile perdido, do qual esperava tanta alegria, e se foi.

Mas esse olhar encontrou o de Georges, que estaria, a partir dali, sempre com ela.

Depois de deixar a srta. de Malmédie no carro, já na antecâmara o governador se deparou com Georges, que igualmente se preparava para deixar a festa.

— Também vai embora? — perguntou Lord Murrey.

— Sim. Milorde não ignora que estou morando em Moka e tenho oito léguas a percorrer. Com Antrim é coisa de apenas uma hora, felizmente.

— Já teve algum problema em particular com o sr. Henri de Malmédie? — quis saber o governador, com uma expressão de interesse.

— Ainda não, milorde. Mas tudo indica que isso não vai demorar.

— Posso me enganar, meu jovem amigo, mas as causas da inimizade com essa família vêm de longe.

— É verdade, milorde. Pequenas implicâncias infantis constroem belos e bons ódios adultos. Às vezes alfinetadas se tornam duelos de espada.

— E não há como arranjar tudo isso? — perguntou o governador.

— Por um momento esperei que sim, milorde. Achei que catorze anos de dominação inglesa teriam aniquilado o preconceito que vim combater. Enganei-me. Resta ao atleta passar óleo no corpo e descer ao circo.

— Não acha que encontrará mais moinhos do que gigantes, meu caro Dom Quixote?

— O senhor poderá julgar por conta própria — sorriu Georges. — Ontem salvei a vida da srta. Sara de Malmédie... Sabe como o primo dela me agradece hoje?

— Não.

— Proibindo-a de dançar comigo.

— Não pode ser!

— Mas é como tenho a honra de lhe dizer, milorde.

— E por quê?

— Porque sou mulato.

— E o que pensa fazer?

— Eu?

— Peço que desculpe minha indiscrição, mas sabe o interesse que tenho pelo senhor. Aliás, somos velhos amigos.

— O que penso fazer? — sorriu novamente Georges.

— Sim, parece ter algum plano em mente.

— Tenho. Essa noite mesmo articulei um.

— Qual? Por favor, e direi se concordo.

— Em três meses estarei casado com a srta. Sara de Malmédie.

E antes que Lord Murrey pudesse dizer o que achava, Georges o cumprimentou e saiu. À porta, o criado mouro o esperava com os dois cavalos árabes.

Georges montou em Antrim e partiu a galope pela estrada de Moka.

Chegando em casa, perguntou pelo pai e soube que tinha saído às sete da noite e não voltara.

13. O traficante de escravos

Na manhã seguinte, assim que acordou, Pierre Munier foi chamar o filho. Desde que chegara, Georges havia percorrido várias vezes a magnífica propriedade e, com industriosas ideias europeias, fizera diversas sugestões de melhorias que, com seu espírito prático, o pai imediatamente abraçou. Tais sugestões, contudo, exigiam mão de obra a mais, e a abolição do tráfico de escravos a tinha de tal forma encarecido que, sem enormes sacrifícios, não seria possível conseguir, na ilha, os cinquenta ou sessenta negros necessários para o que pretendiam. Foi então com alegria que, na véspera, estando Georges ausente, o pai soubera da iminente visita de um navio negreiro. Segundo o costume da época, usado por ilhéus e comerciantes de carne negra, Pierre fora ao litoral, ao escurecer, para responder aos sinais do navio, indicando seu interesse. Tudo se passara bem e Pierre vinha dar a Georges a boa notícia. Os dois combinaram que por volta das nove da noite se encontrariam em Pointe-des-Caves, abaixo do Pequeno Malabar. Pierre Munier saiu em seguida para sua rotineira inspeção dos trabalhos na plantação, enquanto Georges, seguindo seu novo hábito, pegou a espingarda e se embrenhou no bosque, onde se entregava a devaneios.

Não era mera fanfarrice o que ele dissera na noite anterior a Lord Murrey ao se despedir. Pelo contrário, se tratava de uma decisão tomada. O esforço da vida inteira do jovem mulato se fizera, como vimos, buscando angariar poder e persistência extraordinários à sua força de vontade. E em todas as coisas ele havia alcançado uma superioridade que lhe garantiria, na França ou na Inglaterra — com o apoio da fortuna —, uma existência requintada. Porém, sedento de luta, Georges havia preferido voltar à Ilha da França. Era onde campeava o preconceito que ele não só se achava predestinado a combater como orgulhosamente acreditava poder vencer. Seu regresso se beneficiava do fato de ter conseguido se manter incógnito, podendo estudar o adversário, que ignorava a profundidade da guerra que lhe estava sendo declarada. O inimigo seria subjugado quando menos esperasse, dando início a uma luta em que um homem ou uma ideia sucumbiria.

Ao pisar no porto e encontrando as mesmas pessoas que ali estavam quando partiu, ele entendeu uma verdade sobre a qual várias vezes tivera dúvida enquanto vivia na Europa: as coisas continuavam as mesmas na Ilha da França. E isso apesar dos catorze anos passados, apesar de a colônia não ser mais francesa e sim inglesa, apesar de não se chamar mais Ilha da França e sim Maurício. Ele se pôs então em guarda e se preparou, por assim dizer, para o duelo moral que tinha vindo buscar, como outros se preparam para um duelo corporal. De espada em punho, esperava a oportunidade para desferir o primeiro golpe contra o adversário.

Porém, como César Bórgia,[65] que havia genialmente tudo previsto para a conquista da Itália assim que o pai morresse, exceto a própria morte, Georges se viu comprometido de forma não prevista, ferido ao mesmo tempo que queria ferir. No dia em que desembarcou em Porto Luís, o acaso pôs no seu caminho uma bela jovem, da qual ele inadvertidamente guardou lembrança. Pouco depois a Providência o fez estar no local e na hora certa para salvar a vida daquela com quem vagamente sonhava desde que chegara, fazendo com que o sonho se embrenhasse mais profundamente na sua existência. E enfim a fatalidade os havia reunido na noite anterior quando, no momento mesmo em que descobria amá-la, descobriu que era também amado. A luta, com isso, adquiriu novo interesse, ao qual a felicidade se via duplamente ligada, pois passava a ser travada não apenas por orgulho, mas também por amor.

Porém, como dissemos, ferido no momento do combate, Georges perdia um pouco da frieza que o caracterizava. Em troca, é bem verdade, ganhava a veemência da paixão.

Se naquela existência ponderada e num coração tão machucado quanto o de Georges a jovem pôde causar toda essa impressão que dissemos, por mais forte razão a boa aparência dele e as sucessivas circunstâncias das suas intervenções haviam produzido impressão ainda mais forte na existência juvenil e na alma virgem de Sara. Criada na família Malmédie desde que ficara órfã, e estando previsto que duplicasse com seu dote a fortuna do herdeiro dessa casa, ela se habituara a ver Henri como futuro marido. A perspectiva não a desagradava, sendo ele um belo e correto partido, citado entre os mais ricos e mais elegantes colonos, não só de Porto Luís, mas de toda a ilha. Já os outros jovens, amigos de Henri, companheiros de caça e de bailes, ela os conhecia havia tempo demais para pensar em distinguir um deles mais particularmente. Eram seus conhecidos de infância, que a acompanhariam com a mesma relação ao longo da vida, nada mais.

Ela se encontrava então nesse estado de perfeita quietude da alma quando viu Georges pela primeira vez. Na vida de uma adolescente, um belo rapaz desconhecido, de aspecto distinto e formas elegantes, em qualquer lugar é

65. César Bórgia (1475-1507), duque de Valentinois, foi cardeal antes de assumir a carreira militar. Tentou criar um principado no norte da Itália em 1501. Agressivo e pragmático, serviu de modelo para o personagem de *O príncipe*, de Maquiavel (1469-1521).

sempre um acontecimento. E é mais ainda do que isso, pode-se imaginar, na Ilha da França.

A aparência completa do jovem estrangeiro, o timbre da sua voz, as coisas que ele disse, tudo permaneceu, sem que ela soubesse por quê, na sua memória, como permanece um refrão que só se ouviu uma vez e, no entanto, repetimos mentalmente. Passados alguns dias, é provável que aquele pequeno episódio se esvaísse da memória se ela voltasse a ver Georges em circunstâncias comuns. Um exame mais profundo, como o que se faz num segundo encontro, em vez de aproximá-lo, talvez até o tivesse afastado completamente. Mas não foi como se passaram as coisas. Deus havia decidido que Georges e Sara se reveriam num momento supremo e houve então toda aquela cena no rio Negro. À curiosidade causada no primeiro encontro, se juntaram a poesia e a gratidão do segundo. Aos olhos da jovem, num só instante o estrangeiro desconhecido se tornou anjo libertador. Georges a poupava de todas as dores pressentidas diante daquela ameaça de morte. Tudo que a vida promete de alegria, felicidade e esperança, quando se tem dezesseis anos de idade, Georges havia devolvido no instante em que tudo parecia estar perdido. Ela pouco o tinha visto e poucas palavras pudera dizer, e no momento em que estaria face a face com ele, fazendo transbordar a gratidão que tanto agitava a sua alma, viera a proibição. Impedida de conceder o que se concede até mesmo a estranhos. E não só isso, mas forçada também a um insulto que ela não cometeria ao último dos homens. A gratidão recalcada no coração se transformou em amor. Um simples olhar tudo havia revelado a Georges, e uma simples palavra de Georges tudo revelou a Sara. Ela nada pôde negar, ele pôde então tudo esperar. E depois da emoção, veio a reflexão. Não havia como não comparar o comportamento de Henri, seu futuro marido, com o do estranho a quem quase não conhecia. No primeiro dia, quando Henri fez pouco-caso de Georges, isso a tinha irritado. E a indiferença dele, mais preocupado em caçar cervos, tendo a noiva acabado de escapar de um perigo mortal, havia ferido seu coração, assim como o tom peremptório no dia do baile havia ferido seu orgulho. Ao longo de toda aquela longa noite, prevista tão alegre e que Henri tornara triste e solitária, talvez pela primeira vez Sara tenha se questionado e, também pela primeira vez, percebido não amar o primo. Daí a saber que amava outro foi só um passo.

Aconteceu então o que acontece em casos assim. Sara, depois de olhar para si mesma, olhou em volta. Pesou na balança dos lucros e interesses o comportamento do tio em relação a ela. Lembrou-se da fortuna de mais ou menos um milhão e meio que possuía e a tornava duas vezes mais rica do que o primo. Será que o tio teria pela órfã, fosse ela pobre, o mesmo carinho que teve pela faustuosa herdeira? Sara percebeu enfim o que de fato estava por trás da sua adoção pelo sr. de Malmédie: o cálculo de um bom casamento para o filho. Tudo isso pode parecer um tanto severo, mas é como agem os corações feridos: a gratidão escapa pela ferida e a dor que fica se torna um juiz rigoroso.

Georges previu e contou com tudo isso para levar adiante sua causa e dificultar a do rival. Assim, depois de pensar bem, resolveu nada fazer naquele dia, apesar da impaciência em rever Sara. Por isso estava ele de espingarda no ombro, esperando encontrar na caça, sua distração favorita, algo que o ajudasse a passar o dia. Ledo engano: no seu coração o amor já falava mais alto do que qualquer outro sentimento. Assim, por volta das quatro da tarde, não podendo mais resistir ao desejo, nem digo de encontrar Sara, pois não podia diretamente procurá-la, teria que ser por acaso, ele mandou selar Atrim e, deixando rédeas soltas a seu filho árabe, em menos de uma hora chegou à capital da ilha.

A ida a Porto Luís se justificava por uma só esperança, e ela, como dissemos, dependia inteiramente do acaso. E o acaso foi inflexível. Por mais que Georges passasse por todas as ruas vizinhas da casa do sr. de Malmédie, por mais que atravessasse o jardim da Companhia, passeio comum aos moradores de Porto Luís, por mais que desse, três vezes, uma volta pelo Campo de Marte, onde se faziam os preparativos para as próximas corridas, nem mesmo de longe viu alguém com silhueta que pudesse alimentar alguma ilusão.

Às sete horas, sem mais qualquer esperança, o coração aflito como se tivesse sofrido um grande revés, cansado como se tivesse produzido enorme esforço, ele retomou o caminho de Rio Grande, mas agora ao passo e contendo o cavalo. Pois estava se afastando de Sara, que não adivinhara ter ele passado dez vezes pelas ruas do Teatro e do Governo, ou seja, a apenas cem passos dela. Atravessando o campo dos negros livres, fora da cidade, e mantendo a rédeas curtas Antrim, que não entendia por quê, alguém saiu de repente de um dos casebres e se agarrou ao estribo da sela e a ele, querendo lhe beijar a mão. Era o vendedor chinês, o homem do leque, Miko Miko.

Na mesma hora Georges percebeu a vantagem que era possível tirar da situação, pois ao ambulante era concedido, graças a seu ofício, entrar em todas as casas. E sem inspirar qualquer desconfiança, uma vez que não entendia a língua.

Ele desceu do cavalo e entrou na venda de Miko Miko, que na mesma hora quis lhe mostrar todos os seus tesouros. Não tinha como se enganar com a gratidão do pobre homem, gratidão que brotava do coração a cada palavra. Isso se explica: Miko Miko, à exceção de dois ou três compatriotas — também vendedores e, consequentemente, quando não inimigos pelo menos rivais —, não encontrava em Porto Luís com quem falar e ficaria muito contente em retribuir a felicidade que Georges lhe proporcionava.

E não seria difícil: uma planta interna da casa do sr. de Malmédie era tudo que Georges queria, para saber como chegar até Sara.

Bastaram as primeiras palavras e Miko Miko logo entendeu. Como dissemos, os chineses eram os comerciantes da Ilha da França.

Para facilitar as negociações do vendedor, ou talvez houvesse alguma motivação a mais, Georges escreveu num cartão de visita os preços de diferentes objetos que poderiam tentar a jovem, pedindo que Miko Miko não mostrasse o cartão a mais ninguém. E deu ao vendedor outra moeda de ouro, dizendo que o procurasse no dia seguinte, por volta das quatro da tarde, em Moka.

O chinês garantiu que lá estaria, e tendo na cabeça uma planta tão exata da casa como só um engenheiro poderia traçar.

Já eram oito horas, e às nove, como dissemos, Georges devia encontrar o pai em Pointe-aux-Caves. Ele voltou então a montar, tomando o caminho de Rio Pequeno, mas com o coração bem mais leve, pois de muito pouco precisa o amor para mudar as cores do horizonte.

A noite já estava escura quando ele chegou ao ponto de encontro. Pierre, por assim ter se habituado para conviver com os brancos, estava lá havia dez minutos. Às nove e meia a lua apareceu.

O momento que Georges e o pai esperavam havia chegado. Três vezes brilhou um clarão entre as ilhas Bourbon e Sable. Era, como de hábito, um espelho que refletia os raios da lua. Diante desse sinal bem conhecido dos colonos, Telêmaco, que acompanhava os patrões, acendeu na praia um fogo e o apagou cinco minutos depois. Em seguida, esperaram.

Nem meia hora se passou e surgiu no mar um traço mais escuro, como um peixe que nadasse à superfície. Esse traço foi tomando a forma de um barco, que um pouco mais tarde eles viram ser uma grande chalupa. Pela tremulação dos raios de lua já se percebia o movimento dos remos na água, mas não se ouvia ainda o som. A embarcação finalmente entrou na baía de Rio Pequeno, indo atracar no abrigo do pequeno fortim.

Georges e o pai caminharam pela praia; o homem que eles de longe haviam visto sentado à popa já desembarcara.

Atrás dele desceu uma dúzia de marinheiros armados com mosquetes e machados. Eram os mesmos que antes remavam, com a arma no ombro. O primeiro a ter descido fez um sinal e começaram a ser desembarcados cerca de trinta negros, que até então estavam deitados no fundo da embarcação. Uma segunda chalupa trazia outros tantos.

Georges e o pai se aproximaram e trocaram algumas palavras com o homem que fora o primeiro a descer. Confirmou-se o que imaginavam: era o próprio capitão negreiro.

Tratava-se de um indivíduo de uns trinta ou trinta e dois anos, alto e com todas as características do tipo de força física que, por si só, já impõe respeito. Tinha cabelos pretos e hirtos, costeletas se estendendo pelo pescoço e bigode se juntando às costeletas. O rosto e as mãos, queimados pelo sol dos trópicos, tinham chegado à cor dos nativos do Timor ou de Pegu. Usava casaco e calça de brim azul, como os caçadores da Ilha da França, e também como eles um amplo chapéu de palha e a espingarda no ombro. A diferenciá-lo, apenas um sabre curvo à cintura, parecido com os sabres árabes, só que mais largo e com empunhadura igual à das claymores escocesas.

Mas não só o capitão negreiro foi detalhadamente avaliado; os dois ilhéus de Moka também passaram por um exame completo. Os olhos do comerciante de carne preta iam de um a outro com a mesma curiosidade e, quanto mais os olhava, menos parecia poder deixar de fazer isso. Os dois não perceberam tanta insistência ou não acharam necessário se preocupar, pois começaram logo a negociação que lhes interessava, examinando um a um os negros da primeira chalupa. Eram quase todos originários da África Ocidental, de Senegâmbia e Guiné, o que sempre lhes garantia preço mais alto, pois estavam longe demais da terra natal para que pensassem em fugir, ao contrário dos malgaxes, dos moçambicanos e dos cafres. Como apesar disso os preços se mantinham razoáveis, quando a segunda chalupa chegou a negociação estava praticamente concluída com relação à primeira.

E tudo se passou da mesma forma. O capitão tinha excelente mercadoria e visivelmente conhecia seu trabalho. Era ótima notícia para a Ilha da França, onde ele vinha comerciar pela primeira vez, tendo até então estado mais nas Antilhas.

Desembarcados todos os negros e encerrada a transação, Telêmaco, que era originário do Congo, se aproximou e conversou na língua materna deles. A conversa tinha como finalidade chamar atenção para a vida que levariam em comparação à dos escravos de outras plantações. Era uma sorte terem os srs. Pierre e Georges Munier como patrões, pois estavam entre os melhores da ilha. Com Telêmaco como intérprete, os negros se aproximaram então dos dois mulatos e, de joelhos, prometeram que seriam dignos da felicidade que a Providência lhes reservava.

Ouvindo os nomes de Pierre e Georges Munier, o capitão negreiro, que havia acompanhado a fala de Telêmaco, dando mostras de ter uma noção dos diferentes dialetos africanos, estremeceu e olhou ainda mais atentamente para os dois homens com quem, de maneira tão franca, fechava um negócio de quase cento e cinquenta mil francos. Como antes, Georges e o pai não pareciam notar esse interesse nas suas pessoas. Chegando o momento de fechar a conta, Georges perguntou como o negreiro gostaria de ser pago, se em ouro ou em letras de câmbio. Pierre tinha ouro nas sacolas do cavalo e títulos de crédito na carteira, podendo satisfazê-lo das duas formas. O homem preferiu o ouro; a soma foi então devidamente pesada e transportada para a segunda chalupa. Os remadores assumiram seus postos a bordo. Para grande surpresa de Georges e do pai, o capitão não embarcou em nenhuma das chalupas, que partiram a um sinal dele, afastando-se do litoral.

O capitão acompanhou as embarcações por um tempo e depois, com elas fora de alcance do olhar e das vozes, virou-se na direção dos ilhéus, que estavam surpresos, se aproximou, estendeu a mão e disse:

— Olá, pai!… Olá, irmão!

Como ambos hesitavam, acrescentou:

— Então, não reconhecem Jacques?

Os dois gritaram de espanto e abriram os braços. Jacques foi direto ao pai e, dos braços do pai, passou aos de Georges. Depois fez o mesmo com Telêmaco, que, diga-se, só com muita dúvida se atreveu a tocar na mão de um negreiro.

Por estranha coincidência, é verdade, o acaso reunia na mesma família o homem que ao longo da vida se dobrara sob o preconceito de cor, o homem que fazia fortuna explorando-o e o homem que se dispunha a pôr em risco a vida para combatê-lo.

14. Filosofia negreira

Era mesmo Jacques. Jacques, a quem o pai não via há catorze anos e o irmão, doze.

Jacques, como dissemos, havia partido a bordo de um daqueles corsários autorizados pela França, que saíam repentinamente dos nossos portos como águias dos seus ninhos para atacar navios ingleses.

Tratava-se de uma dura escola, nada devendo à da Marinha imperial, que, bloqueada, permanecia ancorada, enquanto essa outra, leve e independente, corria os mares. Era um novo combate a cada dia. E não que nossos corsários, por mais ousados que fossem, procurassem confusão com navios de guerra; correndo atrás de mercadorias da Índia e da China, eles investiam contra as gordas naves de porões cheios que vinham de Calcutá, Buenos Aires ou Veracruz. E esses cargueiros de lento velejar eram muitas vezes escoltados por alguma fragata inglesa com bico e garras — isso quando não tinham, por conta própria, se armado defensivamente. Neste último caso, a tarefa era fácil: uma escaramuça de duas horas e pronto! No outro, tudo mudava de aspecto e se agravava, com uma boa troca de tiros de canhão, homens mortos, velames quebrados e, por fim, abordagem. As tripulações, depois de se maltratarem à distância, se exterminavam de perto.

Enquanto isso, o navio mercante escapava e, caso não encontrasse, como o asno da fábula,[66] outro corsário que o abocanhasse, conseguia chegar a algum porto da Inglaterra para grande satisfação da Companhia das Índias,[67] que garantia salários a seus defensores. É como se passavam as coisas naquela época. Dos trinta ou trinta e um dias do mês, vinte ou vinte e cinco transcorriam em guerra… e para descansar, havia os dias de tempestade.

Repito: aprendia-se rápido numa escola assim. Para início de conversa, não havia alistamento obrigatório e aquela guerrinha amadora não deixava de eliminar boa quantidade de recrutas. Com isso, as tripulações nunca es-

66. No livro III, fábula 17, de La Fontaine (1621-95), "O asno e o cão", o asno em questão nega ajuda ao cão, que também nega ajuda a ele, quando atacado por lobos.
67. "Companhia das Índias" se tornara um termo genérico para diversas grandes empresas a fazer comércio entre uma metrópole europeia e suas colônias.

tavam completas. Com os marujos apresentando-se como voluntários, é bem verdade que a qualidade muitas vezes supria vantajosamente a quantidade. Por exemplo, em dia de batalha ou de tempestade ninguém tinha serviço fixo, todos faziam de tudo. O principal era a total obediência ao capitão, caso ele estivesse presente, ou ao imediato, caso não estivesse. Até houve, como sempre há, a bordo da *Calipso* —[68] era como se chamava o navio em que Jacques fez sua aprendizagem marinheira —, dois recalcitrantes ao longo de seis anos. Um era normando e o outro gascão. O primeiro se pôs contra a autoridade do capitão, o segundo contra a do tenente. O capitão rachou a cabeça do atrevido com um machado e o tenente atravessou o peito do seu com um tiro de pistola: os dois tiveram morte imediata. Como nada atrapalha mais as atividades a bordo do que um cadáver, foram ambos lançados ao mar e não se falou mais nisso. Esses incidentes só deixaram traços na lembrança de quem os assistiu, mas sem dúvida funcionaram como salutar influência. A partir deles, em todo caso, ninguém pensou mais em aborrecer o capitão Bertrand nem o tenente Rébard. Era como se chamavam os dois bravos, que passaram a ter uma autoridade perfeitamente autocrática a bordo da *Calipso*.

A vocação marítima de Jacques sempre fora clara. Quando criança, ele ia a bordo de navios atracados em Porto Luís, subia nas enxárcias, nos cestos de gávea, balançava nas vergas, escorregava pelo cordame. Como em geral eram embarcações que tinham interesses comerciais com Pierre Munier, seus capitães permitiam com boa vontade aqueles exercícios ginásticos e satisfaziam a curiosidade do menino, explicando cada coisa e deixando que ele subisse do porão ao mastaréu do joanete para depois descer do mastaréu do joanete ao porão. Com isso, aos dez anos Jacques era um grumete de primeira ordem. Não houvesse navio à vista, ele subia nas árvores, fingindo que eram mastros, e se dependurava em lianas, fingindo que eram cabos. Aos doze, como sabia o nome de tudo num navio e conhecia de cor todas as manobras que se executam a bordo, poderia entrar como aspirante de primeira classe no primeiro navio que aparecesse.

Porém, como dissemos, seu pai havia decidido outra coisa e, em vez de mandá-lo para a escola naval de Angoulême, onde se satisfaria aquela vocação, o enviou para o colégio Napoleão. Foi mais uma confirmação do provérbio "O homem propõe, Deus dispõe". Depois de passar dois anos desenhando brigues nos cadernos de redação e lançando fragatas no lago principal do jardim do Luxemburgo,[69] à primeira oportunidade passou da teoria à prática.

---

68. Na *Odisseia*, de Homero, ninfa Calipso, que dá nome ao navio, se apaixona pelo herói Ulisses e por vários anos impede o seu retorno a Ítaca, sua ilha natal, até receber ordem contrária dos deuses.

69. Até hoje é comum crianças brincarem em veleiros, às vezes bem sofisticados, no lago do jardim do Luxemburgo, em Paris.

Tendo ido visitar o brigue *Calipso* ao passar uns dias em Brest, ele disse ao irmão, que o acompanhara, para voltar sozinho a terra firme, pois estava resolvido a embarcar.

Foi como se passaram as coisas. Georges voltou sozinho para o colégio Napoleão.

Com seu jeito franco e decidido, Jacques agradou ao capitão Bertrand e foi logo promovido a marinheiro, o que causou alguma reclamação entre os que já se encontravam nessa categoria.

Ele pouco ligou. Tinha na cabeça noções bem exatas do que é justo ou injusto e, ao contrário dos colegas, sabia o quanto valia. Era normal que vissem com maus olhos a promoção de um novato, mas por ocasião da primeira tempestade ele cortou uma vela do joanete cujo nó mal feito a impedia de deslizar, pondo em risco o mastro a que estava amarrada. E, na primeira abordagem de que participou, Jacques saltou no convés inimigo antes mesmo do capitão... Isso, aliás, lhe valeu um soco tão violento, da parte do superior, que o deixou zonzo por três dias, pois era regra na *Calipso* que o capitão pisava no bordo inimigo antes de qualquer um. Sendo uma falta disciplinar que um bravo facilmente perdoa a outro bravo, o capitão aceitou as desculpas, dizendo que no futuro, em iguais circunstâncias, depois dele próprio e do tenente, Jacques poderia fazer como bem entendesse. Na abordagem seguinte, ele foi o terceiro.

A partir daí, os marinheiros deixaram de resmungar contra Jacques. Os mais velhos foram os primeiros a se aproximar, estendendo a mão.

Tudo funcionou desse modo até 1815. Dizemos 1815 porque o capitão Bertrand, que era bastante cético, jamais quis levar a sério a queda de Napoleão. Talvez também pelo fato de duas vezes, naquele período de calmaria, ele ter ido à ilha de Elba.[70] Numa dessas viagens, o ex-dono do mundo chegou inclusive a recebê-lo. Sobre o que o imperador e o pirata falaram naquele encontro ninguém nunca soube. Notou-se apenas que o capitão voltou a bordo assobiando:

Paran pan pan, meu cofrinho,
Como vamos nos divertir![71]

E isso, no capitão Bertrand, era sinal de uma satisfação no mais alto grau. Em seguida ele voltou a Brest onde, sem dizer por quê, começou a reabastecer a *Calipso* com pólvora e bolas de canhão, assim como a recrutar os homens que faltavam para ter sua tripulação completa.

---

70. Ilha a dez quilômetros da costa italiana, em que Bonaparte foi exilado entre 1814 e 1815, e de onde fugiu para reconquistar a França por cem dias até a derrota definitiva de Waterloo.

71. Em tradução literal, parte de um canto dos granadeiros do exército napoleônico: "*Ran tan plan tirelire,/ Comme nous allons rire!*".

Era preciso realmente não conhecer o capitão Bertrand para não ver que estava tramando algum espetáculo que estarreceria a plateia.

De fato, seis semanas depois da última viagem do capitão a Portoferraio, Napoleão desembarcou em golfo Juan.[72] Vinte e quatro dias depois, entrava em Paris e, setenta e duas horas depois dessa entrada, a *Calipso* deixava Brest de velas enfunadas e com a bandeira tricolor no alto.

Nem oito dias se passaram e o capitão Bertrand voltou ao porto trazendo a reboque um magnífico três mastros inglês, carregado com os mais finos aromáticos da Índia. O navio certamente se espantara tanto ao ver a bandeira tricolor, que se acreditava para sempre banida do globo, que nem esboçou qualquer resistência.

A proeza despertou o apetite do capitão Bertrand. Assim, tão logo obteve um preço razoável por tudo aquilo e distribuiu as respectivas participações à tripulação, que havia quase um ano repousava e se entediava com tanto repouso, ele partiu em busca de presa igual. Mas, como se sabe, nem sempre a gente encontra o que procura, e, numa bela manhã, depois de uma noite muito escura, a *Calipso* se viu frente a frente com uma fragata. E essa fragata era o *Leicester*, ou seja, aquela mesma em que viajaram para Porto Luís o governador e Georges.

O *Leicester* tinha dez canhões e sessenta tripulantes a mais que a *Calipso*. Além disso, em vez de canela, açúcar ou café, contava com ótima reserva de pólvora e um arsenal completo de metralha e bolas duplas de canhão.[73] Assim que identificou de qual paróquia vinha a *Calipso*, sem o menor aviso enviou uma amostra da sua mercadoria: uma portentosa bola de trinta e seis libras, que se encrustou na quilha.

A *Calipso*, bem ao contrário de sua irmã Galateia,[74] que fugia querendo ser vista, preferiria escapar de mansinho. Nada tinha a ganhar com o *Leicester*, mesmo em caso de vitória, o que seria a coisa mais improvável do mundo. Infelizmente, também era pouco provável que escapasse, sendo seu capitão aquele mesmo William Murrey, que não tinha ainda deixado a Marinha naquela época e, com suas maneiras encantadoras — que depois ainda mais se aprimoraram no trabalho diplomático —, era dos mais intrépidos lobos do mar, do estreito de Magalhães à baía de Baffin.

---

72. Em 10 de março de 1815, depois de escapar de Portoferraio, na ilha de Elba, Bonaparte desembarcou em golfo Juan, junto de Cannes.

73. As bolas duplas eram dois projéteis unidos por uma corrente, artefato desenvolvido especialmente para batalhas navais, causando grande estrago na mastreação.

74. As duas, na mitologia grega, eram nereidas, filhas de Nereu e Dóris, divindades marinhas. Calipso é conhecida sobretudo por sua paixão pelo herói da *Odisseia*, e, em *Bucólicas*, o poeta Virgílio (70-19 a.C.) diz, referindo-se a Galateia: "Ela foge na direção dos salgueiros, mas querendo ser vista".

O capitão Bertrand deslocou suas duas maiores bocas de fogo para a ré e tratou de fugir.

A *Calipso* era um verdadeiro navio de rapina, ideal para cursos ligeiros, com sua quilha estreita e alongada, mas aquela pobre andorinha do mar estava lidando com a águia do oceano. Assim, apesar da sua leveza, logo ficou claro que o pássaro maior ganharia do menor.

E essa superioridade de marcha logo se exibiu com o envio, pelo *Leicester*, dos seus brônzeos oficiais de justiça, a cada cinco minutos, intimando a *Calipso* a parar. Sem interromper a fuga, ela respondia com mensageiros do mesmo tipo, enviados por seus canhões de ré.

Jacques, enquanto isso, examinava com toda a atenção a mastreação do brigue e transmitiu ao tenente Rébard observações bem fundadas sobre as melhorias a serem feitas no aparelhamento de naves que, como a *Calipso*, estavam sempre perseguindo ou sendo perseguidas. Tratava-se, sobretudo, de uma mudança radical no mastaréu do joanete. Atento àquela parte sensível do navio, ele concluiu o comentário e, sem ouvir resposta do tenente, levou o olhar de volta ao convés, descobrindo o porquê de tanta mudez: o tenente Rébard acabava de ser cortado ao meio por uma bala de canhão.

As coisas se agravavam. Era evidente que em menos de meia hora os navios estariam lado a lado e seria preciso, como se diz em termos artísticos, improvisar face a uma tripulação um terço maior. Jacques comunicava sua desanimadora dedução ao operador de mira de uma das duas peças de ré quando esse homem, abaixando-se para um ajuste, pareceu dar um passo em falso e caiu de cara em cima do canhão. Vendo que o responsável por tão importante trabalho demorava mais do que o normal para se aprumar, ele o agarrou pela gola do casaco para trazê-lo de volta à vertical. Só aí viu que o infeliz acabava de engolir, a seco, um projétil de metralha. O artefato, em vez de cair perpendicularmente, viera na horizontal, donde aquilo que se via. O pobre apontador tinha morrido, como se diz, de uma indigestão de ferro fundido.

Como naquele momento Jacques não tinha muito mais o que fazer, ele se abaixou sobre a peça, retificou de uma linha ou duas o ponto de mira e gritou:

— Fogo!

No mesmo instante o canhão trovejou e, curioso em ver o resultado, ele saltou por cima do filerete para acompanhar ao máximo o efeito do que acabava de enviar ao inimigo.

E esse efeito foi imediato. O mastro do traquete, atingido pouco acima do cesto da gávea, dobrou como uma árvore se dobra ao vento e depois, com um estalo tremendo, caiu, entulhando com velas e cabos o convés, além de arrebentar uma parte da mureta de estibordo.

Um grito de alegria ecoou na *Calipso*. O pássaro maior ficou por ali, arrastando nas ondas sua asa quebrada, enquanto o menor, são e salvo — afora alguns cordames prejudicados —, continuou em frente, livre da perseguição.

Ao se ver fora de perigo, o capitão imediatamente nomeou Jacques seu imediato, no lugar de Rébard. Esse posto, na verdade, há muito tempo todos imaginavam que seria mesmo dele caso ficasse vago. O anúncio da promoção foi então recebido com unânimes aclamações.

No fim da tarde, rezou-se missa coletiva para os mortos. Os cadáveres tinham sido jogados ao mar à medida que se confirmavam bem mortos, sendo guardado apenas o do tenente para as devidas homenagens. Tal honraria se limitava apenas a fechar o corpo dentro de um saco de lona, com uma bola de trinta e seis libras amarrada em cada pé. Cumpriu-se então o cerimonial e o pobre Rébard foi se juntar aos companheiros, gozando apenas da discutível prerrogativa de logo afundar às profundezas do oceano, em vez de boiar na superfície.

À noite, o capitão Bertrand aproveitou o escuro para trocar de rota, ou seja, graças a uma brusca mudança de vento a *Calipso* deu meia-volta, retornando a Brest, enquanto o *Leicester*, que às pressas havia trocado o mastro quebrado pelo de reserva, partiu em seu encalço, na direção de Cabo Verde.

Tudo aquilo deixou muito irritado o capitão Murrey e o fez jurar que, se um dia a *Calipso* voltasse a cair nas garras do *Leicester*, o encontro não sairia tão barato.

Reparadas as avarias, prestamente e com o apoio do novo imediato o capitão Bertrand voltou à caça. Infelizmente, houve Waterloo; depois de Waterloo, a segunda abdicação, e, depois da segunda abdicação, a paz.[75] Dessa vez, não havia mais dúvida. O capitão viu o prisioneiro da Europa passar, a bordo do *Bellerophon*;[76] e como conhecia Santa Helena, por lá ter aportado duas vezes, logo viu que dali não se foge como se foge da ilha de Elba.

O futuro do capitão Bertrand estava comprometido com aquele grande cataclismo que revirou tantas coisas. Foi preciso inventar uma nova ocupação. Tinha uma vistosa e boa escuna, com cento e cinquenta homens dispostos a com ele seguir os caprichos da sorte. A ideia do tráfico negreiro veio naturalmente.

É verdade, parecia uma bela atividade até estragarem tudo com um monte de observações filosóficas que, até então, não passavam pela cabeça de ninguém. Havia ainda chances de fortuna para quem se decidisse desde logo. A

75. Em 18 de junho de 1815, a batalha de Waterloo (Bélgica), entre o exército napoleônico e as forças coligadas em torno da Grã-Bretanha, terminou com a derrota decisiva dos franceses e a segunda abdicação do imperador, com seu exílio na ilha de Santa Helena. A primeira abdicação se dera um ano antes, quando ele foi exilado na ilha de Elba. Com a paz, estabeleceu-se o amplo domínio inglês dos mares e o fim da pirataria oficiosa dos corsários.

76. Navio inglês em que Napoleão assinou a abdicação em 15 de julho de 1815, em Rochefort, no sudoeste da França, e o levou à Inglaterra para em seguida ser exilado em Santa Helena.

guerra pode até, de vez em quando, ser interrompida na Europa, mas na África ela é eterna. Muitos povoados por lá tinham sede, e os que exploravam aquele belo continente de uma vez por todas notaram que o modo mais simples de negociar prisioneiros estava em dispor de muita aguardente. Bastava então seguir pelo litoral de Senegâmbia, do Congo, de Moçambique ou de Zanguebar com uma garrafa em cada mão para voltar ao navio com dois negros. Quando faltavam prisioneiros, as mães vendiam os filhos por um simples copo. A pirralhada, deve-se dizer, não valia preço alto, mas a quantidade compensava.

O capitão Bertrand exerceu esse digno e lucrativo comércio por cinco anos, isto é, de 1815 a 1820. E contava continuar por muitos anos mais quando um incidente inesperado deu fim à sua existência. Um dia, ele subia o rio dos Peixes, na costa oeste da África, com um chefe dos hotentotes que entregaria, pelo preço de duas barricas de rum, prisioneiros namas a serem levados para Martinica ou Guadalupe quando, inadvertidamente, pisou no rabo de uma cascavel que se aquecia ao sol. Esses répteis, como se sabe, têm a cauda tão sensível que a natureza colocou nela chocalhos para que, avisado pelo barulho, nem mesmo um incauto passe perto. A serpente se levantou com a rapidez de um relâmpago e picou o capitão Bertrand na mão. Mesmo sendo um homem duro, ele gritou. O chefe hotentote se virou, viu o que tinha acontecido e gravemente declarou:

— Homem picado, homem morto.

— Disso sei eu, diabos! — irritou-se o capitão. — Por isso estou gritando.

Em seguida, por satisfação pessoal ou por filantropia, para que a serpente não picasse mais ninguém, ele a agarrou com as duas mãos e lhe torceu o pescoço. Porém, mal concluiu esse gesto, faltaram forças ao bravo capitão e ele desabou morto ao lado do réptil.

Tudo tinha se passado tão rapidamente que Jacques, a apenas vinte e cinco passos mais ou menos atrás de Bertrand, ao chegar o encontrou já verde como um lagarto. O moribundo tentou ainda dizer alguma coisa, mas só balbuciou sons desconexos e expirou. Dez minutos depois, seu corpo estava coberto de manchas pretas e amarelas, igualzinho a um cogumelo venenoso.

Não se podia pensar em levar o corpo do capitão para a *Calipso* de tão rápida foi a decomposição, graças à admirável sutileza da peçonha. Jacques e os doze marujos que o acompanhavam cavaram uma tumba, deitaram o morto dentro e o cobriram com todas as pedras que puderam encontrar em volta, para garanti-lo, se é que fosse possível, dos dentes das hienas e dos chacais. Já da serpente de chocalho, um dos tripulantes se encarregou, pois tinha um tio farmacêutico em Brest que havia pedido, se ele porventura visse um desses répteis, que o levasse morto ou vivo para expô-lo à porta da loja, entre uma garrafa cheia de água vermelha e outra cheia de água azul.

Há um adágio comercial que diz: "Os negócios antes de tudo". Graças a ele, o chefe hotentote e Jacques decidiram que a tragédia não devia abalar a combinação tratada. Jacques foi então à aldeia buscar os cinquenta namas vendidos e o hotentote foi ao brigue buscar as duas barricas de rum prometidas. Feita a troca, os dois se despediram, mutuamente encantados e com promessas de novas relações comerciais no futuro.

Na noite desse mesmo dia, Jacques reuniu todos os marinheiros no convés, desde o contramestre até o último grumete.

Após um discurso conciso, mas eloquente, sobre as virtudes inúmeras que notabilizavam o capitão Bertrand, ele propôs duas coisas. A primeira seria vender a carga, que estava completa, e depois o próprio navio — o que não seria difícil. Dividida a soma, considerando os direitos de cada um, todos se separariam como bons amigos, indo cada um, por conta própria, em busca da fortuna. A segunda proposta consistia em nomear um substituto para o capitão Bertrand e continuar o negócio sob a denominação *Calipso & Companhia*. Jacques deixou claro que, por mais tenente que fosse, seria o primeiro a reconhecer o novo capitão escolhido pelo escrutínio. Mas aconteceu o que devia acontecer e ele foi aclamado na função.

Imediatamente escolheu como imediato o contramestre, um bravo bretão de Lorient que, por alusão à notável dureza da sua caixa craniana, era chamado de Cabeça de Ferro.

Naquela mesma noite a *Calipso*, mais volátil do que a ninfa de quem havia tirado o nome, estufou velas rumo às Antilhas, pelo menos aparentemente consolada da partida, não do rei Ulisses, mas do capitão Bertrand.

De fato, tendo perdido um amo, encontrara outro, que dignamente o substituiu. O defunto era um daqueles velhos lobos do mar que fazem todas as coisas seguindo a rotina, e não a criatividade. Com Jacques seria o contrário, em eterna adaptação às circunstâncias, um talento universal no concernente à arte náutica. Em batalhas ou diante de uma tempestade, ele comandava a manobra como um almirante, mas sabia fazer um nó de marinheiro tão bem quanto o último grumete. Com ele ninguém descansava e, graças a isso, ninguém se entediava. Diariamente se faziam melhorias na estivagem e na enxárcia da escuna. Jacques amava a *Calipso* com o fervor que se tem pela amante, e se mostrava eternamente preocupado em lhe acrescentar ou personalizar adornos. Podia ser uma vela quadrada, da qual ele trocava a forma, ou uma verga que tinha o movimento simplificado. Então, vaidosa que era, a escuna obedecia ao novo comando como nunca antes havia obedecido, dobrando-se e endireitando-se ao mínimo gesto, ganhando ímpeto como o cavalo que sente a espora. Jacques e a *Calipso* pareciam tão feitos um para o outro que, a partir de então, ninguém mais achou que pudessem viver sem essa cumplicidade.

Não fosse a lembrança do pai e do irmão, que às vezes passava como uma nuvem por seu semblante, Jacques era o homem mais feliz do mundo, tanto em terra quanto no mar. Em nada parecia com esses negreiros ávidos que perdem metade do lucro querendo ganhar mais e acabam tendo prazer no mal que causam quando se torna rotina. Não; era um correto comerciante, fazendo negócio conscientemente, tendo com seus cafres, hotentotes, senegâmbios ou moçambicanos quase o mesmo cuidado que teria com sacos de açúcar, caixas de arroz ou fardos de algodão. Eles eram bem alimentados, tinham palha para dormir e podiam, duas vezes por dia, passear ao ar livre no convés. Ficavam acorrentados apenas os mais teimosos e, em geral, dentro do possível maridos e mulheres eram vendidos juntos, assim como filhos e mães, o que era uma demonstração de sensibilidade fora do comum, com poucos exemplos entre os confrades de Jacques. Com isso, seus negros chegavam ao destino apresentáveis e alegres, o que quase sempre significava um melhor preço de venda.

Nem é preciso dizer que o capitão ficava em terra firme por tempo nunca longo o bastante para criar vínculos mais sérios. Como nadava em ouro e prata, as belas crioulas da Jamaica, de Guadalupe e de Cuba muitas vezes o olharam de forma interessada. Houve inclusive pais que, ignorando o fato de ele ser mulato, e vendo nele um honesto negreiro europeu, abriram brechas para casamentos. Mas Jacques tinha ideias próprias com relação ao compromisso, conhecendo suficientemente histórias da Bíblia e da mitologia. Por exemplo, o apólogo de Hércules e Ônfale, assim como a passagem bíblica de Sansão e Dalila.[77] Sua decisão, por isso, foi a de não ter outra parceira na vida além de *Calipso*. Já amantes, graças a Deus não faltavam. Podiam ser negras, vermelhas, amarelas ou mestiças, conforme o porto se situasse no Congo, na Flórida, em Bengala ou Madagascar. A cada viagem ele embarcava uma companheira que, ao chegar, era cedida a algum amigo — sobre o qual ele estivesse seguro de que a trataria bem —, decidido a nunca manter a mesma na viagem seguinte. Temia que a companheira, de alguma forma, pudesse influenciar seu modo de vida, qualquer que fosse a sua etnia. O que ele amava, antes de tudo, era a liberdade.

Acrescentemos que Jacques via também prazer em uma quantidade de outras coisas. Tinha a sensibilidade de um crioulo. Todas as grandes manifestações da natureza o afetavam agradavelmente, só que agindo sobre os sentidos, e não sobre o racional. Amava a imensidão não por ela fazê-lo sonhar com Deus, mas por nela haver mais espaço e ser possível respirar melhor. Amava as estrelas não por achar que eram outros mundos vagando pelo espaço, mas por gostar de ter acima da cabeça um dossel azul bordado com

77. Na mitologia greco-romana, por ordem de um oráculo, o semideus Hércules se tornou escravo e foi comprado por Ônfale, rainha da Lídia, que o obrigou a trabalhos femininos, como costura e tecelagem. No Antigo Testamento (Juízes 16), o também fortíssimo Sansão tinha nos cabelos a origem do seu poder e foi traído por Dalila, que cortou suas tranças.

diamantes. Amava as grandes florestas não por suas profundezas se mostrarem repletas de vozes misteriosas, mas por aquela densa abóbada projetar uma sombra que os raios do sol não atravessavam.

Com relação ao seu ramo de atividade, Jacques achava se tratar de algo perfeitamente legal. A vida toda havia visto negros sendo vendidos e comprados e, em sua profunda consciência, acreditava que negros tinham sido feitos para ser vendidos e comprados. Quanto ao direito de alguém traficar seres humanos, isso não o preocupava minimamente. Ele comprava e pagava, a mercadoria então era sua, e, tendo comprado e pagado, tinha o direito de revendê-la. Por outro lado, nunca procurou imitar o exemplo de colegas de profissão que caçavam negros por conta própria. Apropriar-se de uma criatura livre para torná-la escrava, pela força ou por esperteza, a ele parecia uma enorme injustiça, mas a partir do momento em que essa criatura livre já fora escravizada, por circunstâncias que independiam da sua vontade, o traficante não via problema nenhum em negociá-la com seu proprietário.

A vida que levava Jacques era agradável, ainda mais por haver de vez em quando dias de combate, como na época do capitão Bertrand. O tráfico de negros fora abolido por um congresso de governantes que provavelmente achou que isso prejudicava o tráfico de brancos. De forma que às vezes alguns navios se metiam onde não eram chamados, querendo, por exemplo, saber o que a *Calipso* fazia nas costas do Senegal ou nos mares da Índia. Se nesse dia o capitão Jacques estivesse de bom humor, começava por divertir a curiosidade alheia, mostrando bandeiras de todo tipo, e depois, cansando-se dessas charadas, desfraldava seu próprio estandarte de três cabeças negras dispostas em dois campos vermelhos, duas num e uma noutro. Era o sinal para a *Calipso* se pôr em guarda, dando início à festa.

Além dos vinte canhões que ornavam suas portinholas, a *Calipso* — para essas ocasiões apenas — contava com duas peças de trinta e seis à ré, com alcance maior do que costumavam ter os navios. Como era rápida e obedecia a um só gesto do comandante — talvez a um só olhar —, ela enfunava velas apenas o necessário para manter ao alcance dessas suas duas peças a embarcação que a perseguia. O resultado é que os projéteis inimigos caíam na sua esteira, enquanto Jacques, que continuava hábil apontador, atravessava a nave negrófila de ponta a ponta. A "troca de bolas", como ele chamava, durava o tempo que bem lhe aprouvesse. Quando achava já ter razoavelmente punido o indiscreto por sua indiscrição, mandava acrescentar às velas içadas algumas de sobrejoanete, outras no próprio joanete, umas áuricas de sua invenção, enviava um par de bolas duplas para se despedir e, deslizando na água como um pássaro marinho que volta ao ninho, deixava o intruso à vedação dos seus buracos, ao reajuste da mastreação e do cordame, desaparecendo no horizonte.

Tudo isso, pode-se imaginar, complicava a entrada da *Calipso* nos portos, mas a coquete sabia mudar de estilo e até mesmo de aparência, segundo as necessidades. Às vezes assumia algum nome virginal e modos ingênuos, se chamando *Bela Jenny* ou *Jovem Olímpia*, com um ar de inocência que dava gosto ver. Dizia vir com carregamento de chá do Cantão, ou café de Moka, ou aromáticos do Ceilão. Dava mostras da mercadoria, recebia encomendas, aceitava visitação. O capitão Jacques podia ser um bravo camponês da baixa Bretanha, de casaco e cabelos compridos, amplo chapéu, enfim, toda a indumentária do defunto capitão Bertrand. Às vezes a *Calipso* mudava de sexo e passava a se chamar *Odisseu* ou *Leônidas*. A tripulação vestia uniforme francês e entrava para atracar com a bandeira branca desfraldada, cumprimentando cordialmente o forte, que cordialmente retribuía a saudação. O capitão, nesse caso, podia ser um velho lobo do mar resmungão, praguejando, reclamando, falando só de estibordo e bombordo, sem entender para que, diabos, podia servir a terra firme a não ser para de vez em quando renovar o estoque de água e secar o peixe. Outras vezes era algum belo oficial elegantemente vestido, recém-saído da Escola Naval, a quem o governo, querendo recompensar os serviços dos seus ancestrais, lhe dera um comando que dez experientes oficiais solicitavam. Jacques, nesse caso, se chamava sr. de Kergouran ou de Champ-Fleury, era meio míope, piscava muito os olhos e tinha língua presa. Tudo isso logo seria desmascarado em qualquer porto da França ou da Inglaterra, mas funcionava às mil maravilhas em Cuba, Martinica, Guadalupe ou Java.

Quanto aos fundos provenientes do seu comércio, como Jacques nada entendia de especulações, de agiotagem ou de cálculos financeiros, para ele a coisa mais simples, no lugar de ouro ou títulos bancários, era ir a Bijapur ou Guzarate e obter os mais belos diamantes. Com isso ele acabou conhecendo diamantes tão bem quanto conhecia negros. As gemas recém-compradas se juntavam às antigas, num cinturão que ele nunca tirava. Caso precisasse de dinheiro, buscava na cintura e escolhia, dependendo da necessidade, um brilhante do tamanho de uma ervilha, um diamante igual a uma avelã, procurava um agiota, assistia à pesagem e recebia o preço de tabela. Em seguida, como Cleópatra, que bebia as pérolas dadas por Antônio,[78] ele bebia e comia seu diamante. A diferença é que, ao contrário da rainha do Egito, Jacques tirava da joia várias refeições.

Graças a esse arranjo, ele tinha disponível, o tempo todo, um valor de dois ou três milhões que, na verdade, cabiam na palma da mão e podiam ser facilmente escondidos, se necessário. Pois, não há como negar, uma profissão como aquela tinha seus reveses. Nem sempre Jacques navegava num mar de rosas e, após anos de bonança, podia chegar o dia de tempestade.

---

78. Segundo o historiador Plínio, o Velho (23-79), Cleópatra (69-30 a.C.) teria dito a seu amante romano Marco Antônio (83-30 a.C.) poder gastar uma fortuna em uma só refeição. Posta em dúvida, ela dissolveu uma pérola no vinagre e bebeu.

Enquanto esse dia não vinha, a vida prosseguia agradável e ele não a trocaria pela de um rei. Até porque, já naquela época, ser rei começava a ser negócio periclitante. Nosso aventureiro se sentiria então perfeitamente feliz se a lembrança do pai e de Georges não viesse às vezes turvar seu pensamento. Por isso, um belo dia, sem poder mais resistir e tendo embarcado uma carga em Senegâmbia e no Congo, indo completá-la nas costas de Moçambique e Zanguebar, ele resolveu prosseguir até a Ilha da França, onde descobriria se o pai continuava por lá e se o irmão, quem sabe, não havia voltado. Aproximando-se do litoral, a *Calipso* fez as sinalizações habituais dos navios negreiros e recebeu os sinais correspondentes. Quis o acaso que tais sinais fossem trocados entre pai e filho. Naquela noite, então, Jacques não só se viu na terra natal como também nos braços daqueles que viera procurar.

15. A caixa de Pandora[79]

Como se pode imaginar, foi uma grande felicidade para aquele pai e aqueles irmãos, que não se viam há tanto tempo, se reunirem de maneira tão imprevista. É bem verdade que, num primeiro momento, graças a um resto de educação europeia, no coração de Georges houve certo desconforto ao descobrir que o irmão era mercador de carne humana, mas isso logo se desfez. Já para Pierre Munier, que nunca havia deixado a ilha e considerava o assunto pelo ponto de vista do que se praticava nas colônias, isso não tinha a menor importância. De qualquer forma, o pobre pai estava completamente tomado pela felicidade inesperada de rever os filhos.

Sendo a escolha mais óbvia, Jacques foi dormir em Moka. Georges, ele e o pai conversaram até tarde da noite. Naquelas primeiras e afetuosas horas, junto às pessoas mais íntimas da sua alma, cada um falou do que tinha no coração. Pierre Munier quis expressar toda a sua alegria. Nada mais havia, para ele, além do amor pelos filhos. Jacques contou sua vida aventureira, seus prazeres estranhos e felicidade excêntrica. Depois foi a vez de Georges, que confessou estar amando e a quem.

Ao ouvir, o pai estremeceu dos pés à cabeça: Georges, mulato, filho de mulato, declarar seu amor por uma branca e dizer que a conquistaria? Semelhante orgulho era uma audácia inaudita e sem exemplo nas colônias. Para ele, tanto orgulho atrairia todas as dores da terra e toda a cólera do céu para quem o cultivasse no coração.

Jacques, por sua vez, achava perfeitamente normal que Georges amasse uma branca, mesmo que pessoalmente, por mil razões que podiam ser enumeradas, ele de longe preferisse as negras. Mas era sensato o bastante para compreender e respeitar o gosto de cada um. Aliás, ele acrescentou que Georges, bonito, rico e superior aos outros homens como era, podia pretender a mão de qualquer mulher, mesmo que fosse Aline, a rainha de Golconda![80]

---

79. Na mitologia grega, caixa em que os deuses puseram todos os males do mundo e um único bem, a esperança.
80. País fictício da ópera-balé *Aline, la reine de Golconda* em três atos, de Michel-Jean Sedaine (1719-97), representada pela primeira vez em 1766.

E ofereceu ainda ao irmão uma alternativa que simplificava bastante as coisas: caso o sr. de Malmédie recusasse seu pedido, ele raptaria Sara e a levaria para qualquer lugar do mundo, onde Georges iria encontrá-la. O irmão agradeceu a proposta, mas disse que não seria preciso, pois já tinha elaborado um plano.

No dia seguinte, os três voltaram a estar juntos assim que amanheceu, pois muito do que tinham ainda a dizer não pudera ser dito na véspera. Por volta das onze horas, Jacques quis rever lugares onde tinha passado a infância e propôs ao pai e ao irmão um passeio para matar a saudade. O velho Munier aceitou, mas Georges esperava notícias da cidade, vocês se lembram, e os deixou partir, ficando em casa à espera de Miko Miko, como tinham combinado.

E meia hora depois de fato o viu chegar, com a comprida vara de bambu e os dois cestos, como se estivesse na cidade, fazendo seu comércio. O previdente vendedor tinha pensado que poderia no caminho, quem sabe, encontrar eventuais interessados em chinesices. Georges, apesar de todo o autocontrole que ele a tanto custo havia conseguido, foi abrir a porta com o coração aflito, pois aquele homem tinha estado com Sara e falaria dela.

Tudo se passara da maneira mais simples, como se pode imaginar. Com a facilidade de Miko Miko para entrar em todo lugar, chegando à casa dos Malmédie, Bijou o levou diretamente a Sara, pois se lembrou da venda do leque.

Ao vê-lo, a jovem estremeceu, pois Miko Miko a fazia se lembrar de Georges por um encadeamento natural de ideias e circunstâncias. Lamentou apenas ter que conversar com ele por sinais. Mas o vendedor tirou do bolso o cartão de Georges, em que ele havia escrito o preço dos diferentes objetos que podiam interessar-lhe, e o entregou, mostrando o lado em que estava impresso o nome.

Sara enrubesceu e imediatamente revirou o cartão. Era evidente que Georges, sem poder ir vê-la, usava aquele truque para estar presente. Comprou então, sem discutir, tudo que tinha preço escrito no cartão. Depois, como o vendedor não o pediu de volta, ela aproveitou para guardá-lo para si.

Deixando os aposentos de Sara, ele foi parado por Henri, que o chamou também em particular e quis ver toda a mercadoria. Nada comprou, mas o fez entender que, tendo em vista seu casamento iminente com a prima, estaria interessado em tudo que ele pudesse conseguir de mais extraordinário.

A dupla visita permitiu que Miko Miko observasse a casa inteira em detalhe. E como, entre as bossas da sua cabeça calva ele tinha, bem saliente, a da memória espacial,[81] a distribuição arquitetônica da residência foi perfeitamente registrada.

---

81. Segundo a craniologia em moda no século XIX, utilizada para estabelecer hierarquia entre os seres humanos, apregoando, no contexto do racismo científico, a inferioridade de pessoas não brancas, sobretudo os africanos, o crânio apresenta bossas, calombos visíveis externamente que indicariam supostas propensões e características das pessoas.

Eram três as entradas. Uma, como antes já dissemos, dava para o jardim da Companhia por uma pequena ponte, atravessando o riacho; outra, do lado oposto, se abria para a rua do Governo por uma ruela arborizada. A terceira não passava de uma porta lateral, dando passagem para a rua do Teatro.

Entrando na propriedade pela frente, isto é, atravessando o riacho pela ponte e vindo do jardim da Companhia, havia um grande pátio quadrado, com mangueiras e lilases-da-china. À sombra da folhagem e das flores, via-se de frente a edificação principal, à qual se tinha acesso por uma porta mais ou menos paralela à da rua. Do pátio, tinha-se em primeiro plano, à direita, os alojamentos dos negros e, à esquerda, os estábulos. Em segundo plano, do lado direito, havia uma construção independente, um pavilhão, atrás de um magnífico sangue-de-drago e, à frente dele, uma segunda habitação, também destinada aos escravos. Em terceiro plano, enfim, à esquerda estava a entrada lateral dando para a rua do Teatro e, à direita, uma passagem, indo a uma pequena escada que subia para um terraço, na direção da ruela arborizada e abrindo-se de frente para o teatro.

Quem tiver seguido essa descrição percebeu que o pavilhão estava separado da casa principal pela tal passagem. E como esse pavilhão era o retiro favorito de Sara, onde ela passava a maior parte do tempo, pedimos permissão ao leitor para acrescentar alguns detalhes ao que já dissemos num dos capítulos anteriores.

O pavilhão tinha quatro faces, mesmo sendo visível apenas de três lados. De fato, um dos lados era adjacente ao alojamento dos negros. Os três outros se abriam, um para o pátio com as mangueiras, os lilases-da-china e o sangue-de-drago; outro para a passagem levando à pequena escada; e o terceiro, por último, para um grande canteiro de lenha, quase sempre deserto e dando, de um lado, para o mesmo riacho que acompanhava uma das fachadas externas da casa principal e, de outro, contra a ruela com árvores, quase quatro metros acima. Na ruela se apoiavam duas ou três casas com telhados levemente inclinados, que ofereciam um razoável acesso a quem, por um motivo qualquer, não quisesse usar o caminho que todo mundo usava, preferindo passar, incógnito, da ruela ao canteiro.

O pavilhão tinha três janelas e uma porta, dando, como foi dito, para o pátio. Uma das janelas ficava ao lado dessa porta, outra se abria para a passagem e a terceira para o canteiro.

Ouvindo Miko Miko contar tudo isso, Georges três vezes sorriu, mas com expressões bem diferentes. A primeira quando seu embaixador disse que Sara tinha guardado o cartão; a segunda quando falou do casamento de Henri com a prima; a terceira ao saber que era possível entrar no pavilhão pela janela do canteiro.

Ele deu lápis e papel a Miko Miko para que, por segurança, desenhasse o mapa da casa, enquanto ele próprio, pegando uma pena, começou a escrever uma carta.

Carta e mapa terminaram ao mesmo tempo.

Georges então se levantou e buscou no quarto uma maravilhosa caixinha de Boule, digna de ter pertencido à madame de Pompadour,[82] guardou dentro a carta que acabava de escrever, fechou-a à chave e entregou caixa e chave a Miko Miko, dizendo o que fazer. Depois o recompensou com nova moeda de ouro pela nova tarefa, e o chinês, apoiando de volta a vara de bambu no ombro, tomou a direção da cidade, exatamente como tinha vindo, assegurando que em mais ou menos quatro horas estaria com Sara.

Assim que ele desapareceu na aleia que levava à plantação, Jacques e o pai surgiram por uma porta de trás. Georges, que se preparava para ir encontrá-los, se espantou por terem voltado tão depressa, mas Jacques havia visto no céu sintomas que anunciavam uma forte ventania e, mesmo tendo plena confiança no imediato, mestre Cabeça de Ferro, seu amor pela *Calipso* era grande demais para que a deixasse sob os cuidados de um substituto diante de tão grave circunstância. Tinha então subido a montanha do Polegar, confirmado que a escuna estava no ponto combinado, balançando a mais ou menos duas léguas do litoral, e fez a sinalização combinada para que o buscassem na praia, caso algum imprevisto apressasse seu embarque. O sinal fora recebido e ele vinha então apenas se despedir, sabendo que em duas horas a chalupa o buscaria.

O pobre pai fez de tudo para que o filho ficasse, mas Jacques, com voz carinhosa, apenas respondeu:

— Não vai ser possível, pai.

Pela firmeza daquela entonação suave, o velho compreendeu ser decisão tomada. Então não insistiu.

Georges, enquanto isso, compreendia tão bem o sentimento do irmão em querer voltar ao navio que não tentou fazê-lo mudar de ideia. Mas disse que o pai e ele o acompanhariam até depois da cadeia do Pieterboot, pois da vertente oposta poderiam vê-lo embarcar na chalupa e, uma vez no mar, avistá-lo de longe até chegar à *Calipso*.

Os três partiram por trilhas que apenas caçadores conheciam e chegaram à nascente do rio das Cabaças, onde Jacques se despediu dos familiares com os quais tinha podido estar por tão pouco tempo. No entanto, solenemente prometeu regressar em breve.

Uma hora depois, o bote já deixara a praia levando Jacques, fiel a esse amor que o marinheiro tem por seu navio, indo salvar a *Calipso* ou com ela morrer.

Tão logo assumiu seu posto na escuna, até então ancorada, ela tomou o rumo da ilha de Areia e se afastou o mais depressa que pôde na direção norte.

---

82. André-Charles Boulle (1642-1732), marceneiro do rei; madame de Pompadour (1721-64), de origem burguesa, foi amante oficial de Luís XIV, mas também confidente, tendo grande influência política.

O céu e o mar se tornavam cada vez mais ameaçadores. O mar rugia e aumentava a olhos vistos, mesmo não sendo hora da maré. Já o céu, como se quisesse rivalizar, fazia correrem rápidas ondas de nuvens que de repente se esgarçavam, atravessadas por ventos que variavam de leste-sudeste a sudeste e sul-sudeste. Tais sintomas, contudo, para quem não fosse marinheiro, pressagiavam apenas uma tempestade normal. Várias vezes, naquele mesmo ano, ameaças iguais tinham se armado sem que uma catástrofe sobreviesse. Chegando em casa, no entanto, Georges e o pai foram obrigados a reconhecer a boa percepção de Jacques. O mercúrio do barômetro tinha descido abaixo de vinte e oito polegadas.

O velho Munier imediatamente ordenou ao capataz o corte dos talos das mandiocas, para ao menos salvar as raízes que, sem essa precaução, poderiam ser arrancadas da terra e carregadas pelo vento.

Georges, por sua vez, mandou que Ali selasse Antrim para as oito da noite. Ouvindo isso, Pierre Munier se assustou:

— E por que selar o cavalo?

— Preciso estar na cidade às dez horas, pai.

— Não é boa ideia, pense bem! — exclamou o velho.

— É preciso, pai.

O tom era o mesmo de Jacques, e o pobre Munier reconheceu o quanto era decidido, abaixando a cabeça com um suspiro, mas sem insistir.

Miko Miko, enquanto isso, cumpria sua missão.

Tão logo chegou a Porto Luís, ele havia tomado a direção da casa do sr. de Malmédie, certo de ter acesso duplamente garantido graças à encomenda de Henri. Sentia-se ainda mais seguro por ter visto, ao passar pelo porto, os srs. de Malmédie, pai e filho, a olharem as embarcações ancoradas, das quais os capitães, na expectativa da ventania iminente, reforçavam as amarras. Encaminhou-se então à residência para o que vinha fazer, sem medo de ser incomodado. Bijou, que naquela manhã mesmo o havia visto conversar com o jovem senhor e aquela que já era vista como futura patroa, o levou diretamente a ela, que, como era seu costume, se encontrava no pavilhão.

Entre os objetos que o mercador ofereceu à curiosidade da jovem crioula, foi de fato, como Georges havia previsto, a delicada obra de Boule que logo chamou sua atenção. A caixinha foi revirada de todos os lados e, depois de muito admirada por fora, Sara quis examiná-la por dentro. Pediu então a chave e Miko Miko fingiu procurar, sem encontrar. Por gestos, acabou dizendo tê-la provavelmente esquecido em casa e saiu, deixando a caixinha e prometendo voltar logo com a chave.

Dez minutos depois, tempo que a jovem, no calor da curiosidade infantil, passou virando e revirando o miraculoso objeto, Bijou entrou e entregou a chave, que o chinês enviara por um negro.

A Sara pouco importava como a chave havia chegado, contanto que estivesse ali. Pegou-a então, enquanto Bijou se retirava para fechar todas as janelas da casa por causa da ventania que se anunciava. Sozinha, ela imediatamente procurou abri-la.

No interior da caixa, como se sabe, havia apenas um papel que nem mesmo estava selado, mas apenas dobrado em quatro.

Georges havia tudo previsto, tudo calculado.

Era preciso que Sara estivesse sozinha no momento em que encontrasse a carta, como era preciso que fosse aberta para que ela não a devolvesse alegando não ter lido.

Sozinha, Sara hesitou por um instante, mas adivinhando a origem do bilhete, levada pela curiosidade, pelo amor, enfim, por esses mil sentimentos que fervilham no coração das jovens, não resistiu ao desejo de ver o que lhe escrevia Georges. Emocionada, tanto quanto ruborizada, pegou o papel, desdobrou-o e leu:

> Sara,
>
> Não preciso dizer que a amo, pois você sabe. O sonho de toda a minha existência foi uma companheira como você. Há no mundo situações excepcionais, como na vida momentos supremos, em que todas as normas da sociedade desmoronam diante da terrível necessidade.
>
> Sara, você me ama?
>
> Pense no que será a sua vida com o sr. Henri de Malmédie e pense no que será a sua vida comigo.
>
> Com ele, a consideração de todos.
>
> Comigo, a vergonha de um preconceito.
>
> Mas considere que a amo, repito, mais do que qualquer homem no mundo a amou ou um dia amará.
>
> Sei que o sr. Henri apressa o momento para se tornar seu marido. Então, não temos tempo a perder. Você é livre, Sara, ponha a mão na consciência e escolha entre mim e ele.
>
> Sua resposta será para mim tão sagrada quanto seria uma ordem de minha mãe. Esta noite, às dez horas, estarei no pavilhão para ouvi-la.
>
> Georges

Sara olhou em volta, assustada. Tinha a impressão de que, ao se virar, daria de cara com Georges.

Nesse momento a porta se abriu e, em vez de Georges, entrou o seu primo. Ela escondeu rapidamente a carta no decote do vestido.

Henri tinha, como já pudemos perceber, inspirações um tanto desastradas com relação à prima e isso não mudou. Sem dúvida não era o melhor momento para ir vê-la, preocupada que estava com outro.

— Peço desculpas, querida Sara — começou Henri —, por entrar assim, sem me anunciar, mas no ponto em que estamos, a quinze dias de nos tornarmos marido e mulher, creio, diga-se o que for, que tais liberdades são permitidas. Aliás, vim dizer que se tiver lá fora algumas belas flores que queira salvar, é melhor mandar que as tragam para dentro.

— Por quê? — ela perguntou.

— Não vê o vendaval que se prepara? Tanto para flores quanto para pessoas, esta noite será melhor estar em casa do que fora.

— Meu Deus! — assustou-se Sara, pensando em Georges. — Há tanto perigo assim?

— Para nós que temos uma casa sólida, não; mas para pobres-diabos que vivem em choças ou que estiverem na estrada, sim. Confesso que não gostaria de estar no lugar deles.

— Acha mesmo, Henri?

— E como não acharia? Não está ouvindo?

— O quê?

— Os filaos do jardim da Companhia.[83]

— É verdade, estão gemendo! É sinal de tempestade, não é?

— E veja só o céu, como se encobre. Mais uma vez, Sara, se tiver flores a proteger, não perca tempo. Eu mesmo estou indo prender os cachorros. — E ele foi pôr ao abrigo da tempestade a matilha de caça.

É verdade: escurecia com uma rapidez fora do comum, pois o céu se cobria de pesadas nuvens. De vez em quando, lufadas de vento sacudiam a casa. Depois tudo voltava à calma, mas uma calmaria pesada, parecendo mais a agonia da natureza ofegante. Sara olhou para o pátio e viu as mangueiras que tremiam como se, dotadas de sentimentos, pressentissem a luta que se preparava entre o vento, a terra e o céu, enquanto os lilases-da-china deixavam suas flores tristemente se curvarem até o chão. Ao ver esse espetáculo, a jovem foi quase tomada de pavor e juntou as mãos, murmurando:

— Ó Senhor, protegei-o!

O tio a chamava e ela abriu a porta.

— Sara, minha filha, venha para a casa. O pavilhão não é seguro.

— Já vou, tio — ela disse, trancando a porta e levando consigo a chave, temendo que alguém entrasse enquanto não estivesse.

Mas em vez de ir ter com Henri e o pai, ela foi para o seu quarto. Um pouco depois, o sr. de Malmédie foi novamente chamá-la e a encontrou de joelhos ao pé da cama, diante de um Cristo.

— Por que não está tomando o chá conosco? — ele quis saber.

— Estou rezando pelos que estão em viagem, tio.

83. Árvores das colônias que substituem nossos ciprestes nos túmulos. (N. A.) Trata-se, em português, da casuarina.

— Fique tranquila. Tenho certeza de que, na ilha inteira, ninguém é louco o bastante para estar na estrada com um tempo desses — ele respondeu.

— Deus o ouça, tio!

E continuou a rezar.

De fato, não havia mais dúvida de que o cataclismo que Jacques, com seu olho de marinheiro, havia previsto aconteceria. Um daqueles terríveis furacões que aterrorizam as colônias ameaçava a Ilha da França. Como dissemos, a noite havia caído com rapidez assustadora, mas os relâmpagos se sucediam num tal ritmo e com tanto barulho que o escuro parecia iluminado por uma claridade azulada e lívida, que dava aos objetos o tom cadavérico daqueles mundos expirados que Byron fez Caim visitar, guiado por Satã.[84] Cada um daqueles curtos intervalos em que os relâmpagos, quase incessantes, deixavam as trevas dominarem a terra eram plenos do violento estouro de trovões que vinham de trás das montanhas e pareciam rolar pelas encostas, passar por sobre a cidade e depois se perderem nas profundezas do horizonte. Em seguida, como dissemos, amplas e fortes lufadas de vento seguiam o raio que caía e curvavam, como se fossem varetas de salgueiro, as mais vigorosas árvores que, lenta e temerosamente, voltavam a se aprumar, para de novo se dobrarem, lamentosas e gementes, sob a lufada seguinte, sempre mais forte que a anterior.

Era sobretudo no miolo da ilha, na área de Moka e nas planícies Williams, que o furacão, livre e parecendo feliz com isso, magnificamente se oferecia como espetáculo. E Pierre Munier lá se encontrava, duplamente aflito por Jacques, no mar, e Georges se preparando para sair. Porém, sempre submisso, exceto à força física, o pobre pai aceitava, e, tremendo a cada rugir do vento, empalidecendo a cada estrondo do raio, tenso a cada relâmpago, nem sequer tentava pedir que Georges ficasse. Já o rapaz parecia crescer à medida que se aproximava do perigo. Ao contrário do pai, cada estrondo ameaçador o fazia erguer a cabeça, cada relâmpago o fazia sorrir. Ele que até então havia experimentado todas as lutas humanas, parecia querer, como Don Juan, lutar contra Deus.[85]

Assim, chegando a hora de partir, com aquela inflexibilidade de decisão que era o traço distintivo não da educação recebida, mas daquela que ele próprio forjara, Georges se aproximou do pai, estendeu a mão e, sem

---

84. O poeta George Byron (1788-1824), mais conhecido como Lord Byron. O poema dramático *Caim, um mistério* foi publicado em 1821. Nele, Lúcifer leva Caim a uma viagem pelo tempo, com uma visão catastrófica da história natural do mundo.

85. A história de Don Juan, criada por Tirso de Molina (1579-1648), inspirou Molière, Mozart e muitos outros. O libertino Don Juan, vivendo à margem da religião, se confronta afinal com o poder divino (representado pela estátua do Comendador, pai de uma jovem seduzida e morto por ele num duelo) e queima, vítima de um fogo interno e invisível.

parecer notar seu tremor, saiu com passos tão firmes e expressão tão calma quanto diante das circunstâncias triviais da vida. Com sua passiva obediência oriental, Ali o esperava, segurando as rédeas de Atrim, já selado. Como se reconhecesse o assovio do simum ou os rugidos do khamsin,[86] aquele filho do deserto pateava, relinchando. Acalmou-se, contudo, ao reconhecer a voz do seu dono, virando para ele o olho fúlgido e as narinas fumegantes. Georges o afagou um pouco, disse algumas palavras em árabe e depois, consumado cavaleiro que era, agilmente montou, sem apoiar o pé no estribo. Ali entregou as rédeas e Atrim partiu com a rapidez do relâmpago, sem que Georges sequer visse o pai, que, para se separar o mais tarde possível do filho amado, havia entreaberto a porta e o acompanhou com os olhos até desaparecer na estrada.

Aliás, era admirável ver aquele homem arrastado numa corrida tão rápida quanto o furacão no meio do qual passava, atravessando o espaço como Fausto indo ao Brocken na sua montaria infernal.[87] Ao redor, tudo era desordem e confusão. Ouvia-se o estalar de árvores quebradas pela asa do vento. Canas-de-açúcar e pés de mandioca arrancados atravessavam o espaço como plumas carregadas pelo tufão. Pássaros, tirados do sono e perdidos num voo que não podiam dirigir, passavam em volta de Georges com gritos agudos e, às vezes, um cervo assustado atravessava o caminho, rápido como uma flecha. Mas Georges se sentia feliz, com o coração inflado de orgulho. Era o único a se manter calmo no tumulto universal. Enquanto tudo se dobrava ou quebrava ao redor, apenas ele seguia rumo à meta fixada por sua vontade, sem que nada o desviasse, sem que nada o distraísse.

Ele assim seguiu por uma hora, mais ou menos, superando troncos de árvores arrebentados, riachos que se tornavam torrentes, pedras desarraigadas que rolavam das montanhas... Depois viu o mar agitado, esverdeado, espumoso, ensurdecedor, que vinha com um barulho terrível bater no litoral como se a mão de Deus não estivesse mais ali para contê-lo. Georges tinha chegado ao pé da montanha dos Sinais. Contornou a base, sempre levado pelo galope fantástico de Antrim, atravessou a ponte Burguesa, pegou à direita a rua da Costa do Ouro, acompanhou a muralha externa e, depois de cruzá-la, desceu pela rua da Rampa até o jardim da Companhia. De lá, subindo pela cidade deserta, entre pedaços de chaminés caídas, de paredes derrubadas, de telhas que voavam, seguiu pela rua do Teatro, virou bruscamente à direita, pegou a rua do Governo, penetrou pelo beco à frente do teatro propriamente, saltou do cavalo e abriu a barreira separando o beco da

86. Ventos que sopram no norte da África e na península Árabe.
87. Na lenda germânica, cuja versão mais famosa é a de Goethe (1749-1832), o alquimista Fausto é levado por Mefistófeles, numa cavalgada aérea, ao pico de Brocken, no norte da Alemanha, lugar de reunião de bruxas.

ruela arborizada junto à casa do sr. de Malmédie. Fechou a barreira e jogou as rédeas no pescoço de Antrim, que não tinha para onde fugir. Em seguida, subindo pelos telhados que davam para a ruela e deslizando deles para o chão, viu-se no canteiro para o qual dava uma das janelas do pavilhão, tal como descrevemos.

Sara, enquanto isso, estava no seu quarto e ouvia o vento uivar, benzendo-se a cada relâmpago, rezando para que viesse a tempestade, pois esperava que ela impedisse Georges. De repente, porém, estremecia, dizendo baixinho que alguém como ele, quando diz que fará uma coisa, insistirá nela, mesmo com o mundo inteiro desabando. Daí então suplicava a Deus que acalmasse o vento e cessasse os relâmpagos. Via Georges esmagado por uma árvore ou por um rochedo, arrastado pela torrente. Só então percebia, assustada, quão rapidamente seu salvador ganhara importância. Mas também, ao mesmo tempo, o quanto seria inútil resistir à atração. Era vã qualquer tentativa para combater aquele amor que despontara na véspera e já se mostrava tão forte. Seu pobre coração só podia mesmo se debater e soluçar, vencido sem ter nem mesmo tentado lutar.

À medida que as horas passavam, a agitação de Sara se tornava maior. Com os olhos pregados no relógio, ela seguia o movimento do ponteiro, e a voz do coração dizia que, a cada minuto, Georges se aproximava dela. O ponteiro sucessivamente marcou nove horas, nove e meia, quinze para as dez. A tempestade, longe de se acalmar, ficava cada vez pior. A casa tremia desde as fundações, e a todo momento se tinha a impressão de que o vento a sacudi-la a arrancaria do chão. De vez em quando, respondendo ao trovão, entre os lamentos dos filaos e os gritos dos escravos — cujos alojamentos, menos sólidos do que as casas dos brancos, desmoronavam sob o furacão como o sopro da criança desmorona o castelo de cartas que ela própria acaba de erguer —, ouvia-se o lúgubre apelo de algum navio em perigo pedindo socorro, mesmo sabendo que ser humano nenhum podia atendê-lo.

Entre todos esses barulhos, ecos da devastação, Sara teve a impressão de ouvir o relinchar de um cavalo.

Bruscamente então se levantou, de decisão tomada. O homem que diante de semelhantes perigos, enquanto os mais bravos tremiam em suas casas, vinha até ela, atravessando florestas de árvores arrancadas, torrentes em cheia, precipícios abertos, apenas para dizer: "Eu a amo, Sara! Você me ama?", esse homem realmente era digno dela. E se Georges fazia isso, aquele mesmo Georges que salvara a sua vida, é porque ela pertencia a Georges, como Georges pertencia a ela. Tal decisão não dependia do livre arbítrio, a mão divina a dobrava sem que nada pudesse ser feito diante de um destino já traçado: ela não decidia mais a sua sorte, apenas seguia, resignadamente, uma fatalidade.

Então, com essa força que as circunstâncias supremas geram, ela deixou o quarto, percorreu o corredor, desceu pela pequena escada externa a que já nos referimos — e que parecia se mover sob seus pés —, chegou à quina do pátio quadrado, avançou, esbarrando em escombros a cada passo, apoiando-se na parede do pavilhão para que o vento não a derrubasse, e chegou à porta. No momento em que girava a chave, um relâmpago deixou que se vissem as mangueiras alvoroçadas, os lilases em desordem, as flores desfeitas... Só então ela percebeu o quanto era profunda a convulsão em que a natureza se debatia. Pensou que esperaria em vão, que Georges não viria, não por medo, mas por algum acidente fatal. Diante desse pensamento, tudo se esvaneceu e Sara entrou abruptamente no pavilhão.

— Obrigado, Sara — ela ouviu uma voz que a abalou até no fundo do coração. — Obrigado, não me enganei. Você me ama! Ah, seja mil vezes abençoada!

Ao mesmo tempo, ela sentiu que outra mão pegava a sua, outro coração batia junto ao seu, outra respiração se confundia com a dela.

Uma sensação desconhecida, rápida e devoradora percorreu todo o seu corpo. Sem fôlego, perdida, inclinando-se como uma flor se inclina em sua haste, ela se apoiou no ombro de Georges, tendo consumido, nas duas últimas horas, todas as forças da sua alma, restando apenas o suficiente para murmurar:

— Georges, Georges, por favor, tenha piedade!

Ele compreendeu o apelo da fraqueza à força, do pudor da jovem à lealdade do enamorado. Ele talvez tivesse vindo com outra intenção, mas a partir daquele momento sentiu que Sara era sua. Tudo que tomasse daquela virgindade estaria subtraindo da esposa, e, apesar de também trêmulo de paixão, de desejo e de felicidade, ele procurou apenas se aproximar mais da janela, para vê-la à luz dos relâmpagos. Debruçando a cabeça sobre a da jovem crioula, ele perguntou:

— Você é minha, Sara, não é? Por toda a vida!

— Sim, sim, por toda a vida — ela murmurou.

— Nada poderá nos separar, apenas a morte?

— Apenas a morte.

— Jura, Sara?

— Por minha mãe, Georges!

Felicidade e orgulho o agitaram, e ele declarou:

— A partir desse momento você é minha mulher, Sara, e pobre de quem quiser disputá-la comigo!

Dizendo isso, ele pressionou seus lábios nos dela e, temendo sem dúvida perder o controle diante de tanto amor, juventude e beleza, passou para um cômodo ao lado, cuja janela também se abria para o canteiro, e desapareceu.

Nesse momento, uma trovoada explodiu tão forte que Sara caiu de joelhos. Quase ao mesmo tempo, a porta do pavilhão foi aberta, dando passagem ao sr. de Malmédie e Henri.

16. O pedido de casamento

Ao longo da noite o furacão passou, mas só pela manhã os estragos puderam ser verificados.

Muitas embarcações atracadas no porto sofreram avarias consideráveis. Algumas tinham sido lançadas contra outras, com duplo prejuízo. A maior parte estava desmastreada, parecendo batelões, e duas ou três tinham ido parar na ilha dos Tanoeiros, arrastando suas âncoras. Uma, inclusive, afundou no próprio porto, com perda total, sem poder ser socorrida.

E não era menor a devastação em terra firme. Poucas casas de Porto Luís tinham escapado ilesas do terrível cataclismo. Quase todas que tinham telhados de ripas, ardósia, telhas, cobre ou flandres os tinham perdido. Só resistiram as que contavam com varandas à indiana, em alvenaria. Com todo esse estrago, pela manhã as ruas estavam cheias de lixo e escombros. Alguns prédios só se sustentavam em suas bases graças a escoras. As arquibancadas preparadas no Campo de Marte, para a corrida, tinham desmoronado. Dois canhões de grosso calibre, emparelhados perto de Rio Grande, tinham girado com a força do vento e estavam, pela manhã, no sentido oposto ao da véspera.

No interior da ilha o que se via era igualmente deplorável. Tudo que restava da colheita — e felizmente ela estava próxima de se encerrar — foi arrancado da terra. Em vários locais, vastas áreas de floresta mais pareciam trigais abatidos pelo granizo. Quase nenhuma árvore isolada havia resistido ao furacão e até os tamarindeiros, flexíveis por excelência, tinham quebrado, coisa que até então parecia impossível.

A residência do sr. de Malmédie, uma das mais altas de Porto Luís, havia estado muito exposta. Em certo momento os abalos foram tão violentos que ele e o filho resolveram procurar abrigo no pavilhão. Todo de pedra e tendo apenas um andar, além de abrigado por varanda, a construção evidentemente oferecia menos resistência ao vento. Henri tinha ido chamar a prima e, encontrando o quarto vazio, achou que também ela, assustada com o temporal, correra para lá. E de fato ali a encontraram, numa visível agitação que plenamente se justificava. O pai e o filho em nenhum momento desconfiaram do motivo que havia feito Sara deixar seu quarto, já que nem eles tinham escapado do medo.

Ao amanhecer, como dissemos, a tempestade se acalmou. Mesmo que todos tivessem passado a noite insone, ninguém se atrevia ainda a descansar e verificava os prejuízos com que teria que arcar. O novo governador logo cedo percorreu todas as ruas da cidade, pondo a guarnição militar à disposição dos moradores. Disso resultou que, no final mesmo daquele dia, boa parte dos vestígios da catástrofe havia desaparecido.

Acrescente-se que todos, individualmente, se esforçavam para que Porto Luís recuperasse seu aspecto do dia anterior. Aproximava-se a festa do Yamsé, uma das mais importantes da Ilha da França. Como esse nome é provavelmente desconhecido na Europa e tal comemoração está intimamente ligada aos acontecimentos que aqui narramos, pedimos aos leitores permissão para algumas palavras introdutórias que nos parecem indispensáveis.

Sabe-se que a grande família maometana se divide em duas seitas não só diferentes, mas também inimigas: a sunita e a xiita. Uma, à qual estão ligadas as populações árabe e turca, reconhece Abubacar, Omar e Osman como legítimos sucessores de Maomé. A outra, seguida por persas e muçulmanos indianos, vê esses três califas como usurpadores e reconhece Ali, genro e ministro do profeta, como único a ter direito à herança política e religiosa. Ao longo das longas guerras travadas pelos pretendentes, Hussein, filho de Ali, foi emboscado perto da cidade de Querbela por uma tropa de soldados enviados por Omar. O jovem príncipe e sessenta parentes que o acompanhavam foram massacrados após heroica resistência.

É o aniversário desse acontecimento nefasto que os maometanos indianos anualmente celebram, com toda solenidade, numa festa por eles chamada Yamsé,[88] por corruptela dos gritos "Vai, Hussein!" e "Ó Hussein!" que os persas repetem em coro. Na verdade, assim como o nome do festejo se transformou, se juntaram a ele costumes próprios do país natal e de cerimônias da religião antiga.

E na segunda-feira seguinte, noite de lua cheia, os lascars, que representavam os xiitas na Ilha da França, como de costume celebrariam o Yamsé, oferecendo à colônia o espetáculo dessa estranha cerimônia, esperada naquele ano com ainda maior curiosidade do que nos anteriores.

De fato, uma circunstância inabitual tornaria a festa mais magnífica do que nunca. Os lascars se dividiam em dois grupos: os *lascars* do mar e os da terra. Os do mar usavam túnicas verdes, e os da terra túnicas brancas. Normalmente, cada grupo organizava sua festa própria, com o maior luxo e brilho possível, competindo com o grupo rival. Resultava disso uma disputa, que aliás muitas vezes degenerava em conflitos. Os lascars do mar, mais pobres e mais acostumados com brigas do que os da terra, às vezes se vingavam da maior riqueza dos adversários com bastonadas ou até golpes

88. Seria a festa conhecida como Ashura, celebrada pelos muçulmanos xiitas.

de sabre, e a polícia era obrigada a intervir para evitar que os confrontos se agravassem.

Naquele ano, porém, graças à ativa mediação de um desconhecido, provavelmente motivado por zelo religioso, os dois grupos tinham desistido da rivalidade e se aliado. Por isso havia a expectativa, como dissemos, não só de a festa ser mais tranquila, como também mais exuberante que as precedentes.

Num lugar tão carente de distrações como a Ilha da França, é fácil compreender que tal celebração parecesse sempre curiosa, mesmo para quem a conhecia desde criança. O Yamsé era então aguardado com impaciência.

Há três meses já se tornara assunto de toda conversa. Só se falava do *gouhn*, a principal atração da festa. Bom, tendo explicado o Yamsé, expliquemos o *gouhn*.

Trata-se de uma espécie de pagode de bambu, normalmente com três andares, que vão se estreitando de baixo para cima, coberto de papéis de todas as cores. Cada andar é construído separadamente num compartimento, quadrangular como eles, e uma das faces desse compartimento é deixada aberta para que se possa retirá-lo. Cada andar é em seguida transportado para um quarto compartimento, alto o bastante para que todos os andares se superponham. São então fixados nessa posição com ligaduras, para o acabamento final e outros pormenores. Procurando chegar a um resultado digno dos seus planos, os lascars começavam as atividades às vezes com quatro meses de antecedência, buscando em toda a colônia operários capacitados. Indianos, chineses, negros livres e escravos participavam. A estes últimos, em vez de a diária ser paga aos próprios, era dada aos seus donos.

Diante de tantos prejuízos particulares a serem deplorados em consequência da ventania, foi uma alegria saber que o compartimento em que se encontrava o *gouhn*, na sua mais completa perfeição, protegido que estava na encruzilhada do Polegar, tinha escapado ileso. Nada faltaria à festa, à qual o governador, para marcar o início da sua administração, acrescentara corridas. Com aristocrática generosidade, ele premiaria o vencedor, à condição de os cavalos serem montados por seus proprietários, como era hábito entre os *gentlemen riders* da Inglaterra.

Como se vê, tudo indicava que a diversão esperada logo subjugaria os recentes dissabores. Dois dias depois do furacão, os preparativos da festa já desfaziam as aflições da catástrofe.

Apenas Sara, estranhamente absorta em pensamentos que os seus próximos desconheciam, não demonstrava qualquer interesse por uma solenidade que, nos anos anteriores, havia tão vivamente entusiasmado sua adolescente vaidade. De fato, a aristocracia inteira da Ilha da França costumava assistir às corridas, assim como ao Yamsé, em tribunas erguidas para isso ou em caleches abertas. Tanto num caso como no outro, era uma oportunidade para as belas crioulas de Porto Luís exibirem faustuosa elegância. Por isso espantava ver Sara, a quem o anúncio de um baile ou de um espetáculo qualquer normalmente animava tanto, se mostrar alheia. Nem mesmo a amiga Henriqueta, que havia criado a jovem e podia ler no fundo da sua alma como através do mais puro cristal, compreendia o que se passava, perguntando-se o que acontecia.

Apressemo-nos a dizer que a amiga Henriqueta, cuja volta a Porto Luís não tivemos oportunidade de assinalar tendo em vista os graves acontecimentos que acabamos de expor, ficou com tanto medo naquela noite do furacão que, apesar de ainda abalada pela emoção anterior, partiu de Rio Negro assim que o vento cessou, chegando durante o dia à cidade. Ou seja, desde a antevéspera ela já estava com a pupila, e vê-la naquele estado tão inabitual começava a preocupá-la seriamente.

É verdade, nos últimos três dias uma grande mudança sobreviera na vida da jovem. Desde aquela primeira vez que ela havia visto Georges, as maneiras, a voz, a imagem inteira do rapaz não tinham mais saído da sua cabeça. A partir de então, mais de uma vez, com um suspiro involuntário, Sara se viu pensando no casamento tão próximo com Henri, união com a qual ela havia dez anos tacitamente consentia, sem que isso lhe parecesse uma obrigação impossível de cumprir. Porém, desde a noite do jantar no Palácio do Governo, ficara claro que tal casamento a condenava a uma eterna infelicidade. Além disso, como vimos, o receio se tornou convicção, e ela solenemente se comprometeu com Georges, jurando só a ele pertencer. Convenhamos, tratava-se de uma situação que realmente dava muito o que pensar a uma mocinha de dezesseis anos, a ponto de fazê-la descuidar de todas aquelas festas e prazeres que, até então, pareciam ser as coisas mais importantes da vida.

Também os srs. de Malmédie não deixavam de ter suas apreensões nos últimos cinco ou seis dias. A recusa de Sara em dançar com quem quer que fosse se não dançasse com Georges, e ter deixado o baile logo no início, justo ela que em geral era a última a ir embora, seu silêncio teimoso a cada vez que o primo ou o tio mencionavam a questão do futuro casamento, tudo isso lhes parecia pouco natural. De forma que decidiram dar continuidade aos preparativos matrimoniais sem comentá-los com Sara, deixando para avisar apenas quando tudo estivesse pronto. Não era difícil, pois nunca se tinha fixado muito ao certo a data da união, e Sara, tendo completado dezesseis anos, estava perfeitamente apta para o projeto do sr. de Malmédie.

Tantas apreensões particulares formavam uma apreensão geral que, há três ou quatro dias, deixava o ambiente na casa do sr. de Malmédie frio e desconfortável. Normalmente, todos se encontravam quatro vezes por dia: pela manhã, por ocasião do desjejum; às duas da tarde, para o almoço; às cinco, para o chá; e às nove, para a ceia.

Nos últimos três dias, Sara tinha pedido no quarto a refeição matinal. Era um momento de tensão a menos, mas restavam ainda três, que só podiam ser evitados sob pretexto de indisposição — e um pretexto assim não pode se prolongar indefinidamente. Ela então decidiu comparecer nos demais horários.

Assim, dois dias depois daquele acontecimento, por volta das cinco horas, ela estava no salão da casa, bordando junto à janela para não ter que erguer a vista; a amiga Henriqueta preparava o chá, com todo o cuidado que as inglesas dedicam a essa importante tarefa; e os srs. de Malmédie, de pé diante da lareira, conversavam em voz baixa quando a porta foi bruscamente aberta e Bijou anunciou Lord Williams Murrey e o sr. Georges Munier.

O duplo anúncio, como se pode imaginar, gerou impressão diversa em cada um dos que ali estavam. Os srs. de Malmédie acreditaram ter ouvido mal e pediram confirmação dos nomes. Sara, sentindo ter ficado vermelha, fixou os olhos no bordado, e a amiga Henriqueta, que acabava de abrir a torneirinha do samovar sobre o bule, ficou tão surpresa que, olhando sucessivamente para os srs. de Mélmedie, para Sara e para Bijou, deixou transbordar a água fervente, que passou do bule à mesa e da mesa ao chão.

Bijou repetiu os nomes com o sorriso mais agradável do mundo.

Pai e filho se olharam com crescente espanto; porém, sentindo ser preciso fazer alguma coisa, o dono da casa ordenou:

— Que entrem!

Lord Murrey e Georges apareceram, ambos de casaca preta, mostrando tratar-se de visita cerimoniosa.

Malmédie pai deu alguns passos na direção deles. Sara, enrubescida, se levantou, com uma reverência tímida, e voltou à cadeira em que estava, ou melhor, despencou, enquanto a amiga Henriqueta, percebendo o que havia feito por culpa da surpresa, rapidamente interrompeu o curso da água que se esparramava.

Obedecendo a um sinal do patrão, Bijou aproximou duas poltronas, mas Georges mostrou não ser necessário, mantendo-se de pé.

O governador tomou a palavra, dizendo ao dono da casa:

— Senhores, trouxe comigo o sr. Georges Munier, que solicitou minha presença para respaldar um pedido que ele quer apresentar. Sendo meu mais sincero desejo sua satisfação, não me furtei a isso, o que me proporciona, aliás, o prazer de vê-los.

Lord Murrey se inclinou e os dois homens fizeram o mesmo.

— Somos devedores do sr. Georges Munier — disse então Malmédie pai. — Por isso, estaremos encantados em poder satisfazê-lo.

— Se o senhor se refere à felicidade que tive em salvar a senhorita de um perigo que ela corria — interferiu Georges —, permita-me afirmar que devedor sinto-me eu, mas a Deus, que me levou a fazer o que qualquer um no meu lugar teria feito. Aliás — ele acrescentou, com um sorriso —, logo se verá que minha atitude, naquela ocasião, não deixou de ser egoísta.

— Queira me desculpar, mas não estou entendendo — disse Henri.

— Não se preocupe, não demorará a entender. Vou me explicar mais claramente.

— Estamos ouvindo.

— Devo me retirar, tio? — perguntou Sara.

— Ouso esperar — disse Georges, virando-se ligeiramente na direção da jovem e inclinando-se — que um desejo meu possa ter alguma influência sobre a senhorita, e assim, pelo contrário, peço que fique.

Sara voltou a se sentar. Houve um silêncio e o sr. de Malmédie fez sinal, mostrando esperar a continuação.

— O senhor — voltou Georges, com voz perfeitamente calma — me conhece, conhece minha família, conhece meu patrimônio familiar. Independentemente disso, disponho ainda de dois milhões de francos. Lamento entrar em tais detalhes, mas creio que são indispensáveis.

— Ainda assim — cortou Henri —, confesso não ver em que isso pode nos interessar.

— De qualquer forma, não é com o senhor que estou falando — disse Georges, mantendo a mesma calma na voz, enquanto Henri visivelmente se impacientava —, e sim com o senhor seu pai.

— Permita-me dizer que também não vejo que necessidade teria meu pai de tais informações.

— Já verá — devolveu com frieza Georges.

Em seguida, olhando firmemente para o sr. de Malmédie, continuou:

— Vim pedir a mão da srta. Sara.

— Para quem? — ele perguntou.

— Para mim — respondeu Georges.

— Como?! — exclamou Henri, esboçando um gesto, imediatamente reprimido por um terrível olhar do jovem mulato.

Sara ficou lívida.

— Para o senhor? — perguntou o sr. de Malmédie.

— Para mim — repetiu Georges, inclinando-se.

— Mas o senhor muito bem sabe que minha sobrinha está destinada a meu filho!

— Destinada por quem? — insistiu Georges.

— Ora, por quem? Por quem?... Por mim.

— Gostaria de lembrar que a srta. Sara não é sua filha, mas apenas sobrinha. Isso relativiza muito a obediência que lhe é devida.

— Francamente, senhor, toda essa conversa me parece bem estranha.

— Pelo contrário, é perfeitamente natural — continuou Georges. — Amo a srta. Sara e creio poder fazê-la feliz. Obedeço tanto a um desejo do coração quanto a um dever da consciência.

— Mas minha prima não o ama, cavalheiro! — Henri deixou-se levar pelo ímpeto.

— O senhor se engana — respondeu Georges —, e tenho autorização da senhorita para afirmar que ela me ama.

— Ela o ama? Ela? — revoltou-se o sr. de Malmédie. — É impossível!

— Meu tio se engana — pôs-se de pé Sara. — O que o cavalheiro diz é a pura verdade.

— Como ousa, prima? — exclamou Henri, indo na direção de Sara de forma visivelmente ameaçadora.

Georges fez menção de se interpor; o governador o conteve.

— Sim, e ouso repetir — continuou Sara, respondendo com um olhar de supremo desprezo à atitude do primo — o que disse ao sr. Georges. A vida que ele salvou a ele pertence, e de ninguém mais serei.

Dizendo isso, com um gesto cheio de graça e dignidade, um gesto de rainha, ela estendeu a mão para Georges, que, fazendo uma reverência, a beijou.

— Isso passa dos limites! — exclamou Henri, erguendo um atiçador da lareira.

Lord Murrey, que antes havia impedido Georges, fez o mesmo com Henri.

Georges se limitou a sorrir com desprezo e acompanhou Sara até a porta, inclinando-se novamente. A jovem retribuiu o cumprimento, fez sinal à amiga Henriqueta e as duas se retiraram. Ele então voltou e disse ao tio de Sara:

— O senhor presenciou tudo isso, não pode mais ter dúvida quanto aos sentimentos da srta. de Malmédie com relação a mim; portanto, ouso pedir, mais uma vez, uma resposta positiva a meu pedido.

— Uma resposta?! — insurgiu-se o dono da casa. — Uma resposta? Tem a audácia de esperar resposta diferente daquela que merece?

— Não prescrevo a resposta a ser dada, mas espero uma, qualquer que seja.

— Acredita mesmo que não seja a recusa formal? — Henri não se conteve.

— É ao senhor seu pai que estou pedindo — respondeu Georges. — Deixe-o falar e trataremos depois do nosso caso particular.

— Pois bem, cavalheiro, como pode imaginar, recuso de forma categórica — declarou enfim o sr. de Malmédie.

— Ótimo — respondeu Georges. — Eu já esperava essa resposta óbvia, mas era o que devia ser feito e assim fiz.

Ele cumprimentou de forma polida e natural o sr. de Malmédie, como se nada de mais tivesse se passado entre eles, e depois, virando-se para Henri, acrescentou:

— Tratemos de nós então, por favor. É a segunda vez, lembre-se, que o senhor ergue a mão contra mim, a catorze anos de intervalo. A primeira foi com um sabre.

Afastando um pouco os cabelos, Georges mostrou a cicatriz que tinha na testa e continuou:

— E a segunda com esse atiçador.

Ele apontou para o atiçador, ainda na mão de Henri.

— E? — provocou o rapaz.

— E assim, peço satisfação por esses dois insultos. Sei que é corajoso e espero então que responda ao convite que faço à sua honra.

— Folgo em sabê-lo informado quanto à minha coragem, mesmo que pouco me importe a sua opinião — ironizou Henri. — Fico mais à vontade para responder.

— E o que responde? — perguntou Georges.

— Respondo que seu segundo pedido é, no mínimo, tão despropositado quanto o primeiro. Eu não duelo com mulatos.

Georges empalideceu extremamente. No entanto, um sorriso de indefinível expressão passou por seus lábios. Ele prosseguiu:

— É sua última palavra?

— Com certeza.

— Perfeito. Agora sei o que tenho a fazer.

Cumprimentando os srs. de Malmédie, ele se retirou, levando o governador.

— Eu lhe disse — lembrou Lord Williams Murrey, depois que saíram.

— E nada falou que eu não soubesse, milorde. Mas vim cumprir uma fatalidade. Devo ir até o fim. Tenho um preconceito a combater. Ele terá que acabar comigo ou eu o matarei. Em todo caso, milorde, receba meus profundos agradecimentos.

Georges se inclinou e, apertando a mão que lhe estendia o governador, atravessou o jardim da Companhia. Lord Murrey o seguiu com os olhos e, vendo-o desaparecer na rua da Rampa, balançou a cabeça e disse:

— Ali vai um homem que segue direto à própria perdição. É pena: há algo grandioso naquele coração.

17. As corridas

No sábado seguinte começariam as festas do Yamsé e, pensando nisso, a cidade fez tamanho esforço para apagar até os últimos traços do furacão que ninguém a imaginaria quase destruída seis dias antes.

Desde cedo, lascars do mar e da terra, reunidos numa tropa só, deixaram o campo malabar, que ficava fora da cidade, entre os riachos das Virgens e Fanfarrão. Atrás de uma música barbaresca de tamborins, flautas e berimbaus de boca, todos tomaram o rumo de Porto Luís para pedir contribuições, como se diz. Os dois chefes seguiam lado a lado, vestindo os trajes dos seus respectivos partidos: um a túnica verde, outro a túnica branca. Ambos carregavam na mão um sabre com uma laranja espetada na ponta. Atrás deles vinham dois mulás,[89] cada um segurando um prato com açúcar e folhas de roseira-da-china. Atrás dos mulás avançava toda a falange indiana, em boa ordem.

Logo às primeiras casas da cidade os pedidos de contribuição tiveram início. Sem dúvida por espírito igualitário, não se diferenciavam casas pobres das ricas, sendo a ajuda destinada a parcialmente cobrir os enormes custos arcados por toda aquela pobre gente para tornar a cerimônia o mais solene possível. Lembremos que o orgulho oriental perfeitamente se mostrava na maneira como eram feitos os pedidos, em atitude nobre e tocante, e não humilde ou servil. Todas as portas invariavelmente eram abertas para os chefes, que cumprimentavam os moradores, abaixando diante deles a ponta dos sabres. O mulá em seguida tomava a frente, oferecendo açúcar e folhas de roseira. Enquanto isso, outros indianos, designados por seus respectivos chefes, recebiam em pratos as doações. Ao se retirarem, todos desejavam *Salam*[90] e assim, em vez de pedintes, pareciam estar convidando pessoas estranhas ao culto para uma comunhão simbólica. Eles ali vinham fraternalmente, compartilhando os custos da solenidade e os dons religiosos.

Nos outros anos, tais solicitações se estendiam não só por todas as casas da cidade, como dissemos, mas também por todas as embarcações ancoradas

89. Religioso encarregado de recitar os eventos da batalha de Querbela no ritual da Ashura.

90. "Paz", em árabe.

no porto, sendo essa última coleta feita pelos lascars do mar. Só que naquele momento, no referente sobretudo aos navios, tudo ficou bem limitado, pois a maior parte deles tinha sofrido muito com o furacão, e seus capitães antes precisavam de ajuda do que podiam dar.

Coincidentemente, no entanto, estando os lascars no porto, um navio, avistado desde cedo, apareceu entre as fortificações La Bourdonnaie e Blanc. Um navio com bandeira holandesa e velas içadas, saudando o forte, que, também a tiros, retribuiu a saudação. A nau provavelmente se encontrava ainda a boa distância da ilha por ocasião do vendaval, pois nada faltava na mastreação ou no cordame. Ela avançava graciosamente inclinada, como se a mão de alguma deusa do mar a carregasse pela superfície líquida. Com auxílio de uma luneta, podia-se ver de longe, no convés, a tripulação inteira em formação com o belo uniforme do rei Guilherme.[91] No seu traje de batalha, que era o traje de festa, todos pareciam ter vindo para assistir à cerimônia. Com aspecto tão alegre e satisfeito, é claro que o navio no mesmo instante entrou na mira dos pedintes. Assim, tão logo lançou âncora, o chefe dos lascars do mar, com seus carregadores de pratos e uma dúzia mais de acompanhantes, tomou um bote e se dirigiu ao navio, que, visto de perto, em nada desmentia a boa impressão causada de longe.

De fato, se uma única vez o tão reputado, nos quatro cantos do mundo, apuro holandês mereceu um completo elogio, foi diante daquela vistosa nau, que mais parecia o seu templo flutuante. O convés, lavado, escovado e secado disputaria, no quesito elegância, com o piso do mais suntuoso salão. Cada adereço de cobre brilhava como se fosse de ouro. As escadas, da mais preciosa madeira da Índia, pareciam ter finalidade decorativa, e não utilitária. Já o armamento era como um aparelhamento de luxo, destinado a algum museu da artilharia, e não a batalhas navais.

O capitão Van den Broek — era como se chamava o comandante da encantadora nave — parecia saber por que vinham os lascars e foi receber o chefe no alto da escada de corda. Disse algumas palavras na língua dele, mostrando não ser a primeira vez que viajava por mares da Índia, e depôs no prato que lhe apresentavam não uma moeda de ouro nem um rolo de prata, mas um pequeno diamante que devia valer uma centena de luíses. Desculpou-se por não ter ali outra forma de pagamento e pediu que, mesmo assim, o aceitassem. Aquilo estava tão fora do que esperava o bravo seguidor de Ali, e contrariava tanto a conhecida parcimônia dos compatriotas de Johan de Witt,[92] que o chefe lascar por um instante não levou a sério tanta prodigali-

---

91. Rei Guilherme I (1772-1843), soberano dos Países Baixos a partir de 1814.

92. Johan de Witt (1625-72), chefe executivo dos Países Baixos de 1653 até sua morte. Famoso pela parcimônia em sua vida pessoal, sob o seu governo se consolidou o poder naval e comercial holandês.

dade, sendo preciso que o capitão Van den Broek três ou quatro vezes confirmasse ser, o diamante, realmente para o grupo xiita, pelo qual dizia ter a mais franca simpatia. Só então o próprio chefe apresentou o prato com folhas de roseira e açúcar, do qual o capitão elegantemente pegou um punhado, levou à boca e fingiu degustar, para grande satisfação dos indianos, que só deixaram a hospitaleira embarcação depois de muitos *salams*. Dali seguiram com seus pedidos, sempre citando a fortuna inaudita caída do céu e que, infelizmente, não mais se repetiu.

O dia então se passou assim, com cada um mais preocupado com a festa do dia seguinte do que com a daquele que não passava, por assim dizer, de um prólogo.

Pois para o dia seguinte estavam previstas as corridas. Bom, as corridas já constituíam, desde sempre, uma grande solenidade na Ilha da França, mas daquelas — ocorrendo entre outras festas e, sobretudo, patrocinadas pelo novo governador — esperava-se que superassem todas já organizadas antes, como se pode imaginar.

O local de praxe era o Campo de Marte e todos os espaços não reservados estavam desde cedo lotados de gente. Pois apesar da corrida dos *gentlemen riders* ser o principal atrativo da festa, não era o único. Antes ocorreriam competições grotescas que, para o povo, tinham o grande mérito de nelas todos poderem participar. Seriam três corridas preliminares: a do porco, a de sacos e a de pôneis. Cada uma, assim como a principal, contaria com um prêmio oferecido pelo governador. Entre os jóqueis dos pôneis, o vencedor receberia uma magnífica espingarda francesa de dois tiros, fabricada na cidade de Menton. Para a corrida de sacos estava reservado um esplêndido guarda-chuva. E o vencedor da prova do porco teria como prêmio o próprio porco.

Já da corrida principal, a recompensa era uma taça de cobre da mais fina fatura, infinitamente menos preciosa pela matéria-prima do que pelo trabalho.

Como foi dito, desde o amanhecer os espaços liberados para o público estavam apinhados de gente, mas apenas por volta das dez horas a boa sociedade local começou a chegar. Como em Londres ou Paris, enfim, como em qualquer lugar com esse tipo de evento, tribunas tinham sido reservadas. Porém, fosse por capricho ou por não quererem ser confundidas umas com as outras, as mais belas mulheres de Porto Luís tinham preferido assistir às corridas em suas caleches e, a não ser as que tinham sido convidadas para estar com o governador, todas as tinham posicionado junto à chegada ou o mais perto possível, deixando boa parte das tribunas para a burguesia ou para os negócios paralelos. Já os jovens estavam sobretudo a cavalo, preferindo acompanhar a disputa a partir do círculo interno, enquanto os aficionados e membros do Jockey Club da Ilha da França circulavam pelo hipódromo propondo apostas, com a displicência e a prodigalidade crioulas.

Às dez e meia, Porto Luís inteira estava no Campo de Marte. Entre as beldades, nas mais elegantes caleches, destacavam-se as srtas. Couder e Cypris de Gersigny, à época uma das mais belas jovens e, hoje ainda, uma das mais vistosas mulheres da Ilha da França, com a magnífica cabeleira negra que se tornou proverbial mesmo em salões parisienses. Mas também as seis jovens Druhn, tão louras, tão alvas, tão viçosas, tão graciosas que o carro em que saíam, pois em geral saíam sempre juntas, era conhecido como "cesto de rosas".

Na verdade, a tribuna do governador naquele dia mereceria o mesmo nome que se dava ao carro das srtas. Druhn. Quem nunca viajou às colônias, e sobretudo quem nunca visitou a Ilha da França, não faz ideia do encanto e da graça que tinham todas aquelas fisionomias crioulas, com olhos aveludados e cabelos de azeviche, entre as quais brotavam, como flores do Norte, algumas pálidas moças da Inglaterra, de pele transparente, cabelos esvoaçantes e pescoço suavemente inclinado. Segundo todas as probabilidades, para os jovens ali presentes os buquês que aquelas belas espectadoras tinham à mão certamente representariam prêmio bem mais precioso do que todas as taças de Odiot, todas as espingardas de Menton e todos os guarda-chuvas de Verdier que, em sua faustuosa generosidade, o governador pudesse oferecer.[93]

Na primeira fila da tribuna de Lord Williams se encontrava Sara, entre o sr. de Malmédie e a amiga Henriqueta. Já Henri estava no turfe, aceitando todas as apostas contrárias à sua vitória. Deve se dizer que poucos se arriscavam, pois além de excelente e reputado jóquei, era dono do cavalo considerado o mais veloz jamais visto na ilha.

Às onze horas, a música da banda militar, postada entre as duas tribunas, deu sinal para a primeira corrida. Que era a do porco, como já dissemos.

O leitor bem conhece essa grotesca trapalhada, frequente em muitos vilarejos da França: enseba-se o rabo de um porco e os concorrentes sucessivamente tentam agarrar o bicho, só sendo permitido fazer isso pelo rabo. Quem o parar é declarado vencedor. A disputa era aberta a todos; qualquer um podia participar sem necessidade de inscrição.

Dois negros apresentaram o suíno: era um magnífico animal, bem graúdo, já besuntado e pronto para entrar na cancha. Uma gritaria geral se ouviu, e negros, indianos, malaios, malgaxes e nativos, rompendo a barreira até então respeitada, se precipitaram sobre o animal que, apavorado, tratou de fugir.

Mas tudo fora preparado para que o pobre porco não pudesse escapar dos perseguidores: as duas patas dianteiras tinham sido presas às duas traseiras, mais ou menos como faz quem quer adestrar cavalos para que andem levantando juntas as duas patas do mesmo lado. Com isso, o animal só podia

93. Jean-Baptiste-Claude Odiot (1763-1850), criador da ourivesaria de maior sucesso em todas as cortes da Europa na primeira metade do século XIX; A. Verdier, fabricante de guarda-chuvas em Cannes desde 1818.

ensaiar um trote um tanto moderado, sendo logo alcançado. Foi quando começaram as decepções.

Como se pode imaginar, as chances numa partida assim não estão do lado dos que começam. É impossível segurar o rabo recém-engraxado e o porco facilmente escapa. No entanto, à medida que as sucessivas tentativas eliminam as primeiras camadas de banha, o animal acaba pouco a pouco percebendo que a pretensão dos seus algozes não é tão ridícula quanto parecia de início. Então começam os grunhidos, entrecortados por gritos agudos. De vez em quando, sentindo-se acossado, ele se vira contra um inimigo mais encarniçado, o qual, segundo o grau de coragem que recebeu da Natureza, insiste ou desiste. Chega enfim um momento em que o rabo, já sem contar com a ajuda extra inicial, reduzido à própria substância, pouco escorrega e acaba, finalmente, traindo seu proprietário, que se debate, grunhe, inutilmente berra, mas é afinal adjudicado ao vencedor, sob a aclamação pública.

A nossa corrida seguiu essa progressão. O infeliz suíno facilmente se livrou dos primeiros perseguidores e, apesar de atrapalhado pelas amarras, começou a ganhar terreno sobre aqueles mártires. Mas uma dúzia dos melhores e mais vigorosos corredores perseverou, revezando-se no rabo do pobre animal com uma rapidez que não o deixava recuperar o fôlego, tudo indicando que, apesar de bravamente adiado, o momento da derrota se aproximava. Cinco ou seis dos assediadores, exaustos, desistiram. Diminuía o número de pretendentes, mas as chances dos que persistiram aumentavam e eles redobraram o vigor e a disposição, incentivados também pela barulhenta torcida dos que assistiam.

Entre os concorrentes que pareciam decididos a levar a caçada até o fim, se encontravam dois antigos conhecidos nossos, o malaio Antônio e o chinês Miko Miko. Ambos perseguiam o porco desde o início, sem arrefecer um só minuto. Mais de cem vezes o rabo havia escapado das suas mãos, mas a cada uma eles sentiam o progresso feito e, longe de desencorajá-los, as tentativas infrutíferas mais os animavam. Os demais concorrentes foram se cansando e acabaram apenas os dois. Foi quando a disputa se tornou realmente interessante e as apostas ficaram mais sérias.

A corrida durou ainda dez minutos, mais ou menos. Depois de dar uma volta quase completa no Campo de Marte, o porco tinha voltado ao que se chama, em termos de caça, de linha de largada, berrando, grunhindo, virando-se de maneira ameaçadora, sem que essa defesa heroica minimamente intimidasse os dois inimigos, que se alternavam no rabo com uma regularidade digna dos pastores de Virgílio.[94] Por um instante, Antônio conseguiu reter o fujão e pareceu ser ele o vencedor. Mas o animal, concentrando toda

94. Em *Bucólicas*, do poeta romano Virgílio, pastores-poetas celebram seus amores e disputam torneios de canto.

a sua força, sacolejou de forma tão violenta que, pela centésima vez, o rabo escorregou ainda das mãos do malaio. Miko Miko, que vigiava de perto, logo se aproveitou, e todas as chances que pareciam estar do lado de Antônio se voltaram para ele. Digno das esperanças depositadas em sua perícia por boa parte dos que assistiam, ele se agarrou com as duas mãos, se firmou, se deixou levar, acompanhando, com todas as suas forças, seguido pelo malaio, que balançava a cabeça, aparentando dar como perdida a disputa mas atento a qualquer possibilidade, com seus dois compridos braços caídos, esfregando as mãos na areia quase sem precisar se curvar, para dar a elas maior aderência. Tão honrosa perseverança infelizmente já parecia inútil. Miko Miko estava prestes a ficar com o prêmio. Depois de carregar por uns dez passos o chinês, o porco reconheceu a derrota e parou, fazendo força para a frente, mas preso por igual força que o puxava para trás. E, bem, como duas forças iguais se neutralizam, o porco e o chinês permaneceram por um momento imóveis, com visíveis e violentos esforços, ambos, um para avançar, outro para continuar onde estava; tudo isso sob os incansáveis aplausos da multidão. A coisa permaneceu assim por alguns segundos e tudo levava a crer que permaneceria ainda, quando, de repente, os dois antagonistas se separaram brutalmente. O animal rolou para a frente, Miko Miko para trás, os dois em movimentos iguais, com a diferença de que um foi de barriga e o outro de costas. Antônio imediatamente se alegrou, sob os gritos de encorajamento de todos que torciam por sua vitória, certo, dessa vez, de que ganharia. Mas a alegria durou pouco e a decepção foi cruel. No momento de pegar o animal pelo membro designado no programa, ele em vão o procurou. O infeliz porco não tinha mais rabo: ele estava nas mãos de Miko Miko, que se levantou orgulhoso, mostrando o troféu e fazendo apelo à imparcialidade do público.

O caso era inédito. Foi preciso se ater à consciência dos juízes, que deliberaram por um instante e, por maioria de três votos contra dois, declararam que "tendo Miko Miko incontestavelmente parado o animal, mesmo que este tenha preferido se separar do seu rabo, Miko Miko deve ser considerado vencedor".

Assim sendo, proclamado o nome de Miko Miko, foi-lhe dada autorização para que se apoderasse do prêmio. Entendendo o que se passava pelo gestual dos juízes, o chinês pegou sua propriedade pelas patas traseiras e se foi com ela, fazendo-a andar à sua frente como se empurrasse um carrinho de mão.

Já Antônio retirou-se, resmungando no meio da multidão que, com esse instinto de justiça que a caracteriza diante dos grandes infortúnios, o recebeu honrosamente.

Houve no público um grande rumor e movimentação, como sempre acontece no final de um espetáculo que desperta atenção, mas essas duas manifestações se acalmaram diante do anúncio de que logo começaria a corrida de sacos. Voltaram todos a seus lugares, contentes com a primeira atração e não querendo arriscar perder detalhes da segunda.

A distância a ser percorrida ia da milha Draper[95] até a tribuna do governador, ou seja, cerca de uns cento e cinquenta metros. Dado o sinal, os corredores, em número de cinquenta, saíram aos pulos de um abrigo elevado que servia de concentração e se posicionaram numa só linha.

Que ninguém estranhe a quantidade de concorrentes, pois o prêmio era, como foi dito, um magnífico guarda-chuva. Nas colônias, e sobretudo na Ilha da França, um guarda-chuva sempre foi um objeto de cobiça dos negros. De onde veio esse gosto, que chegava às raias da monomania? Não sei dizer, e pessoas mais doutas do que eu fizeram profundas e infrutíferas pesquisas. É um fato que pura e simplesmente registramos, sem estabelecer a causa. O governador tinha então sido perfeitamente assessorado ao escolher tal artefato como prêmio para a corrida de sacos.

Não acredito que algum dos nossos leitores nunca tenha visto uma corrida assim: cada concorrente é preso dentro de um saco, que se fecha no seu pescoço, e que cobre seus braços e pernas. Não se trata, portanto, de correr, mas de saltar; esse tipo de corrida, em geral já bastante grotesca, ali se tornava ainda mais, com as estranhas cabeças que afloravam dos sacos, num curioso sortimento de diferentes cores. Como a do porco, essa disputa interessava particularmente aos negros e aos indianos.

Entre os que tinham reputação nesse tipo de peleja, graças às muitas vitórias já obtidas, estavam Telêmaco e Bijou. Tendo herdado os recíprocos ódios das casas em que trabalhavam, os dois raramente se encontravam sem trocar injúrias, as quais, muito frequentemente — dizemos isso para enaltecer a coragem de ambos — degeneravam em pancadaria. Ali, entretanto, de mãos e pés ensacados, eles se limitavam a olhares enfurecidos, separados que estavam por três ou quatro outros concorrentes. No momento da partida, um quinquagésimo primeiro participante surgiu aos pulos, vindo do abrigo. Era o perdedor da corrida anterior, Antônio Malaio.

Dado o sinal, todos partiram como um bando de cangurus, saltando da maneira mais caricata, trombando, se atropelando, rolando no chão, se levantando, trombando e caindo de novo. Nos primeiros sessenta metros ainda parecia impossível adivinhar o futuro vencedor: uns doze corredores estavam tão próximos e as quedas eram tão inesperadas, mudando o desenrolar da corrida, que, como se fosse rumo ao Paraíso, às vezes os primeiros se tornavam os últimos e os últimos se tornavam os primeiros.[96] No entanto,

95. Em homenagem ao coronel Edward Draper (1776-1841), criador do hipódromo do Campo de Marte, em 1812.

96. Em referência a Mateus 20,16: "Os últimos serão os primeiros, e os primeiros os últimos, porque muitos são chamados, mas poucos escolhidos".

deve-se reconhecer, entre os mais experientes e quase constantemente à frente dos outros, estavam Telêmaco, Bijou e Antônio. A cem metros do ponto de partida, ficou evidente que a batalha se resolveria entre os três.

Com a perspicácia de sempre, Antônio logo havia percebido, por seus olhares furiosos, o ódio que Bijou e Telêmaco nutriam um pelo outro, e passou a contar com essa rivalidade pelo menos tanto quanto com sua técnica pessoal. Como o esperto malaio por acaso se encontrava entre os dois — a separá-los, consequentemente —, ele se aproveitou de uma das inúmeras quedas para deixar os dois antagonistas lado a lado. E o previsto aconteceu: assim que Bijou e Telêmaco viram desaparecer o obstáculo que os separava, se aproximaram mais e, com olhares cada vez mais assassinos, rangendo os dentes como macacos que brigam por um coco, acrescentaram palavras violentas à pantomima ameaçadora. Cada qual preso em seu saco, eles felizmente não puderam passar da palavra ao ato, mas era fácil ver, pela agitação da lona, que lá dentro as mãos estavam sedentas de vingança por tudo que diziam as bocas. Assim, carregados pelo ódio mútuo, eles se aproximaram tanto que a cada salto se acotovelavam, com xingamentos mais fortes, e prometendo, tão logo se vissem livres dos sacos, um choque com resultados bem mais graves que nos choques anteriores. Antônio, enquanto isso, ganhava terreno.

Vendo o malaio já uns cinco ou seis metros à frente deles, estabeleceu-se uma curta trégua entre os dois negros. Com pulos mais gigantescos do que os de até então, eles tentaram recuperar a vantagem perdida e efetivamente conseguiram, sobretudo Telêmaco. E uma nova queda deu uma nova chance, pois Antônio tropeçou e, por mais rápido que se levantasse, Telêmaco passou à frente.

Para Bijou isso se agravava ainda mais por estarem a apenas uns dez saltos da linha de chegada. Soltando um verdadeiro rugido, num esforço desesperado ele se aproximou do rival. Só que Telêmaco não era homem de se deixar ultrapassar e continuou pulando com crescente elasticidade. Todos podiam jurar que o guarda-chuva seria dele, mas o homem propõe e Deus dispõe. Bastou um passo em falso, ele vacilou por um instante entre os gritos da multidão e foi ao chão. Ao cair, porém, fiel a seu ódio, ele dirigiu a queda de forma a atrapalhar o caminho de Bijou, que, sem poder evitar, trombou no seu corpo e também rolou na poeira.

A mesma ideia veio aos dois ao mesmo tempo: para não deixar que o rival brilhasse, era melhor que outro ganhasse o prêmio. Assim, para grande espanto dos espectadores, em vez de se levantarem para continuar a corrida até a meta prevista, mal se puseram de pé os dois sacos investiram um contra o outro, o quanto permitia a prisão de lona em que estavam amarrados. Fizeram isso à maneira bretã, isto é, às cabeçadas, e deixando que Antônio, livre de empecilhos e rivais, tranquilamente terminasse a corrida. Sem disporem de pés e mãos, enquanto isso, os antagonistas mordiam-se com todo apetite.

Triunfante, Antônio cruzou a linha de chegada e ganhou o guarda-chuva, que ali mesmo lhe foi entregue. Ele imediatamente o abriu, sob os aplausos dos que o assistiam, mortos de inveja de quem agora possuía semelhante tesouro.

Bijou e Telêmaco continuavam a se entredevorar e foram afinal apartados. O primeiro perdeu uma parte do nariz, o segundo um pedaço da orelha.

Era chegada a vez dos pôneis. Uns trinta cavalinhos, todos originários do Timor e de Pegu, deixaram a área reservada, montados por jóqueis indianos, malgaxes ou malaios. Foram todos saudados com um rumor universal, sendo aquela uma das corridas que mais divertiam a população negra da ilha. É verdade que, semisselvagens e pouco domesticados, aqueles pôneis tinham reações bem mais inesperadas se comparados aos cavalos comuns. Por isso mil gritos simultâneos incentivaram os pardos jóqueis, montados naqueles indóceis demônios que exigiriam deles toda força e toda destreza. Já desde o início os pôneis ameaçavam não esperar o sinal, se este demorasse a vir. O governador fez então o gesto aguardado.

Todos partiram, ou melhor, bateram asas, pois mais pareciam um bando de pássaros em voo rasante do que quadrúpedes com patas que tocassem no chão. Mas assim que chegaram diante do túmulo Malartic,[97] como era de esperar, eles começaram a desvairar, como se diz nesse tipo de corrida. Metade deles escapou pelo bosque escuro levando seus cavaleiros, apesar dos esforços feitos para mantê-los na pista. Chegando à ponte, um terço dos que ainda restavam desapareceu, de forma que apenas sete ou oito alcançaram a milha Draper, sendo que dois ou três tinham perdido seus cavaleiros e galopavam soltos.

A corrida seria em duas voltas. Eles passaram então pela chegada sem parar, como um turbilhão carregado pelo vento e depois, na curva seguinte, desapareceram. Ouviram-se gritos, depois risos e depois mais nada. Em vão se esperou. O restante dos pôneis tinha fugido, nenhum continuava na corrida, todos haviam sumido: uns no bosque da Caixa-d'Água, outros nos riachos do rebaixo, outros na ponte. Dez minutos se passaram nessa expectativa.

De repente, na subida, viu-se ressurgir um cavalo sem cavaleiro. Tinha se embrenhado pela cidade, passado diante da igreja e voltava por uma das ruas desembocando no Campo de Marte. Continuou a corrida sem ser guiado, por puro capricho, instintivamente, enquanto, logo atrás, pouco a pouco começaram a também aparecer outros, vindos de todo lugar, mas atrasados demais. Num piscar de olhos, aquele primeiro a ter voltado atravessou a distância que o separava da chegada, avançou uns cinquenta passos mais e parou por conta própria, parecendo compreender que havia ganhado.

97. O túmulo ainda hoje é atração turística em Porto Luís, no Campo de Marte. Anne-Joseph de Maurès, conde de Malartic (1730-1800), foi governador da colônia, ainda na época francesa.

O prêmio, como dissemos, era uma bela espingarda de Menton, que foi entregue ao proprietário do inteligente animal, um colono chamado Saunders.

Nesse meio-tempo, os retardatários foram chegando pelos mais diversos pontos, como pombos que saíram em bando e, assustados por um gavião, voltam um de cada vez ao pombal. Sete ou oito tinham se perdido e só foram encontrados um ou dois dias depois.

Seria o momento da corrida de verdade, e fez-se então um intervalo de meia hora. O programa foi distribuído e as apostas organizadas.

Entre os apostadores, um dos que mais chamavam atenção era o capitão Van den Broek. Ao descer do navio, ele tinha ido direto ao mais importante ourives da cidade, Vigier, conhecido como sovina dos mais probos, e trocou diamantes, num valor de cem mil francos, por cédulas bancárias e ouro. Pôde então fazer frente aos mais afoitos *sportsmen* sustentando qualquer aposta. O mais surpreendente é que ele investia num cavalo completamente desconhecido na ilha, Antrim.

De fato, quatro cavalos tinha sido inscritos:

Restauração, do coronel Draper;

Virgínia, do sr. Rondeau de Courcy;

Gester, do sr. Henri de Malmédie;

E Antrim, do sr. (no lugar do nome viam-se duas estrelinhas).

As mais fortes apostas eram feitas em Gester e Restauração, que na corrida do ano anterior tinham brilhado. E agora esperava-se mais ainda deles, montados por seus proprietários, ambos excelentes cavaleiros. Era a primeira vez que Virgínia competia.

Entretanto, apesar da simpatia geral que o via como um verdadeiro louco, o capitão Van den Broek continuava a apostar em Antrim, o que aumentava a curiosidade com relação ao cavalo desconhecido e o seu jóquei misterioso.

Como os animais eram montados pelos próprios donos, não houve pesagem, e por isso não surpreendeu que Antrim e seu cavaleiro — oculto pelo sinal hieroglífico que lhe substituía o nome — não estivessem no abrigo. Acreditava-se que se posicionariam entre os rivais no momento da largada.

De fato, no instante em que cavalos e cavaleiros se deslocaram, viu-se chegar, das bandas do campo malgaxe, aquele que desde a distribuição do programa despertava a curiosidade geral. Sua aparência, no entanto, em vez de esclarecer incertezas, mais as avolumou: ele vestia um traje egípcio, do qual se percebiam os bordados sob um albornoz que escondia metade do rosto. Montava à maneira árabe, isto é, com estribos curtos, e o cavalo se mostrava encouraçado à turca. De qualquer forma, via-se logo se tratar de um cavaleiro consumado. Antrim, por sua vez — pois todos imaginavam ser o cavalo inscrito com esse nome —, parecia justificar a confiança que tivera nele o capitão Van den Broek, de tanto que se mostrava fino, leve e identificado com seu dono.

Ninguém reconheceu nem cavalo nem cavaleiro, mas como todos haviam se inscrito com o governador, ele certamente sabia quem eram. No entanto, respeitou-se a vontade do recém-chegado em se manter incógnito. Uma única pessoa talvez desconfiasse daquela identidade e, ruborizando, debruçou-se para ver melhor. Essa pessoa era Sara.

Os competidores se puseram em linha. Eram apenas quatro, como dissemos, pois a reputação de Gester e de Restauração afastara muitos concorrentes. Todos pensavam que a coisa se resolveria entre os dois.

Sendo a única corrida de *gentlemen*, os juízes, querendo que o prazer dos espectadores durasse mais, haviam decidido que seriam duas voltas no circuito, e não uma. Cada animal teria então que percorrer cerca de três milhas, ou seja, uma légua, o que dava maiores chances aos cavalos de fundo.

Dado o sinal, todos partiram. Em tais circunstâncias, como se sabe, o início nada permite prever. Na metade da primeira volta, Virgínia — que, insistimos, corria pela primeira vez — havia conseguido uns trinta passos à frente, seguida de perto por Antrim, enquanto Restauração e Gester ficavam para trás, visivelmente contidos por seus cavaleiros. Na subida, quer dizer, a dois terços do círculo, mais ou menos, Antrim ganhava por meio corpo, enquanto Restauração e Gester tinham se aproximado dez passos. Abriu-se a segunda volta e todos se debruçaram e batiam palmas, torcendo pelos corredores quando, não se sabe se intencionalmente ou por acaso, Sara deixou cair seu buquê. O desconhecido viu e, sem diminuir a velocidade, com maravilhosa habilidade, deitando-se quase sob o ventre do animal, como os cavaleiros árabes pegam o *djérid*,[98] recolheu o buquê caído, cumprimentou sua bela proprietária e continuou em frente, perdendo no máximo uns dez passos, o que não pareceu preocupá-lo.

Pela metade da segunda volta, Virgínia foi alcançada por Restauração, com Gester a segui-lo à distância de um corpo. Antrim se mantinha sete ou oito passos atrás, mas como seu cavaleiro não o apressava com chibata ou espora, tal distância pouco significava e o atraso provavelmente se desfaria assim que ele quisesse.

Na ponte, Restauração tropeçou numa pedra solta e caiu, levando junto o cavaleiro que, sem ter perdido os estribos, apoiando-se na mão tentou repô-lo de pé. O nobre animal fez um esforço, endireitou-se, mas voltou a cair. Tinha quebrado uma perna.

Os três outros concorrentes seguiam em frente. Gester assumiu a ponta, com Virgínia e Antrim dois corpos atrás. Na subida, Virgínia começou a ficar para trás, Gester mantinha a vantagem, mas Antrim, sem qualquer es-

---

98. Pequena lança cravada no chão que, em competições árabes, o cavaleiro deve arrancar em pleno galope.

forço, se aproximava. Chegando à milha Draper, Antrim estava a apenas um corpo do rival e Henri, sentindo o perigo, passou a chicotear Gester. Os vinte e cinco mil espectadores daquela bela corrida aplaudiam, sacudiam lenços e incentivavam os competidores. Nesse momento, o desconhecido se debruçou no pescoço de Antrim, disse algumas palavras em árabe e o inteligente animal, como se pudesse compreender o que lhe fora dito, redobrou a velocidade. Estavam a apenas vinte e cinco passos da chegada, à frente da tribuna principal. Gester continuava uma cabeça à frente de Antrim quando o desconhecido, vendo não ter tempo a perder, cravou as duas esporas na barriga do animal, aprumou-se nos estribos e, jogando o capuz para trás, disse:

— Sr. Henri de Malmédie, aos dois insultos que me fez retribuo com apenas um, mas espero que à altura deles.

Erguendo o braço depois desse aviso, Georges — pois era ele — riscou o rosto de Henri de Malmédie com a chibata.

Em seguida, cravando de novo as esporas na barriga de Antrim, cruzou a linha de chegada, com dois corpos à frente. Para a estupefação geral, em vez de parar e receber o prêmio, ele continuou a galope, desaparecendo no bosque atrás do túmulo Malartic.

Georges estava certo: em troca dos dois insultos do sr. de Malmédie, com catorze anos de intervalo, ele acabava de devolver um só, mas público, terrível, sangrento e que decidia todo o seu futuro, pois se tratava não só de provocação a um rival, mas de uma declaração de guerra a todos os brancos.

Pela marcha irresistível dos acontecimentos, Georges se via diante do preconceito que viera de tão longe combater, e lutariam corpo a corpo como dois inimigos mortais.

18. Laïza

Isolado nos cômodos que ele havia preparado e mobiliado em Moka, na casa do pai, Georges avaliava a posição em que se colocara quando o avisaram que um negro pedia para vê-lo. Mandou que o deixassem entrar, pensando se tratar de um provável mensageiro de Henri de Malmédie.

Logo percebeu que não, pois tinha uma vaga lembrança de já tê-lo visto em algum lugar, sem se lembrar de qual.

— Não me reconhece? — perguntou o visitante.

— Não, mas já nos vimos, não é?

— Duas vezes — respondeu o outro.

— Onde?

— A primeira foi no rio Negro, quando o senhor salvou aquela moça, a segunda...

— Ah, é verdade — interrompeu Georges. — Estou lembrado. A segunda...

— A segunda — voltou o negro. — A segunda quando nos devolveu a liberdade. Meu nome é Laïza, e o do meu irmão era Nazim.

— O que aconteceu com ele?

— Quando era escravo, Nazim quis fugir e voltar para Anjuã. Como graças ao senhor ficou livre, foi embora e já deve estar com nosso pai. Agradeço por ele.

— E você preferiu ficar, mesmo estando livre? Que estranho...

— Já vai entender — sorriu Laïza.

— Ótimo — disse Georges, que começava a ficar interessado.

— Sou filho de chefe — retomou o negro. — Tenho sangue árabe e zanguebar. Não nasci para ser escravo.

Georges sorriu, percebendo o orgulho do rapaz, sem lembrar que tal orgulho tinha muito a ver com o seu próprio.

Laïza continuou, sem ver ou sem notar o sorriso:

— O chefe de Kerimbo me tornou prisioneiro numa guerra e me vendeu a um negreiro, que me revendeu ao sr. de Malmédie. Propus que enviassem um escravo a Anjuã, pois pagariam vinte libras de ouro em pó por mim. Não acreditaram na palavra de um negro e recusaram. Insisti por um tempo e depois... houve uma mudança na minha vida e não pensei mais em partir.

— O sr. de Malmédie o tratou como merecia ser tratado? — perguntou Georges.

— Não, não foi isso. Três anos depois, meu irmão Nazim também foi preso e vendido, por felicidade ao mesmo proprietário. Sem os mesmos motivos que eu para ficar, ele quis fugir. Você sabe o resto, já que o salvou. A meu irmão eu amava como se fosse um filho, e a você — ele continuou, cruzando as mãos no peito e se inclinando — amo agora como se fosse um pai. Bom, vou contar o que está acontecendo; é algo que lhe interessa, bem como a nós. Somos oitenta mil homens de cor, aqui na ilha, e vinte mil brancos.

— Fiz essa conta — sorriu Georges.

— Imagino que sim. Desses oitenta mil, pelo menos vinte mil são capazes de empunhar arma. Já os brancos, incluindo os oitocentos soldados ingleses da guarnição, somam no máximo quatro mil.

— Também fiz o cálculo.

— E então, não adivinha?

— Espero que explique.

— Queremos nos livrar dos brancos. Sabe Deus que já sofremos o bastante, temos direito à vingança.

— E o que farão?

— Bom, estamos prontos — concluiu o rapaz.

— E o que esperam? Por que não se vingam?

— Falta um chefe. Quer dizer, temos dois, mas nenhum deles é o ideal.

— Quem são?

— Um deles é Antônio, o malaio.

Georges deixou passar pelos lábios um sorriso de desprezo e perguntou:

— E o outro?

— O outro sou eu — respondeu Laïza.

Georges olhou bem para aquele homem que dava aos brancos tão estranho exemplo de modéstia, reconhecendo não estar à altura da posição a que fora alçado.

— O outro é você? — insistiu Georges.

— Sim. Mas não cabem dois chefes numa coisa assim. Tem que ser um só.

— Ah! — lamentou Georges, achando que Laïza pretendia o comando geral.

— Tem que ser um só, supremo, absoluto, com superioridade inquestionável.

— E onde encontrar esse homem? — perguntou Georges.

— Encontrar eu encontrei — respondeu Laïza, olhando fixamente para o jovem mulato. — Mas ele aceitará?

— Vai estar arriscando a cabeça — disse Georges.

— E nós não?

— Mas qual garantia podem dar?

— A mesma que ele tem a oferecer: um passado de perseguições e escravidão, um futuro de vingança e liberdade.

— E que plano têm?

— Amanhã, depois do Yamsé, quando os brancos se retirarem, cansados depois das tantas diversões do dia e da queima do *gouhn*, os lascars vão continuar à beira do Latânias. De todos os cantos chegarão africanos, malaios, malgaxes, malabares, indianos que participam da conspiração. Será então eleito um chefe, que dirigirá todo esse povo. Diga sim e será esse chefe.

— E quem o encarregou de vir propor isso?

Laïza sorriu com ar de superioridade e disse:

— Ninguém.

— A ideia é sua?

— Exato.

— A partir de quê?

— Do que vi.

— Como assim?

— Só conosco poderá conseguir o que quer.

— E quem disse que quero alguma coisa?

— Quer se casar com a rosa do rio Negro e odeia o sr. Henri de Malmédie! Quer possuir uma e se vingar do outro! Só nós podemos oferecer os meios para isso, pois ninguém consentirá em dá-la como mulher nem que o outro seja seu adversário.

— E quem disse que amo Sara?

— Eu vi.

— Está enganado.

Com tristeza, Laïza balançou a cabeça e disse:

— Os olhos às vezes se enganam, o coração nunca.

— Seria meu rival? — sorriu Georges, incrédulo.

— Pode ser rival apenas quem espera ser amado — respondeu o negro, com um suspiro —, e a rosa do rio Negro nunca amará o leão de Anjuã.

— E não tem ciúmes?

— O senhor salvou a sua vida e a sua vida lhe pertence, nada mais justo. Sequer tive a felicidade de morrer por ela. No entanto — acrescentou o negro, olhando firme para Georges —, não acredita que fiz o que devia fazer?

— Com certeza — murmurou Georges —, sei que é bravo; mas e os outros, posso contar com eles?

— Só posso responder por mim e respondo. Tudo que se pode esperar de um homem corajoso, fiel e dedicado poderá esperar de mim.

— Será o primeiro a me obedecer?

— Em todas as coisas.

— Mesmo que tenha a ver?...

Georges parou, olhando Laïza.

— Mesmo que tenha a ver com a rosa do rio Negro — o outro completou.

— E de onde vem tanta dedicação?

— O cervo de Anjuã morreria sob o chicote do carrasco, mas você o fez viver. O leão de Anjuã estava acorrentado, mas você o libertou. O leão não só é o mais forte, mas também o mais generoso dos animais. E é por ser forte e generoso que apelidaram Laïza o leão de Anjuã — concluiu o negro, cruzando os braços e erguendo orgulhosamente a cabeça.

— Muito bem — disse Georges, estendendo a mão. — Peço um dia para me decidir.

— E o que o fará aceitar ou recusar?

— Gravemente, publicamente e mortalmente insultei hoje o sr. de Malmédie.

— Sei disso, eu estava lá — disse o negro.

— Se ele lutar comigo, isso me bastará.

— E se ele se negar?… — sorriu Laïza.

— Nesse caso estarei com vocês, pois como ele tem fama de corajoso, já envolvido em dois duelos com brancos, num dos quais matou o adversário, estaria acrescentando um terceiro insulto aos dois que já me fez, e aí será a gota d'água.

— Isso quer dizer que temos um chefe — concluiu Laïza. — Aquele branco não lutará com um mulato.

Georges se preocupou, pois já pensara nisso. Por outro lado, como o branco lidaria com a vergonha que o mulato lhe infligira no rosto?

Nesse momento, Telêmaco entrou, protegendo uma orelha com a mão, pois Bijou havia arrancado um pedaço dela, como contamos.

— O capitão pede para falar com o patrão — ele anunciou.

— O capitão Van den Broek? — perguntou Georges.

— Sim.

— Vou vê-lo — ele respondeu.

Virando-se para Laïza, acrescentou:

— Espere aqui, volto logo. Minha resposta talvez seja mais rápida do que pensei.

Georges deixou Laïza no quarto e, de braços abertos, entrou na sala em que se encontrava o capitão.

— Como, meu irmão, tinha me reconhecido? — perguntou o marinheiro.

— Sim, Jacques, e fico muito contente em abraçá-lo, ainda mais nesse momento.

— Por muito pouco não deixou de ter esse prazer.

— Como assim?

— Eu já devia ter ido embora.

— Por quê?

— Acho que o governador é uma velha raposa do mar.

— Um lobo, um tigre, Jacques; o governador é o famoso comodoro Williams Murrey, ex-capitão do *Leicester.*

— Do *Leicester*!? Eu devia ter imaginado! Isso quer dizer que temos uma conta antiga a acertar. Entendi!

— O que aconteceu?

— Aconteceu que o governador, terminada a corrida, muito gentilmente se aproximou de mim e disse: "Capitão Van den Broek, o senhor tem uma bela escuna". Achei que a coisa ficaria nisso, mas ele acrescentou: "Será que eu poderia ter a honra de visitá-la amanhã?".

— Estava desconfiado de alguma coisa.

— Estava, claro. E eu, como um bobo, não pensei nisso. Fiz todos os salamaleques, convidei-o para um almoço a bordo e ele aceitou.

— E qual é o problema?

— O problema é que indo dar as ordens para o tal almoço, notei que faziam sinais marítimos da montanha da Descoberta. E comecei a entender que os sinais podiam muito bem se referir a mim. Então subi até lá e, com a luneta, observei o horizonte. Em cinco minutos tive certeza, pois a cerca de vinte milhas uma embarcação respondeu aos sinais.

— O *Leicester*?

— Exatamente. Pretendem me bloquear a saída. Mas Jacques não nasceu ontem, o vento sopra de sudeste, ele então não pode entrar diretamente em Porto Luís. Terá que vir costeando e, com isso, levará pelo menos doze horas para chegar à ilha dos Tanoeiros. Tenho tempo para escapar. E vim te chamar para vir junto.

— Eu? Por que faria isso?

— Ah, é verdade, ainda não contei. Puxa! Mas que ideia essa sua de desfigurar aquele moço tão bonito com a chibata! Que coisa feia!

— Não sabe quem é?

— Claro que sim. E apostei mil luíses contra ele. Aliás, que belo cavalo o Antrim, cumprimente-o por mim.

— Pois bem, não se lembra que esse mesmo Henri de Malmédie, há catorze anos, no dia do combate...?

— O quê?

Georges ergueu os cabelos e mostrou ao irmão a cicatriz no alto da testa.

— Ah, é verdade! Raios! Você é rancoroso, eu já tinha esquecido essa história. Mas aliás, pelo que me lembro, a essa gentileza da parte dele retribuí com um soco que compensou o golpe de sabre.

— Exato. E eu já até tinha deixado de lado aquele insulto, ou pelo menos estava disposto a isso, quando ele me fez outro.

— Como?

— Pedi a mão da sua prima e ele recusou.

— Ah, você é realmente adorável, juro! Um pai e um filho criam uma herdeira como uma perdiz, para depená-la à vontade com um casamento, e quando a avezinha está no ponto chega um caçador de fora querendo a presa. Ei, acorda! O que mais podiam fazer? Sem contar, meu amigo, que somos mulatos, não se esqueça.

— Bom, mas não foi a recusa que tomei como insulto. Na conversa ele ergueu um atiçador contra mim.

— Ah, aí sim! E deu um soco nele?

— Não — disse Georges, rindo das formas de conciliação que vinham à cabeça do irmão em circunstâncias desse tipo. — Não, mas pedi satisfação.

— E ele recusou? É normal, somos mulatos. Podemos até às vezes ganhar dos brancos, é verdade, mas os brancos não entram em disputas conosco. Que se danem!

— Então resolvi que o forçaria ao duelo.

— E foi por isso que, em plena corrida, *coram populo*,[99] como dizíamos no colégio Napoleão, mandou uma chibatada no rosto dele. Até que foi boa ideia, mas, bom, não deu certo.

— Não deu certo? O que está dizendo?

— Estou dizendo que, de fato, a primeira ideia do sr. de Malmédie foi de aceitar, mas ninguém quis ser sua testemunha e os amigos declararam não ser possível o confronto.

— E ele vai ficar com a chibatada que dei. Que seja.

— Talvez, mas reservam algo para você.

— O quê? — Georges franziu a testa.

— Como o teimoso insistia no duelo, apesar dos argumentos contrários, prometeram uma coisa para que desistisse.

— Sim?

— Uma noite qualquer, quando você for à cidade, quando menos esperar, uns oito ou dez deles vão emboscá-lo na estrada de Moka, imobilizá-lo e aplicar-lhe vinte e cinco chicotadas.

— Miseráveis! É o que fazem com os negros!

— E o que mais somos? Mulatos são negros brancos, só isso.

— Prometeram isso? — repetiu George.

— Formalmente.

— Tem certeza?

— Eu estava lá, no meu papel de bom holandês puro-sangue, não desconfiavam de mim.

— Compreendo. Minha decisão então está tomada.

— Embarca comigo?

99. Em latim, "na presença do povo", "publicamente".

— Fico aqui.

— Ouça — insistiu Jacques, pousando a mão no ombro de Georges. — Acredite, irmão, siga o conselho de um velho filósofo: não fique, venha comigo.

— É impossível! Achariam que estou fugindo. Além disso, amo Sara.

— Ama Sara?… Mas o que diabos isso quer dizer, "amo Sara"?

— Quer dizer que preciso tê-la ou morro.

— Ouça bem, Georges, não compreendo muito esse tipo de coisa. É bem verdade que nunca me apaixonei, ou apenas por minhas convidadas de bordo, coisa passageira, mas elas de forma alguma deixam a desejar, acredite. Quando experimentar, tenho certeza de que trocará quatro mulheres brancas por uma das ilhas Comores, por exemplo. Tenho seis disponíveis, poderá escolher à vontade.

— Obrigado, Jacques, mas repito, não posso deixar a Ilha da França.

— Pois também repito que comete um erro. A oportunidade é boa e não vai se apresentar novamente. Parto esta noite, à uma da madrugada, sem tambor nem clarim. Venha comigo e amanhã estaremos a vinte e cinco léguas daqui, rindo desse brancos todos de Maurício. Sem contar que se pegarmos alguns poderemos fazer com que quatro homens meus apliquem neles o que reservavam a você.

— Obrigado, irmão, mas não posso!

— Bom, quando alguém como você diz "não posso" é porque efetivamente não pode. Então parto sem você.

— Sim, vá. Mas não se afaste muito e vai ver algo que o surpreenderá.

— Verei o quê? Um eclipse da lua?

— Verá se acender, da passagem Descorne ao morro Brabant, e de Porto Luís a Maheburgo, um vulcão equivalente ao da ilha Bourbon.

— Ah, já parece mais interessante! Tem ideias pirotécnicas, é isso? Vamos, explique melhor.

— Dentro de oito dias, esses brancos que me ameaçam e desprezam, esses brancos que querem me chicotear como se eu fosse um negro fujão, esses brancos estarão a meus pés. Só isso.

— Uma revolta… Entendo — disse Jacques. — Seria possível, se houvesse na ilha dois mil homens como meus cento e cinquenta lascars. E digo lascars por força do hábito, mas graças a Deus nenhum deles é dessa raça miserável. São todos bons bretões, bravos americanos, verdadeiros holandeses e puros espanhóis. O que há de melhor nessas quatro nações. Já você, o que tem para sustentar essa revolta?

— Dez mil escravos cansados de obedecer e querendo agora mandar.

— Negros? Bah!… — Jacques desmereceu, pronunciando o lábio inferior. — Ouça, Georges, eu os conheço bem, é a mercadoria que vendo: aguentam o calor, podem viver de bananas, trabalham duro… têm mil qualidades; enfim, não vou depreciar meu ganha-pão, mas não são bons soldados, entende isso? Veja, hoje mesmo, nas corridas, o governador pediu minha opinião sobre os negros.

— Como assim?

— Isso mesmo, ele me perguntou: "Capitão Van den Broek, o senhor que muito viajou e parece ótimo observador, se fosse governador de uma ilha, diante de uma rebelião dos negros, o que faria?".

— E o que respondeu?

— Eu disse: "Milorde, eu espalharia pelas ruas por onde eles vão passar uma centena de barricas abertas de araq[100] e iria me deitar, deixando a chave na porta".

Georges mordeu os lábios com força.

— Por isso, pela terceira vez, irmão: venha comigo, é o que de melhor pode fazer.

— E eu, pela terceira vez, irmão, respondo: não posso.

— Que seja! Um abraço, Georges.

— Até a próxima, Jacques.

— Até. Mas acredite, não confie nos negros.

— Então está de partida?

— Com certeza! Não sou orgulhoso e sei quando é melhor fugir. Em mar aberto, que o *Leicester* venha propor uma brincadeira e verá se não aceito, mas no porto, com o forte Blanc de um lado e La Bourdonnaie do outro, estou fora! Enfim, pela última vez, não vem?

— Não.

— Se é assim, adeus.

— Adeus!

Os dois se abraçaram mais uma vez e Jacques foi ao quarto do pai, que, sem saber tudo que tinha acontecido, dormia tranquilamente.

Enquanto isso, Georges voltou ao cômodo onde Laïza o esperava.

— E então? — perguntou o negro.

— Diga aos revoltosos que eles têm um chefe.

Laïza cruzou as mãos no peito e, sem perguntar mais nada, se inclinou profundamente e saiu.

100. Bebida alcoólica destilada de uvas, com sabor anis, popular na banda oriental do Mediterrâneo.

19. O Yamsé

As corridas, como dissemos, eram apenas parte do segundo dia de festa. Uma vez terminadas, por volta das três da tarde, toda a população colorida que cobria a pequena montanha se dirigiu à planície Verde, enquanto os elegantes e as elegantes que haviam assistido ao esporte, de carro ou a cavalo, iam almoçar em casa, para sair logo depois e acompanhar os exercícios dos lascars.

Tais exercícios constituíam verdadeira ginástica simbólica, com corridas, danças e lutas, tudo isso acompanhado por cantos discordantes e música barbaresca, aos quais se misturava, na multidão, o apregoar de negros que vendiam, por conta própria ou dos seus donos, diversos produtos. Uns gritavam "Bananas! Bananas!", outros "Canas! Canas!", ou "Coalhada! Coalhada! Boa coalhada!", e ainda: "Kalou! Kalou! Bom kalou!".[101]

Os exercícios iam até mais ou menos as seis horas, quando tinha início a pequena procissão, assim chamada para que não se confundisse com a grande procissão, programada para o dia seguinte.

Entre duas fileiras de espectadores, os lascars avançavam, uns semiocultos sob uma espécie de pequeno pagode pontudo, feito como o grande *gouhn* e que eles chamavam *aïdorés*, outros armados com bastões e sabres sem fio. Mais adiante viam-se também alguns seminus e cobertos apenas por andrajos. A partir de um sinal, tudo começava. Os que carregavam os *aïdorés* dançavam aos rodopios, os que tinham sabres e bastões simulavam combates, girando uns em torno dos outros, distribuindo e aparando golpes com formidável destreza, e os do terceiro grupo se lamentavam, batendo no peito e rolando no chão em óbvio desespero, todos gritando, ao mesmo tempo ou uns depois dos outros: "Yamsé Yamli! Ó Hussein! Ó Ali!".

Enquanto se entregavam a toda aquela ginástica religiosa, outros lascars ofereciam a pessoas do público arroz cozido e ervas aromáticas.

Isso durou até meia-noite, quando os participantes voltaram ao campo malabar na mesma ordem em que tinham saído, para nova apresentação no dia seguinte, à mesma hora.

---

101. Vinho de palma, bebida alcoólica obtida por fermentação natural da seiva de palmeiras.

Para o dia seguinte, porém, estava previsto espetáculo renovado e maior. Depois de fazer pela cidade o mesmo desfile do dia anterior, ao cair da noite os lascars voltaram ao campo para buscar o *gouhn* resultante da união dos dois grupos, maior e mais prodigioso do que nos anos anteriores. Coberto com as mais ricas, vistosas e díspares tiras de papel, muitos archotes o iluminavam por dentro. Do lado de fora, lanternas multicoloridas, suspensas a todos os ângulos e anfractuosidades, faziam cascatear pelas amplas laterais torrentes de luz cambiante. O *gouhn* avançou, carregado por uma quantidade de homens, uns do lado de dentro, outros do lado de fora, todos entoando uma espécie de salmo monótono e lúgubre. À frente do *gouhn* batedores abriam caminho, balançando, na ponta de uma vara comprida, lanternas, tochas, sóis e outros objetos do tipo. Nesse momento se repetiam, com todo vigor, a dança dos *aïdorés* e os combates corpo a corpo. Os devotos em andrajos voltavam também a desfilar, batendo no peito e clamando sua dor, ao que toda a massa de gente respondia com gritos alternados: "Yamsé! Yamli! Ó Hussein! Ó Ali!", de forma ainda mais arrastada e dilacerante que na véspera.

Isso porque o *gouhn* ali desfilando representava tanto a cidade de Querbela, perto da qual morreu Hussein, quanto o túmulo ao qual foram levados os seus restos. Junto a isso, um homem nu, pintado como tigre, representava o leão miraculoso que, por vários dias, velou pelos restos do santo imame. Rugindo, ele de vez em quando se jogava contra os espectadores como se fosse devorá-los, mas era controlado por um outro personagem, mais recuado: seu guardião, que o puxava com uma corda. Ao mesmo tempo, um mulá, ao lado, procurava acalmar a fera com palavras misteriosas e gestos magnéticos.

Por várias horas o *gouhn* foi levado em procissão pela cidade e arrabaldes. Depois se encaminhou para o rio das Latânias, seguido pela população de Porto Luís. A festa chegava ao fim. O *gouhn* seria enterrado, e todos que haviam acompanhado o seu triunfo queriam também acompanhar sua ruína.

Chegando ao rio, os carregadores da imensa alegoria pararam à beira. Ao soar meia-noite, quatro homens se aproximaram com quatro tochas e atearam fogo nos quatro diferentes cantos. Nesse exato momento, os carregadores deixaram o *gouhn* cair no rio.

Como o Latânias é bem raso e a parte inferior do *gouhn* pouco mergulhava na água, as chamas subiram rapidamente, formando uma enorme espiral que subia rodopiando ao céu. Houve aí um momento estranhamente fantástico, em que se viu, à claridade daquela luz efêmera, mas viva, trinta mil pessoas de todas as raças, gritando em todas as línguas e agitando lenços e chapéus, agrupadas na própria margem ou nos rochedos ao redor. As que faziam parte desse último grupo, à medida que se distanciavam do rio, floresta adentro, iam desaparecendo em massas mais escuras, enquanto as das margens, num imenso círculo, assistiam das suas liteiras, carros ou cavalos. Por algum tempo, a água refletiu as labaredas que ela própria acabaria apagando; por algum tempo, toda aquela multidão rumorejou como o mar; por algum tempo, as árvores se encompridaram na sombra como gigantes que se erguem; por algum tempo, enfim, o céu só foi visto por trás de um vapor vermelho que fazia cada nuvem parecer uma onda de sangue.

Em seguida, a claridade foi diminuindo e todas aquelas cabeças se confundindo umas com as outras; as árvores pareceram se afastar por conta própria e voltar à sombra; o céu empalideceu, recuperando aos poucos sua coloração plúmbea; as nuvens se sucederam, cada vez mais escuras. Por vezes alguma parte do *gouhn* até então poupada pelo fogo se incendiava, lançando sobre a paisagem e os espectadores um trêmulo relâmpago, para depois apagar, tornando a escuridão ainda maior do que antes. Pouco a pouco todo o esqueleto desabou em carvões ardentes, fazendo a água do rio tremular. Os últimos clarões afinal se extinguiram, e estando o céu, como dissemos, carregado de nuvens, todos foram mergulhados em trevas ainda mais profundas, dada a claridade anterior.

Aconteceu então o que sempre acontece no fim das festas públicas e sobretudo após iluminações ou fogos de artifício: um grande rumor se espalhou, e as pessoas falando, rindo, zombando, tomaram o mais depressa a direção da cidade: os carros no galope dos seus cavalos, as liteiras no trote dos seus negros, enquanto os que estavam a pé, em grupos animados, os seguiram a passo rápido.

Fosse por curiosidade ou por natural propensão à morosidade, negros e pessoas de cor ficaram por último, mas também foram se afastando, uns na direção do campo malabar, outros subindo o rio; estes atravessando a floresta, aqueles seguindo o litoral.

Pouco depois o local já estava completamente deserto e quinze minutos se passaram, durante os quais nada se ouviu além do murmúrio da água correndo entre as pedras, e nada se viu além dos morcegos gigantescos — quando a movimentação das nuvens permitia — de voo pesado, que desciam até o rio como se fossem apagar, com a ponta da asa, alguns carvões que ainda fumegavam na superfície, indo depois se perder na floresta.

Ouviu-se porém um leve ruído, e eram dois homens que se aproximavam do rio, caminhando abaixados. Um parecia vir da bateria Dumas e o outro da montanha Longa. Com apenas a torrente a separá-los, os dois se endireitaram, trocaram sinais e, enquanto um bateu palmas três vezes, o outro assobiou, também três vezes.

Então, das profundezas da floresta, dos ângulos das fortificações, dos rochedos à margem da torrente, dos paletúvios que se debruçavam à beira do mar, surgiu toda uma multidão de negros e indianos, da qual cinco minutos antes não se podia adivinhar a presença. Estavam divididos em dois bandos bem distintos, um composto somente de indianos e o outro de negros. Os indianos se agruparam em torno de um dos dois homens que tinham chegado primeiro. Ele tinha a pele cor de oliva e falava o idioma malaio.

Os negros se puseram em volta do outro, negro como eles e falando os idiomas malgaxe e moçambicano.

O primeiro se movimentava entre os seus falando muito e alto, com alarde e gesticulação, visivelmente um ambicioso de baixa categoria, um intrigante vulgar: era Antônio, o malaio.

O outro, calmo, imóvel e quieto. Com poucas palavras e poucos gestos ele parecia atrair naturalmente a atenção, sendo a real imagem da força contida e do temperamento de comando: era Laïza, o leão de Anjuã.

Esses dois homens eram os líderes da revolta, e os dez mil mestiços em volta eram os conspiradores.

Antônio foi o primeiro a falar.

— Era uma vez — ele começou — uma ilha governada por macacos, onde viviam também elefantes, leões, tigres, panteras e serpentes. O número de governados era dez vezes maior do que o de governantes, mas estes, espertos babuínos, tinham muito talento para desunir os governados, de forma que os elefantes detestavam os leões, os tigres detestavam as panteras e as serpentes detestavam todo mundo. Assim, quando os elefantes levantavam a tromba, os macacos punham contra eles as serpentes, as panteras, os tigres, os leões e, por mais fortes que fossem, os elefantes acabavam sempre derrotados. Se fossem os leões que rugissem, os macacos punham contra eles elefantes, serpentes, panteras, tigres e, por mais corajosos que fossem, os leões acabavam sempre presos. Se fossem os tigres a mostrar os dentes, os macacos punham contra eles elefantes, leões, serpentes, panteras e, por mais fortes que fossem, os tigres acabavam sempre enjaulados. Se fossem as panteras a dar o bote, os macacos punham contra elas elefantes, leões, tigres, serpentes e, por mais ágeis que fossem, as panteras acabavam sempre domadas. Por último, se fossem as serpentes a silvar, os macacos punham contra elas elefantes, leões, tigres, panteras e, por mais espertas que fossem, as serpentes acabavam sempre submetidas. Com isso os governantes, vendo esse expediente cem vezes funcionar, riam toda vez que ouviam falar de alguma revolta. Empregavam sempre a velha tática e controlavam os revoltosos. E isso durou muito, muito tempo. Um dia, porém, uma serpente mais esperta que as outras (era uma serpente que sabia as quatro operações aritméticas tão bem quanto o caixa do sr. de M***) parou para pensar e calculou que os macacos, comparados aos outros animais, estavam numa relação de um para oito. Ela então reuniu elefantes, leões, tigres, panteras e serpentes a pretexto de uma festa e perguntou:

"'Quantos vocês são?'

"Os animais contaram e responderam:

"'Somos oitenta mil.'

"'Ótimo', disse a serpente. 'Agora, contem os seus amos e digam quantos são.'

"Os animais contaram os macacos e responderam:

"'São oito mil.'

"'Vocês então são bem idiotas de não exterminarem os macacos, já que são oito contra um.'

"Os animais se reuniram, exterminaram os macacos, se tornaram senhores da ilha e passaram a ficar com os mais belos frutos, os mais belos campos, as mais belas casas. E isso sem contar que os macacos se tornaram seus escravos e as macacas suas amantes…

"'Entenderam?'", perguntou Antônio.

Gritos, hurras e bravos explodiram. Com sua fábula, Antônio havia conseguido tanto efeito quanto o que conseguiu com a dele o cônsul Menênio, dois mil e duzentos anos antes.[102]

Laïza esperou pacientemente que o momento de entusiasmo passasse e depois, estendendo o braço para pedir silêncio, rebateu com estas simples palavras:

— Era uma vez uma ilha em que os escravos quiseram ser livres. Fizeram juntos um levante e conseguiram. Essa ilha antigamente se chamava São Domingos, hoje se chama Haiti…[103] Façamos como eles e seremos livres como eles.

Novos gritos explodiram e pela segunda vez se ouviram hurras e bravos. Mas visivelmente o discurso fora conciso demais para empolgar a multidão como o de Antônio, que, percebendo, tomou de novo a palavra:

— O que diz Laïza é verdade. Ouvi histórias contando que para lá da África, bem para lá, para os lados em que o sol se põe, existe uma grande ilha em que os negros são reis. Mas na minha ilha, como na ilha de Laïza, na ilha dos animais como na ilha dos homens, há um chefe eleito, um só.

— É verdade — concordou Laïza —, Antônio tem razão. O poder dividido se enfraquece. É preciso um chefe, um só.

— E quem seria esse chefe? — perguntou Antônio.

— Cabe aos que aqui estão decidir — respondeu Laïza.

---

102. Agripa Menênio (?-493 a.C.) foi cônsul de Roma em 503 a.C. Segundo Tito Lívio (?-17), ele teria inventado uma fábula em torno dos órgãos do corpo humano, com o estômago representando os patrícios e os demais órgãos os plebeus. Graças a essa fábula, teria sufocado uma revolta plebeia.

103. São Domingos era uma colônia francesa com sistema escravagista dos mais violentos. Em 1791 teve início uma rebelião. A independência só foi alcançada em 1804, quando o país passou a se chamar Haiti, homenageando a população nativa original. Foi o único país das Américas a conquistar a liberdade a partir de uma revolta de escravizados, tornando-se motivo de inspiração para a população escrava de outros países, bem como de temor e pânico das elites escravagistas.

— O homem digno de ser nosso chefe deve ser capaz de opor esperteza a esperteza, força a força e coragem a coragem — disse Antônio.

— Muito justo — completou Laïza.

— Será digno de nos chefiar quem viveu com os brancos e também com os negros, quem tenha sangue dos dois; um homem que, livre, sacrifique sua liberdade, que sendo dono de casa e de terra, corra o risco de perdê-las. Este sem dúvida seria digno de nos chefiar.

— Muito justo — repetiu Laïza.

— Conheço apenas um homem reunindo todas essas condições — disse Antônio.

— Eu também — replicou Laïza.

— E seria você? — perguntou Antônio.

— Não — respondeu Laïza.

— Então concorda que sou eu?

— Também não é você.

— E quem, então? — exclamou Antônio.

— Sim, quem? Onde está? Que ele se mostre, que apareça! — gritaram juntos negros e indianos.

Laïza bateu três vezes as mãos. No mesmo instante ouviu-se o galope de um cavalo e, sob os primeiros raios do dia nascente, surgiu da floresta um cavaleiro que, a toda brida, se aproximou de onde estavam os dois chefes. Com um movimento simples da mão ele fez o cavalo parar tão bruscamente que dobrou as patas dianteiras.

Laïza estendeu o braço com um gesto de suprema dignidade, indicando o cavaleiro, e exclamou:

— Aqui está o chefe de vocês!

— Georges Munier! — gritaram dez mil vozes.

— Sim, Georges Munier — reforçou Laïza. — Pediram um chefe que possa opor esperteza a esperteza, força a força, coragem a coragem: aqui está ele! Pediram um chefe que tenha vivido com os brancos e com os negros, que tenha sangue de ambos: aqui está ele! Pediram um chefe que seja livre e se disponha a sacrificar a própria liberdade, que tenha casa e terra e aceite o risco de perdê-las: aqui está ele! Onde podem procurar outro? Onde encontrar outro igual?

Antônio ficou confuso. Todos os olhares se dirigiram ao recém-chegado, com um grande burburinho na multidão.

Georges sabia com quem lidava; era preciso, antes de tudo, impressionar os olhos. Ele vestia então um magnífico albornoz bordado a fios de ouro e, por baixo, o cafetã de gala que Ibraim Paxá lhe dera, no qual brilhavam as cruzes da Legião de Honra e de Carlos III. Antrim, por sua vez, coberto com maravilhosa capa vermelha, num impaciente e orgulhoso tremor se agitava sob seu dono.

— E quem responde por ele? — quis saber Antônio.

— Eu — assegurou Laïza.

— Por acaso ele viveu conosco? Conhece nossas necessidades?

— Não, não viveu conosco, mas viveu com os brancos e estudou o saber deles. E sim, conhece nossos desejos e necessidades, pois temos apenas uma necessidade e um desejo: a liberdade.

— Que ele comece então dando essa liberdade a seus trezentos escravos.

— Isso já foi feito, esta manhã — disse Georges.

— Sim, sim, é verdade — gritaram várias pessoas na multidão. — Sim, nós livres. Patrão Georges deu liberdade a nós.

— Mas é ligado aos brancos — acusou Antônio.

— Rompi ontem, vocês todos viram — respondeu Georges.

— E ama uma branca — insistiu Antônio.

— É um triunfo a mais para nós, homens de cor — contrapôs Georges —, pois essa branca me ama.

— Se a oferecerem a ele — continuou Antônio —, ele nos trairá, pactuará com os brancos.

— Se me for oferecida, recusarei — afirmou Georges —, pois quero que seja por vontade dela e não preciso que me seja dada.

Antônio quis levantar novas objeções, mas os gritos "Viva Georges! Viva o nosso chefe!" irromperam por todos os lados, cobrindo sua voz de tal maneira que ele não pôde mais ser ouvido.

O novo chefe fez sinal mostrando querer falar e todos se calaram.

— Meus amigos — ele disse —, já amanhece e é hora de nos separarmos. Quinta-feira será um dia de festa. Quinta-feira vocês todos serão livres. Quinta-feira, às oito da noite, estarei aqui neste mesmo lugar. À frente de vocês, marcharemos juntos contra a cidade.

— Sim, viva, viva! — gritaram todos.

— Uma palavra ainda. Se houver um traidor entre nós, fica resolvido que, comprovada sua traição, qualquer um de nós poderá matá-lo na mesma hora, da maneira que quiser, de forma rápida ou lenta, suave ou cruel. Aceitam esse acordo? Sou o primeiro a declarar que aceito.

— Sim, sim! — gritaram todos. — Se houver um traidor, que seja morto! Morte ao traidor!

— Muito bem. Quantos somos?

— Dez mil — disse Laïza.

— Meus trezentos servidores foram encarregados de distribuir quatro piastras para cada um de vocês, pois é preciso que cada um, quinta-feira, tenha uma arma qualquer. Até quinta!

Acenando com a mão, Georges partiu como tinha chegado, enquanto os trezentos negros abriam, cada um, um saco de ouro e davam a cada homem as quatro piastras prometidas.

Tal magnificência real custou, é bem verdade, duzentos mil francos a Georges Munier. Contudo, o que isso representava para um homem que dispunha de milhões e sacrificaria toda a sua fortuna para realizar um projeto que há tanto tempo amadurecia em sua alma?

E o projeto enfim se concretizaria; o passo estava dado.

20. O encontro

Georges foi para casa bem mais calmo e tranquilo do que se poderia imaginar. Era um desses homens a quem a inação mata e o combate enaltece. Limitou-se a preparar suas armas para o caso de algum ataque imprevisto, mas reservou um tempo para um retiro nas profundezas da floresta que lhe era familiar desde a infância. De fato, seu murmúrio e imensidão, somados ao murmúrio e imensidão do mar, haviam feito dele a criança sonhadora que vimos.

Mas quem carregava todo o peso daqueles acontecimentos inesperados era o seu pobre pai. O desejo da sua vida, nos últimos catorze anos, tinha sido o de rever os filhos, e esse desejo recentemente se realizara. E se realizara plenamente, mas a presença deles havia apenas transformado a sua atonia habitual em permanente desassossego. Um era capitão de navio negreiro, em eterna luta contra os elementos da natureza e as leis, o outro um conspirador ideólogo, em luta contra os preconceitos e os homens. Ambos a combater o que há de mais poderoso no mundo, correndo o risco de ser aniquilados a qualquer momento. Preso ao hábito da obediência passiva, ele os via se encaminharem para o abismo, sem força para retê-los. Seu único consolo eram então estas palavras, sempre repetidas:

— De uma coisa tenho certeza: não sobreviverei a eles.

Voltando a Georges, o lapso de tempo que decidiria seu destino era curto: dois dias apenas o separavam da catástrofe que faria dele um novo Toussaint Louverture ou um novo Pétion.[104] Lamentava apenas não poder se comunicar com Sara naqueles dois dias. De fato, seria imprudente ir procurar na cidade seu mensageiro de praxe, Miko Miko. Por outro lado, se sentia tranquilo, certo de que a jovem confiava nele como ele próprio nela. Há almas que precisam apenas de uma troca de olhar e pouquíssimas palavras para se compreenderem. A partir desse mínimo, elas mutuamente se tranquilizam, seguras e convictas. Depois ele sorriu, pensando na grande vin-

104. Toussaint Louverture (1743-1803), escravo negro alforriado, comandou a revolta do Haiti e morreu exilado. Alexandre Pétion (1770-1818), mulato, foi o primeiro presidente da República do Haiti, em 1807.

gança que teria frente à sociedade e na grande reparação que o destino lhe oferecia. Quando pudesse estar novamente com Sara, diria: "Foram oito dias sem vê-la, mas esses oito dias bastaram para, como um vulcão, eu mudar a face da ilha. Deus não conseguiu tudo destruir com um furacão, mas eu fiz desaparecer numa tempestade homens, leis e preconceitos. Fui mais forte do que Deus, fui vitorioso".

Nos envolvimentos político-sociais como aquele que Georges abraçava, há uma embriaguez que haverá de manter para sempre conspirações e conspiradores. Não se pode negar que a mais poderosa motivação das ações humanas é o orgulho, e o que pode haver de mais atraente para nós, filhos do pecado, do que a tentação de renovar a luta de Satã contra Deus, dos titãs contra Júpiter? Nessa luta, como se sabe, Satã foi fulminado e Encélado soterrado. Mas o soterrado sacode uma montanha toda vez que muda de posição, e o fulminado se tornou rei do inferno.[105]

Eram coisas que o pobre Pierre Munier não compreendia.

Por isso, enquanto Georges dormia tranquilamente como se não estivesse em cima de um barril de pólvora, depois de deixar a janela do quarto entreaberta, suspender suas pistolas junto à cabeceira e esconder o sabre debaixo do travesseiro, Pierre Munier armou cinco ou seis negros de sua inteira confiança, os postou bem visíveis em volta da casa e foi, em pessoa, ficar de vigia na estrada de Moka. Pelo menos provisoriamente ele assim garantia algum descanso para o filho querido, que não correria o risco de ser pego de surpresa.

A noite transcorreu sem qualquer alerta. Aliás, é característico das conspirações tramadas entre negros o escrupuloso respeito ao segredo. Os pobres não foram ainda suficientemente civilizados para que calculem o quanto se ganha com uma traição.

O dia seguinte se passou como a noite anterior, e a noite seguinte como o dia. Nada aconteceu que fizesse Georges suspeitar de qualquer infidelidade. Umas poucas horas o separavam ainda da execução do seu plano.

Por volta das nove da manhã, Laïza chegou e foi encaminhado ao quarto de Georges. Nada se alterara nas disposições gerais e era crescente o entusiasmo, graças à generosidade demonstrada pelo chefe. Às nove da noite os dez mil conspiradores armados estariam às margens do rio das Latânias e às dez explodiria a rebelião.

Georges confirmava com Laïza as disposições de cada um, calculando as chances da perigosa campanha, quando viu de longe Miko Miko, sempre

105. No Antigo Testamento, Satã era um anjo, se rebelou contra Deus e foi jogado no inferno. Na mitologia grega, Encélado foi um dos gigantes que se rebelaram contra Zeus. Derrotado, foi preso sob o vulcão Etna, que entra em erupção cada vez que o gigante se move.

com o bambu e os cestos num ombro, vindo na direção da casa com seus passinhos de sempre. Ficou muito contente, pois desde o dia das corridas não tinha notícias de Sara.

Por mais que procurasse sempre se controlar, não pôde deixar de abrir a janela e fazer sinal para que Miko Miko apertasse o passo, o que o virtuoso chinês imediatamente fez. Laïza quis então se retirar, mas o anfitrião o reteve, pois tinham ainda detalhes a combinar.

Miko Miko não vinha a Moka por iniciativa própria. Assim que entrou, tirou do bolso um bilhete dobrado da maneira mais aristocrática, isto é, ao comprido, no qual se lia apenas "Georges", sem qualquer endereço, escrito com letras delicadas e femininas.

Bastou ver o papel para que o coração desse pulos e ele, para disfarçar, pobre filósofo que não ousava ser apenas homem, foi ler junto à janela.

A mensagem era mesmo de Sara, e dizia:

Meu amigo,

Procure hoje, por volta das duas da tarde, Lord Williams Murrey e saberá de coisas que não ouso adiantar, de tanto que me deixam feliz. Assim que sair de lá venha me ver, estarei esperando no nosso pavilhão.

Da sua Sara

Ele leu duas vezes a mensagem, sem entender coisa alguma naquele duplo encontro. Como Lord Murrey teria coisas a dizer que deixassem Sara tão feliz, e como, saindo do Palácio do Governo, certamente por volta das três horas, à luz do dia e à vista de todo mundo, poderia ir à casa do sr. de Malmédie?

Miko Miko quem sabe talvez pudesse ajudar a compreender, e ele o interrogou. Mas o bravo chinês nada sabia senão que a srta. Sara o mandara chamar por Bijou, a quem ele nem reconheceu, uma vez que tinha perdido boa parte do nariz na briga com Telêmaco — e olha que era um nariz dos mais batatudos. Ele foi então ao pavilhão onde já estivera duas vezes e lá a senhorita escreveu a carta que acabava de ser entregue, não tendo sido difícil adivinhar quem era o destinatário.

A jovem lhe dera ainda uma moeda de ouro, e era tudo o que ele sabia.

Mesmo assim Georges continuou a perguntar: se a carta tinha sido escrita na sua frente, se Sara estava sozinha ao escrever, se parecia triste ou alegre. A carta foi escrita na sua presença, não havia mais ninguém e a expressão da moça se mostrava perfeitamente serena e feliz.

Georges ainda fazia perguntas quando se ouviu um cavalo se aproximar a galope. Era um correio com a libré do governador, e pouco depois uma carta de Lord Williams já estava sendo entregue:

Meu caro companheiro de viagem,

Estive bastante ocupado com seus interesses desde a última vez que nos vimos e acredito ter conseguido coisas favoráveis. Por favor, venha então a meu gabinete hoje, às duas horas. Tenho boas notícias.

Um abraço,

Lord W. Murrey

As duas cartas eram coincidentes no que diziam. Apesar do perigo que representava ir à cidade naquele momento, apesar de claramente ser mais prudente não se aventurar em Porto Luís — e ainda mais no Palácio do Governo —, Georges deu ouvidos apenas ao orgulho, e este dizia, pelo contrário, que recusar o duplo convite seria quase uma covardia, sobretudo por se tratar de um encontro com as duas únicas pessoas que respondiam ao seu amor e à sua amizade. Então disse ao mensageiro que cumprimentasse da sua parte milorde e confirmasse sua visita à hora marcada.

O correio se foi.

Ele então foi à mesa e escreveu.

Olhemos por cima do seu ombro para ler:

Querida Sara,

Antes de tudo, bendita seja a sua carta! É a primeira que me escreve e, mesmo curta, diz tudo que eu queria saber, ou seja, que você não me esqueceu, ainda me ama e é minha como sou seu.

Irei ver Lord Murrey no horário indicado. Estará lá? Nada disse quanto a isso. As únicas notícias felizes que posso esperar se remetem a você, pois ser seu marido é a única felicidade que vislumbro. Até aqui fiz tudo que pude para isso, e tudo que ainda farei será igualmente nesse sentido. Seja forte e fiel, Sara, como serei fiel e forte. Creio que a felicidade, por mais próxima que possa parecer, ainda nos reserva muitas provações.

Mas isso pouco importa, Sara. Nada no mundo, tenho certeza, pode resistir a uma vontade forte e imutável, assim como a um amor profundo e dedicado. Você tem esse amor, Sara, e terei então essa vontade.

Do seu Georges

Uma vez escrita a carta, ela foi entregue a Miko Miko, que pegou seu bambu e cestos para retomar com seus passinhos habituais o caminho de Porto Luís. Isso, nem é preciso dizer, depois de receber nova e merecida retribuição pelos leais serviços que prestava.

Georges ficou com Laïza, que havia mais ou menos ouvido tudo e tudo compreendido.

— Vai à cidade? — ele perguntou.

— Preciso ir — disse Georges.

— Não é prudente.

— Eu sei, mas tenho que ir. Vou me ver como covarde se não for.

— Então vá; mas temos o compromisso do rio Latânias, às dez horas.

— Se eu faltar é porque fui preso ou morto. Se for o caso, invadam a cidade para me soltar ou me vingar.

— Faremos isso, acredite.

Os dois homens se compreendiam tão bem que uma só palavra, um só gesto, um só aperto de mão bastava para estabelecer a confiança. Eles se separaram então sem necessidade de qualquer promessa ou maiores recomendações.

Eram dez da manhã e Pierre Munier mandou perguntar se o filho faria a refeição matinal com ele. Em vez de responder, Georges foi encontrá-lo na sala, calmo, como se nada tivesse acontecido.

Com dedicada solicitude o pai o observou, mas vendo apenas a mesma expressão de sempre e reconhecendo o mesmo sorriso com que diariamente era cumprimentado, tranquilizou-se:

— Graças a Deus, filho! Diante de tanta movimentação de mensageiros, temi que trouxessem más notícias, mas sua calma me faz achar que não.

— Tem razão, pai, está tudo bem. A revolta continua dentro do previsto: esta noite, à mesma hora. E aquelas pessoas me trouxeram duas cartas, uma do governador, pedindo que vá vê-lo no palácio às duas horas, e outra de Sara, dizendo me amar.

Pierre Munier ficou desconcertado. Era a primeira vez que Georges falava da revolta dos negros e da amizade do governador. Sabia indiretamente das duas coisas e até o fundo do coração se afligia vendo seu bem-amado filho trilhar tal caminho.

Tentou então responder, mas Georges o interrompeu com um sorriso:

— Meu pai, lembre-se do dia em que, numa ação de extrema coragem, o senhor salvou os voluntários e conquistou uma bandeira. Um troféu que era seu e o sr. de Malmédie tomou. Naquele dia, frente ao inimigo, o senhor foi grande, nobre, sublime, como sempre é ante o perigo. Naquele dia prometi a mim mesmo que um dia homens e coisas retomariam seus lugares. E esse dia chegou; não recuarei diante daquela promessa. Só Deus pode julgar escravos e senhores, fracos e fortes, mártires e carrascos, ninguém mais.

Constrangido, sem ter como se opor a tanta determinação, Pierre Munier se encolheu na cadeira em que estava, parecendo esmagado pelo peso do mundo. Georges mandou que Ali selasse os cavalos. Terminou calmamente a refeição e se levantou para sair, olhando para o pai com tristeza.

Ele estremeceu, levantou-se também e estendeu os braços para o filho.

Georges se aproximou, com as duas mãos pegou a venerável cabeça e, com um amor filial que jamais deixava transparecer, rapidamente beijou cinco ou seis vezes aqueles cabelos brancos.

— Meu filho! — exclamou Pierre Munier.

— O senhor terá uma velhice respeitada, pai, ou terei uma tumba manchada de sangue. Preciso ir!

Ele deixou a sala e o velho homem desabou de volta na cadeira, com um profundo suspiro.

21. A recusa

A mais ou menos duas léguas de casa, Georges viu Miko Miko ainda na estrada de Porto Luís. Conteve o cavalo, fez sinal para que o chinês aproximasse o ouvido e disse baixinho alguma coisa para ele, que mostrou ter compreendido e retomou o caminho.

Chegando à montanha da Descoberta e começando a ver moradores da cidade, Georges em vão tentou perceber, naqueles que o acaso punha à sua frente, algum indício de que o projeto de revolta tivesse minimamente transpirado. Continuou em frente, atravessou o campo dos negros e entrou na cidade.

As ruas estavam calmas, com todos parecendo ocupados em seus afazeres normais, sem que uma preocupação coletiva chamasse atenção. As embarcações balançavam tranquilas e seguras no porto. Na ponta dos Mentirosos, os desocupados de sempre conversavam à toa, e um navio americano, chegando de Calcutá, lançava âncora junto ao Cão de Chumbo.

A presença de Georges, no entanto, parecia causar certa curiosidade, mas certamente ainda por causa da corrida no Campo de Marte e o inédito acontecimento de um mulato ultrajar um branco. Várias pessoas muito claramente interrompiam o que faziam, exprimindo surpresa por sua audácia em vir até ali. Com altivez e um sorriso de pouco-caso ele respondia, fazendo com que invariavelmente desviassem a atenção, sem suportar o raio de ácida superioridade dos seus olhos.

Diga-se também que a coronha lavrada de um par de pistolas de cano duplo se mostrava bem visível nos coldres da sela.

Mas foram sobretudo os soldados e oficiais cruzados no caminho que mais especificamente lhe interessaram. Tanto uns quanto outros tinham aquela mesma fisionomia de tranquilo tédio de pessoas trazidas de outro mundo e condenadas a um exílio a quatro mil léguas de casa. Claro, se imaginassem o que Georges preparava para aquela noite, pode até ser que não se mostrassem mais satisfeitas, mas pelo menos mais atarefadas.

Tudo aquilo o tranquilizava.

Foi como ele chegou ao portão do Palácio e apeou. Entregou a Ali as rédeas do cavalo, disse que o esperasse, atravessou o pátio, subiu a escadaria e entrou na antecâmara.

Havia ordem para que o sr. Georges Munier fosse levado ao governador assim que chegasse. Um criado então o conduziu e, abrindo a porta do salão, o anunciou.

Ele entrou. No salão estavam Lord Murrey, o sr. de Malmédie e Sara, que imediatamente cravou nele os olhos mas se surpreendeu, achando-o pouco à vontade em vê-la, e não feliz. A testa de Georges se franziu um pouco, as sobrancelhas se aproximaram e um sorriso quase amargo passou por seus lábios.

Tendo vivamente se levantado, ela sentiu as pernas fraquejarem e voltou a lentamente se sentar.

O sr. de Malmédie continuou como estava, de pé e imóvel, limitando-se a inclinar um pouco a cabeça, enquanto Lord Murrey deu dois passos na direção dele e, estendendo a mão, disse:

— Meu jovem amigo, fico contente em dar uma notícia que o agradará muito. Concordando que devemos extinguir todas essas distinções de cor e rivalidades de castas que, há duzentos anos, são a calamidade não só da Ilha da França como das colônias em geral, o sr. de Malmédie aceita lhe conceder a mão da sobrinha, a srta. Sara de Malmédie.

Ruborizando, a jovem ergueu imperceptivelmente os olhos na direção de Georges, que apenas se inclinou, sem maiores reações. Os dois outros trocaram um olhar de espanto.

— Meu caro sr. de Malmédie — disse então o governador, sorrindo —, ao nosso incrédulo amigo minha palavra parece não bastar. Por favor, diga que concorda com o pedido feito, assim como espera que sejam esquecidas quaisquer animosidades, antigas ou recentes, entre suas respectivas famílias.

— É verdade, cavalheiro — disse então Malmédie, com visível esforço —, e o senhor governador acaba de expor meus sentimentos. Se episódios ocorridos por ocasião da tomada de Porto Luís porventura geraram rancores, peço que os esqueça, como prometo que meu filho esquecerá a injúria bem mais grave que lhe foi feita mais recentemente. Quanto a seu casamento com a minha sobrinha, como o senhor governador adiantou, tem meu consentimento, a menos que seja o senhor a hoje recusá-la...

— Oh, Georges! — exclamou Sara, deixando-se levar pelo primeiro impulso.

— Não me julgue rápido demais pelo que vou dizer, Sara — ele respondeu —; imperiosas necessidades me pressionam. Diante de Deus e dos homens, Sara, desde aquela noite no pavilhão, desde a noite do baile, desde o dia em que a vi pela primeira vez, você é minha mulher: ninguém mais terá esse nome que você não menosprezou, apesar do seu rebaixamento. Então, tudo que direi será por questões de forma e de tempo.

Georges se virou para o governador e continuou:

— Obrigado, milorde, agradeço muito. Reconheço sua generosa filantropia e bela amizade por trás disso que está acontecendo, mas no dia em que o sr. de Malmédie recusou a mão da sua sobrinha, dia em que o sr. Henri pela segunda vez me insultou, achei ser preciso me vingar daquela recusa e dos insultos com uma afronta pública indelével e infamante. Naquele dia, rompi com os brancos. Não há mais aproximação possível. O sr. de Malmédie que faça a metade do caminho, seguindo um plano, um cálculo, uma intenção que não percebo, mas não farei a outra. A srta. Sara é livre, dona da sua mão e da sua fortuna; caso me ame, cabe a ela crescer ainda mais a meus olhos descendo até onde estou, e não eu me rebaixar aos olhos dela, tentando me alçar até onde ela está.

— Meu Deus, Georges, deve muito bem saber... — exclamou Sara.

— Conheço perfeitamente sua grandeza, Sara; tem um coração sincero, uma alma pura. Sei que virá apesar dos obstáculos, das dificuldades, dos preconceitos. Sei que basta esperar e a verei vir um dia. Sei que será seu o sacrifício, mas também sei que em seu generoso pensamento você já decidiu fazer esse sacrifício. Quanto ao senhor, entretanto — ele se voltou para o tio de Sara —, e quanto ao seu filho, que não aceita duelar comigo mas pretende mandar amigos me chicotearem, ah!, entre nós a guerra será eterna, entende? Trata-se de um ódio mortal que, da minha parte, só se apagará no sangue ou no desprezo: que o seu filho escolha.

— Como o senhor governador pode ver — respondeu Malmédie, com maior dignidade do que se poderia esperar —, fiz o que estava a meu alcance. Sacrifiquei o orgulho, esqueci a antiga injúria e a mais recente, mas não tenho como ir além e devo me ater à declaração de guerra que me faz o cavalheiro. Esperaremos o ataque, mantendo a defensiva. E a senhorita — ele continuou, dirigindo-se a Sara —, como disse o cavalheiro, é dona do seu coração, da sua mão, da sua fortuna. Tem toda liberdade, fique com ele ou venha comigo.

— É meu dever segui-lo, tio. Adeus, Georges! Realmente não entendo, mas sem dúvida fez o que devia fazer.

Com toda calma e dignidade ela cumprimentou o governador e se retirou com o sr. de Malmédie.

Lord Williams Murrey os acompanhou até a porta, saiu e voltou logo em seguida.

Seu olhar interrogativo encontrou o firme olhar de Georges. Houve um instante de silêncio entre os dois homens que, graças à elevada estatura moral de ambos, tão perfeitamente se entendiam.

— Então recusou? — afinal perguntou o governador.

— Achei ser meu dever, milorde.

— Por favor, me desculpe se pareço inquisidor, mas posso saber o que o levou a isso?

— Minha dignidade pessoal.

— Não há outra coisa?

— Caso haja, que milorde me permita guardar segredo.

— Ouça, Georges — disse o governador, com uma espécie de brandura que nele ganhava ainda mais valor, por ser algo bem fora da sua natureza fria e formal —, ouça. No momento em que o conheci a bordo do *Leicester*, no momento em que percebi as elevadas qualidades que o distinguem, achei que pudesse ser o laço que reuniria nesta ilha duas castas antagônicas. Comecei procurando entender seus sentimentos, você me tornou confidente do seu amor e atendi a seu pedido como intermediário, padrinho, sustentação. Por essa parte, Georges — continuou Lord Murrey, respondendo a uma inclinação de cabeça do amigo —, você por ela não me deve nenhum agradecimento, pois até vinha no sentido do que eu queria, se adequava a meu plano de conciliação e projetos políticos. Acompanhei-o então à casa do sr. de Malmédie, assisti à sua demanda com toda a autoridade da minha presença, com o peso do meu nome.

— Sei disso, milorde, e agradeço. Mas o senhor viu com seus próprios olhos: nem o peso do seu nome, por mais prestigioso que seja, nem a autoridade da sua presença, por mais lisonjeira, puderam evitar a recusa.

— Isso ofendeu também a mim, Georges. Admirei sua calma e compreendi, pelo sangue-frio que demonstrou, estar preparando uma terrível revanche. Revanche que, no dia da corrida, conseguiu publicamente. Naquele dia também percebi que muito provavelmente teria que desistir dos meus projetos de conciliação.

— Eu o avisei quando nos separamos, milorde.

— Estou lembrado, mas ouça: não me considerei vencido e ontem fui à casa do sr. de Malmédie. Tanto insisti e argumentei, quase abusando da influência conferida à minha posição, que o pai aceitou esquecer o velho ódio contra o seu pai, o filho aceitou esquecer o jovem ódio contra você, e os dois juntos consentiram o casamento da srta. de Malmédie.

— Sara é livre, milorde — interrompeu com vivacidade Georges. — Para se tornar minha mulher ela felizmente não precisa do consentimento deles.

— Concordo, mas que diferença, aos olhos de todos, entre raptar em surdina uma jovem da casa do seu tutor e recebê-la publicamente das mãos de sua família! Consulte o seu orgulho, amigo, e diga se não consegui para o senhor uma suprema satisfação, um inesperado triunfo.

— Não nego. Infelizmente tal consentimento chega tarde demais.

— Tarde demais? Como assim, tarde demais? — repetiu o governador.

— Prefiro não responder, milorde. É o meu segredo.

— Seu segredo, meu pobre rapaz! Pois quer que eu fale desse segredo que prefere guardar?

Georges olhou para o governador com um sorriso de incredulidade.

— Seu segredo! — continuou Lord Murrey. — Um segredo bem guardado, confiado a dez mil pessoas.

Georges continuou a olhar para o homem à sua frente, mas já não sorria.

— Ouça — retomou o governador. — Está querendo se perder e eu quis salvá-lo. Fui procurar o tio de Sara, chamei-o em particular e disse: "O senhor apreciou mal Georges Munier. Recusou-o de forma insolente e o forçou a abertamente romper. Cometeu um erro, pois trata-se de alguém distinto, com grande coração e bela alma. São características que devem ser mais bem aproveitadas. Prova disso é que nesse momento nossas vidas estão nas mãos do sr. Georges Munier, pois é ele o chefe de uma enorme conspiração. Amanhã, às dez da noite (foi ontem que eu disse isso), o sr. Georges Munier marchará contra Porto Luís à frente de dez mil negros. E como temos uma força de apenas mil e oitocentos homens, a menos que o acaso me mande uma dessas ideias salvadoras, como às vezes elas são enviadas a alguns, estamos perdidos. Isso quer dizer que depois de amanhã Georges Munier, que o senhor despreza por descender de escravos, talvez esteja em condição de mando e talvez, quem sabe, o queira como escravo. Mas o senhor pode impedir tudo isso, pode salvar a colônia. Corrija o passado, conceda a Georges a mão que recusou, da sua sobrinha. Se ele aceitar, digo aceitar pois os papéis se inverteram e com isso as pretensões podem também se inverter, bem, o senhor não só estará salvando sua própria vida, liberdade e fortuna, mas também a liberdade, a vida e a fortuna de todos nós". Foi o que eu disse, e ele, diante de minhas instâncias e argumentos, aceitou. Porém confirmou-se o que eu havia previsto: o senhor já está comprometido demais e não pôde recuar.

Georges seguia a fala do governador com crescente espanto, mas guardando perfeita calma. Vendo-o terminar, apenas perguntou:

— Então milorde está ao corrente de tudo?

— Creio que sim, como vê.

— É verdade — sorriu Georges. — Seus espiões estão de fato bem informados. Só posso cumprimentá-lo pela atuação da sua polícia.

— Agora que sabe o motivo que me levou a agir, insisto, pois ainda temos tempo: aceite a mão de Sara, reconcilie-se com a família Malmédie, desista desses planos delirantes e nada direi, deixo tudo passar e esquecerei.

— Não posso! — disse Georges.

— Pense no tipo de gente com que está se envolvendo.

— Essas pessoas, milorde, às quais se refere com tanto desprezo, são minhas irmãs. Desprezado pelos brancos como inferior, essas pessoas me reconhecem como chefe. No momento em que me entregaram suas vidas, entreguei a elas a minha.

— Então recusa o que proponho?

— Recuso.

— Apesar dos meus pedidos?

— Que milorde me desculpe, mas não posso atendê-lo.

— Apesar do seu amor por Sara e do amor de Sara pelo senhor?

— Apesar disso e de outras coisas mais.

— Pense ainda.

— Não é preciso, já pensei.

— Entendo… Tenho então uma última pergunta.

— Pois não.

— Se eu estivesse no seu lugar e o senhor no meu, o que faria?

— Como assim?

— Se eu fosse Georges Munier, chefe de uma revolta, e o senhor Lord Williams Murrey, governador da Ilha da França; se me tivesse em seu poder como eu o tenho, diga, pergunto mais uma vez, o que faria?

— O que eu faria, milorde? Deixaria sair daqui quem veio por acreditar na minha palavra, achando estar atendendo a um encontro e não caindo numa armadilha. Depois, à noite, se tivesse fé na justeza da minha causa, faria apelo a Deus, para que Ele decidisse entre nós.

— Estaria cometendo um erro, Georges, pois a partir do momento em que tivesse erguido a espada, não poderia mais ser salvo. A partir do momento em que eu tivesse dado início à revolta, seria preciso afogá-la no meu sangue… Não, Georges, não quero que morra no cadafalso, entende isso? Não quero que morra como um rebelde qualquer. Suas intenções serão caluniadas, seu nome será manchado. Para salvá-lo desse destino, considere-se preso! Será levado a uma cela.

— Milorde! — exclamou Georges, olhando em volta à procura de uma arma com que se defender.

— Senhores — chamou o governador, erguendo a voz. — Senhores, entrem e prendam este homem.

Comandados por um cabo, quatro soldados apareceram e cercaram Georges.

— Conduzam o cavalheiro à polícia — ordenou o governador. — Ponham-no na cela que mandei preparar esta manhã. Sem que isso interfira na vigilância, nem os senhores nem qualquer pessoa deve faltar com o respeito que lhe é devido.

Dizendo isso, o governador cumprimentou Georges, que foi levado para fora da sala.

22. A revolta

Tudo tinha se passado tão depressa que Georges sequer pudera se preparar. Graças, porém, ao admirável autocontrole que tinha, conseguiu esconder as diferentes emoções que o assaltavam, mantendo o impassível sorriso despreocupado de sempre.

O prisioneiro e seus guardas saíram por uma porta dos fundos, junto à qual esperava o coche do governador. Por acaso ou previdência, Miko Miko passava por lá justo no momento em que Georges subia ao carro. Os dois trocaram um rápido olhar.

Conforme havia ordenado o governador, ele foi levado para o prédio da polícia: um edifício grande, na rua do Governo, a pouca distância do Teatro. Assim que chegou, o encaminharam à cela indicada por Lord Murrey.

Ela visivelmente tinha sido preparada, como o próprio governador dissera, sendo evidente certa preocupação em deixá-la o mais confortável possível. O mobiliário não era o de praxe, sendo a cama até elegante. Nada ali cheirava a prisão. As janelas, sim, eram gradeadas.

Vendo-se só, assim que a porta foi trancada Georges imediatamente se aproximou de uma janela e descobriu estar a uns sete metros da calçada, à frente do palacete Coignet. Uma das janelas do palacete inclusive ficava bem à altura da sua, do outro lado da rua. Também estava aberta, deixando que se visse todo o interior do cômodo.

Ele foi até a porta, procurou ouvir e constatou haver um guarda no corredor.

Voltou então à janela e a abriu ao máximo.

Não havia sentinelas na rua e apenas as barras de ferro preveniam uma eventual fuga. Barras, é bem verdade, que tranquilizariam até mesmo a mais severa vigilância.

Seria impossível fugir sem ajuda externa.

Mas é provável que tal ajuda fosse esperada, pois Georges deixou a janela bem aberta e manteve os olhos pregados no palacete Coignet, bem à sua frente, como dissemos. A expectativa não foi inútil, pois uma hora depois Miko Miko, com seu bambu no ombro, atravessou o quarto do outro lado da rua, guiado por um criado do palacete. Ele e Georges novamente trocaram apenas um olhar, mas um olhar que bastou para afastar toda aflição.

A partir desse momento, o prisioneiro se mostrou quase tão tranquilo quanto em seus aposentos de Moka. Um observador mais atento, no entanto, notaria nele as sobrancelhas apertadas e o significativo gesto de passar a mão pela testa. De fato, sob aquela aparente serenidade um mundo de ideias ganhava corpo, vindo se quebrar contra a parede do cérebro, num movimento de fluxo e refluxo como o da maré que sobe.

As horas passavam sem que nada indicasse ao prisioneiro qualquer preparativo na cidade. Não se ouviam rufar de tambor nem deslocamentos de tropa. Duas ou três vezes ele correu à janela, achando ter ouvido algo do tipo, mas logo descobriu ter se enganado: eram apenas carroças transportando tonéis.

A noite se aproximava. À medida que se aproximava, mais agitado e inquieto, numa movimentação febril que ele nem procurava reprimir, já que estava só, Georges ia e vinha entre a porta e a janela. Uma continuava guardada por um soldado, a outra por barras de ferro.

De vez em quando ele levava a mão ao peito e uma leve contração no rosto traía esse tipo de pressão que, nos momentos supremos da vida, nem o mais bravo dos homens consegue dominar. É possível que pensasse no pai, que ignorava o perigo em que ele se encontrava. Talvez pensasse também em quem o havia sem querer atraído à prisão: Sara. Com relação ao governador, Georges sentia uma dessas frias e concentradas raivas que o perdedor tem pelo adversário vitorioso, mas era inegável que Lord Murrey não só havia se comportado da maneira mais elegante, como era de se esperar, como também só o mandara prender depois de oferecer todas as possibilidades de acordo.

Isso não impedia que ele ali estivesse por suspeita de alta traição.

Enquanto isso, aumentava a escuridão. Georges sacou do bolso o relógio: eram oito e meia da noite. Dentro de uma hora e meia estouraria a revolta.

Erguendo a cabeça, voltou a fixar os olhos no palacete Coignet. Bem à sua frente se movia um vulto; e esse vulto fez um sinal. Ele deixou livre o vão da janela e um embrulho atravessou a rua, passou entre as grades e foi cair no meio da cela.

Dentro havia uma corda e uma lima. Era a ajuda externa esperada. A liberdade estava nas suas mãos e ele a queria para o momento de perigo.

Escondeu a corda sob o colchão e, sendo já completa a escuridão, começou a serrar uma das barras, que eram suficientemente separadas. Bastava eliminar uma e já seria possível passar pelo espaço aberto.

A lima surda não fazia barulho. A refeição da noite já fora trazida às sete horas e provavelmente não o incomodariam mais.

Mas o trabalho era lento. Nove horas, nove e meia, dez horas soaram. Enquanto serrava a grade, já há algum tempo ele tinha a impressão de uma forte claridade brilhar no final da rua do Governo, junto à rua do Teatro, na direção do porto. Mas não ouvia patrulhas percorrerem a cidade nem soldados voltando ao quartel. Era incompreensível tanta calma por parte do governador, e Georges o conhecia suficientemente para saber que todas as precauções tinham sido tomadas. Mas a cidade, como dissemos, parecia sem qualquer defesa, abandonada à própria sorte.

Às dez horas, um burburinho pareceu crescer, vindo do campo malabar. Lembremos ser por onde chegariam os revoltosos, depois de se reunirem no rio das Latânias. Georges redobrou os esforços. A barra já estava completamente serrada embaixo e ele atacou o alto.

O burburinho aumentava. Não se podia negar, eram vozes confusas de milhares de pessoas. Laïza havia cumprido sua parte. Um sorriso satisfeito e um fulgor de orgulho iluminaram seu rosto. Haveria combate. Mesmo que a vitória não viesse, pelo menos lutariam. E Georges participaria fisicamente, pois a grade estava por um fio.

Prestando toda a atenção, ele ouviu. O tumulto se aproximava e a claridade vista antes parecia mais forte. Estaria a cidade em chamas? Não, pois não se ouviam gritos de pânico.

Por outro lado, prestando ainda maior atenção, era estranho, mas o burburinho parecia mais festivo do que ameaçador. Além disso, a rua e o prédio da polícia permaneciam calmos.

Ele deixou se passarem mais quinze minutos, esperando ouvir tiros que até o tranquilizariam, indicando haver confronto. Mas apenas aquele burburinho estranho continuava, sem que se ouvissem deflagrações.

O principal, de qualquer forma, era escapar dali. Georges fez mais um esforço e conseguiu abrir espaço na grade. A corda foi firmemente amarrada no toco que restara da barra de ferro e ele jogou na rua a parte maior, que serviria como arma. Passou pela abertura, desceu pela corda, aterrissou sem maiores problemas, pegou o ferro e correu por uma das ruas transversais.

À medida que avançava pela rua de Paris, que cruza toda a parte norte da cidade, aumentava aquela estranha claridade e crescia o barulho. Chegando enfim à esquina da rua ardentemente iluminada, tudo se explicou.

Todas as vias que davam para o campo malabar, ou seja, aquelas por onde os revoltosos invadiriam a cidade, estavam iluminadas como em dia de festa. Em diversos pontos, diante das principais casas, tinham sido colocados tonéis já abertos de araq, aguardente e rum à disposição de quem quisesse.

Os negros tinham se lançado como uma enxurrada contra Porto Luís, com gritos de raiva, clamando por vingança. Entrando na cidade, depararam com ruas iluminadas e todos aqueles tentadores barris. Por um momento, as ordens de Laïza e a possibilidade de as bebidas estarem envenenadas os mantiveram longe, mas logo a natureza se sobrepôs à disciplina e à prudência. Alguns debandaram e provaram a bebida. Outros, ao verem a animada reação dos companheiros, não se contiveram mais, e aquela quantidade toda de gente, suficiente para revirar de cabeça para baixo Porto Luís, num instante se desordenou, se amontoou em torno dos barris aos gritos, entregando-se à cachaça, ao rum, ao araq, o eterno veneno diante do qual o negro não resiste, em troca do qual ele vende filhos, pai, mãe e muitas vezes a si mesmo.

Era de onde vinham os estranhos e misteriosos gritos. O governador testava o conselho dado por Jacques e, pelo visto, com muito sucesso. A revolta havia invadido a cidade e naufragava sem nem chegar ao trecho que vai da Pequena Montanha à Baixada do Fanfarrão, morrendo a cem passos do Palácio do Governo.

Diante daquele estranho espetáculo, Georges perdeu toda esperança de prosseguir com o projeto. Lembrou-se do que havia previsto Jacques e se irritou, envergonhado. Aqueles homens com os quais ele achou poder mudar as coisas, revirar a ilha e, em apenas uma hora, vingar dois séculos de escravidão, aqueles homens estavam ali rindo, cantando, dançando, desarmados, trôpegos de tão bêbados. Trezentos soldados, armados com chicotes apenas, os levariam de volta à servidão. E eles eram dez mil!

Todo aquele longo esforço que Georges empreendera sobre si mesmo estava perdido. Irreal toda aquela profunda análise dos próprios sentimentos, do próprio valor, da própria força. A personalidade superior que Deus lhe dera, a educação tão laboriosamente adquirida, tudo se despedaçava frente aos instintos de uma raça que punha a aguardente acima da liberdade.

Ele percebeu o vazio das suas ambições. Por um curto momento, o orgulho o havia levado ao alto de uma montanha, fazendo-o ver a seus pés os reinos da Terra. Tudo isso desaparecia, tinha sido apenas uma visão. Ele voltava ao lugar de onde o orgulho ilusório o havia tirado.

Tendo ainda nas mãos a barra de ferro, uma vontade feroz de se jogar no meio de todos aqueles miseráveis o invadiu. Quis arrebentar aquelas cabeças desprezíveis, incapazes de resistir à tão grosseira tentação que destruía seus planos.

Grupos de curiosos, provavelmente sem entender que festa era aquela proporcionada pelo governador aos escravos, observavam boquiabertos, de olhos arregalados. Cada um perguntava à pessoa ao lado o que significava aquilo, mas ninguém era capaz de dar qualquer explicação.

Georges foi de grupo em grupo, observando todas aquelas compridas ruas iluminadas e cheias de negros bêbados, perdidos em louca algazarra. No meio de tanta degradação e tantos seres imundos, havia uma única pessoa com a qual ele podia contar. Essa pessoa era Laïza.

De repente ele ouviu um grande tumulto que parecia vir das proximidades do prédio da polícia. Em seguida, um tiroteio cerrado em que se distinguia, de um lado, o disciplinado padrão militar e, de outro, os erráticos disparos característicos das tropas não regulares.

Em algum lugar estava havendo confronto.

Georges seguiu para lá e, em cinco minutos, chegou à rua do Governo. Não se enganara: reconheceu Laïza à frente de um pequeno grupo, em franco combate. Ao saber da prisão de Georges, à frente de quatrocentos homens escolhidos a dedo, ele, por outro caminho, fora diretamente ao prédio da polícia, para soltá-lo.

Isso certamente tinha sido previsto, pois assim que os rebeldes despontaram no fim da rua um batalhão inglês se preparou para impedi-los.

Laïza sabia que não o deixariam libertar o prisioneiro sem combate, mas contava com o avanço do grosso da sua tropa entrando na cidade pelas ruas que vinham do campo malabar. Só que tal avanço não aconteceu, pelos motivos que já expusemos.

Num instante Georges saltou entre os combatentes, gritando o nome de Laïza. Finalmente havia ali um negro digno, um verdadeiro homem, um caráter como o seu.

Os dois se encontraram sob o tiroteio e, sem nem tentar se proteger das balas que assobiavam em seus ouvidos, trocaram palavras curtas e rápidas, como as que situações extremas exigem. Num segundo, Laïza soube do que acontecia não longe dali, balançou a cabeça e disse:

— Está tudo perdido.

Georges quis manter alguma esperança ainda, sugeriu que tentasse trazer de volta alguns dos que bebiam, mas o companheiro apenas sorriu, sem esconder um profundo desprezo:

— Estão bebendo, e a menos que acabe a bebida, não há o que esperarmos deles.

Os tonéis tinham sido abertos em quantidade suficiente para que a bebida, justamente, não acabasse.

De nada servia continuar ali, já que eles tinham vindo soltar o prisioneiro. Restava lamentar a perda de uns doze homens fora de ação e dar sinal de retirada.

Mas recuar pela rua do Governo se tornara impossível: enquanto enfrentavam o batalhão inglês que os atacava, outro destacamento, emboscado no paiol, se apresentara na mais perfeita ordem e fechava o caminho por onde eles haviam chegado. Foi preciso então se dispersar pelas ruas em volta do Fórum, tentando voltar à Pequena Montanha e ao campo malabar.

Georges, Laïza e alguns dos que os acompanhavam avançaram uns duzentos metros e chegaram às ruas iluminadas, onde se encontravam os tonéis. A cena com que depararam era ainda mais imunda: a bebedeira fizera bom progresso.

Além disso, em cada rua em volta brilhavam no escuro as baionetas de uma companhia inglesa.

Georges e Laïza trocaram um olhar como quem sorri e diz: "Não se trata mais de vencer, mas de morrer; e morrer dignamente".

Mas quiseram ainda tentar um último esforço. Partiram pela rua principal, tentando fazer com que alguns rebeldes se juntassem ao seu pequeno grupo. Contudo, poucos estavam em condições de ouvir chamados ou exortações. Outros sequer os reconheciam, cantavam com voz trôpega e dançavam com pernas bambas. A maior parte deles, já no último grau da bebedeira, caía na rua, perdendo a cada minuto o pouco do amor-próprio que porventura ainda lhes restasse.

Laïza encontrou um chicote e não poupava os miseráveis. Georges, ainda com sua barra de ferro, única arma de que dispunha, os olhava imóvel e cheio de desdém, parecendo a estátua do Desprezo.

Passados alguns minutos, os dois se convenceram não ter o que esperar dos bêbados. Cada minuto ali, eles perceberam, significava um ano que perdiam de existência. Por outro lado, alguns dos que estavam com eles, levados pelo exemplo, zonzos com o cheiro do álcool que lhes subia à cabeça, começaram a também abandoná-los. Não podiam mais perder tempo, deviam deixar a cidade. Era inclusive evidente que talvez já fosse tarde demais.

Juntaram a pequena tropa que se mantivera fiel, mais ou menos trezentos homens e, à frente deles, marcharam com determinação para o final da rua, onde, como dissemos, erguia-se uma muralha de soldados ingleses. A quarenta passos, viram os fuzis serem apontados e uma linha de clarões explodir. Uma chuva de balas quase ao mesmo tempo se abateu sobre eles. Dez ou doze homens caíram, mas os dois chefes continuavam de pé e, com suas poderosas vozes, gritaram ao mesmo tempo: "Em frente!".

Avançaram vinte passos e o fogo da segunda linha inglesa repetiu os disparos, causando baixas ainda maiores entre os amotinados. Mas os dois grupos já estavam próximos o bastante e a luta corpo a corpo começou.

Foi um combate terrível. São conhecidas as tropas inglesas, e todos sabemos como elas se dispõem a morrer mas não abandonam uma posição. Por outro lado, tinham pela frente homens em desespero, cientes de que uma morte ignóbil os esperava, caso fossem presos. Preferiam então morrer livres.

Foram prodigiosas a audácia e a coragem de Georges e Laïza. Este último se servia do fuzil como porrete, segurando-o pelo cano, enquanto o outro transformou em clava a barra de ferro arrancada da janela. Os que os seguiam fizeram sua parte às maravilhas, atacando os ingleses à baioneta, e mesmo os feridos se arrastavam no chão e ainda derrubavam inimigos, cortando o tendão das suas pernas.

Foram dez minutos de luta furiosa, encarniçada e mortal, sem que se pudesse prever vitória para qualquer um dos lados. Mas o desespero afinal suplantou a disciplina; as fileiras inglesas se abriram como um dique que estoura e deixaram passar a torrente, que imediatamente se espalhou fora da cidade.

Georges e Laïza, que na hora do ataque estavam à frente, ficaram na retaguarda para cobrir a retirada. Chegaram enfim à base da Pequena Montanha. A subida era coberta de mato e escarpada demais para que os ingleses se aventurassem por lá. Eles aproveitaram então para fazer uma pausa e recuperar o fôlego. Uns vinte negros se juntaram em torno dos chefes, enquanto os demais se dispersaram. Não se tratava mais de combater, e sim de buscar proteção na floresta. Georges propôs a área de Moka, onde ficava a propriedade de seu pai, como ponto de reunião geral para todos que quisessem se juntar a ele com o intuito de, no amanhecer do dia seguinte, partir para os arredores de Porto Grande, onde as mais espessas florestas os protegeriam.

Enquanto as últimas instruções eram dadas àqueles míseros restos da tropa com a qual, por um momento, ele havia esperado conquistar a Ilha da França, por um breve lapso de tempo a luz da lua conseguiu filtrar entre duas nuvens. Isso iluminou um pouco mais o grupo que ele comandava não pela força, mas pela voz e pelos gestos. De repente, brilhou no matagal um clarão a uns quarenta passos dos fugitivos e ouviu-se o estampido de uma arma de fogo. Georges caiu aos pés de Laïza, atingido por uma bala na lateral do tórax.

Ao mesmo tempo, saindo da moita que ainda fumegava, um homem, do qual por um instante foi possível acompanhar no escuro a corrida rápida, pulou num barranco atrás de onde estava e seguiu o seu leito, sem que se pudesse vê-lo. Reapareceu já na extremidade e tomou o mesmo caminho pelo qual tinha vindo até um agrupamento de soldados ingleses estacionados à beira do riacho das Virgens.

Por mais rápida que tivesse sido a corrida do assassino, Laïza o reconheceu, e Georges, antes de perder por completo os sentidos, o ouviu murmurar, com um gesto de ameaça, calmo mas implacável:

— Antônio Malaio!

23. Um coração de pai

Enquanto os diferentes acontecimentos narrados se passavam em Porto Luís, em Moka Pierre Munier esperava ansiosamente o resultado terrível daquilo que o filho o deixara entrever. Habituado a não questionar a supremacia dos brancos, ele acabara considerando tal supremacia não só um direito estabelecido, mas também natural. Por maior que fosse sua confiança no filho, não acreditava que os obstáculos pudessem ser dobrados, pois lhe pareciam intransponíveis.

Desde o instante em que Georges se despediu para ir à cidade, ele havia caído num estado de profunda prostração. O excesso de emoções que se comprimiam no seu coração e a diversidade dos pensamentos a se atropelarem na cabeça acabaram por jogá-lo numa espécie de torpor próximo da estupidez. Duas ou três vezes ele havia inclusive pensado em ir a Porto Luís e ver com os próprios olhos o que estava acontecendo. Mas para agir contra uma certeza que se tem é preciso uma força de vontade que decididamente faltava àquele pobre pai. No entanto, se fosse para enfrentar algum perigo concreto, Pierre Munier teria agido sem pensar duas vezes.

O dia então se passou numa ansiedade que mais ainda se agravava por ser totalmente interior, sem que ele se atrevesse a comentar o assunto nem mesmo com Telêmaco. No máximo de vez em quando se levantava da poltrona e de cabeça baixa ia até a janela aberta. Ali parado, olhava na direção da cidade como se pudesse ver, ouvir e entender alguma coisa. Depois, nada vendo, nada ouvindo e nada entendendo, com um suspiro voltava à poltrona, lábios mudos, olhar vazio.

Chegou a hora do almoço. Telêmaco, que era encarregado das tarefas domésticas da casa, mandou pôr a mesa e servir. Fez-se isso sem que o principal interessado sequer erguesse os olhos. Posta a mesa, Telêmaco esperou ainda quinze minutos, mas vendo que o patrão continuava na mesma apatia, tocou de leve no seu ombro. Assustando-se, Pierre Munier se levantou bruscamente.

— Souberam de alguma coisa? — ele perguntou.

Telêmaco mostrou a mesa já servida e Pierre apenas sorriu, balançou a cabeça e voltou ao mesmo estado de alheamento. O velho criado percebeu que algo extraordinário estava acontecendo e, sem se atrever a pedir explicações, de olhos arregalados procurou em volta algum sinal que desse uma pista qualquer. Tudo continuava em seus devidos lugares e parecendo normal. Mas via-se que a expectativa de uma grande fatalidade oprimia a casa naquela manhã.

Foi como o dia se passou.

Esperando ainda que a fome se impusesse, Telêmaco manteve a refeição à mesa, mas Pierre Munier estava absorto demais em seus pensamentos para dar atenção a qualquer outra coisa. Em determinado momento, vendo gotas de suor escorrerem pela testa do patrão e achando ser por causa do calor, ele levou um copo de água fresca com um pouco de vinho, mas a bandeja foi ignorada, sendo apenas feita esta pergunta:

— Não soube de nada ainda?

O criado balançou a cabeça, olhando para cima e para baixo como se perguntasse ao teto e ao chão se algum deles sabia dizer o quê. Depois, vendo que ambos se mantinham mudos, saiu para ver se os negros não estariam mais bem informados sobre o objeto daquela secreta preocupação.

Para sua grande surpresa, descobriu não haver mais nenhum na propriedade. Correu então até a granja, onde eles em geral se juntavam para a berloque. Ninguém. Voltou aos alojamentos, só encontrando mulheres e crianças.

Fez perguntas e descobriu que os homens, terminado o horário de trabalho, em vez do descanso habitual, tinham saído em grupos separados, levando armas, na direção do rio das Latânias. Telêmaco voltou para casa e Pierre, que o ouviu chegar, perguntou:

— E então?

Ele contou como todos tinham desaparecido e partido numa mesma direção, armados.

— Pois é, pois é! Infelizmente — lamentou Pierre.

Não havia mais dúvida, ao pobre pai a informação comprovava que tudo se decidiria na cidade. Desde a volta de Georges, vendo-o tão bonito e corajoso, tão confiante, tão certo do passado e seguro quanto ao futuro, ele de tal maneira identificara sua vida à do filho que confundia sua existência com a dele. Não suportaria perdê-lo; mal suportava a sua ausência.

Como se arrependia por tê-lo deixado sair pela manhã sem fazer perguntas, sem saber o que tinha em mente, sem ter noção dos perigos a que ia se expor! Como lamentava não o ter acompanhado! A ideia de luta aberta contra os brancos de tal forma o abalava que todas as suas forças psicológicas o tinham abandonado. Como algumas vezes já dissemos, era da natureza daquela alma ingênua ser forte apenas diante dos perigos materiais.

A noite caiu e as horas passaram sem trazer qualquer notícia, nem boa nem ruim. Dez horas, onze horas e meia-noite soaram. A escuridão lá fora, intensificada pelas luzes acesas no interior, impedia que se distinguisse qualquer coisa a dez passos de distância. Mesmo assim, Pierre Munier incessantemente ia e vinha da poltrona à janela a intervalos de tempo quase regulares e cada vez mais curtos. Realmente preocupado, o fiel Telêmaco continuava presente, mas apesar de toda sua dedicação, não resistira ao sono e dormia numa cadeira, apoiado na parede em que sua silhueta parecia traçada a carvão como num desenho.

Às duas horas, o cão de guarda que normalmente ficava solto em volta da casa, mas que naquela noite, dada a inquietação geral, estava amarrado, ganiu baixinho, lamentoso. Ouvindo o lúgubre lamento que a superstição dos negros via como anúncio certo de alguma calamidade próxima, Pierre Munier estremeceu e se levantou, mas sentiu que não tinha forças e precisou se apoiar na mesa para não cair. Cinco minutos depois, ouviu-se novo ganido, mais alto, mais triste e mais demorado que o primeiro. Passado o mesmo lapso de tempo, um terceiro, ainda mais fúnebre e queixoso.

Pálido, sem voz, com o suor escorrendo pela testa, Pierre Munier não despregava os olhos da porta, sem no entanto conseguir se aproximar dela, como alguém que espera uma desgraça e sabe ser por ali que ela vai entrar.

Logo em seguida foi possível distinguir passadas que se aproximavam da casa, lentas e contidas. Ao pobre pai pareceu serem de pessoas que seguiam uma procissão.

O saguão se encheu de gente, uma multidão estranhamente muda, que não dizia o que a trouxera. Mas, no meio desse silêncio, Pierre achou ouvir um gemido e teve a impressão de nele reconhecer a voz do filho.

— Georges! — ele chamou. — Georges, pelo amor de Deus, é você? Diga, fale comigo!

— Estou aqui, pai! — ouviu-se uma voz fraca, no entanto calma. — Estou aqui!

Ao mesmo tempo, a porta foi aberta e Georges apareceu, mas se apoiando no umbral e tão pálido que, por um momento, Pierre Munier achou ser a sombra do filho, por ele evocada. Isso o fez dar um passo atrás em vez de ir abraçá-lo.

— Em nome de Deus — ele murmurou —, o que você tem? O que houve?

— Um ferimento grave, mas não se preocupe, pai, não é mortal. E como vê, posso andar e me manter de pé. Só que não por muito tempo.

E acrescentou baixinho:

— Rápido, Laïza, me ajude!

O negro o abraçou pela cintura. Pierre Munier também acorreu, mas Georges tinha desmaiado.

De fato, com aquela força de vontade que se tornara marca distintiva da sua personalidade, mesmo fraco e quase moribundo ele quis que o pai o visse de pé. Não por um dos seus tão frequentes rasgos de orgulho, mas por temer, sabendo do amor profundo que o pai tinha por ele, que vê-lo deitado lhe fosse fatal. Então, apesar das objeções de Laïza, se levantara da padiola na qual carregadores em constante revezamento o tinham transportado pelos desfiladeiros da montanha do Polegar. Em seguida, com a sobre-humana coragem e poderosa vontade que nele se sobrepunham à debilidade física, se aprumara no vão da porta para que o pai o visse de pé.

O impacto assim foi sem dúvida menos violento.

Porém, por mais férrea que fosse a sua vontade, ela afinal cedeu ao esgotamento e, extenuado pelo esforço, Georges, como dissemos, desmaiou nos braços de Laïza.

Para todos ali presentes, a dor daquele pai foi algo terrível de se ver. Uma dor sem queixas, sem lágrimas, muda, profunda e triste. Georges foi estirado num sofá. O velho se ajoelhou ao lado, passou o braço sob a cabeça da sua criança e esperou, olhos fixos naqueles olhos fechados, respiração suspensa diante do sopro ausente, segurando a mão do ferido com a mão que estava livre, sem qualquer pergunta, sem se interessar por nenhum detalhe nem se informar dos resultados. Tudo estava ali: seu filho ferido, sangrando, desmaiado. Para que saber mais, e que diferença fariam as causas, diante daquela terrível consequência?

Laïza se manteve de pé à ponta de um aparador, apoiado na espingarda, olhando de vez em quando a janela para ver se já não estava amanhecendo.

Os companheiros que tinham respeitosamente se retirado, depois de deixar Georges no sofá, aguardavam no saguão e passavam de vez em quando suas cabeças pretas pelo vão da porta. Outros tinham se agrupado do lado de fora, perto da janela. Muitos estavam feridos com maior ou menor gravidade e nenhum deles parecia se lembrar disso.

A cada instante o número de fugitivos aumentava, pois todos, depois de se dispersarem para evitar a perseguição inglesa, tinham por diferentes caminhos chegado à propriedade, um de cada vez, como carneiros extraviados voltam ao curral. Às quatro da manhã cerca de duzentos negros aguardavam em volta da casa.

Georges, enquanto isso, tinha voltado a si e procurado, com poucas palavras, tranquilizar o pai. Sua voz estava tão fraca que o velho, por mais feliz que estivesse em ouvi-lo falar, fez sinal para que se calasse. Depois perguntou sobre o ferimento e qual médico o havia tratado. Sorrindo e com um pequeno movimento de cabeça, Georges indicou Laïza.

Sabe-se que alguns negros, nas colônias, são vistos como hábeis medicadores e que muitas vezes inclusive colonos brancos os preferem no lugar dos seus especialistas. O motivo é simples: esses homens primitivos, como nossos pastores, que frequentemente fazem sombra aos mais competentes diplomados, por estarem o tempo todo em contato com a natureza descobrem, como os animais, alguns daqueles segredos que permanecem ocultos aos outros homens. E Laïza, na ilha inteira, passava por competente curandeiro. Os negros atribuíam seu saber à força de certas palavras secretas, ou de alguns passes mágicos; os brancos o explicavam pelo conhecimento de algumas ervas e plantas das quais só ele sabia os nomes e as propriedades. Pierre Munier ficou então mais tranquilo ao saber que Laïza havia feito o curativo do filho.

Mas o dia estava prestes a raiar e, à medida que o tempo passava, Laïza parecia cada vez mais inquieto. Sem mais se conter, e a pretexto de tomar seu pulso, ele se aproximou do enfermo e cochichou algo. Vendo isso, Pierre Munier perguntou:

— O que quer, meu amigo? De que está precisando?

— O que ele quer, pai — tomou Georges a iniciativa —, precisa ser dito também ao senhor: é que eu não caia na mão dos brancos. Ele pergunta se me sinto forte o bastante para ser transportado para a grande floresta.

— Transportado para a grande floresta!? — assustou-se o velho. — No estado em que se encontra? Impossível!

— Não há outra alternativa, pai, a menos que prefira me ver preso aqui na sua casa e...

— E o quê? — alarmou-se Pierre Munier. — O que têm contra você, o que podem fazer, o que querem?

— O que querem, pai? Vingança por um miserável mulato ter tido a pretensão de lutar contra eles e talvez até tê-los feito tremer. O que podem fazer? Quase nada — ele sorriu. — Apenas me cortar a cabeça em Planície Verde.

O velho senhor ficou lívido. Seu corpo inteiro estremeceu. Era evidente que um combate terrível se travava em seu interior. Ele por fim ergueu a cabeça, balançou-a e, olhando para o ferido, murmurou:

— Pegá-lo, cortar sua cabeça... Tirar meu menino de mim, matá-lo! Matar Georges! E isso por ele ser mais bonito, mais corajoso que os brancos, mais instruído... Eles que venham!

Com uma energia da qual cinco minutos antes ele não parecia capaz, o velho foi até uma carabina pendurada na parede e, empunhando a arma que há dezesseis anos se empoeirava ali, declarou:

— Pois que venham e verão! Ah, seus brancos, vocês tomaram tudo deste pobre mulato! Tomaram seu respeito e ele nada disse, poderiam ter tomado a sua vida e ele nada diria. Mas agora querem o seu filho, querem prender, torturar, cortar a cabeça dele! Ah, tentem fazer isso, seus brancos, e vão ver uma coisa! São cinquenta anos de ódio que temos a nosso favor. Venham, venham, já é mesmo tempo de fazermos essas contas.

— Aleluia, pai! — não se conteve Georges, se apoiando no cotovelo e olhando para o velho homem com olhos febris. — Agora sim o reconheço!

— Pois bem, que seja, para a grande floresta! Veremos se vão ter coragem de nos seguir. Sim, Georges, vamos. Melhor a grande floresta do que as cidades. Deus está vendo tudo, Deus nos vê e julga. E vocês, filhos — continuou o mulato, dirigindo-se aos negros —, sempre me acharam bom patrão?

— Sim, sim! — exclamaram ao mesmo tempo todos.

— Cem vezes não disseram estar comigo não como escravos, mas como filhos?

— Sim, sim!

— Pois tratem agora de demonstrar isso.

— Diga, patrão, diga — as vozes soaram em uníssono.

— Entrem, entrem todos.

A casa se encheu de gente.

— Vejam — continuou o velho —, ali está meu filho que quis salvá-los, torná-los livres, torná-los homens. E vejam sua recompensa. Mas isso não é tudo, querem tirá-lo de mim desta maneira: ferido, sangrando, agonizando. Não vão defendê-lo? Salvá-lo? Não querem morrer por ele e com ele?

— Sim, queremos, queremos! — gritaram todos.

— Para a grande floresta então, vamos para a grande floresta! — terminou o velho.

— Para a grande floresta! — todos gritaram.

A maca feita com galhos e folhagem foi trazida até o sofá em que estava o ferido e ele foi trasladado. Quatro homens ergueram as quatro pontas e Georges deixou a propriedade acompanhado por Laïza. Todos que ali estavam os seguiram. Pierre Munier foi o último a sair, ficando a casa aberta, abandonada e sem abrigar qualquer criatura humana.

O cortejo de mais ou menos duzentos negros seguiu por algum tempo o caminho que leva de Porto Luís a Porto Grande e, após cerca de meia hora, quebrou à direita, tomando a direção do pico do Meio, onde fica a nascente do rio dos Crioulos.

Antes de avançar pelo caminho que circunda a montanha, Pierre Munier, que tinha continuado a fechar a retaguarda, parou, subiu a um ponto mais elevado e deu uma última olhada na bela propriedade que abandonava. Num só apanhado ele via as ricas plantações de cana, mandioca e milho, os magníficos pomares de toranja, jambo e bacuri, as esplêndidas montanhas que delimitavam longe suas terras como gigantesca muralha. Lembrou-se de que três gerações de honestos e estimados trabalhadores como ele tinham se dedicado a fazer daquela área o paraíso da ilha. Com um suspiro, enxugou uma lágrima e depois, desviando o olhar e balançando a cabeça, se apressou para alcançar, com um sorriso nos lábios, a maca em que se encontrava seu menino ferido, por quem abandonava tudo aquilo.

24. A grande floresta

No momento em que a tropa fugitiva chegou à nascente do rio dos Crioulos, o dia nascia e os raios de sol, ao leste, iluminavam o alto granítico do pico do Meio, acordando toda a população silvestre. A cada passo, tenrecos fugiam e corriam para suas tocas. No alto, macacos saltavam de um galho para outro até as pontas mais flexíveis dos vacuás,[106] dos filaos e dos tamarindos. Suspensos e se dependurando pela cauda, cruzavam enorme distância, passando com incrível habilidade à árvore que oferecesse melhor abrigo. Com barulhento bater de asa, o galo-verde alçava seu pesado voo e papagaios-cinza pareciam zombar dele com gritos abusados, enquanto um cardeal cortava os ares, rápido como o relâmpago e brilhante como um rubi. A sempre rejuvenescida, despreocupada e fecunda natureza com serena tranquilidade e calma felicidade parecia testemunhar, adicionando a tudo uma eterna ironia, a agitação e as dores humanas.

Após três ou quatro horas de marcha, a tropa parou na plataforma de uma montanha sem nome que se elevava junto à margem do rio. A fome começava a incomodar, mas felizmente todos haviam caçado um pouco no caminho. Muito apreciados pelos negros, alguns tenrecos tinham sido mortos a paulada, como também macacos e galos-verdes. Para completar, Laïza havia ferido um cervo, que quatro homens do grupo perseguiram e trouxeram uma hora depois. Provisões então não faltavam.

Laïza aproveitou a pausa para trocar o curativo do ferido. No caminho, ele de vez em quando se afastava para colher ervas ou plantas cujas propriedades era o único a conhecer. Toda aquela preciosa colheita foi disposta numa concavidade de rocha como num almofariz e moída com um seixo, que serviu de pilão. Terminada essa operação, o curandeiro embebeu um pano limpo no suco obtido e essa nova compressa substituiu o curativo da véspera. Tratava-se de um duplo ferimento, pois felizmente a bala não se alojara no corpo, tendo entrado um pouco abaixo da última costela esquerda e saído um pouco acima do quadril.

106. Árvore com folhas compridas e bordas espinhosas, apresentando cachos de frutos carnosos, nativa de Madagascar (conhecida também como pinhão-de-madagascar).

Pierre Munier acompanhou toda essa operação com ansiedade. A lesão era grave, mas não mortal. Como nenhum órgão importante tinha sido atingido, a recuperação certamente seria mais rápida do que se fosse tratada por algum médico da cidade. Mas o pobre pai, tendo visto a ferida aberta, passava por todas as aflições do mundo, enquanto Georges, pelo contrário, apesar das dores que o próprio curativo causava, nem franzia as sobrancelhas e evitava também qualquer contração do corpo, já que o pai mantinha a sua mão entre as dele.

Feito o curativo e terminada a refeição, retomou-se a estrada. A grande floresta não estava longe, mas ainda havia muito chão até lá. Com a irregularidade do terreno, o transporte do ferido atrasava o avanço da pequena tropa. Acrescente-se que, desde o início da marcha, tais dificuldades faziam com que pistas fáceis de serem seguidas fossem deixadas.

Andaram por ainda uma hora, seguindo a margem do rio dos Crioulos. Depois quebraram à esquerda para entrar na grande floresta. Até então haviam atravessado apenas matas. À medida que avançavam, começaram a surgir incontáveis tufos de mimosas e gigantescas samambaias que cresciam nos intervalos entre as árvores, tão altos quanto elas. Lianas incrivelmente grossas caíam de maçarandubas como enormes serpentes presas pelo rabo: era o limiar da floresta virgem.

E ela rapidamente se adensou. Os troncos cresceram, agora mais próximos, as samambaias se enredaram umas nas outras, com lianas que pareciam barras de ferro. Passar por esse obstáculo foi se tornando mais complicado, sobretudo para os carregadores da padiola. Vendo a dificuldade, Georges o tempo todo queria descer e prosseguir a pé, mas Laïza o impedia com firmeza e Pierre Munier se juntava a ele, com gesto tão súplice que, não querendo ferir a dedicação de um e o carinho do outro, o enfermo voltava a se deitar para novas tentativas, cada vez mais arriscadas. Com isso, o grupo frequentemente demorava um tempo enorme para transpor curta distância.

Tais dificuldades, entretanto, até os tranquilizavam, pois elas seriam ainda maiores para os inimigos. De fato, de um lado tínhamos negros habituados a obstáculos daquele tipo, enquanto do outro, soldados ingleses acostumados apenas a exercícios em campos militares de treinamento.

Mas os fugitivos chegaram afinal num ponto tão fechado, denso e compacto que todas as tentativas de travessia fracassaram. Era uma muralha em que só a machadadas se abriria passagem. Se fizessem isso, a passagem se manteria aberta, possibilitando a continuidade da fuga, mas também da perseguição.

Buscando resolver o dilema, acompanharam a muralha e encontraram um *ajoupa*.[107] No seu interior, viam-se restos de uma fogueira recentemente

107. Espécie de hangar construído por caçadores. (N. A.)

extinta. Era evidente que escravos fugidos frequentavam aquela área e, como os vestígios deixados eram frescos, não deviam estar longe.

Laïza procurou sinais. É conhecida a habilidade dos selvagens em encontrar, mesmo em vastas extensões, pistas de amigos ou inimigos. Avançando agachado, Laïza identificou pontas de relva esmagadas por algum calcanhar, pedrinhas deslocadas de onde estavam encaixadas, galhos que alguém afastara ao passar... mas chegou a um local em que desapareciam todos os vestígios. De um lado corria um riacho, descendo a montanha para se lançar no rio dos Crioulos, de outro havia um amontoamento de pedras, rochas e mato, formando a muralha acima da qual a floresta parecia ainda mais fechada. Atrás, apenas o caminho já percorrido. Ele atravessou o riacho, nada encontrou e procurou do outro lado a pista que o havia trazido até ali. Os escravos fugidos — pois eram vários — não tinham ido mais além.

Com dificuldade, Laïza escalou a muralha. Do alto, foi obrigado a reconhecer que não teria como sua tropa, em que se incluíam alguns feridos, avançar por ali. Então desceu. Certo de não poderem estar longe os que haviam deixado aqueles rastros, o melhor seria tentar estabelecer contato. Conhecendo as diferentes senhas usadas pelos escravos fugidos, ele as testou e em seguida esperou.

Passado um momento, houve uma vaga agitação na parte mais espessa do matagal que cobria as pedras formando a muralha que descrevemos. Para quem quer que não estivesse habituado aos mistérios daqueles ermos, o balançar de uns poucos galhos pareceria vir apenas de um pequeno sopro de vento. Mas nesse caso ele ocorreria no alto, enquanto ali visivelmente a agitação vinha da base. Laïza manteve o olhar naquele ponto e a dúvida se tornou certeza: entre os ramos do arbusto, dois olhos inquietos perscrutavam tudo em volta, fixando-se em seguida nele. As senhas sonoras foram repetidas e, não demorou muito, um homem se arrastou como uma serpente entre as pedras soltas. Um escravo fugido estava bem à sua frente.

Os dois trocaram apenas algumas palavras e Laïza tomou o caminho feito pouco antes. Reencontrou o grupo dos rebeldes e o guiou até onde os esperava o escravo fugido.

Bastou o deslocamento de algumas pedras e surgiu uma passagem que permitia a travessia da muralha, dando acesso a uma imensa caverna.

No máximo duas pessoas podiam passar de cada vez, o que tornava o novo local facilmente defensável. Depois de todos atravessarem, o desconhecido que dera a indicação do esconderijo pôs de volta as pedras do jeito que estavam antes, sem que nada revelasse como tantos homens tinham desaparecido. Em seguida, agarrando-se ora no mato, ora em saliências das pedras, ele escalou a muralha e se perdeu na floresta. Duzentos homens foram tragados nas entranhas da terra e nem o mais perspicaz batedor saberia dizer por onde tinham passado.

Fosse por um desses acasos naturais que às vezes acontecem sem qualquer interferência da mão humana, fosse, pelo contrário, por um longo e previdente trabalho de escravos fugidos, o alto da montanha na encosta da qual a pequena tropa havia desaparecido era protegido, de um lado, por um paredão granítico perpendicular e, de outro, por aquela gigantesca sebe feita de troncos, lianas e fetos que impedira, até a descoberta da passagem, o avanço dos nossos fugitivos. A única entrada possível era de fato aquela que descrevemos e, como foi dito, ela se disfarçava perfeitamente atrás das pedras que a obstruíam e do mato que ocultava essas pedras. Graças ao cuidado com que isso era mantido em segredo, colonos e tropas inglesas — aqueles armados por conta própria e estas por conta do governo —, caçando homens, tinham cem vezes passado por ali sem notar a abertura que só escravos foragidos conheciam.

Atravessada a muralha vegetal e a caverna, tudo mudava inteiramente de aspecto. Viam-se ainda grandes bosques e altas florestas, que continuavam oferecendo bom abrigo, mas já era possível abrir trilhas. Além disso, nenhuma das primeiras necessidades faltava naquelas vastas solidões. Uma cascata, com nascente no alto da montanha, majestosamente caía de uma altura de mais de vinte metros, desfazendo-se como poeira nas pedras escavadas por sua permanente ação, para depois seguir por tranquilos riachos que desapareciam de repente nas profundezas da terra, só reaparecendo do outro lado da muralha. Abundavam cervos, javalis, gamos, macacos e tenrecos. Nos lugares em que a imensa abóbada de folhagem permitia, raios de sol iluminavam pomares carregados de toranjas e também vacuás, com seus globos palmados e pedúnculos tão frágeis que o fruto maduro caía ao mais leve balançar do vento.

Se os fugitivos conseguissem manter oculta a entrada, poderiam viver ali sem que nada lhes faltasse até a recuperação total de Georges, para só então decidir o que fariam. Os infelizes escravos que ele havia tornado seus companheiros estavam resolvidos a segui-lo até o fim, qualquer que fosse sua decisão.

E por mais frágil que estivesse, Georges mantinha toda lucidez e não deixou de examinar o novo abrigo, percebendo as vantagens que tal posição oferecia em termos de defesa. Uma vez do outro lado da caverna, mandou os carregadores pararem a maca, chamou Laïza e mostrou como, depois de protegerem a estreita passagem, eles deviam cavar uma trincheira do lado de dentro, além de minar a caverna com a pólvora trazida de Moka. O plano foi imediatamente posto em execução, pois era claro que os brancos não viam Georges como um fugitivo qualquer e só se considerariam vitoriosos quando o tivessem de pés e mãos atados, o que até o fazia sentir certo orgulho.

Logo se deu início à operação de defesa, passivamente presidida por Georges, ativamente secundado por Pierre Munier.

Laïza, enquanto isso, deu a volta na montanha que, como dissemos, era protegida por paliçadas naturais ou rochedos escarpados. Num único ponto esses rochedos lhe pareceram vulneráveis, se fossem usadas escadas de cinco ou seis metros. Além disso, a trilha à base dessa muralha natural beirava um precipício, sendo então fácil defendê-la. Mas os homens disponíveis eram poucos e já estavam espalhados por muitos locais, não havendo como enviá-los para fora da "fortaleza".

Ele considerou que esse ponto e a entrada da caverna eram os que deviam ser vigiados com maior atenção.

Como a noite se aproximava, deixou dez homens de vigia nesse posto e voltou ao acampamento para descrever a Georges a incursão em volta da montanha.

Encontrou-o numa espécie de cabana que haviam construído às pressas para ele, com galhos de árvore. A trincheira estava quase pronta e, apesar da escuridão que caía depressa, todos continuavam a trabalhar com afinco.

Vinte e cinco homens foram destacados como sentinelas em torno do acampamento central, com revezamentos que se fariam de duas em duas horas. Pierre Munier tinha seu posto na caverna, e Laïza, depois de trocar o curativo de Georges, foi para o dele.

E todos ficaram na expectativa do que a noite traria.

25. Juiz e carrasco

É verdade: numa guerra de surpresas como a que se travaria entre os rebeldes e os que irredutivelmente os perseguiam, a noite favorecia o ataque e aterrorizava a defesa.

E aquela que tinha início era bela e serena. A lua, em seu último quarto minguante, só despontaria por volta das onze horas.

Para quem estivesse menos preocupado com o perigo que corria ou, principalmente, menos habituado a situações desse tipo, seria um espetáculo majestoso a crescente diminuição da claridade nas vastas solidões e paisagens selvagens que tentamos descrever. A escuridão começava a se impor a partir de baixo, subindo pelos troncos das árvores, pelas superfícies dos rochedos e encostas da montanha como uma maré enchente, trazendo silêncio e afastando pouco a pouco os últimos fulgores do dia, que ainda se refugiavam no alto como chamas de um vulcão que persistissem, para só depois se apagar, mergulhando no mar de trevas.

Entretanto, para olhos habituados à noite, a escuridão não era completa, como para ouvidos habituados à solidão o silêncio não era absoluto. A vida jamais cessa por completo na natureza: aos ruídos do dia que adormece, sucedem os ruídos da noite que desperta. Nesse grande murmúrio resultante do farfalhar das folhas e do soluçar dos riachos passam outros rumores, causados por vozes e passos dos animais da treva. Vozes sombrias, passadas furtivas e inesperadas que inspiram, mesmo aos ânimos mais firmes, uma sensação misteriosa que o raciocínio não pode combater, já que a visão não pode asserenar.

A Laïza, nenhum desses rumores confusos escapava: experiente caçador selvagem, e consequentemente acostumado a solitárias caminhadas noturnas, a noite e a solidão tinham poucos mistérios para seus olhos e nenhum segredo para seus ouvidos. Eram conhecidos os sons que faziam os tenrecos roendo raízes de árvores, os passos do cervo indo à fonte habitual para beber e as batidas de asas dos morcegos nas clareiras. Assim, duas horas se passaram sem que nenhum desses barulhos o tirasse da imobilidade.

Aliás, coisa estranha, era naquela parte da montanha, em que mais ou menos duzentas pessoas extraordinariamente se abrigavam, que o silêncio parecia mais absoluto e a solidão mais completa. Os doze homens que acompanhavam Laïza estavam deitados de bruços no chão e nem ele os percebia muito bem na escuridão, que parecia ainda mais densa graças à sombra das árvores. Alguns possivelmente dormiam, mas a cautela, mesmo no sono, os fazia controlar a respiração, que mal se ouvia. Do próprio Laïza, de pé e encostado num enorme tamarindo — cujos flexíveis galhos se projetavam não só sobre o caminho junto aos rochedos, mas também sobre o precipício que se abria ao lado —, nem o mais aguçado observador distinguiria facilmente o corpo, colado ao tronco da árvore gigantesca com o qual, graças à noite e à cor da sua pele, ele inteiramente se confundia.

Em tais silêncio e imobilidade ele se encontrava há mais ou menos uma hora quando ouviu, no chão coberto de pedras e gravetos, passos de vários homens. Era uma movimentação contida, mas que não parecia tão preocupada em passar despercebida. Ele se virou para lá, achando se tratar de uma patrulha amiga que o procurava e, de fato, seus olhos já habituados ao escuro distinguiram seis ou oito homens que acompanhavam Pierre Munier, reconhecível pela altura e roupas que usava.

Despregando-se da árvore da qual parecia fazer parte, ele se encaminhou até a patrulha.

— E então, os homens enviados em reconhecimento voltaram? — ele perguntou.

— Voltaram. Os ingleses nos seguiram.

— E onde estão?

— Há uma hora acampavam entre o pico do Meio e a nascente do rio dos Crioulos.

— Seguem nossa pista?

— Sim, e amanhã certamente teremos notícias deles.

— Acho que antes disso — disse Laïza.

Por quê?

— Pusemos batedores em campo, eles fizeram o mesmo.

— Acha isso?

— Há homens andando por aí.

— Como sabe? Vozes? Passos?

— Não, mas ouvi passar um cervo que fugia rápido, assustado.

— Acha que temos um deles por perto?

— Tenho certeza... Psiu!

— O quê?

— Ouça...

— Tem razão, ouvi um barulho.

— É o voo de um galo-verde, bem perto.

— De que lado?

— Ali — apontou Laïza para algumas árvores no fundo de um barranco, das quais se via o topo. — Veja, a trinta passos de nós, levantando voo do outro lado do caminho que passa junto ao rochedo.

— E acha que um homem o fez fugir?

— Um ou vários, não sei dizer.

— Mas como sabe ter sido uma criatura humana? Foi o que eu quis perguntar.

— Os animais por instinto reconhecem os outros animais e não se assustam.

— E?

— Estão se aproximando… Ah! Não ouviu? — Laïza abaixou bastante a voz.

— O quê? — perguntou o velho, com o mesmo cuidado.

— Um passo acaba de fazer um graveto estalar. Vamos ficar em silêncio, podem nos ouvir. Fique atrás desse tamarindo, eu voltarei para o meu posto.

Laïza retomou seu lugar e Pierre Munier foi para trás do tronco, enquanto os que o acompanhavam se escondiam à sombra das árvores, de pé, mudos e imóveis como estátuas.

Fez-se um grande silêncio, durante o qual movimentação nenhuma perturbou o sossego da noite. Mas assim que alguns segundos se passaram, ouviu-se uma pedra que, despregada do chão, rolou pela encosta íngreme do abismo. Laïza sentiu bem no seu ouvido a respiração de Pierre Munier, que muito provavelmente ia dizer alguma coisa, mas levou um puxão no braço. Entendendo que devia se calar, ele se calou.

Ainda mais ruidoso, o galo-verde alçou novo voo e, cacarejando, passou acima do tamarindo, dirigindo-se para o alto da montanha.

Quem o assustara estava a no máximo vinte passos e, sem dúvida, procurava marcas e pegadas. Laïza e Pierre Munier mantinham a respiração suspensa; os outros negros pareciam feitos de mármore.

Nesse momento, um luar prateado começou a clarear os altos da cadeia de montanhas que, pelos espaços abertos da floresta, se desenhavam no horizonte. A lua logo surgiu atrás do morro dos Crioulos, talhada em minguante, em seu avanço pelo céu.

Ao contrário da penumbra, que progredira de baixo para cima, a claridade se insinuava no sentido contrário, mas chegando apenas aos locais descobertos, deixando o restante da floresta em completa escuridão, exceto nuns poucos trechos, iluminados através de espaços na folhagem.

Percebeu-se porém um ligeiro movimento num arbusto à beira do caminho que passava pelo alto do barranco, o qual depois abruptamente descia até a beira do precipício. O matagal naquele ponto pouco a pouco se abriu, dando passagem à cabeça de um homem.

Apesar da escuridão, menos densa ali por não haver em volta árvores que o encobrissem, Pierre Munier e Laïza ao mesmo tempo notaram a movimentação no tal arbusto, pois ambos trocaram mudos e simultâneos sinais.

O espião permaneceu imóvel por um momento, depois esticou uma vez mais o pescoço, observou atento tudo em volta, avançou ainda e, assegurado pelo silêncio, achando estar sozinho se pôs de joelhos, ouviu mais um pouco e, sem nada ver e nada ouvir, se endireitou de pé.

Laïza apertou mais forte a mão de Pierre Munier, pedindo cuidado, pois já não tinha a menor dúvida: aquele homem os procurava.

De fato, chegando à beira do caminho, o estranho outra vez se agachou para examinar o chão, procurando os vestígios que a passagem de tantos indivíduos inevitavelmente teria deixado. Passou a mão espalmada pela grama para sentir se não estava amassada, tocou com a ponta dos dedos algumas pedras, querendo averiguar se não tinham se deslocado de onde estavam incrustadas e depois, como se também o ar pudesse ter guardado traços dos fugitivos, ergueu a cabeça. Seus olhos se fixaram no tamarindo à sombra do qual Laïza se escondia.

Um raio de lua passou entre dois cimos de árvores e iluminou, nesse momento, o rosto do espião.

Rápido como o relâmpago, Laïza soltou a mão direita de Pierre Munier e, com um pulo, agarrou pela ponta um dos galhos mais flexíveis da árvore que o abrigava. Mantendo-o numa das mãos, com a agilidade de uma águia que ataca ele voou até a base do rochedo e agarrou o espião pela cintura. Com um salto, deu novo impulso ao galho, que, retomando sua posição original, o levou de volta, como a águia que tivesse apreendido sua presa. Em seguida, deixando que a mão escorregasse pela casca lisa e polida do galho, ele desceu à base da árvore, onde estavam os companheiros. Abraçava ainda o prisioneiro, que em vão tentava feri-lo com uma faca, como em vão a serpente tenta picar a rainha dos ares quando, das profundezas de um pântano, ela a carrega para o seu ninho perto do céu.

Bastou um simples olhar para que todos, apesar da escuridão reinante, reconhecessem o intruso: Antônio Malaio. Tudo tinha se passado tão rápido e inesperadamente que Antônio sequer havia gritado.

Laïza tinha enfim em seu poder o inimigo mortal. Poderia punir tanto o traidor quanto o assassino.

Ele o mantinha sob a pressão do joelho e olhava o miserável com o terrível sarcasmo do vitorioso diante de um perdedor que compreende não haver mais esperança para ele. Ao longe, porém, ouviu-se o ladrar de um cachorro.

Sem aliviar a força com que apertava a garganta e torturava o punho da sua presa, Laïza ergueu a cabeça e prestou atenção no latido, procurando localizá-lo.

Percebeu que Antônio também ouvira e isso o tinha animado.

— Uma coisa de cada vez — murmurou Laïza, como se falasse consigo mesmo.

Depois, dirigindo-se aos que o acompanhavam, comandou:

— Amarrem-no bem, preciso falar com o sr. Munier.

Antônio foi pego pelos pés e pelas mãos, sendo em seguida preso com lianas no tronco de um bacuri. Depois de averiguar que o prisioneiro não tinha como fugir, Laïza se afastou um pouco com Pierre e perguntou, apontando para a direção de onde tinha vindo o latido:

— O senhor ouviu?

— O quê?

— Um latido de cachorro.

— Não.

— Preste atenção, está se aproximando.

— Tem razão; agora ouvi.

— Estamos sendo caçados como se caçam cervos.

— Acha que estão atrás de nós?

— E de quem mais estariam?

— Talvez seja um cachorro que fugiu e caça por conta própria.

— Talvez — murmurou Laïza. — Vamos ouvir.

Após um momento de silêncio, ouviu-se de novo o latido na floresta, ainda mais perto.

— Somos nós a caça — afirmou Laïza.

— Como sabe?

— Não é um cão atrás de caça, é um cão procurando seu dono. Os miseráveis conseguiram algum cão na propriedade e se servem dele como guia. Se o seu dono estiver conosco, seremos descobertos.

— É o meu cão de guarda, Fiel — preocupou-se Pierre Munier.

— Eu o tinha reconhecido. É o mesmo latido que ouvimos ontem à noite, quando levamos seu filho para Moka.

— Esqueci de trazê-lo, tem razão. Mas Fiel estaria vindo bem mais rápido.

— Está preso à coleira para que possam acompanhá-lo. Talvez um regimento inteiro. Pobre animal, não é culpa dele se não pode correr mais rápido. Mas não se preocupe, ele vai chegar — sorriu amargamente o negro de Anjuã.

— Mas então, o que fazer? — perguntou Munier.

— Se o senhor tiver algum navio conhecido em Porto Grande, como estamos a apenas oito ou dez léguas, talvez conseguíssemos chegar lá, mas não há nenhuma possibilidade assim, não é?

— Nenhuma.

— Teremos então que nos defender.

E em seguida acrescentou, com voz sombria:

— E, se possível, morrer lutando.

— Então vamos — disse Pierre Munier, que voltava a ter toda a coragem diante do combate. — Vamos, Fiel vai levá-los até a entrada da caverna. Podem chegar, mas isso não quer dizer que entrarão fácil.

— Tem razão — concordou Laïza. — Siga o senhor para a trincheira.

— Não vem comigo?

— Preciso estar aqui por mais uns minutos.

— Mas virá?

— Quando o primeiro tiro for dado, olhe em volta que estarei lá.

O velho estendeu a mão a Laïza, pois o perigo havia afastado toda distância. Em seguida, pendurou no ombro a espingarda e, à frente da sua escolta, tomou rapidamente a direção da caverna.

Laïza esperou que eles se perdessem no escuro e depois, dirigindo-se a Antônio, que por ordens suas continuava amarrado na árvore, disse:

— Então tratemos agora do nosso caso, Malaio!

— Mas o que está dizendo? — assustou-se o preso. — O que pode querer Laïza do seu amigo, do seu irmão?

— Para começar, que se lembre daquela noite do Yamsé, à beira do rio das Latânias, e do que resolvemos ali.

— Muitas coisas foram resolvidas, e meu irmão Laïza foi bem eloquente, pois foi sua opinião que prevaleceu.

— E de todas aquelas coisas, Antônio se lembra do que previamente se decidiu com relação aos traidores?

Antônio tremeu da cabeça aos pés e, apesar do tom acobreado da sua pele, com um pouco mais de claridade se veria o quanto havia empalidecido.

— Meu irmão perdeu a memória? — retomou Laïza, com terrível ironia na voz. — Posso refrescá-la. Em comum acordo resolvemos que, caso houvesse um traidor entre nós, poderíamos matá-lo, de forma rápida ou lenta, suave ou cruel. Foram essas as palavras do compromisso, meu irmão está lembrado?

— Estou — respondeu Antônio, de maneira quase inaudível.

— Então responda as perguntas que farei — disse Laïza.

— Não tem esse direito, não é meu juiz — exclamou Antônio.

— Se é assim, não as farei a você.

Virando-se para os que estavam em volta, deitados no chão, ele continuou:

— Levantem-se e respondam.

Dez ou doze vultos negros se ergueram e silenciosamente formaram um semicírculo diante da árvore em que estava amarrado o malaio.

— São escravos — exclamou Antônio —, não podem fazer isso. Não sou negro nem escravo. Só um tribunal pode julgar se cometi um crime, não vocês.

— Basta! — interrompeu Laïza. — Vamos julgá-lo; depois disso faça a apelação que bem entender.

Antônio se calou. No silêncio que se fez, pôde-se ouvir o cachorro, que se aproximava.

— Já que o réu não quer responder — disse Laïza aos companheiros que cercavam Antônio —, cabe a vocês responderem por ele... Quem, por não ter sido nomeado chefe, denunciou ao governador a conspiração?

— Antônio Malaio — responderam todos ao mesmo tempo, com voz abafada.

— Não é verdade! — gritou o acusado. — Não é verdade, protesto! Juro!

— Silêncio — ordenou Laïza, no mesmo tom imperativo.

E prosseguiu:

— Quem, depois de denunciar a conspiração ao governador, feriu nosso chefe com um tiro de espingarda, na Pequena Montanha?

— Antônio Malaio — responderam todos.

— Quem me viu? — protestou o malaio. — Quem pode dizer que fui eu? Quem, na escuridão da noite, poderia me reconhecer?

— Silêncio! — repetiu Laïza.

Depois, retomando em tom calmo o interrogatório:

— Para terminar: quem, depois de denunciar ao governador a conspiração e depois de tentar assassinar nosso chefe, quem veio ainda rastejar como uma serpente em torno do nosso esconderijo, querendo descobrir uma passagem pela qual os soldados ingleses possam entrar?

— Antônio Malaio — repetiram todos mais uma vez, com a mesma convicção.

— Vim para me juntar a meus irmãos — gritou o prisioneiro. — Vim querendo participar do mesmo destino, juro!

— Acreditam nisso? — perguntou Laïza.

— Não, não! — responderam todos.

— Meus bons amigos, meus queridos amigos. Ouçam, por favor! — implorou Antônio.

— Silêncio! — ordenou mais uma vez Laïza, para continuar, no mesmo tom solene que vinha procurando manter, a honradez da sua missão:

— Antônio não traiu uma vez, e sim três vezes. Mereceria três mortes, se fosse possível morrer três vezes. Prepare-se então, Antônio, para comparecer diante do Grande Espírito, pois vai morrer!

— É assassinato! — exclamou o condenado. — Não podem assassinar um homem livre. Os ingleses, aliás, não devem estar longe. Vou chamar, vou gritar. Socorro! Socorro! Estão me degolando! Estão...

Laïza o agarrou pelo pescoço e com dedos de ferro abafou os gritos. Depois, virando-se para os companheiros, ordenou:

— Preparem a corda.

Ouvindo isso, e facilmente adivinhando o que o esperava, Antônio fez um esforço tão violento que soltou alguns nós da amarra, sem conseguir porém se livrar do mais terrível de todos, que era o punho de Laïza. Passados alguns segundos, entretanto, pelas convulsões que começaram a sacudir o corpo inteiro do malaio, Laïza compreendeu que se continuasse a apertar daquele jeito, a corda logo seria desnecessária. Então soltou a garganta do prisioneiro, que deixou o queixo ir ao peito, procurando respirar.

— Eu disse que lhe daria tempo para se apresentar ao Grande Espírito — disse Laïza. — Tem dez minutos, prepare-se.

Antônio quis dizer alguma coisa, mas a voz não saiu.

Os latidos se aproximavam cada vez mais.

— Onde está a corda? — perguntou Laïza.

— Aqui — respondeu alguém.

— Obrigado.

Terminada a função do juiz, começaria a do carrasco.

Laïza puxou um dos mais fortes galhos do tamarindo e nele amarrou firme uma das pontas da corda. Na outra, fez um nó de forca, que foi passado pelo pescoço do preso. Mandou que dois homens retivessem o galho e, depois de confirmar que o condenado, apesar do rompimento de duas ou três das lianas que o prendiam, permanecia imobilizado, repetiu que ele se preparasse para a morte.

Antônio havia recuperado a voz, mas em vez de se servir disso para implorar a misericórdia de Deus, fez um último apelo à piedade dos homens:

— Meus irmãos têm razão, é verdade — ele mudou de tática, quem sabe admitir seria melhor do que negar. — Sei que sou culpado, têm todo o direito de me tratar como estão tratando. Mas podem perdoar o antigo companheiro, não podem? Esse mesmo que os fazia rir nas reuniões à noite, esse pobre Antônio que contava boas histórias e cantava canções tão alegres. O que será de vocês sem o malaio? Quem trará diversão e distração? Quem os fará esquecer o cansaço do dia de trabalho? Piedade, amigos! Piedade pelo pobre Antônio! Imploro a vocês a vida, meus amigos, de joelhos.

— Pense no Grande Espírito, tem só mais cinco minutos, Antônio — interrompeu-o Laïza.

— Em vez de cinco minutos, meu bom Laïza — retomou, suplicante, o condenado —, me dê cinco anos. Serei seu escravo por cinco anos. Estarei o tempo todo a seu lado, às suas ordens, sempre pronto ao que ordenar, e quando eu falhar ou cometer algum erro, poderá me punir. Sem reclamar suportarei o chicote, a chibata ou a corda. Direi sempre que é o melhor dos amos, pois me concedeu a vida. A vida, Laïza, por favor, a vida!

— Ouça, Antônio, está ouvindo os latidos desse cachorro?

— Estou. E acha que sou eu o responsável? Não, não sou! Está enganado, juro.

— Um branco não teria pensado em usar um cão para perseguir seu dono, Antônio. Foi ideia sua.

O malaio deu um profundo suspiro e depois, passado um momento, como se esperasse dobrar o inimigo pela humildade, continuou:

— Está certo, fui eu. O Grande Espírito tinha me abandonado, o orgulho e a vingança me enlouqueceram. É preciso ter pena de um louco, Laïza. Em nome do seu irmão Nazim, me perdoe.

— E quem denunciou Nazim quando ele quis fugir? Não devia ter lembrado esse nome, Antônio. De qualquer forma, seus cinco minutos passaram, você vai morrer.

— Ah, não, não! Não quero morrer. Piedade, Laïza! Piedade, meus amigos, piedade!

Sem ouvir as súplicas, as queixas e os pedidos do condenado, Laïza sacou a faca e, com um golpe só, cortou os laços que prendiam Antônio. Ao mesmo tempo deu ordem e os dois homens soltaram o galho, que se retesou, levando com ele o infeliz malaio.

Um grito terrível, um grito supremo, um grito no qual pareciam ter se reunido todas as forças do desespero ecoou para se perder lúgubre, solitário e desolado nas profundezas da floresta. Estava tudo terminado e o corpo de Antônio era apenas um cadáver balançando na ponta de uma corda, sobre o precipício.

Laïza ficou ainda por um instante imóvel, olhando a vibração da corda até que ela pouco a pouco se acalmasse, traçando contra o azul do céu uma linha perpendicular e imóvel. Só depois voltou a ouvir os latidos do cachorro, a não mais de quinhentos metros da entrada da caverna. Pegando a espingarda que fora abandonada no chão, disse aos companheiros:

— Pronto, amigos, estamos vingados; já podemos morrer.

Indo à frente com passadas largas, ele os dirigiu às trincheiras.

26. Caçada aos negros

Laïza não se enganara. Seguindo a pista do dono, Fiel tinha levado os soldados diretamente à abertura da caverna, onde se enfiou entre as moitas, a arranhar e morder as pedras. Os ingleses compreenderam que tinham chegado ao fim da perseguição.

Com enxadas começaram a trabalhar, e em pouco tempo abriram uma brecha suficiente para a passagem de um homem.

Um soldado se enfiou por ela para olhar do outro lado. Ouviu-se um tiro e ele caiu, com o peito atravessado por uma bala. Um colega o substituiu e teve o mesmo fim, assim como o terceiro.

Era visível que, tomando a iniciativa do ataque, os rebeldes se dispunham à luta, qualquer que fosse o custo.

Os invasores tomaram suas precauções: protegendo-se como podiam, aumentaram a brecha para que vários homens pudessem entrar ao mesmo tempo. Ao rufar dos tambores e de baioneta em riste, os granadeiros se apresentaram.

Mas a vantagem dos sitiados era tamanha que em pouco tempo a brecha se entulhou de mortos e os cadáveres precisaram ser retirados para um novo assalto.

Na tentativa seguinte os ingleses chegaram até o meio da caverna, mas deixando um número ainda maior de mortos. Abrigados na trincheira que Georges mandara abrir, e dirigidos por Laïza e Pierre Munier, os rebeldes os rechaçaram sem desperdiçar balas.

Enquanto isso, Georges praguejava contra a inatividade a que o ferimento o obrigava, na cabana e sem poder se levantar da maca. O cheiro de pólvora e o pipocar dos tiros, com as sucessivas cargas dos ingleses, gerava nele essa febre ardente do combate, que pode levar o homem a apostar a própria vida num capricho da sorte. Mas sua situação parecia ainda pior, pois o que estava em jogo não era uma causa qualquer, a vontade de um rei ou a honra de uma nação; não, era sua causa própria que aqueles homens negros defendiam enquanto ele, com todo o seu destemor e espírito arrojado, nada podia: nem ação e nem mesmo conselhos. Ele mordia o leito em que devia repousar, chorando de raiva.

Naquele segundo ataque, quando os ingleses chegaram até a metade da caverna e puderam atirar contra as trincheiras, duas ou três balas tinham atravessado assobiando a folhagem da cabana de Georges, que ficava logo depois. Isso teria assustado qualquer um, mas consolou o enfermo e o tranquilizou, vendo que também corria perigo. Ele não podia matar, é verdade, mas pelo menos podia morrer.

Os ingleses suspenderam o ataque, mas era evidente que preparavam novo assalto e estavam longe de abandonar o combate. Pelo barulho surdo que faziam, eles claramente trabalhavam do lado de fora com as enxadas. Confirmando isso, passado certo tempo uma parte das paredes externas da caverna desabou e a abertura de acesso ficou duas vezes maior. O tambor voltou a bater e, à luz da lua, pela terceira vez as baionetas brilharam à entrada do antro rebelde.

Pierre Munier e Laïza trocaram um olhar. O combate mudava de figura.

— O que podemos fazer? — perguntou Laïza.

— A caverna foi minada — respondeu o velho.

— Nesse caso, temos ainda alguma chance. Mas no momento decisivo, faça o que vou dizer ou estaremos perdidos, pois não será possível fugir carregando um ferido.

— Morrerei perto dele — garantiu o velho.

— É melhor que se salvem os dois.

— Juntos?

— Juntos ou separados, isso não importa!

— Não me afastarei do meu filho, Laïza; vou logo avisando.

— Se for a única maneira de salvá-lo, será preciso.

— O que quer dizer?

— Mais tarde explicarei.

Depois, virando-se para seus homens:

— Vamos, rapazes! Chegamos ao momento mais importante. Atirem nos de uniforme vermelho e não desperdicem munição. Daqui a uma hora a pólvora e as balas serão raras.

Nesse mesmo instante, explodiu a fuzilaria. Os negros, em geral, são excelentes atiradores e seguiram ao pé da letra a recomendação de Laïza. As fileiras inglesas começaram a apresentar vazios, mas a cada descarga elas se reagrupavam, com admirável disciplina. Retardada pela dificuldade da passagem, a coluna continuou a avançar pelo subterrâneo. Os ingleses, aliás, não disparavam tiros; pareciam decididos a conquistar as trincheiras à baioneta.

A situação, crítica para todos, a Georges parecia duplamente grave, tendo em vista seu estado. Ele se erguera um pouco nos cotovelos, depois nos joelhos, até conseguir ficar de pé, mas sua fraqueza era tanta que foi preciso se agarrar nos galhos em volta. Era admirável a coragem daqueles que o acompanhavam no seu destino, mas também não se podia deixar de admirar a fria e impassível coragem dos ingleses, que continuavam em frente como num desfile, mesmo que a cada passo fossem obrigados a cerrar fileiras. Era claro que não recuariam, e em cinco minutos, apesar de todo o fogo contrário, chegariam às trincheiras. Formou-se então na sua mente, com um sentimento de remorso, a ideia de que todos aqueles homens estavam morrendo por causa dele, condenado a permanecer mero espectador do combate. Resolveu então dar um passo à frente e se entregar, pondo-se entre os combatentes e dando fim à carnificina, pois provavelmente era apenas a ele que queriam. No entanto, sentiu que não conseguiria percorrer nem a terça parte da distância que o separava dos ingleses. Poderia então gritar aos sitiados que suspendessem o fogo, e aos sitiantes que não seguissem em frente, pois ele se rendia. Sua enfraquecida voz, entretanto, se perdeu no tumulto da fuzilaria. Nesse momento, aliás, ele viu seu pai se levantar bem acima da trincheira e em seguida, segurando um galho de pinheiro em chamas, dar alguns passos na direção dos ingleses. No meio da fumaceira provocada pelo tiroteio, Pierre Munier aproximou do chão aquela estranha tocha e imediatamente uma fina linha de fogo correu pela terra, até mergulhar no seu interior. No mesmo instante tudo tremeu, ouviu-se uma explosão terrível, uma cratera ardente se abriu sob os ingleses, a abóbada da caverna fendeu e desmoronou. Os rochedos desabaram por cima e, sob os gritos dos soldados ainda do outro lado da abertura, a passagem subterrânea desapareceu num imenso caos.

— Agora não podemos perder nem um minuto — disse Laïza.

— Ordene; o que devemos fazer?

— Corra o mais rápido possível para Porto Grande e tente conseguir asilo em algum navio francês. Encarrego-me de Georges.

— Eu disse que não deixaria meu filho.

— E eu avisei que será obrigado a isso, se não quiser perdê-lo.

Como assim?

— Eles têm o seu cachorro e o seguirão aonde for: nas profundezas da floresta ou das cavernas. No estado em que Georges se encontra, seremos logo alcançados. Se, pelo contrário, fugir em outra direção, é a você que perseguirão, à sua pista. Não é impossível que o alcancem. Enquanto isso, com quatro homens confiáveis e me aproveitando do escuro, levarei Georges por outro caminho, pelo morro do Bambu. Se tudo der certo, acenda uma fogueira na ilha dos Pássaros. Desceremos o rio Grande numa jangada e você virá com uma chalupa nos pegar na foz.

De olhos parados e respiração suspensa, Pierre Munier escutava todo esse plano apertando as mãos de Laïza nas suas. Ao ouvir aquelas últimas palavras, ele o abraçou e disse:

— Entendi, Laïza. Sim, é o único meio: toda a matilha inglesa atrás de mim e você salva Georges.

— Salvo ou morro com ele, é tudo que posso prometer.

— E sei que cumpre suas promessas. Deixe que eu abrace mais uma vez meu filho e vou.

— Não, é melhor não. Se o vir, não vai mais deixá-lo. E se ele souber o quanto estará se arriscando, não vai permitir. Parta já. E vocês, acompanhem-no. Apenas quatro homens comigo, os mais fortes, os mais vigorosos, os mais dedicados.

Uma dúzia de voluntários se apresentou.

Laïza escolheu quatro e, como Pierre Munier ainda hesitava, ele lembrou:

— Os ingleses! Em muito pouco tempo estarão aqui.

— Então, até a foz do rio Grande? — disse Pierre Munier.

— Sim, se não tivermos sido mortos nem presos.

— Adeus, Georges, adeus! — ele ainda gritou e, à frente dos rebeldes restantes, tomou a direção da montanha dos Crioulos.

— Meu pai, aonde está indo? O que está fazendo? — assustou-se o enfermo. — Não vai morrer com o seu filho? Pai, espere, estou indo.

Mas Pierre Munier já estava longe e aquelas últimas palavras tinham sido ditas com voz tão fraca que o velho não as teria ouvido.

Laïza correu até o ferido e o encontrou apoiado nos joelhos.

— Meu pai! — ele murmurou ainda, e caiu sem sentidos.

Laïza não perdeu tempo; o desmaio vinha em boa hora. Bem desperto e lúcido, Georges não aceitaria mais salvar a própria vida e veria como vergonhosa aquela fuga. Mas seu estado o deixava à mercê de Laïza, que o estendeu na maca, ainda desacordado. Cada um dos homens escolhidos pegou uma ponta das varas de suporte e, com ele mostrando o caminho, todos tomaram a direção de Três Ilhotas, de onde, seguindo o curso do rio Grande, poderiam chegar ao morro do Bambu.

Mal tinham avançado um quarto de milha, ouviram os latidos.

Laïza fez sinal para que os carregadores parassem. Georges continuava desacordado, ou tão fraco que não parecia consciente do que se passava em volta.

Estava acontecendo o previsto: os ingleses haviam transposto a muralha e se serviam do cachorro para, mais uma vez, seguir os fugitivos.

Houve um momento de ansiedade. Por alguns minutos, os latidos pareceram vir do mesmo ponto. Estavam no local do combate. Depois, duas ou três vezes ficaram mais próximos: o cão ia das trincheiras à cabana em que Georges e o pai tinham estado. Em seguida os latidos se afastaram, indo para o sul. Era a direção tomada por Pierre Munier. O plano de Laïza estava dando certo; os perseguidores se enganavam de pista e seguiam o pai, deixando de lado o filho.

A situação da qual escapavam teria se tornado ainda mais grave, pois durante aquela curta parada os primeiros fulgores do dia surgiram, afastando o misterioso negror da floresta. É claro, a dificuldade seria menor se Georges estivesse são e salvo, ágil e forte como sempre, pois em termos de astúcia, coragem e habilidade tudo se equilibraria entre os dois lados adversários, mas o ferimento tornava a disputa desigual e Laïza reconhecia o quanto era crítica sua posição.

O que mais o preocupava era a muito provável possibilidade de os ingleses estarem sendo ajudados por escravos acostumados à caça de negros fugidos, com a promessa de benefícios, como a liberdade, caso conseguissem alcançar Georges. Ele com isso perderia boa parte da vantagem que tinha enquanto filho da natureza, pois seriam seus semelhantes, para os quais não havia segredos na solidão nem mistérios na noite.

Não se podia então perder um minuto e, uma vez desfeitas as dúvidas quanto ao rumo tomado pelos perseguidores, ele retomou a caminhada, indo para leste.

A floresta apresentava um aspecto estranho e os próprios animais pareciam igualmente preocupados. Com os estampidos que haviam perturbado a noite, os pássaros ficaram acordados nas árvores, os javalis nas suas tocas, os gamos na mata; todos os seres animados continuavam atentos, assinalando perigo, numa espécie de vertigem. Os homens avançaram por duas horas.

Depois, foi preciso descansar. Os carregadores tinham participado a noite inteira do combate e estavam em jejum desde as quatro horas do dia anterior. Laïza parou sob os escombros de um *ajoupa* que visivelmente havia abrigado ainda naquela noite escravos fugidos, pois revirando as cinzas de uma fogueira, que parecia ter servido por vários dias, descobriu brasas ainda vivas.

Três dos carregadores saíram à caça de tenrecos. O quarto se encarregou de reanimar o fogo e Laïza foi procurar ervas para o curativo do ferido.

Por mais forte fisicamente, por mais exercitado mentalmente que fosse Georges, sua alma fora vencida pela matéria. Ele estava com febre, delirava, não tinha ideia do que se passava em torno e não podia ajudar, com conselhos ou qualquer ação, quem tentava ajudá-lo.

Mas o novo curativo pareceu trazer algum alívio. Laïza, por sua vez, não parecia depender das necessidades físicas que a natureza impõe. Há sessenta horas não dormia e nem por isso demonstrava precisar de sono, como há vinte horas não comia e não parecia ter fome.

Os carregadores voltaram aos poucos, trazendo seis ou oito tenrecos, que foram preparados para serem assados na imensa fogueira preparada pelo quarto companheiro. A fumaça produzida preocupava Laïza, mas ele achou que já estavam a duas ou três léguas pelo menos do local do combate. Além disso, não tinham deixado traços e, mesmo que a fumaça fosse vista pelo inimigo, a distância já era grande e eles estariam longe quando chegassem.

Preparada a refeição, Laïza foi chamado e só então deixou Georges. Aproximando-se do grupo, notou que um dos homens tinha na coxa um ferimento ainda aberto. Toda a sua tranquilidade se foi: poderiam ter seguido os seus rastros como caçadores seguem um gamo ferido. Mesmo sem imaginar a importância da captura, qualquer prisioneiro era importante pelas informações que poderia fornecer, e os ingleses fariam de tudo por elas.

Isso mal se formulara na sua cabeça e ele abria a boca para prevenir e apressar os quatro companheiros agachados ao redor do fogo quando um clarão se acendeu e inúmeros disparos partiram de árvores que ele algumas vezes já perscrutara com olhos inquietos, pois formavam um pequeno bosque ainda mais fechado que o restante da floresta. Cinco ou seis balas passaram raspando por ele. Um dos carregadores caiu em cima da fogueira e os três outros se levantaram às pressas, tombando um a cinco ou seis passos de onde estava e o outro a dez. Apenas o quarto escapou ileso e desapareceu no mato.

Ao ver a fumaça e ouvir os estampidos, Laïza deu um pulo até a maca, pegou Georges no colo como se fosse uma criança e, por sua vez, se embrenhou também na floresta, sem que o peso que carregava parecesse atrapalhá-lo.

Oito ou dez soldados ingleses, escoltados por cinco ou seis negros, rapidamente saíram das árvores em que se escondiam e foram atrás dos fugitivos, tendo reconhecido Georges, que sabiam estar ferido. Como Laïza havia pressentido, os inimigos haviam seguido o rastro do sangue, emboscaram-se a meia distância de um tiro de espingarda do *ajoupa* e puderam tudo preparar. Com isso, três dos quatro carregadores tinham sido mortos ou deixados fora de combate.

Começou em seguida uma corrida desesperada, pois quaisquer que fossem a força e a agilidade de Laïza, era evidente que se não despistasse seus caçadores logo seria alcançado. A fuga o pôs diante de duas alternativas quase identicamente fatais: por um lado, a mata fechada podia ficar tão densa que o impossibilitaria de seguir adiante; por outro, se buscasse áreas mais abertas estaria exposto aos tiros inimigos. Ele preferiu a segunda.

Nos primeiros minutos, graças ao vigor da sua corrida, ele se viu quase fora de alcance. Se lidasse com ingleses apenas, provavelmente teria escapado. Mas ali estavam também os batedores negros a perseguir a caça humana — mesmo que de má vontade, forçados pelas baionetas e com o medo no lugar do entusiasmo.

Quando se percebia Laïza nos intervalos entre as árvores, alguns tiros arrancavam lascas dos troncos ou riscavam a terra em volta, mas bala nenhuma o atingia, como se um encantamento o protegesse. A fuga continuava mais rápida ainda, impulsionada pelo perigo.

Ele assim chegou às bordas de uma clareira, um terreno em ligeiro aclive e quase totalmente descoberto, tendo no alto um novo tufo de árvores. Se o alcançasse, pelo menos seria possível se esconder atrás de algum rochedo, descer algum barranco e escapar por um tempo do campo de visão dos perseguidores. Contudo, estaria a descoberto e exposto aos tiros até chegar.

Não havia muito em que pensar. Correr para a direita ou correr para a esquerda significava perder terreno. A sorte até então o vinha ajudando, quem sabe ainda o protegeria.

Laïza decidiu atravessar a clareira. Vendo a chance que teriam para atirar mais livremente, os soldados redobraram a velocidade e chegaram ao descampado com o alvo a mais ou menos cento e cinquenta passos.

Como se seguissem uma ordem de comando eles pararam, ajustaram a mira e fizeram fogo. Aparentemente erraram, pois Laïza continuou a correr. Havia tempo para recarregar as armas, e rapidamente novos cartuxos foram enfiados no cano dos fuzis antes que o alvo desaparecesse.

Com isso, Laïza ganhou bastante terreno. Se escapasse da segunda descarga como havia escapado da primeira, ou seja, se chegasse são e salvo ao bosque, todas as chances estariam do seu lado. Apenas vinte e cinco passos o separavam das árvores e ele havia avançado cento e cinquenta naquela curta pausa dos adversários. Um desnível do terreno o manteve fora da linha de tiro, mas sem que se prolongasse, infelizmente, nem para a direita nem para a esquerda. Ele seguiu, tentando despistar os atiradores, mas chegando ao fim daquela fossa cuja borda o protegia, foi forçado a subir e, com isso, reaparecer. Dez ou doze tiros foram disparados ao mesmo tempo e aos caçadores de homens pareceu que a presa vacilava. De fato, uns passos depois Laïza parou, oscilou um pouco, se apoiou num dos joelhos, depois nos dois, e depôs Georges, ainda sem sentidos, no chão. Em seguida ficou de pé, desafiadoramente sacudiu as duas mãos num último gesto a amaldiçoar os ingleses, puxou da cinta uma faca e a enterrou até o cabo no peito.

Como caçadores quando a caça se rende, os soldados acorreram festejando. Por alguns segundos Laïza se manteve de pé e depois, subitamente, caiu como uma árvore desenraizada: a lâmina havia atravessado o coração.

Chegando aos dois fugitivos, os soldados encontraram Laïza morto e Georges agonizante. Num derradeiro esforço, para não cair vivo nas mãos dos inimigos, ele havia arrancado o curativo e o sangue jorrava livre do ferimento.

Já em Laïza, além da facada no coração que ele se infligira, a coxa e o peito tinham sido varados por balas.

27. O ensaio

Tudo que se passou nos dois ou três dias seguintes à catástrofe que acabamos de narrar deixou marcas bastante vagas na lembrança de Georges. Seu entendimento, atrapalhado pelo delírio, tinha apenas tênues percepções, insuficientes para o cálculo do tempo e o encadeamento dos acontecimentos. Mas certa manhã, como se acordasse de um sono agitado, ele compreendeu que se encontrava numa cela de prisão.

O médico da guarnição militar de Porto Luís estava ao seu lado.

No entanto, da mesma forma como entrevemos, atrás da bruma, lagos, montanhas e florestas, reunindo lembranças o paciente conseguiu coordenar boa quantidade de fatos ocorridos. Tudo soava bem claro até o momento em que fora baleado. Chegar em Moka e de lá sair com o pai foram fatos que também não haviam de todo escapado da sua memória, mas toda a aventura na grande floresta parecia vaga e indistinta como num sonho.

Incontestável, concreto e fatal é que estava nas mãos do inimigo.

Georges era orgulhoso demais para fazer perguntas ou pedir qualquer favor. Nada soube então do que havia acontecido, mas, no fundo, apenas duas terríveis preocupações o incomodavam:

Seu pai estava a salvo?

Sara ainda o amava?

Eram esses os dois pensamentos sempre presentes. Quando um se afastava, apenas cedia lugar ao outro. Eram como marés incessantes que subiam e inundavam seu coração, num eterno fluir e refluir.

Mas de toda essa tempestade interior nada transparecia. O rosto se mantinha pálido, frio e calmo como o de uma estátua de mármore. E isso não só para quem o via na prisão, mas também para ele próprio.

Ao constatar que o convalescente estava forte o bastante para um interrogatório, o médico preveniu as autoridades e, no dia seguinte, o encarregado do processo se apresentou com um escrivão. O preso não podia ainda deixar o leito, mas recebeu os dois magistrados com exemplar paciência. Apoiando-se nos cotovelos, declarou estar pronto para responder todas as perguntas que lhe fizessem.

Nossos leitores já conhecem Georges o suficiente para saber que em momento algum passou por sua cabeça negar qualquer das acusações que lhe faziam. Ele não só respondeu com toda a sinceridade às perguntas como também prometeu, não naquele dia, pois se sentia fraco demais, mas no seguinte, ditar ao escrivão o histórico detalhado da conspiração. A proposta parecia boa demais para que a justiça a rejeitasse.

Era dupla a intenção do acusado: dar prosseguimento ao processo e arcar com toda a responsabilidade.

No dia seguinte, os dois magistrados voltaram e Georges cumpriu o prometido, mas omitiu o fato de Laïza tê-lo procurado para falar da rebelião. O encarregado do processo observou que a informação o favoreceria sem prejudicar ninguém, já que Laïza tinha morrido.

Foi como Georges soube da sua morte e das circunstâncias em que ocorrera, uma vez que toda aquela parte da sua vida permanecia obscura, como dissemos.

Em momento algum ele pronunciou o nome do pai e o nome do pai em momento nenhum foi citado. Nem o de Sara, como se pode imaginar.

O depoimento tornou desnecessário qualquer outro interrogatório, e apenas o médico manteve suas visitas.

Certa manhã, ele encontrou o paciente de pé e avisou:

— Eu o tinha proibido de se levantar por mais uns dias, está muito fraco ainda.

— Os acusados comuns procuram o quanto podem adiar o dia do julgamento, e o meu caro doutor me ofenderia achando que eu pretendo fazer o mesmo, mas confesso ter pressa em acabar com tudo isso. Aliás, sejamos francos, considera mesmo necessário estar perfeitamente bem-disposto para ser executado? Creio ser preciso apenas ter força suficiente para subir ao cadafalso. É tudo que podem esperar de mim e tudo que posso pedir a Deus.

— Mas quem disse que será condenado à morte?

— Minha consciência, doutor. Apostei minha cabeça num jogo, perdi e devo pagar. Só isso.

— Nada disso. Minha opinião é que precisa ainda de alguns dias de repouso antes de se expor às fadigas das discussões e emoções de um julgamento.

Entretanto, naquele mesmo dia Georges escreveu ao advogado responsável pelo caso dizendo estar perfeitamente bem e que se punha à disposição da justiça.

Os debates tiveram início dois dias depois.

Chegando ao tribunal, o réu olhou em volta e ficou satisfeito ao descobrir que era o único acusado.

Em seguida, seguro de si, observou a sala: a cidade em peso assistia à audiência, à exceção do sr. de Malmédie, Henri e Sara.

No público, havia quem parecesse lamentar, mas a maior parte das expressões era de rancor satisfeito.

Ele demonstrava as mesmas calma e altivez de sempre. Vestia seus trajes de hábito, isto é, sobrecasaca e gravata pretas, colete e calça brancos.

Trazia sua dupla condecoração à lapela.

Um advogado público havia sido nomeado, já que o réu não havia constituído um, tendo a intenção de não se opor a acusação nenhuma.

Seu depoimento esteve longe de ser um discurso de defesa, limitando-se a contar sua vida. Não escondeu ter voltado à Ilha da França com a intenção de combater, por todos os meios possíveis, os preconceitos que pesavam sobre os homens de cor. Nada acrescentou sobre o que havia precipitado o projeto.

Um dos juízes fez perguntas com relação ao sr. de Malmédie, mas Georges pediu permissão para não responder.

Apesar das facilidades que o acusado apresentou para o julgamento, os debates se prolongaram por três dias. É verdade que mesmo quando nada têm a dizer os advogados gostam de falar.

Por quatro horas o promotor fulminou o réu com acusações que ele placidamente acompanhou, concordando às vezes com a cabeça.

Em seguida, coube à defesa se pronunciar e, feito isso, o juiz a presidir o tribunal perguntou se Georges teria algo a acrescentar.

— Nada — ele respondeu. — Diria apenas que o procurador foi muito eloquente.

Foi a vez de o procurador se inclinar, agradecendo.

Os debates estavam encerrados e o réu foi levado de volta à prisão, devendo a sentença ser pronunciada sem a presença dele, que a receberia posteriormente.

Chegando à cela, Georges pediu papel e tinta para escrever seu testamento. Pela lei inglesa, os julgamentos não implicam confisco dos bens e ele podia dispor à vontade da sua fortuna.

Deixou ao médico que o havia tratado três mil libras esterlinas.

Ao diretor da prisão mil libras esterlinas.

A cada um dos carcereiros mil piastras.

Era uma pequena fortuna que cada um dos favorecidos recebia.

Para Sara ele deixou um anelzinho de ouro que havia pertencido a sua mãe.

No momento em que ia assinar o documento, o escrivão entrou. Georges se levantou com a pluma ainda na mão e o oficial leu a sentença. Como era de prever, tratava-se de uma condenação à morte.

Terminado o ato, Georges agradeceu, voltou a se sentar e assinou o testamento, sem que se pudesse notar qualquer alteração entre a escrita do texto e a assinatura.

Em seguida foi ao espelho para ver se estava mais pálido do que antes. Viu o mesmo rosto, pálido porém tranquilo. Satisfeito, sorriu e comentou baixinho:

— Achei que fosse mais emocionante ouvir a própria sentença de morte.

O médico foi vê-lo e, por força do hábito, perguntou como se sentia.

— Excelentemente, doutor. Fez ótimo trabalho, pena que não lhe deem tempo para concluir — ele respondeu.

E aproveitou então para perguntar se, desde a ocupação inglesa, haviam mudado o modo de execução. Confirmou-se ser ainda o mesmo e isso o agradou muito, pois considerava ignóbil a forca de Londres e imunda a guilhotina de Paris. Em Porto Luís, o ato mantinha seu toque pitoresco e poético que não o humilharia: um negro, na função de carrasco, decapitava o condenado com um machado. Foi como morreram Carlos I e Maria Stuart, Cinq-Mars e De Thou.[108] A forma de execução conta muito na maneira como se suporta a morte.

Ele e o médico passaram em seguida a uma conversa sobre fisiologia, abordando a possibilidade de sofrimento após a decapitação. O doutor acreditava ser uma morte instantânea, mas Georges achava que não, citando dois exemplos. No Egito, ele uma vez tinha visto um escravo ser decapitado. O homem estava de joelhos e o carrasco cortou seu pescoço de uma só vez, indo a cabeça rolar a sete ou oito metros de distância. Mesmo assim o corpo se levantou e, batendo os braços, deu dois ou três passos até cair, não morto ainda, mas agonizante. No mesmo país, pouco depois, ele assistiu a outra execução igual e, na sua incurável curiosidade científica, pegou a cabeça assim separada do corpo. Ergueu-a pelos cabelos até bem perto do seu próprio rosto e perguntou em árabe: "Você está sofrendo?". O olho do infeliz se abriu e os lábios se moveram tentando articular uma resposta. Essas duas experiências o convenceram de que a vida sobrevive por pelo menos alguns instantes à decapitação.

O médico acabou concordando, pois na verdade era também a sua opinião, mas achara ser preciso dar ao condenado, como único consolo, a esperança de uma morte indolor e fácil.

O dia passou para Georges como os dias anteriores tinham passado, mas ele escreveu ao pai e ao irmão. Em certo momento se preparou para escrever também a Sara, mas por algum motivo parou, afastou o papel e deixou a ca-

108. Carlos I da Inglaterra foi decapitado em 1649. A francesa Maria Stuart, rainha da Escócia, teve o mesmo fim em 1587, depois de mais de dezoito anos presa. O marquês de Cinq-Mars, íntimo do rei Luís XIII da França, liderou uma rebelião contra o todo-poderoso primeiro-ministro, o cardeal de Richelieu, e foi decapitado em 1642. François-Auguste de Thou foi também condenado por crime de lesa-majestade com Cinq-Mars e decapitado na mesma data.

beça cair entre as mãos. Permaneceu por muito tempo assim, e se alguém o tivesse visto erguê-la novamente, à maneira de sempre, altiva e indiferente, prestando bastante atenção perceberia que os olhos estavam um pouco vermelhos e uma lágrima mal secada molhava ainda a ponta dos seus longos cílios pretos.

Isso porque desde aquele dia em que havia recusado o casamento com a bela herdeira, no gabinete do governador, ele não só não a havia mais visto como também dela não tivera notícia nenhuma.

Mesmo assim, não podia acreditar que Sara o tivesse esquecido.

Veio a noite. Georges se deitou no horário de sempre e dormiu como nas outras noites. Pela manhã, ao se levantar, pediu que chamassem o diretor da prisão.

— Tenho um favor a pedir — ele explicou, assim que o viu.

— Pois não, pode dizer — respondeu o diretor.

— Gostaria de falar por um instante com o carrasco.

— Vou precisar de uma autorização do governador.

— Ah! — Georges sorriu. — Diga que é um pedido meu. Lord Murrey é um gentleman, não recusará isso a um ex-amigo.

O diretor se foi, prometendo levar adiante o pedido.

Logo depois, chegou um padre.

No tocante às ideias religiosas, Georges era como os homens da sua geração, ou seja, não seguia muito as práticas externas, mas no fundo do coração se impressionava com as coisas santas. Uma igreja sombria, por exemplo, um cemitério isolado ou um cortejo fúnebre causavam nele sentimentos mais graves do que, em geral, causam nas pessoas comuns os eventos considerados comoventes.

O padre que o visitava era um desses veneráveis velhos que não se preocupam em convencer, mas falam com convicção; era um desses homens que, criados em grandes paisagens naturais, procuram e encontram o Senhor nas suas obras. Resumindo, era uma dessas almas serenas que atraem almas sofredoras para consolá-las, assumindo parte das suas dores.

Logo às primeiras palavras que trocaram, o velho padre e Georges se estenderam as mãos.

O religioso esperava do condenado mais uma conversa íntima do que uma confissão, e Georges, arrogante diante da força, era humilde ante a fragilidade. Falando de si, ele acusou o orgulho como sendo seu único pecado. Era o que havia levado Satã à perdição e a ele também.

Por outro lado, naquele momento, por exemplo, era o orgulho que lhe dava apoio e o mantinha forte, era o orgulho que o engrandecia.

É bem verdade que a grandeza, aos olhos dos homens, não é a mesma que aos olhos de Deus.

Vinte vezes o nome de Sara chegou aos lábios do prisioneiro, mas todas essas vezes ele o devolveu ao fundo do coração, triste abismo em que eram lançadas tantas emoções e do qual o seu rosto, como uma camada de gelo, escondia a profundidade.

Enquanto conversavam, a porta foi aberta e o diretor entrou, anunciando:

— O homem que o senhor pediu para ver está aqui, esperando apenas ser chamado.

Georges empalideceu um pouco, sentindo o corpo ligeiramente se arrepiar, mas não deixou que notassem.

— Mande-o entrar — ele pediu.

O confessor fez menção de se retirar, mas Georges o conteve:

— Não, por favor, padre. O que tenho a dizer a ele pode ser dito na sua frente.

Talvez aquela alma orgulhosa, para conservar toda a sua força, precisasse de uma testemunha para tal encontro.

Um negro de grande estatura e compleição hercúlea foi trazido. Estava nu, à exceção do langot de pano vermelho. Os olhos, grandes e sem expressão, indicavam total falta de inteligência. Ele se virou para o diretor, que o havia trazido e, vendo o padre e Georges, perguntou:

— Qual dos dois?

— O mais moço — respondeu o diretor, retirando-se da cela.

— É quem fará a execução? — perguntou Georges, com frieza.

— Sou eu — respondeu o carrasco.

— Muito bem. Aproxime-se um pouco, amigo, e responda algumas perguntas.

O negro deu dois passos à frente.

— Sabe que me executará amanhã? — perguntou Georges.

— Sei. Às sete da manhã.

— Ah, é às sete da manhã! Obrigado, procurei saber e não quiseram me falar. Mas não foi por isso que pedi para vê-lo.

O padre se sentiu fraquejar.

— Nunca assisti a execuções em Porto Luís — continuou Georges —, e quero que tudo se passe o mais corretamente possível. Pedi que o chamassem para fazermos o que no teatro chamam de ensaio.

O carrasco não compreendeu e foi preciso explicar melhor.

Ele então usou o banquinho como cepo e conduziu o condenado até a distância em que devia se pôr de joelhos. Mostrou como teria que posicionar a cabeça e prometeu cortá-la com um golpe só.

O velho padre quis se levantar e sair, não podendo suportar tão estranha encenação, mas se sentiu sem forças e voltou a se sentar. Os dois atores principais, enquanto isso, mantinham igual impassibilidade, um pela estreita inteligência e o outro pela força de vontade.

Com as sinistras informações bem registradas, Georges tirou do dedo um anel de diamante e disse ao carrasco:

— Meu amigo, como não tenho dinheiro aqui e não quero que tenha perdido seu tempo, aceite isso.

— Não posso aceitar presentes dos prisioneiros — respondeu o homem —, mas herdo seus pertences. Mantenha o anel no dedo e amanhã, depois da execução, o tirarei.

— Por mim está bem — concordou o preso, pondo de volta o anel.

O carrasco saiu.

Georges se voltou para o padre, que parecia mortalmente pálido.

— Meu filho — ele disse —, fico contente por ter conhecido alguém com tanta alma. É a primeira vez que acompanho um condenado ao cadafalso. Podem me faltar forças. Se for o caso, me dará apoio?

— Fique tranquilo, padre.

Ele ministrava o culto numa pequena igreja, na qual habitualmente os condenados paravam para assistir a uma última missa. Chamava-se igreja de São Salvador.

Logo depois também o padre se foi, prometendo voltar à noite. Georges ficou só.

O que se passou então na alma e no rosto daquele homem, ninguém sabe. Talvez a natureza tenha feito sua cobrança, como implacável credora que é. Ou talvez se mostrasse fraca, na medida em que ele se mostrara forte. Ou talvez ainda, uma vez baixada a cortina entre o público e o ator, toda aquela aparente impassibilidade tenha desmoronado, cedendo vez à real aflição. Mas é provável que não, pois quando o carcereiro voltou a abrir a porta para trazer a refeição, encontrou o prisioneiro enrolando um *cigarito* com a mesma calma e tranquilidade de um *hidalgo* na Puerta del Sol ou um *fashionable* no Boulevard de Gand.[109]

Georges fez sua refeição como em qualquer outro dia, mas depois pediu ao guarda que previsse um banho para ele às seis horas do dia seguinte e o acordasse às cinco e meia.

Muitas vezes, lendo em narrativas ou em algum jornal que esse ou aquele condenado tinha sido acordado pelo carcereiro no dia da execução, ele se perguntara se o condenado de fato dormia. Por experiência própria seria possível esclarecer a dúvida. Ao menos no referente a isso conseguiria alguma certeza.

---

109. *Hidalgo* e *fashionable* se equivalem aqui como "pessoas na moda, dândis" (na França, os termos eram usados em tom de deboche). Puerta del Sol é a famosa praça em Madri, e Boulevard de Gand foi o nome que teve o atual Boulevard des Italiens, em Paris, entre 1815 e 1828, ponto de encontro dos elegantes, na época inclusive chamados "gandins", também como sinônimo de dândis.

Às nove horas o padre voltou. Georges estava deitado e lia. O religioso perguntou em qual livro ele buscava se preparar para a morte, imaginando que seria *Fédon*[110] ou a *Bíblia*, por exemplo, mas era *Paul e Virginie*.

Estranho que, naquele momento terrível, fosse uma calma e poética história que o condenado tivesse escolhido!

O religioso fez companhia a Georges até as onze horas. Por duas horas foi praticamente o preso o único a falar, explicando sua compreensão de Deus e desenvolvendo teorias sobre a imortalidade da alma. Ao longo da vida, Georges sempre fora eloquente; naquela derradeira noite, ele foi sublime.

O condenado discorria, o padre ouvia.

Às onze horas, ele lembrou já ser tarde, acrescentando que precisavam descansar se quisessem estar bem preparados para o dia seguinte.

No momento em que o visitante já saía, um violento combate pareceu se travar no coração do detento e ele pediu que o padre voltasse. No entanto, fazendo um esforço, logo acrescentou:

— Não é nada, padre, me desculpe.

Ele mentia. Era ainda o nome de Sara que tentava escapar da sua boca.

Mais uma vez o velho sacerdote saiu sem ouvir o que Georges tanto queria dizer.

Às cinco e meia do dia seguinte, quando o carcereiro entrou na cela, o prisioneiro dormia profundamente.

— É verdade — ele disse para si mesmo ao acordar —, um condenado pode muito bem dormir na sua última noite.

Mas até que horas ele estivera insone para chegar àquele resultado? Ninguém saberia dizer.

Trouxeram o necessário para o banho.

Nesse momento, o médico entrou.

— Como vê, doutor, eu me guio pelos antigos: os atenienses tomavam banho antes do combate.

— Como está? — respondeu o recém-chegado, com uma dessas perguntas feitas maquinalmente.

— Muitíssimo bem, doutor — sorriu Georges. — Começo a crer que não morrerei em decorrência do ferimento.

E ele entregou ao médico o testamento bem selado, explicando:

— Nomeei-o meu executor testamentário. Encontrará neste velho pedaço de papel três linhas que lhe dizem respeito; quis que guardasse alguma lembrança minha.

O homem enxugou uma lágrima e balbuciou algumas palavras de agradecimento.

---

110. *Fédon*, diálogo de Platão abordando a morte de Sócrates e o tema da imortalidade da alma.

Georges entrou na cuba cheia d'água para o banho.

— Doutor — ele perguntou, passado algum tempo —, a pulsação normal de um homem calmo e em boa saúde bate quantas vezes por minuto?

— Hum... de sessenta e quatro a setenta vezes.

— Por favor, confira a minha. Gostaria de saber qual efeito a proximidade da morte me causa.

O médico puxou um relógio, pegou o pulso de Georges e contou as pulsações.

— Sessenta e oito — ele afirmou.

— Veja só — exclamou o paciente. — Fico contente. O senhor não?

— É incrível! O senhor é feito de ferro?

Georges sorriu, cheio de orgulho:

— Ah, os brancos! Querem me ver morrer logo? Entendo. Talvez precisem de uma lição de coragem. Vou dá-la.

O carcereiro entrou, avisando já serem seis horas.

— Meu caro doutor — disse Georges —, me daria licença para que eu saia do banho? Mas não vá muito longe, gostaria muito de apertar sua mão antes de deixar de vez a prisão.

O médico se retirou.

Sozinho na cela, Georges saiu da cuba e depois se vestiu: calça branca, botas engraxadas, camisa de linho fino à qual ele mesmo acrescentou o colarinho. Em seguida, diante de um pequeno espelho, arrumou o cabelo, o bigode e a barba com tanto cuidado quanto para ir a um baile, ou até mais.

Vendo estar tudo em ordem, bateu na porta para avisar.

O padre entrou e olhou para ele. Nunca um jovem lhe parecera tão bonito. Os olhos brilhavam, todo o rosto se mostrava radiante.

— Ah, meu filho, meu filho! — disse o bom homem. — Proteja-se do orgulho. O orgulho já levou à perdição o seu corpo, não deixe que leve também a alma.

— Reze por mim, padre, e tenho certeza de que Deus nada recusará a um santo homem como o senhor.

Só então Georges viu o carrasco, à sombra da porta, e disse a ele:

— Ah, meu amigo! Aproxime-se.

Ele estava envolto numa capa, que escondia o machado.

— Está bem afiado? — perguntou Georges.

— Com certeza, fique tranquilo — respondeu o homem.

— Obrigado.

Ele notou que o homem procurava na sua mão o anel prometido na véspera e que, por acaso, estava com o diamante voltado para dentro.

— Fique tranquilo você também — ele disse, virando a pedra para fora. — O anel é seu. Aliás, para que não tenha o trabalho...

E ele deu o anel ao padre, indicando, com um gesto, que era para entregá-lo ao carrasco, terminada a execução.

Depois, indo até uma mesinha, abriu a gaveta e tirou de lá duas cartas, as duas que ele havia escrito, para o pai e para o irmão.

Entregou-as também ao padre.

Mais uma vez, Georges deu a impressão de que ia dizer algo mais. Pôs a mão no ombro do sacerdote, olhou bem nos seus olhos, moveu os lábios como se fosse falar, mas novamente a vontade superou a emoção e o nome que queria escapar do peito até chegou à boca, mas tão fraco que ninguém ouviu.

Soaram as seis horas.

— Vamos! — disse Georges.

Ele deixou a prisão com o padre e o carrasco.

Ao pé da escada encontrou o médico, que o esperava para um último adeus.

O prisioneiro estendeu a mão e, debruçando-se ao ouvido dele, pediu:

— Cuide do meu corpo.

Depois atravessou o pátio.

28. A igreja de São Salvador

O portão que dava para a rua, como se pode imaginar, estava apinhado de curiosos. Eram poucos os espetáculos em Porto Luís e todo mundo queria pelo menos ver o condenado passar, se não pudesse ir vê-lo morrer.

O diretor da prisão tinha se informado com Georges sobre como ele gostaria de ir ao patíbulo e decidiu-se que o percurso seria feito a pé. Foi a última gentileza do governador.

Oito soldados da artilharia montada o esperavam no portão. Em todas as ruas do itinerário, tropas inglesas formavam um cordão de isolamento, vigiando o prisioneiro e contendo o público.

Quando ele apareceu, houve um grande rumor. Entretanto, contra as expectativas de Georges, não eram as demonstrações de ódio que se sobrepunham: havia de tudo, mas sobretudo curiosidade e pena.

De fato, um condenado bonito e orgulhoso se encaminhando para a morte sempre causa um forte fascínio.

E o prisioneiro avançava com passadas firmes, cabeça erguida e feições serenas. Mas algo terrível se passava em seu coração.

Ele pensava em Sara.

Sara, que não havia tentado vê-lo, não enviara um bilhete nem qualquer recordação.

Sara, em quem ele acreditou e a quem devia sua última decepção.

É bem verdade que, com o amor de Sara, seria pior perder a vida. O seu abandono era o que, para ele, restava no fundo do cálice.

Ao lado do amor traído, gemia o orgulho ferido.

Ele fracassara em tudo: sua superioridade não o havia levado a coisa alguma.

E o resultado de toda aquela longa luta era o cadafalso, para o qual caminhava, perfeitamente só.

Quando falassem dele, diriam: "Era um louco".

De vez em quando, sem que parasse de andar e de olhar, um sorriso aflorava em seus lábios, acompanhando o pensamento. Por fora parecia um sorriso igual a qualquer outro, mas por dentro era um sorriso bem amargo.

Em cada esquina, em cada janela Georges esperava vê-la.

Quando, cavalgando Antrim, ele corria para o triunfo, Sara deixara cair o buquê à sua frente; e agora, derrotado e caminhando para o cadafalso, ela não derramaria nem uma lágrima?

Mas em lugar nenhum ele a via.

Seguiu assim ao longo de toda a rua de Paris e depois tomou a direita, na direção da igreja de São Salvador.

O edifício estava todo de preto, como para receber um cortejo fúnebre. E de fato era algo assim. O que mais seria um condenado que se dirige à morte senão um cadáver vivo?

Georges estremeceu. Ao lado do bom e velho sacerdote, no pórtico, estava uma mulher trajando luto.

O que fazia ali aquela viúva? O que esperava?

Instintivamente ele redobrou os passos, sem poder despregar os olhos da mulher.

À medida que se aproximava, seu coração batia mais forte. A pulsação, tão controlada diante da morte, ali se tornava febril.

No momento em que pisou no primeiro degrau da modesta igreja, a mulher igualmente deu um passo na sua direção. Georges saltou os quatro degraus restantes, ergueu o véu que a protegia, não conteve um grito e caiu de joelhos.

Era Sara.

Sara estendeu a mão com um gesto lento e solene. Fez-se um grande silêncio na multidão que acompanhava o condenado.

— Ouçam — ela disse —, à porta desta igreja em que estamos, no limiar da sepultura aberta para este homem, diante de Deus e de todos, sejam testemunhas de que eu, Sara de Malmédie, pergunto ao sr. Georges Munier se ele me aceita como esposa.

— Sara! — ele exclamou, irrompendo em lágrimas. — Você é a mais digna, mais nobre e mais generosa das mulheres!

Depois, endireitando-se e abraçando-a como se temesse perdê-la, disse apenas:

— Vamos, minha viúva.

Eles entraram na igreja.

Se alguma vez um vencedor se orgulhou do seu triunfo, esse vencedor foi Georges. Num instante, num segundo, tudo havia mudado. Com uma simples palavra, Sara acabava de colocá-lo acima de todos que o olhavam sorrindo. Não seria mais um pobre louco, incapaz de alcançar a meta impossível e morrendo prematuramente. Era um vencedor colhido no momento da vitória, era Epaminondas arrancando a lança mortal do peito, mas vendo, em seu último alento, o inimigo fugir.[111]

---

111. General grego do século IV a.C., morto na batalha de Mantineia, em 362 a.C., no comando das forças tebanas contra Esparta e Atenas.

Pela exclusiva força de vontade e exclusivo crédito do seu valor pessoal, aquele mulato era amado por uma mulher branca. Como se isso já não fosse o bastante, sem que tivesse dado um passo nem tentado influenciá-la com qualquer palavra, carta ou sinal, ela é que o havia esperado a meio caminho do patíbulo e, diante de todo mundo, o apontara como marido, coisa que nunca se tinha visto na colônia.

Georges já podia morrer, tinha a recompensa por todo o seu longo combate. Travara uma luta corpo a corpo contra o preconceito e este, apesar de mortalmente atingi-lo, também morria.

Eram pensamentos que faziam seu rosto brilhar, caminhando ao lado de Sara. Não era mais um condenado indo ao cadafalso, era um mártir subindo ao céu.

Cerca de vinte soldados garantiam o isolamento dentro da igreja e quatro guardavam a área do coro. Georges passou por eles sem vê-los e se ajoelhou com Sara diante do altar.

O padre começou a missa nupcial, mas o noivo sequer ouvia a celebração: segurava a mão de sua quase esposa e às vezes se virava para o público, com um olhar de soberano desprezo.

Em seguida se voltava para ela, pálida e quase desfalecendo. Sentia o contato da sua mão e a olhava com gratidão e amor, sufocando um suspiro; pois inevitavelmente imaginava, sabendo quão próximo estava da morte, como seria passar a vida inteira ao lado dela.

Sem dúvida o paraíso! Mas o paraíso não foi feito para os que ainda estão vivos.

A missa, entretanto, continuava. De repente, Georges percebeu Miko Miko, que se esforçava, não com palavras, mas com gestos, para convencer os soldados à entrada do coro que o deixassem passar. O bom chinês certamente esperava um último aperto de mão como recompensa por sua dedicação, e o noivo então se dirigiu em inglês ao militar que comandava o destacamento, pedindo que concedesse o favor.

Não parecia haver nisso qualquer inconveniente e Miko Miko atravessou o coro.

Sabemos o quanto, desde o dia em que tinham se visto pela primeira vez, o pobre vendedor ambulante era grato a Georges. Inclusive já o ajudara quando ele estava preso e vinha agora manifestar seu afeto, a caminho do cadafalso.

Os dois se cumprimentaram e Georges estremeceu, sentindo que Miko Miko, ao beijar efusivamente sua mão, lhe passava um bilhete.

Quase imediatamente, como se a sua intenção fosse apenas o cumprimento daquela demonstração, ele se afastou, sem ter pronunciado uma só palavra.

Perplexo, Georges mantinha o bilhete na mão. O que aquilo significava? Algo de grande importância, é claro, mas ele não ousava olhar.

De vez em quando, vendo Sara tão bonita, tão fiel e alheia a todo amor terrestre, uma dor inaudita e até então desconhecida apertava seu coração com garras de ferro. Era inevitável que pensasse na felicidade prometida, e isso o fazia querer viver. Apesar de sentir sua alma pronta para subir ao céu, o coração agora se mantinha preso à terra.

Seria terrível morrer em tal situação de desespero.

Além disso, aquele bilhete parecia queimar sua mão e ele não ousava lê-lo, temendo que os soldados vissem. Provavelmente trazia alguma esperança, mesmo que, na sua posição, qualquer esperança fosse louca.

Apesar disso, queria muito ler logo o bilhete, mas graças ao autocontrole que ainda conseguia manter, ninguém podia imaginar tal impaciência. Crispada, sua mão apertava o papel com tanta força que as unhas feriam a pele.

Sara rezava.

A missa chegava ao momento da consagração. O padre ergueu a hóstia santa, o coroinha balançou a sineta, todos se ajoelharam.

Georges aproveitou e, enquanto também se ajoelhava, abriu a mão.

O bilhete se limitava a uma só linha:

"Estamos aqui. Mantenha-se pronto."

A primeira frase fora escrita por Jacques, a segunda por Pierre Munier.

No mesmo instante, enquanto no meio de toda aquela multidão ele erguia a cabeça e olhava em volta, espantado viu a porta da sacristia ser bruscamente aberta e oito marinheiros dominarem os quatro soldados do coro, apontando dois punhais contra o peito de cada um. Jacques e Pierre Munier irromperam logo atrás; o primeiro ergueu Sara nos braços e o segundo puxou Georges pela mão. Os quatro se encontraram na sacristia e os oito marinheiros entraram logo depois, usando os quatro soldados como escudo contra os eventuais tiros dos outros ingleses. Jacques e Pierre fecharam a porta que dava para a igreja, enquanto outra, dando para o campo, foi aberta. Dois cavalos estavam ali, preparados: Antrim e Yambo.

— Em sela! — gritou Jacques. — Os dois, a galope até a baía de Tumba!

— E você? E o pai? — preocupou-se Georges.

— Estou com meus marinheiros, os ingleses que venham me pegar! — gritou Jacques, pondo Sara numa sela, enquanto Pierre forçava o filho a também montar.

Em seguida, erguendo a voz, ele chamou!

— Agora podem vir, rapazes!

Na mesma hora, de entre as árvores da montanha Longa, surgiram cento e vinte homens armados até os dentes.

— Siga em frente — disse Jacques a Sara. — Faça-o ir, salve-o...

— E você?

— Vamos logo em seguida, não se preocupe.

— Georges — chamou Sara —, pelo amor de Deus, vamos.

E ela partiu a galope.

— Meu pai! — gritou Georges. — Meu pai!

— Juro por minha vida, está tudo sob controle — disse Jacques, batendo no lombo de Antrim com a lateral do sabre.

O cavalo partiu como o vento, levando seu cavaleiro, que, em menos de dez minutos, desapareceu com Sara atrás do campo malabar, enquanto Pierre Munier, Jacques e os marinheiros os seguiram tão depressa que, antes mesmo de os ingleses terem se recuperado da surpresa, já estavam todos do outro lado do riacho das Virgens, ou seja, fora do alcance de tiros.

29. O *Leicester*

Naquele mesmo dia em que se passaram os acontecimentos narrados, por volta das cinco da tarde a corveta *Calipso* seguia no rumo leste-nordeste, usando todas as suas velas para tirar o máximo do vento que, como era frequente naquele litoral, soprava de leste.

Além dos bravos marujos e do mestre Cabeça de Ferro — o imediato que nossos leitores, quando não de vista, pelo menos de fama já conhecem —, a tripulação contava com três novos recrutas: Pierre Munier, Georges e Sara.

Pierre caminhava com Jacques do mastro de mezena ao mastro principal e do mastro principal ao mastro de mezena.

Sentados juntinhos na popa, Georges tinha as mãos de Sara nas suas. Ele olhava para ela, que olhava para o céu.

Seria preciso ter estado na terrível situação da qual eles haviam acabado de escapar para se dar conta das sensações de suprema felicidade e infinita alegria dos dois enamorados, livres naquele imenso oceano que os conduzia, é verdade, para longe da pátria. Mas uma pátria que com eles agira como madrasta, em incessantes perseguições. Mesmo assim, um suspiro doloroso às vezes escapava de um, fazendo estremecer o outro. O coração por muito tempo torturado não ousa retomar imediata confiança na felicidade.

Mas estavam livres, tendo acima deles apenas o céu e abaixo apenas o mar. Naquela leve embarcação em sua máxima rapidez eles deixavam a Ilha da França, que quase lhes fora fatal. Pierre e Jacques conversavam, mas Georges e Sara não. De quando em quando um deles murmurava o nome do outro e nada mais.

Às vezes o velho Munier parava e os admirava, com ares de indizível encanto. O pobre pai tanto havia sofrido que se espantava por ainda ter forças para a felicidade.

Menos sentimental, Jacques também olhava naquela direção, mas era evidente não ser o quadro que acabamos de descrever que o interessava, pois seu olhar passava acima das cabeças de Georges e Sara, indo se perder no espaço, na direção de Porto Luís.

É verdade; Jacques não só não estava naquele mesmo nível de contentamento, como inclusive parecia às vezes preocupado, passando a mão pela testa como se quisesse afastar uma nuvem.

Já Cabeça de Ferro tranquilamente conversava com o timoneiro. O bravo bretão era capaz de rachar a cabeça de quem minimamente hesitasse no cumprimento de uma ordem, mas afora isso — exigência perfeitamente cabível — não se fazia de difícil, apertava a mão de todo mundo e falava com o primeiro que viesse.

O restante da tripulação retomara aquela expressão despreocupada que, depois de um combate ou tempestade, volta a ser habitual nos marinheiros. Quem estava em seu quarto de serviço cumpria tarefa, os outros descansavam.

Por mais absorto que estivesse admirando a felicidade de Georges e Sara, Pierre Munier notou a preocupação de Jacques. Algumas vezes havia seguido o seu olhar e, sem ver coisa alguma na direção que parecia interessá-lo, a não ser algumas nuvens pesadas se concentrando no poente, achou ser esse o motivo.

— Temos ameaça de tempestade? — ele perguntou então, num momento em que o filho de novo perscrutava o horizonte.

— Tempestade? — estranhou Jacques. — Diabos, antes fosse! Na *Calipso* isso me assustaria tanto quanto a essa gaivota que voa. Temos ameaça melhor.

— É mesmo? Qual? Achei que uma vez a bordo do seu navio estivéssemos salvos.

— Quem dera! É verdade que temos melhores chances agora do que tínhamos doze horas atrás, escondidos no bosque de Pequena Montanha, com Georges no seu *confiteor*[112] da igreja de São Salvador. Mas sem querer preocupá-lo, pai, não posso garantir que nossas cabeças já estejam perfeitamente firmes nos nossos pescoços.

Interrompendo-se, ele disse em voz mais alta, sem se dirigir a ninguém em particular:

— Um homem à barra do joanete!

Três marinheiros se dirigiram imediatamente para lá. Um chegou em poucos segundos e os outros dois voltaram para onde estavam.

— E o que teme, Jacques? — insistiu o pai. — Acha que vão tentar nos seguir?

— Com certeza, exatamente isso. E eles têm, lá à disposição deles em Porto Luís, uma fragata chamada *Leicester* que é velha conhecida minha. Ela não vai querer nos deixar ir embora assim tão fácil, sem propor uma queda de braço. E seremos obrigados a aceitar.

— De qualquer forma, temos pelo menos vinte e cinco ou trinta milhas de dianteira. No ritmo que estamos indo, logo estaremos fora de alcance.

— Lancem a barquinha[113] — ordenou Jacques.

---

112. Em latim, literalmente "confesso". Na missa católica, momento penitencial dos fiéis.
113. Aparelho que serve para medir a velocidade dos navios.

Três marinheiros cumpriram imediatamente a ordem, operação que Jacques seguiu com visível interesse e, uma vez terminada, perguntou:

— Quantos nós?

— Dez, capitão — respondeu um dos homens.

— Claro, é muito bom para uma corveta que tira o que pode do vento. Em toda a Marinha inglesa, talvez haja uma única fragata que faça meio nó por hora a mais. Infelizmente é com ela que trataremos, se o governador quiser muito nos perseguir.

— Bom, se isso depende do governador, não corremos esse risco — rebateu Pierre Munier. — Como sabe, era amigo do seu irmão.

— Sei. E nem por isso impediu que o condenassem à morte.

— Não podia fazer outra coisa, era o seu dever.

— E dessa vez, pai, tem mais coisa em jogo: o amor-próprio dele. Se ao governador fosse dado o direito de graça, ele certamente o teria usado com relação a Georges, pois estaria demonstrando superioridade. Só que Georges escapou antes, e a superioridade com isso mudou de lado. O governador quer uma revanche.

— Vela à vista! — gritou o marinheiro de vigia.

— Ah! — disse Jacques, fazendo ao pai um sinal com a cabeça. — Onde? — ele continuou, olhando para a gávea.

— Contra o vento, na nossa linha — respondeu o marinheiro.

— A que altura? — perguntou Jacques.

— Mais ou menos na altura da ilha dos Tanoeiros.

— Vindo de onde?

— De Porto Luís, parece.

— É conosco — murmurou Jacques, olhando para o pai. — Como eu disse, ainda não escapamos.

— O que houve? — perguntou Sara.

— Nada — respondeu Georges. — Tudo indica que estamos sendo seguidos, só isso.

— Será que Deus tão milagrosamente o devolveu só para tirá-lo mais uma vez de mim? Não pode ser!

Jacques, enquanto isso, fora para a gávea maior, de luneta em punho.

Olhou por algum tempo com extrema atenção para o ponto indicado pelo vigia e depois, reencaixando os tubos do instrumento com a palma da mão, desceu assobiando e voltou para onde estava antes, ao lado do pai.

— E então? — perguntou o velho.

— E então — disse Jacques —, como imaginei, nossos bons amigos ingleses se puseram à caça. Felizmente — ele acrescentou, olhando o relógio —, felizmente em duas horas teremos noite fechada e a lua só aparecerá meia-noite e meia.

— Acha que podemos escapar?

— Faremos o possível para isso, pai, esteja tranquilo. Pode deixar, não sou orgulhoso e não gosto de brigas em que não há o que ganhar. Que o diabo me carregue se eu fizer o contrário.

— Como assim, Jacques? — meteu-se Georges. — Fugir do inimigo? Logo você, o intrépido, o invencível?

— Meu querido, vou sempre fugir do diabo se os bolsos dele estiverem vazios e ele tiver duas polegadas de chifres a mais do que eu. Se os bolsos por acaso parecerem cheios, a coisa muda... Só assim eu me arriscaria.

— Vão dizer que está com medo, não vê?

— Vejo. E concordarei, é claro. Aliás, para que irmos contra essa gente? Se perdermos, já fomos julgados e vão nos enforcar nas vergas do navio. Se por acaso ganharmos, teremos que pôr a pique homens e navio.

— Por quê?

— E o que mais fazer com eles? Se fossem negros poderíamos vender, mas brancos, para que servem?

— Jacques, meu irmão, você não faria uma coisa dessas, não é? — assustou-se Sara.

— Irmãzinha, faremos o que tiver que ser feito. Na hora, aliás, se essa hora chegar, vamos deixá-la num cantinho bonito, de onde não verá coisa alguma do que vai acontecer. Ou seja, será como se nada estivesse acontecendo.

Em seguida, voltando a observar o outro navio:

— É, está bem ali. Já se vê o homem da gávea. Está vendo, pai?

— Nada, no máximo um ponto branco balançando na onda, mas pode perfeitamente ser uma gaivota.

— E é isso mesmo! Sua gaivota é uma bela fragata de trinta e seis canhões. Como sabe, a fragata parece uma gaivota,[114] só que está mais para águia do que para andorinha.

— Mas não pode ser outro navio, um navio mercante, por exemplo?

— Não estaria usando tanta vela.

— Mas nós estamos.

— Nosso caso é diferente. Não podíamos passar diante de Porto Luís, seria nos jogar na boca do lobo. Tivemos então que costear.

— E não pode aumentar a velocidade da corveta?

— Estamos usando tudo que temos disponível no momento, pai. Quando tivermos vento a favor, acrescentaremos mais uns panos e ganharemos dois nós. Mas a fragata fará o mesmo. Conheço bem o *Leicester* e ele vai estar sempre ganhando uma milha.

— Então nos alcançará amanhã?

— Sim, se não escaparmos essa noite.

---

114. Em francês, como em português, *frégate*, "fragata", designa um tipo de navio de guerra, além de uma ave marinha.

— E acha que escaparemos?

— Vai depender de quem estiver no comando.

— Mas, em poucas palavras, e se ele nos alcançar?

— Bom, teremos que tentar a abordagem, pois o combate de artilharia não nos favorece. Para começar, o *Leicester*, se for ele, e sei que é, posso apostar cem negros contra dez, tem uns doze canhões a mais do que nós. Além disso, conta com Bourbon, Ilha da França e Rodrigues para eventuais reparos, e nós o mar, o espaço, a imensidão. Toda terra firme é inimiga. Então, precisamos de asas, antes de mais nada.

— E em caso de abordagem?

— Daí volta o equilíbrio. Temos lança-obuses, o que a rigor não é muito permitido em navios de guerra, mas é um privilégio que nós, piratas, nos concedemos por conta própria. Além disso, como a fragata está em tempo de paz, deve ter uma tripulação de apenas duzentos e setenta homens. Temos duzentos e sessenta, e isso, como vê, sobretudo com homens como os meus, nos põe em pé de igualdade. Então não se preocupe, pai. De qualquer forma, o sino está batendo, vamos jantar.

De fato, eram sete da noite e o sinal acabava de ser dado, com a pontualidade costumeira.

Georges deu o braço a Sara, Pierre Munier os seguiu e os três desceram à cabine do capitão que, com Sara a bordo, fora transformada em sala de jantar.

Jacques ficou ainda no convés para dar algumas instruções ao imediato, mestre Cabeça de Ferro.

Era curioso ver, mesmo para quem não fosse do mar, o interior da corveta. Quem ama quer sempre tornar mais belo o objeto do seu amor, e Jacques embelezara a *Calipso* com tudo que pudesse enfeitar sua ninfa. As escadas de mogno luziam como espelhos, os acessórios de cobre, esfregados três vezes por dia, brilhavam como ouro; mas também os instrumentos de morte, como machados, sabres e mosquetões, meticulosamente distribuídos ao lado das portinholas pelas quais os canhões passavam seus gargalos de bronze, pareciam ornamentos dispostos por um competente decorador no ateliê de algum renomado artista.

Sobretudo a cabine do capitão chamava atenção pelo luxo. Nosso Jacques, como dissemos, era dado aos prazeres sensuais, e como todos que sabem abrir mão de tudo, quando necessário, não sendo o caso ele procurava voluptuosamente usufruir também de tudo. E a sua cabine, que servia de sala de estar, quarto de dormir e budoar, era um exemplo disso.

Para começar, de cada lado, isto é, a bombordo e estibordo, reinavam dois amplos divãs, sob os quais se disfarçavam, com todos seus petrechos, dois canhões, só visíveis externamente. Um dos divãs servia de cama e o outro de sofá. Entre as janelas, exibia-se um belo espelho de Veneza, com sua moldura rococó em que eram representados Amores[115] envoltos em guirlandas de flores e frutos. Do teto pendia um lampadário de prata, provavelmente roubado do altar de alguma madona, com precioso lavor do mais belo período renascentista.

Os divãs e as paredes eram cobertos por um magnífico tecido indiano de fundo vermelho, no qual serpenteavam belas flores de ouro bordadas sem avesso, parecendo obra de fadas.

Jacques tinha cedido essa cabine a Georges e Sara, mas com a interrupção da missa na igreja de São Salvador, a jovem não se sentia totalmente segura quanto à legalidade do seu casamento. Georges então a fizera logo entender que, mesmo admitido durante o dia naquele santuário, ele passaria as noites em outro alojamento.

E era nessa cabine, como dissemos, que as refeições eram servidas.

Para aquelas quatro pessoas, verem-se assim reunidas à mesma mesa, depois de parecer que estariam separadas para sempre, causava uma estranha felicidade. Por um instante elas podiam se esquecer do restante do mundo, voltadas somente para elas próprias, abolindo o passado e o futuro, presas apenas ao presente.

Uma hora se passou num segundo, mas depois os quatro voltaram ao convés.

O primeiro olhar de todos se dirigiu à popa, procurando a fragata.

Houve um momento de silêncio.

— Que estranho, ela parece ter sumido — disse Pierre Munier.

— Com o sol no horizonte as velas não aparecem, mas veja nessa direção, pai — explicou Jacques, estendendo o braço.

— É, tem razão, lá estão elas — disse Pierre.

— Inclusive mais próximas — observou Georges.

— Sim, uma ou duas milhas mais próximas. Olhe agora, irmão, mesmo as velas baixas já podem ser vistas. A fragata está a no máximo quinze milhas de nós.

Naquele momento, a *Calipso* se encontrava na altura da passagem do Cabo, ou seja, começava a deixar para trás a ilha. O sol se punha num leito de nuvens e a noite caía com a rapidez característica das latitudes tropicais.

Jacques acenou para Cabeça de Ferro, que se aproximou, tirando o chapéu.

— E então, mestre Cabeça de Ferro, o que se pode dizer deste navio que se aproxima?

— Bem, com todo o respeito, o capitão sabe melhor do que eu.

— Mesmo assim, gostaria de ouvir sua opinião. Seria um cargueiro ou um navio de guerra?

---

115. Divindades como Eros e Cupido nas mitologias grega e romana.

— Está brincando, capitão? — deu um amplo sorriso Cabeça de Ferro. — Todo mundo sabe que não há, na marinha mercante, nem mesmo na Companhia das Índias,[116] um navio que possa nos seguir. E este ganha de nós.

— Ah! E quanto vem ganhando de nós, desde que o vimos há umas três horas?

— Meu capitão sabe.

— Mesmo assim, mestre Cabeça de Ferro; duas opiniões valem mais do que uma.

— Cerca de duas milhas, meu capitão.

— Certo. E que navio pode ser este?

— O capitão o reconheceu.

— Creio que sim, mas posso estar enganado.

— Duvido! — riu mais uma vez Cabeça de Ferro.

— Então confirme.

— Ora, é o *Leicester*!

— E o que ele quer?

— Quer nossa corveta, com certeza. O capitão sabe da sua antiga mágoa, uma história em torno de um mastro do traquete que a *Calipso* cometeu o desaforo de cortar ao meio.

— Obrigado, mestre! Eu de fato sabia tudo o que disse, mas fico contente de ver que nossas opiniões coincidem. Dentro de cinco minutos haverá troca de turnos; mande descansar os homens que não estiverem de serviço, pois dentro de umas vinte horas vão precisar de todas as suas forças.

— O capitão não vai aproveitar a noite para despistar a fragata? — perguntou Cabeça de Ferro.

— Não se precipite, mestre. Falaremos disso logo mais. Faça seu trabalho e cumpra as ordens que dei.

Cinco minutos mais tarde revezaram-se os turnos e todos que não estavam de serviço desapareceram nos alojamentos. Dez minutos depois dormiam ou fingiam dormir.

A tripulação inteira sabia que o navio estava sendo caçado, mas conhecia seu chefe e confiava nele.

A *Calipso* continuou no mesmo rumo, mas começava a receber ondas do largo, o que tornava a navegação mais cansativa. Sara, Georges e Pierre Munier desceram à cabine, ficando Jacques sozinho no convés.

A noite caíra por completo e não se via mais a fragata. Meia hora se passou.

No final dessa meia hora, Jacques chamou de novo o imediato, que prontamente chegou.

---

116. Poderosa companhia inglesa (mas havia também a holandesa) que buscava manter o monopólio da navegação comercial. No século XIX, a Companhia Britânica das Índias Orientais dominava grande parte da Índia, com exército próprio.

— Mestre Cabeça de Ferro, onde acha que estamos neste momento? — ele perguntou.

— Ao norte de Coin-de-Mire.

— Perfeito. Pode nos fazer passar entre Coin-de-Mire e a ilha Chata?

— De olhos fechados, capitão.

— Ótimo! Nesse caso avise seus homens para que se preparem nesse sentido, pois não temos tempo a perder.

Cada um correu a seu posto e houve um instante de silêncio.

Nesse silêncio, ouviu-se a voz de Jacques:

— Virar de bordo!

— Preparar, virar! — repetiu Cabeça de Ferro.

Logo em seguida soou o apito do mestre de manobras.

Como um cavalo a galope que é bruscamente freado, a corveta teve um momento de hesitação e em seguida começou a lentamente girar, inclinando-se à brisa fresca, batida por ondas maciças.

— Descer barra do leme! — gritou Jacques.

O timoneiro obedeceu, e a corveta, tomando a direção do vento, aos poucos voltou a se aprumar.

— Demandar barlavento! — continuou Jacques. — Forçar a ré!

As duas manobras foram executadas com a mesma rapidez das anteriores, a carena voltou a estar submersa, as velas de ré começaram a inflar; logo depois, também as de frente, e a graciosa corveta tomou o novo ponto de horizonte que estava sendo indicado.

— Mestre Cabeça de Ferro — disse Jacques, depois de acompanhar todas essas manobras com satisfação igual à do cavaleiro assistindo às do seu cavalo —, ultrapasse a ilha, aproveite cada variação da brisa para se aproximar da origem do vento e acompanhe firmemente todo o cinturão de rochedos que vai da passagem dos Chifres até a baía de Flac.

— Entendido, capitão.

— Então boa noite, mestre. Acorde-me quando a lua aparecer.

Só então Jacques foi descansar, com a bem-aventurada tranquilidade que é um dos privilégios de quem constantemente se vê diante de situações de vida ou morte.

Dez minutos depois ele dormia tão profundamente quanto qualquer um dos seus marinheiros.

30. O combate

Mestre Cabeça de Ferro manteve o que disse. Atravessou com tranquilidade o canal entre Coin-de-Mire e a ilha Chata. E depois de passar entre Chifres e a ilha de Âmbar, aproximou-se o máximo possível da costa.

À meia-noite e meia, vendo a ponta da lua surgir ao sul da ilha Rodrigues, cumprindo ainda o que dissera, foi acordar o capitão.

Voltando ao convés, com a rápida olhada inquiridora característica do marinheiro, Jacques esquadrinhou todos os pontos do horizonte. O vento estava mais fresco, variando de leste a nordeste, com terra a estibordo a mais ou menos nove milhas, confundida na bruma. Não se via embarcação nenhuma atrás, a bombordo ou à frente.

Estavam na altura de Porto Bourbon.

Jacques tinha apostado seu melhor jogo. Caso a fragata, ao perdê-lo de vista no escuro da noite, tivesse continuado na direção leste, ao amanhecer já seria tarde demais para voltar atrás e ele estaria a salvo. Se, pelo contrário, uma fatal inspiração tivesse feito o capitão inimigo prever sua manobra, ele podia ainda escapar do seu campo de visão navegando junto à costa e aproveitando as sinuosidades do litoral para se esconder.

Usando uma luneta noturna de longo alcance, ele procurava localizar eventuais obstáculos quando sentiu baterem de leve no seu ombro. Era Georges.

— Ah, olá, irmão.

— E então? Alguma novidade?

— Até aqui, nada. Porém, mesmo que o *Leicester* tenha vindo atrás de nós, não o poderíamos ver, pois a distância ainda seria grande. Só quando o dia raiar é que saberemos... Ah!

— O que foi?

— Nada. Só uma ligeira mudança de vento.

— A nosso favor?

— Sim, se a fragata tiver continuado no caminho anterior. Se não, a mudança é tão boa para ela quanto para nós. De um jeito ou de outro, precisamos aproveitar.

Virando-se para o contramestre, que substituía o imediato, gritou:

— Preparar para subir velas suplementares!

— Içar suplementares! — repetiu o contramestre.

Na mesma hora, subiram do convés às gáveas e das gáveas ao mastaréu do joanete algo como cinco nuvens flutuantes que foram se fixar a bombordo das velas. Quase ao mesmo tempo, a corveta ganhou um impulso mais rápido. Georges comentou isso com o irmão.

— Exato — ele respondeu. — A *Calipso* é como Antrim, entende rápido e não é preciso chicote para que corra. Basta dar pano na quantidade certa e ela responde da melhor maneira.

— E nesse ritmo, quantas milhas fazemos por hora? — perguntou Georges.

— Lancem a barquinha! — Jacques gritou.

A manobra foi imediatamente executada.

— Quantos nós?

— Onze, capitão.

— Estamos duas milhas acima do que fazíamos ainda há pouco. Não se pode pedir mais desse amontoado de madeira, pano e ferro. Se tivéssemos atrás de nós qualquer outro navio e não esse diabo do *Leicester*, eu o levaria pela coleira até o cabo da Boa Esperança e, chegando lá, o deixaria para trás.

Georges nada disse e os dois irmãos continuaram a andar em silêncio de uma ponta à outra do convés. Mas toda vez que iam da proa à popa, os olhos de Jacques pareciam querer atravessar a escuridão, buscando o horizonte. Uma vez, porém, ele parou e, em vez de continuar, foi se apoiar no púlpito da popa.

De fato, a escuridão começava a se desfazer, mesmo que não despontassem ainda as primeiras luzes do dia. Naquele crepúsculo nascente, em que a claridade ia surgindo como uma aurora azulada por trás da bruma que se desmancha, Jacques achou distinguir, a quinze milhas mais ou menos, a fragata seguindo a trilha da corveta.

No instante em que estendia a mão para mostrar a Georges aquele ponto quase imperceptível, o marinheiro de vigia gritou:

— Vela atrás.

— Eu sei — disse Jacques, como se falasse consigo mesmo. — Eu vi. Seguiram nossa esteira como se deixássemos sulcos escavados. Só que em vez de passarem entre a ilha Chata e Coin-de-Mire, passaram entre a ilha Chata e a ilha Redonda. Por isso perderam duas horas. Tem um capitão que conhece o seu ofício naquele navio.

— Não vejo nada! — disse Georges.

— Ali, bem ali! Olhe bem — insistiu Jacques. — Vejo até as velas baixas. E quando ele sobe a onda, santo Deus!, a proa se ergue como um peixe tirando a cabeça da água para respirar.

— Ah, estou vendo. Tem razão, estou vendo.

— Está vendo o quê, Georges? — ouviu-se uma voz feminina logo atrás. Ele se virou e era Sara.

— O que estou vendo? Um belíssimo espetáculo: o sol nascendo. Mas como não há prazer perfeito na Terra, o espetáculo fica um pouco comprometido pela intromissão daquele navio. Veja você mesma; apesar dos cálculos e esperanças do meu irmão, ele não perdeu nossa pista.

— Deus até aqui nos reuniu tão milagrosamente, Georges, ele não deixará de olhar por nós no momento em que mais precisamos de proteção. Que a presença desse navio não nos impeça de adorá-lo em suas obras. Veja, Georges, veja como é belo o espetáculo!

De fato, naquele momento em que o dia nascia, parecia que a noite, enciumada, tentava adensar suas trevas. Como dissemos, uma claridade azulada e transparente crescia, maior e mais brilhante a cada instante. Ela pouco a pouco se degradava, passando do branco prateado ao rosa suave e do rosa suave ao rosa escuro. Em seguida subiu no horizonte uma nuvem púrpura, como se fosse o vapor inflamado de um vulcão. O rei do mundo tomava posse do seu império, o sol se lançava dominante no firmamento.

Pela primeira vez Sara assistia a semelhante espetáculo e estava em êxtase, apertando a mão de Georges com um amor cheio de fé e religiosidade. Ele, habituado às longas viagens marítimas, voltou o olhar ao objeto da preocupação geral. A fragata continuava a se aproximar, no entanto menos distinta, imersa nas vagas da claridade do nascente; enquanto a corveta devia, àquela hora, estar perfeitamente visível para ela.

— Pronto, eles também nos viram e levantam as velas suplementares — murmurou Jacques, para em seguida cochichar, aproximando-se do irmão: — Georges, meu amigo, você sabe como são as mulheres; em geral não estão acostumadas a certas situações. Seria melhor que preparasse um pouco Sara para o que vai acontecer.

— O que disse o seu irmão? — ela perguntou.

— Ele tem dúvidas quanto à sua coragem e eu a garanti nesse sentido.

— E fez bem. Aliás, quando chegar a hora, digam o que devo fazer e farei.

— O miserável se aproxima como se tivesse asas! — continuou Jacques. — Minha irmã por acaso sabe o nome do capitão desse navio?

— Eu o vi várias vezes na casa do meu tio e me lembro perfeitamente. Chama-se George Paterson, mas não é quem comanda o *Leicester* nesse momento, pois anteontem mesmo ouvi comentarem que ele está doente, não devendo se recuperar.

— Pois posso dizer que estarão cometendo uma grande injustiça se, no dia que ele morrer, não nomearem o imediato ao posto de capitão. É um prazer enfrentar um marinheiro assim, vejam o ritmo em que seu navio avança. Juro, parece um cavalo de corrida. Desse jeito, em menos de cinco ou seis horas vamos ter que resolver as coisas.

— E resolveremos — disse Pierre Munier, que chegava ao convés, tendo já nos olhos o brilho que inflamava a sua alma nos momentos de perigo.

— Ah, pai, já de pé? — cumprimentou Jacques. — Fico feliz por vê-lo com tanta disposição. Daqui a algumas horas, como ouviu, precisaremos de todos os braços disponíveis a bordo.

Sara ligeiramente empalideceu, e Georges, sentindo que ela apertava de forma mais nervosa a sua mão, sorriu e disse:

— O que houve, Sara, confiava tanto em Deus e agora tem dúvidas?

— Não, Georges, de maneira alguma. No fundo do porão, quando eu ouvir o estrondo dos canhões, o assobio das balas e os gritos dos feridos, garanto que continuarei cheia de fé, sabendo que o verei são e salvo. Algo me diz que já atravessamos a parte mais amarga do nosso destino. Assim como a noite cedeu a vez ao brilho do sol, também nós teremos um belo dia.

— Ótimo! — exclamou Jacques. — É assim que se fala! Nem sei por que não mudo o rumo e parto direto contra esse navio intrometido. Encurtaria a metade do caminho para ele e a metade da espera para nós. O que acha, Georges?

— Por que não? Mas à distância que estamos, não acha que algum navio inglês, em Porto Bourbon, ouvindo os canhões possa vir ajudá-los?

— Caramba! Você é um verdadeiro São João Boca de Ouro,[117] irmão. Vamos então continuar como estamos. Ah! Olá, mestre Cabeça de Ferro — continuou Jacques, dirigindo-se ao imediato, que naquele momento passava por perto. — Chegou em boa hora. Como vê, estamos à altura do morro Brabant. Mantenha o rumo a oeste-sudoeste do morro. E nós, enquanto isso, tratemos de fazer a refeição da manhã. É sempre bom, mas sobretudo quando não se sabe se faremos a da noite.

Jacques ofereceu o braço a Sara e, dando exemplo, os dois desceram à frente, seguidos por Pierre e Georges.

Certamente com a intenção de ao menos por algum tempo distrair seus convivas do perigo que a todos ameaçava, Jacques fez a refeição se estender o máximo possível.

Mais ou menos duas horas tinham se passado quando eles voltaram ao convés.

O primeiro olhar de Jacques foi em busca do *Leicester*, que claramente se aproximara e do qual inclusive já se viam os canhões. No entanto, ele parecia esperar uma distância até menor, pois averiguou o aparelhamento dos mastros para confirmar que nada havia mudado nas velas da corveta e perguntou:

117. São João (347-407), arcebispo de Constantinopla, chamado Crisóstomo (boca de ouro, em grego) por sua grande eloquência.

— O que houve, mestre Cabeça de Ferro? Parece que estamos um pouco mais rápido agora do que há duas horas.

— Com certeza, capitão. É verdade.

— O que fez?

— Ah, nada tão extraordinário! Movimentei o lastro: mandei que os homens ficassem mais à proa.

— Sem dúvida, foi uma boa ideia. E o que ganhamos com isso?

— Uma milha, capitão, uma mísera milha, só isso. Estamos a doze nós por hora, acabo de lançar a barquinha. Mas isso não muda muita coisa, pois eles certamente fizeram o mesmo; também estão mais rápidos nos últimos quinze minutos. Veja agora, capitão, estão bem à vista. Temos ali algum velho lobo do mar que vai nos dar trabalho, me lembra até quando esse mesmo *Leicester* nos perseguiu com o capitão Williams Murrey no comando.

— Com os diabos, você disse tudo! — exclamou Jacques. — Mil luíses contra cem, Georges, aposto que o seu governador é o capitão. Ele quer uma revanche.

— Acha mesmo, irmão? — espantou-se Georges, levantando-se do banco em que tinha se sentado e segurando o braço de Jacques. — Acha mesmo? Confesso que ficaria contente, também tenho uma revanche a pedir.

— Ele, com certeza! Em pessoa, garanto! Só um cão de caça como aquele poderia ter seguido nossa pista. Diabos! Quanta honra para um pobre negreiro como eu estar tratando com um comodoro da Marinha Real! Obrigado, Georges, devo a você esta honra!

Zombando, estendeu a mão ao irmão.

Para Jacques, na situação crítica em que logo se encontraria, a possibilidade de ser Lord Williams Murrey em pessoa o adversário era um motivo a mais para tomar todas as precauções. Ele deu uma olhada nas amuradas, e as redes de dormir estavam reforçando os fileretes; examinou a tripulação, que instintivamente já se dividira em grupos, cada qual se mantendo perto da bateria em que atuaria. Tudo indicava que ele nada tinha a dizer àqueles homens — todos sabiam, tanto quanto ele, o que se preparava.

Uma brisa trouxe até a *Calipso*, naquele momento, o som do tambor que armava a tropa na fragata inimiga.

— Ah, ninguém vai poder dizer que se atrasaram. Vamos, meninos, sigamos o exemplo. A Marinha Real é boa instrutora e só temos a ganhar se fizermos como ela.

Em seguida, elevando a voz:

— Preparar para combate! — ele gritou com toda a força dos pulmões.

Imediatamente se ouviu o rufar de dois tambores na bateria e as notas agudas de um pífaro. Pouco depois, saindo por uma portinhola, os instrumentistas surgiram no convés, percorreram toda a sua extensão e voltaram a descer pela portinhola oposta.

Foi mágico o efeito dessa aparição e do melodioso concerto.

Num instante, cada homem preencheu seu posto previamente estabelecido, equipado com as devidas armas leves, e os gajeiros de combate subiram às gáveas com suas carabinas. Mosquetes foram alinhados nos castelos de proa, de popa e na meia-nau; as escopetas foram armadas nos seus apoios, os canhões preparados e dispostos em bateria, assim como provisões de granadas se amontoaram nos pontos a partir dos quais choveriam no convés inimigo. Para terminar, o mestre de manobras mandou preparar todos os cabos, enrolar as adriças nos mastros e içar os ganchos de abordagem.

No porão do navio não era menor a atividade. O paiol de pólvora foi aberto, as lanternas de fundo acesas, a barra de leme sobressalente preparada. Em seguida, as divisórias internas foram retiradas, a cabine do capitão mudou de lugar e nela preparados os dois canhões de ré.

Depois fez-se silêncio. Vendo tudo pronto, Jacques começou a inspeção.

Cada homem ocupava seu posto e cada coisa estava em seu lugar.

Mesmo assim, sabendo ter pela frente uma das mais sérias partidas a ser jogada, a inspeção durou boa meia hora, durante a qual ele examinou cada detalhe e falou com cada homem.

Quando voltou ao convés, a fragata tinha visivelmente ganhado ainda mais terreno e apenas uma milha e meia de distância separava os dois navios.

Mais meia hora se passou, durante a qual certamente nem dez palavras foram trocadas a bordo da corveta. Todos os sentidos da tripulação, dos chefes e dos passageiros se concentravam na visão.

Cada fisionomia exprimia algo específico: em Jacques a calma, em Georges o orgulho, em Pierre Munier a apreensão paterna, em Sara a dedicação.

Uma tênue cortina de fumaça apareceu de repente no costado da fragata e a bandeira da Grã-Bretanha foi majestosamente içada.

O combate era inevitável: a corveta não podia mais fugir, a superioridade do navio inimigo era evidente. Jacques ordenou que as velas suplementares fossem recolhidas, para que tivessem menos manobras a fazer. Em seguida, virando-se para Sara, falou:

— Todos a seus postos, irmã; é melhor que vá para o seu.

— Meus Deus! — ela exclamou. — Não há mesmo como evitar o combate?

— Em quinze minutos o bate-boca vai começar e certamente será áspero. É melhor que não esteja no caminho quem dele não participar — ele explicou.

— Sara, não se esqueça do que me prometeu — lembrou Georges.

— Eu sei, farei o que disserem. Serei sensata, mas você…

— Não espera que eu possa ficar de fora, sendo por minha causa que tantos homens expõem suas vidas?

— Não, claro que não, peço apenas que pense em mim e se lembre de que, se morrer, também morro.

Ela estendeu a mão a Jacques, beijou Pierre Munier e, dando o braço a Georges, desceu pela escada da popa.

Quinze minutos depois, Georges voltou. Tinha na mão um sabre de abordagem e, na cintura, um par de pistolas.

Pierre Munier carregava sua carabina adamascada, velha amiga que sempre tão bons favores lhe prestara.

Jacques estava no banco em que ficava nos seus quartos de serviço. Tinha na mão um porta-voz, símbolo do comando. Ao lado, um sabre de abordagem e um pequeno capacete de ferro.

Os dois navios seguiam o mesmo traçado, com a fragata sempre no rastro da corveta. Estavam tão próximas que os marinheiros nas gáveas podiam, cada um, ver o que se passava no convés do outro.

— Mestre Cabeça de Ferro — disse Jacques —, o senhor tem bons olhos e bom julgamento. Por favor, suba à gávea da proa e diga o que está acontecendo por lá.

Como se fosse um simples gajeiro, num instante o imediato chegou ao posto designado.

— O que diz? — perguntou Jacques.

— Só posso dizer, capitão, que estão todos em posição de combate; os canhoneiros junto aos canhões, os soldados da Marinha na meia-nau e no castelo de popa, o capitão no seu banco de turno.

— Há outras tropas além dos marinheiros e dos soldados da Marinha?

— Acho que não, capitão; a não ser que tenham se disfarçado, vejo só o mesmo uniforme.

— Ótimo! Nesse caso, o confronto é quase parelho, com quinze ou vinte homens a mais ou a menos. Era só o que eu queria, pode descer, mestre Cabeça de Ferro.

— Espere aí, espere! O inglês pegou o porta-voz. Se ficarmos em silêncio vou poder ouvir.

A ideia era um bocado extemporânea, pois mesmo com todo o silêncio que se fez a bordo, nada do outro navio pôde ser ouvido. Mesmo assim, a ordem dada pelo capitão inglês foi prontamente executada, pois logo depois dois relâmpagos se acenderam na proa do navio inimigo, ouviu-se um estrondo, e duas balas de bom calibre caíram na esteira deixada pela *Calipso*.

— Bom! — observou Jacques. — Só têm peças de dezoito, como nós. As chances ficam cada vez mais parelhas.

Em seguida, erguendo a cabeça, gritou para o imediato:

— Pode descer, amigo, já não tem o que fazer aí em cima. Preciso de você aqui.

Mestre Cabeça de Ferro obedeceu e, pouco depois, já estava ao lado de Jacques. Enquanto isso, a fragata continuava seu avanço, mas sem novamente abrir fogo, tendo a experiência mostrado que o alvo se encontrava fora de alcance.

— Mestre Cabeça de Ferro — disse Jacques —, desça às baterias. Enquanto estivermos longe usem bolas, mas quando estivermos próximos da abordagem, obuses, apenas obuses. Entendido?

— Certo, capitão.

Ele desceu pela escada de popa.

Os dois navios continuaram a avançar por mais meia hora, sem que novos ataques partissem da fragata. Já a corveta, como vimos, constatando ser inútil desperdiçar pólvora e projéteis, não respondeu às duas provocações. Mas pela animação que começava a tomar conta dos marinheiros, e pela atenção com que o capitão media a distância que ainda separava os dois navios, era evidente que o tal bate-boca, como dissera Jacques, logo teria início e os dois esbravejariam ao mesmo tempo.

De fato, após mais dez minutos de espera, que pareceram um século para ambas as partes, a proa da fragata novamente se inflamou; ouviu-se uma dupla detonação, desta vez seguida pelo assobio das bolas, que passaram pelo velame, furando a vela de gávea do mastro da mezena e partindo dois ou três cabos.

Jacques deu uma rápida averiguada no efeito das duas mensagens de destruição e em seguida, constatando serem leves os estragos causados, comandou:

— Vamos, meninos! Parece que eles não gostam mesmo da gente. Gentileza se paga com gentileza: fogo!

No mesmo instante, uma dupla detonação estremeceu toda a corveta e Jacques se debruçou na amurada para ver o resultado da sua resposta: uma das bolas fez saltar um pedaço da amura, com a outra penetrando na proa.

— Ei, vocês, o que estão fazendo? — gritou Jacques. — Mais força nisso, diabos! Mirem a mastreação; quebrem as pernas dele, furem as asas. Nesse momento, os paus valem mais do que a carne. Vejam!

Duas bolas naquele momento passavam pelas velas e pela aparelhagem dos mastros da corveta, uma arrancando a verga do traquete e a outra quebrando o pequeno mastaréu do joanete.

— Fogo! Miséria! Fogo! — gritou Jacques. — Façam como eles. Vinte e cinco luíses para o primeiro mastro que cair dentro da fragata.

A detonação não se fez esperar e pôde-se assistir, no velame do navio inimigo, à passagem dos projéteis.

Por mais ou menos quinze minutos o fogo continuou assim, dos dois lados. A brisa, contrabalançada pelas detonações, surtia menos efeito e as duas naus estavam a no máximo quatro ou cinco nós, com o espaço entre elas ocupado pela fumaça, o que fazia a artilharia prosseguir quase às cegas. A fragata continuava a avançar e apenas a extremidade dos seus mastros se mostrava acima do fumo, enquanto a corveta, que corria à frente, fazia fogo a partir da popa, ficando fora da fumaça.

Era o que Jacques esperava. Fizera o possível para evitar a abordagem, mas, pressionado, agiria como o javali ferido, voltando-se contra o caçador. Naquele momento, a fragata se encontrava no viés de estibordo da corveta e começava a atirar com as peças de proa da sua bateria, enquanto a resposta vinha dos canhões de popa. Jacques notou a vantagem da sua posição e quis valorizá-la.

— No convés os reforços de manobra! — gritou.

A ordem foi prontamente atendida.

— Preparar para amurar a vela principal! Nos braços de bombordo da popa! Nas adriças da mezena! Barra do leme a bombordo! Virar noventa graus a bombordo! Amurar a vela principal! Estender a mezena!

Assim que essa sucessão de ordens foi executada, a corveta, obedecendo à dupla ação do leme e das velas de popa, apontou rapidamente para estibordo, conservando espaço bastante para cortar o caminho da fragata, e estacionou onde estava, graças à precaução tomada pelo capitão, que dera apoio a seus braços de estibordo da proa. No mesmo instante, sem poder manobrar por causa das avarias nas velas de popa e não podendo desviar da corveta, a fragata continuou em frente, abrindo passagem na fumaça e no mar. Contrariamente ao que pretendia, com um choque terrível seu gurupés colidiu nos ovéns do inimigo.

Ouviu-se mais uma vez a voz de Jacques:

— Fogo! Arrasem tudo de ponta a ponta! Deixem a fragata como um batelão!

Catorze canhões, seis carregados com metralhas e oito com obuses, obedeceram ao comando, varrendo o convés inglês, derrubando trinta ou quarenta homens e quebrando na base o mastro da mezena. Ao mesmo tempo, do alto das três gáveas foi lançada uma chuva de granadas na meia-nau, limpando a proa da fragata, que só podia responder a essa nuvem de fogo e saraivada de balas pela gávea do traquete, mesmo assim atrapalhada pela pequena vela quadrada.

Naquele momento, pelas vergas da corveta, pelo gurupés da fragata, pelos ovéns, pela aparelhagem dos mastros, por todos os cabos os piratas se lançaram de toda maneira, em tumulto. Em vão os soldados do *Leicester* dirigiram contra eles toda uma fuzilaria. Os que caíam eram prontamente substituídos, os feridos se arrastavam, carregando à frente granadas e agitando as armas. Georges e Jacques já se sentiam vitoriosos quando se ouviu um grito: "Todos no convés!", e os marinheiros que até então estavam nas baterias saíram pelas escotilhas e subiram pelas portinholas. O reforço revigorou os soldados ingleses, que já começavam a desanimar. O comandante do navio se pôs à frente deles e Jacques não se enganara: era mesmo o ex-capitão do *Leicester*, querendo sua revanche. Georges Munier e Lord Williams Murrey voltariam a estar frente a frente, mas no meio de sangue e matança, de sabre em punho, inimigos mortais.

Os dois se viram e buscaram se aproximar, mas a batalha era tamanha que ambos foram arrastados como que por um turbilhão. Os dois irmãos estavam à frente da tropa que investia contra as fileiras inglesas, atacando e sendo atacados, lutando com sangue-frio, força e coragem. Dois marinheiros do *Leicester* ergueram a machadinha sobre a cabeça de Jacques e ambos caíram, derrubados por balas invisíveis. Dois soldados da Marinha acuaram Georges com suas baionetas e misteriosamente caíram no chão. Era Pierre Munier que velava pelos filhos, com a fiel carabina cumprindo seu trabalho.

De repente, vindo das baterias, um berro terrível se impôs ao barulho das granadas, ao pipocar da fuzilaria, aos gritos dos feridos, aos gemidos dos moribundos, gelando de terror todo mundo:

— Incêndio a bordo!

Junto a isso, uma espessa fumaça saiu pela escotilha da popa e pelas portinholas. Um dos obuses tinha explodido na cabine do capitão, dando início ao incêndio na fragata.

Diante daquele grito terrível, inesperado, mágico, tudo foi suspenso. Depois também a voz de Jacques se fez ouvir forte, imperiosa e soberana:

— Todos de volta para a *Calipso*!

Com a mesma aplicação demonstrada para abordar o convés inimigo, os piratas voltaram, uns içando os outros, agarrados a todo tipo de cabo, indo de um bordo a outro. Jacques, Georges e mais alguns bravos supervisionavam a retirada.

O governador voltou ao ataque acossando os fugitivos, atirando à queima-roupa, querendo transferir a luta para o convés da *Calipso*, mas os primeiros piratas a chegar a bordo da corveta subiram às gáveas e despejaram uma chuva de granadas e balas. Cabos foram lançados aos que permaneciam ainda na fragata. Jacques voltou enfim a seu convés, com Georges tendo ficado por último, disposto a esperar o governador, que vinha na sua direção.

Mas uma mão de ferro de repente o agarrou e o arrancou de lá: era Pierre Munier, mais uma vez atento ao filho. Pela terceira vez naquele dia o salvava de morte quase certa.

Uma voz se sobrepôs a todo aquele horrível tumulto:

— Virar proa noventa graus a bombordo! Içar bujarronas! Tirar vento da vela principal e da quadrangular! Relingar popa! Barra do leme a estibordo!

Todas essas manobras, comandadas com a energia que exige obediência cega, foram executadas com tão maravilhosa rapidez que, por maior que fosse o ímpeto dos ingleses a perseguirem os piratas, não chegaram a tempo para atracar uma nave à outra. Como se fosse dotada de entendimento próprio, a corveta pareceu perceber o perigo que corria e se soltou com vigoroso esforço, enquanto a fragata, sem o mastro da mezena, continuava a lentamente avançar sob o impulso das velas principais e do traquete.

Do convés da *Calipso*, assistiu-se a um pavoroso espetáculo.

No calor do combate, não se percebera a tempo o incêndio a bordo da fragata e, no momento em que o alerta foi dado, o desastre já estava avançado demais para ser debelado.

Naquele momento terrível, foi admirável a força da disciplina inglesa: no meio da fumaça cada vez mais espessa, o governador subiu ao banco de bombordo e, pegando o porta-voz amarrado a seu pulso esquerdo, disse:

— Mantenham a calma, rapazes, e me ouçam!

Todos pararam.

— Botes ao mar! — continuou o governador.

Em cinco minutos, o bote da popa, os dois laterais e um da reserva no convés desceram e já flutuavam em volta da fragata.

— O bote da popa e o da reserva para os soldados da Marinha! — ordenou o governador. — Os dois laterais para os marinheiros!

A *Calipso* continuava a se afastar e os comandos seguintes não puderam ser ouvidos, mas todos viram os quatro botes receberem o que restava de homens sãos e salvos, enquanto os pobres feridos que se arrastavam no convés inutilmente imploravam aos camaradas que os esperassem.

— Duas chalupas ao mar! — gritou Jacques, por sua vez, percebendo que os quatro botes não bastariam para a tripulação inglesa.

Duas chalupas vazias foram destacadas dos costados da *Calipso* e ficaram flutuando soltas nas águas.

Imediatamente, todos que não haviam conseguido embarcar nos botes da fragata se lançaram ao mar e nadaram na direção das chalupas vazias.

O governador continuava a bordo do seu navio.

Insistiram para que nadasse até uma das chalupas, mas sendo impossível salvar os feridos, ele preferiu ficar.

O mar tinha um aspecto assustador.

À força de remos, os quatro botes se afastaram do navio em chamas, enquanto os retardatários nadavam na direção das chalupas.

Imóvel no meio de um turbilhão de fumaça, com o comandante de pé no seu banco de quarto de serviço e feridos se arrastando no convés, a fragata ardia.

Era um espetáculo tão impressionante que Georges, mesmo sentindo a trêmula mão de Sara no seu ombro, nem se virou para olhá-la.

A partir de certa distância, botes e chalupas pararam de remar.

Eis o que se passou:

A fumaça se tornou cada vez mais espessa. Depois, saindo das escotilhas, uma língua de fogo subiu ao longo do mastro do traquete, devorando as velas e a aparelhagem de mastreação. Em seguida as portinholas se inflamaram, os canhões que já estavam carregados dispararam sozinhos e, pouco depois, ouviu-se uma explosão terrível. Uma cratera se abriu no navio, uma nuvem de chamas e fumaça subiu ao céu. No meio dessa nuvem, enfim, caíram no mar fervilhante pedaços dos mastros, das vergas e dos aparelhamentos.

Era tudo o que restava do *Leicester*.

— E Lord Williams Murrey? — perguntou Sara.

— Se não fosse para viver com você, querida, palavra de honra: eu gostaria de morrer como ele! — respondeu Georges.

CRONOLOGIA

Vida e obra de Alexandre Dumas

1802 | 24 jul.: Nascimento em Villers-Cotterêts, a cerca de duzentos quilômetros de Paris, de Alexandre Dumas, filho do general de divisão Alexandre Dumas-Davy de la Pailleterie e de Marie-Louise Elisabeth Labouret. "Minhas raízes estão em Villers-Cotterêts, cidadezinha do departamento de Aisne, situada na estrada entre Paris e Laon [...] a dez quilômetros de La Ferté-Milon, onde nasceu Racine, e a trinta quilômetros de Château-Thierry, onde nasceu La Fontaine."

1806: Morte do general Dumas. Marie Labouret passa por dificuldades financeiras e permanece junto a seus pais em Villers-Cotterêts.

1815: Durante os Cem Dias de Napoleão, Alexandre Dumas entrevê o imperador no albergue de sua cidade natal.

1816: A sra. Dumas obtém a concessão de uma tabacaria. Dumas conclui sua formação numa escola católica particular e trabalha como contínuo num cartório da cidade.

1818: Torna-se amante de Adèle Tellier. Paixão pelo teatro. Conhece Leuven, futuro autor dramático e diretor do Opéra-Comique. Escrevem juntos dois vaudevilles e um drama.

1823: Vai para Paris e, por intermédio de ex-colegas do general Dumas, é nomeado secretário do duque de Orléans. Sua amante na época é a vizinha Marie-Catherine-Laure Labay, que não demora a engravidar.

1823 | 27 jul.: Nascimento de seu filho Alexandre Dumas, reconhecido por ele em 17 de março de 1831. Lê Walter Scott, Byron, Fenimore Cooper. Sua mãe instala-se em Paris, onde passam a morar juntos.

1825: Escreve, em colaboração com Leuven e Pierre-Joseph Rousseau, um vaudeville, que assina como "Davy", encenado sem maiores repercussões no Ambigu.

1826: Publica *Novelas contemporâneas*, que consiste em três narrativas e alguns poemas.

1827: Assiste entusiasmado à turnê parisiense de uma companhia inglesa que representa Shakespeare (muito pouco conhecido na França até essa época). Torna-se amante de Mélanie Waldor, jovem que sonha ser escritora.

1828: Escreve *Christine em Fontainebleau*, tragédia recusada pela Comédie-Française, e o drama histórico *Henrique III e sua corte*, aceito. Conhece o célebre escritor Charles Nodier, em cuja casa é apresentado aos escritores Victor Hugo, Lamartine, Vigny, Musset e ao pintor Louis Boulanger.

1829: Triunfo de *Henrique III e sua corte*. Dumas aloja sua mãe doente na rua Madame, instala Catherine Labay e seu filho em Passy e aluga para seu uso um apartamento na rua de l'Université. É nomeado bibliotecário adjunto do duque de Orléans.

1830: Estreia de *Christine* no Odéon. A atriz Belle Krelsamer torna-se sua amante. Participa da Revolução de Julho, da qual faz um amplo relato em suas *Memórias* e correspondência (a Mélanie Waldor, com a habitual imodéstia: "Tive a felicidade de desempenhar um papel digno de ser notado por La Fayette e pelo duque de Orléans [...] tendo me apoderado de um paiol de pólvora. Provavelmente o duque será o rei").

1831: Pede demissão do cargo de bibliotecário. | **5 mar.:** Belle Krelsamer dá à luz uma filha, Marie-Alexandrine, que Dumas reconhece em 7 de março. Consegue na Justiça a guarda do filho, que, depois de uma briga com Belle Krelsamer, passará por diversos internatos. | **3 maio:** Estreia de *Antony* no teatro da Porte Saint-Martin, sucesso extraordinário. | **20 out.:** Estreia, no Odéon, de *Carlos VII*, sucesso popular. | **10 dez.:** Estreia, na Porte Saint-Martin, de *Richard Darlington*.

1832: Grande sucesso de *Teresa*. A atriz Ida Ferrier torna-se sua amante. | **29 maio:** Triunfo de *A torre de Nesle*, escrita por Frédéric Gaillardet e retrabalhada por Dumas. | **5-6 jun.:** Depois de se envolver nos levantes republicanos, viaja para a Suíça.

1834: Publica os tomos I e II de suas *Impressões de viagem à Suíça*. Viaja com os pintores Godefroy Jadin e Amaury Duval para o sul da França.

1835: Viaja à Itália com Ida Ferrier e o pintor Jadin. Publica novelas e poemas.

1836: Publica compilações das *Crônicas* de Froissart e uma tradução em versos do *Inferno*, de Dante. Estreia na Porte Saint-Martin de *Don Juan de Marana* e, no Variétés, de *Kean*, grande sucesso.

1837: É nomeado cavaleiro da Legião de Honra. Estreia, no Opéra-Comique, de *Piquillo*, ópera-cômica escrita em colaboração com Gérard de Nerval. Estreia, na Comédie-Française, de *Calígula*, um fracasso.

1838: Publica dois romances: *O capitão Paul* e *O mestre de armas.* | **10 ago.:** Morte da mãe. Viagem com Nerval à Alemanha. Escrevem *Léo Burckart*, que Nerval retrabalhará mais tarde e será encenada em abril de 1839. | **Dez.:** Por intermédio do próprio Nerval, conhece aquele que será o seu maior colaborador literário, Auguste Maquet, então com 25 anos.

1839: Publica *Novas impressões de viagem: Quinze dias no Sinai* (nunca esteve lá, escrevendo a obra de acordo com as recordações e desenhos de Adrien Dauzats). Publica *Acteu*, romance histórico sobre o reinado de Nero. Estreia na Comédie-Française de *Mademoiselle de Belle-Isle*, encenada mais de quatrocentas vezes entre 1880 e 1884. Instala-se na rua de Rivoli.

1840: Publica cinco romances. | **Fev.:** Casa-se com Ida Ferrier, partindo para Florença, onde o casal ficará até setembro.

1841: Publica *Novas impressões de viagem: O Speronare.* | **Jun.:** Em companhia do príncipe Napoleão (filho de Jerônimo Bonaparte), visita a ilha de Elba, a Córsega, e, durante uma expedição de barco, vislumbra a ilha de Monte Cristo, um rochedo perdido no mar. Breve passagem pela França, onde comparece ao enterro do duque de Orléans.

1843: Publica quatro romances, entre eles *Georges* e *Impressões de viagem: O Corricolo.* Passa a morar num palacete da rua de Richelieu. Aluga, em Saint-Germain, a *villa* Médicis, onde residirá até 1846.

1844: Escreve *Os três mosqueteiros* e o início de *O conde de Monte Cristo*, que será publicado em 1844-5. Separa-se amigavelmente de Ida Ferrier. Compra em Marly um terreno onde irá construir o castelo de Monte Cristo.

1845: Publica *A rainha Margot* e *Vinte anos depois*. Estreia no Ambigu o drama *A juventude dos três mosqueteiros*, baseado no romance.

1846: Publica quatro romances: *O cavaleiro da Casa Vermelha*, *A dama de Monsoreau*, *As duas Dianas*, *O bastardo de Mauléon*. Início da publicação de *José Bálsamo* (primeiro romance da série *Memórias de um médico*). Funda o Théâtre Historique, que ergue num terreno por ele adquirido no bulevar do Temple. Parte para a Argélia em missão de relações públicas para o governo francês, em companhia do filho, de Maquet e de Boulanger, viagem que será alvo de intensas críticas por parte da oposição.

1847: Retorna a Paris. Inauguração do Théâtre Historique. Tem um caso com a atriz Béatrix Parson. Estreia de *A rainha Margot*. Conhece Dickens. Instala-se no castelo de Monte Cristo. Publica a continuação de *José Bálsamo* e o final de *As duas Dianas*.

1848: Publica o final de *José Bálsamo* e *Os quarenta e cinco*; início da publicação de *O visconde de Bragelonne* e de *Impressões de viagem: De Paris ao Tânger*. Tem um caso com a atriz Celeste Scrivaneck. Participa de diversas manifestações republicanas. Estreia, no Théâtre Historique, de *Monte Cristo*. Venda do castelo de Monte Cristo. Publicação do primeiro número de *Mois*, revista dedicada à história e à política inteiramente redigida por Dumas. Fracasso de sua candidatura nas eleições para a Assembleia Constituinte. Graves dificuldades financeiras, com o Théâtre Historique cheio de dívidas. Estreia de *Catilina*.

1849: Continuação do *Visconde de Bragelonne*, relatos de viagem, *O colar da rainha*. No teatro, montagens de *A juventude dos mosqueteiros*, *O cavaleiro de Harmental*, *A guerra das mulheres*, *O testamento de César*, *O conde Hermann*, entre outras.

1850: Publica *A tulipa negra*, *A boca do inferno* e os finais do *Visconde de Bragelonne* e do *Colar da rainha*. No teatro: *Urbain Grandier*, *O vinte e quatro de fevereiro*, *Paulina*. | **Out.:** Falência do Théâtre Historique. Caso com a sra. Anna Bauër, com quem tem um filho não reconhecido.

1851: Montagens de *O conde de Morcerf* e *Villefort*, derivadas de *O conde de Monte Cristo*. | **Dez.:** Parte para Bruxelas, em consequência do golpe de Estado de Luís Napoleão. Embora as razões sejam políticas, Dumas também pretende escapar de seus credores (153 listados). Início da publicação de suas *Memórias* (até outubro de 1853) pelo jornal *La Presse*.

1852: Publica *Olympe de Clèves* e *Os dramas do mar*. Estreia de *Benvenuto Cellini*. É assediado pelos credores e vai com Victor Hugo para a Antuérpia.

1853: Publicação de *Ângelo Pitou*, *A condessa de Charny* e *Isaac Laquedem*. Instala-se definitivamente em Paris. Cria *Le Mousquetaire*, jornal diário que será publicado até 1857.

1854: Publica *Os moicanos de Paris*. Estreia de *Rômulo*, *A juventude de Luís XIV* e *A consciência*.

1855: Termina a publicação de *Os moicanos de Paris*.

1856: Estreia de *Oréstia*, *A torre Saint-Jacques* e *O ferrolho da rainha*. Vai a Varennes para se informar sobre a fuga de Luís XVI.

1857: Auguste Maquet move processo contra Dumas por acertos atrasados de direitos autorais e para "recuperar sua propriedade" sobre livros escritos em colaboração. Dumas faz uma curta viagem à Inglaterra com seu filho para assistir às corridas em Epsom. Criação do *Monte Cristo*, "semanário dedicado a romances, história, viagem e poesia" (último número em 1862), redigido por ele.

1858: Publica *O capitão Richard*. Processo Dumas-Maquet: o tribunal concede a Maquet 25% dos direitos autorais, mas não reconhece seu direito de propriedade sobre as obras escritas em colaboração com Dumas. | **Jun.:** Partida para a Rússia, convidado por amigos.

1859 | Mar.: Retorna à França. Publica suas *Impressões de viagem* no *Monte Cristo* e no *Constitutionnel*. Ida Ferrier morre em Gênova. Curta visita a Victor Hugo, então exilado na ilha de Guernsey. Caso com a jovem atriz Emélie Cordier.

1860: Publica *A casa de gelo*, *A estrada de Varennes* e *Conversas*. Estreia de diversas peças. Faz uma viagem à Itália acompanhado por Emélie Cordier, com quem tem uma filha, não reconhecida por ele. | **Set.:** Embarca na pequena escuna que mandou construir em Marselha e participa da expedição à Sicília ao lado de Garibaldi, que o nomeia curador dos museus de Nápoles.

1861: Estreia de *O prisioneiro da Bastilha*.

1862: Fracasso de uma segunda peça sobre *Monte Cristo*.

1864: Retorna a Paris, acompanhado de sua amante, a cantora italiana Fanny Gordosa. Estreia de *Os moicanos de Paris*. Viagem ao sul da França.

1865: Publicação da edição definitiva das *Impressões da viagem à Rússia*. Encena *Os forasteiros em Lyon* quando assume a direção do Grande Teatro Parisiense.

1866: Aluga no bulevar Malesherbes o apartamento que será sua última residência em Paris. | **Jun.:** Temporada em Nápoles e Florença. | **Jul.:** Viaja à Alemanha e à Áustria para preparar um romance. Relança *O Mosqueteiro*, que será publicado até abril de 1867.

1867: Publica *Os brancos e os azuis*, *O terror prussiano* e *Os homens de ferro*. Caso com a atriz norte-americana Adah Menken.

1868: Publica *História de meus animais* e *Recordações dramáticas*. | **Fev.:** Primeiro número de *D'Artagnan*, "jornal de Alexandre Dumas". Estreia de *Madame de Chamblay*. Morte de Catherine Labay, mãe de Dumas filho.

1869: Trabalha no *Grande dicionário de culinária*.

1870 | Set.: Já com a saúde debilitada, sofre um derrame cerebral que o deixa semiparalítico. Instala-se então na casa de campo do filho, em Puys, região balneária de Dieppe. | **5 dez.:** Morre em Neuville-les-Pollet, lugarejo próximo, onde é provisoriamente sepultado.

1872: Sepultamento oficial em Villers-Cotterêts.

1872-73: Publicação póstuma dos dois volumes de *As aventuras de Robin Hood*.

1883: Inauguração na praça Malesherbes, em Paris, da estátua de Alexandre Dumas, tendo a seus pés d'Artagnan e uma constelação de leitores, de autoria de Gustave Doré.

2002 | 30 nov.: No ano do bicentenário de seu nascimento, seus restos mortais são trasladados para o Panthéon, em Paris.

ESTA OBRA FOI COMPOSTA POR MARI TABOADA EM MINION PRO E IMPRESSA EM OFSETE PELA GEOGRÁFICA SOBRE PAPEL PÓLEN NATURAL DA SUZANO S.A. PARA A EDITORA SCHWARCZ EM JUNHO DE 2025